| 略萨作品：精装珍藏版 |

凯尔特人之梦

〔秘鲁〕马里奥·巴尔加斯·略萨——著

孙家孟——译

Mario Vargas Llosa

EL SUEÑO DEL CELTA

人民文学出版社
PEOPLE'S LITERATURE PUBLISHING HOUSE

著作权合同登记号　图字 01-2019-1242

Mario Vargas Llosa
EL SUEÑO DEL CELTA

图书在版编目(CIP)数据

凯尔特人之梦/(秘)马里奥·巴尔加斯·略萨著；
孙家孟译. —北京：人民文学出版社，2021(2023.1 重印)
(略萨作品：精装珍藏版)
ISBN 978－7－02－015924－6

Ⅰ.①凯…　Ⅱ.①马…　②孙…　Ⅲ.①长篇
小说—秘鲁—现代　Ⅳ.①I778.45

中国版本图书馆 CIP 数据核字(2019)第 298309 号

责任编辑　**甘　慧　陶媛媛**
装帧设计　**汪佳诗**

出版发行　**人民文学出版社**
社　　址　**北京市朝内大街 166 号**
邮政编码　**100705**

印　　制　**凸版艺彩(东莞)印刷有限公司**
经　　销　**全国新华书店等**

字　　数　**285 千字**
开　　本　**890 毫米×1240 毫米　1/32**
印　　张　**12**
版　　次　**2017 年 9 月北京第 1 版**
印　　次　**2023 年 1 月第 2 次印刷**

书　　号　**978-7-02-015924-6**
定　　价　**108.00 元**

如有印装质量问题,请与本社图书销售中心调换。电话:010-65233595

献给　阿尔瓦罗、贡萨洛和摩尔加纳

献给　何塞菲娜、雷安德罗、阿里亚德娜、
　　　埃塔娜、伊莎贝拉和阿纳伊斯

我们每个人并不是单纯的一个人，而是先后成为许多人。这些先后出现的人物的品格，常常呈现奇怪而惊人的反差。

　　　　　　　　　——何塞·恩里克·罗多《普洛透斯的动机》①②

目录

第一部　刚果　001

第二部　亚马孙　109

第三部　爱尔兰　273

尾　声　363

致　谢　370

译后记　372

第一部　刚果

1

　　牢房的门打开的时候，一缕光线加上一阵风，也带进了被挡在石墙外的噪声。罗杰惊醒了，他眨眨眼，思绪茫然，极力镇静下来。他看到典狱长正站在门口。典狱长有一张皮肤松弛的脸庞，留着黄色的小胡子，一对小眼睛看上去总想中伤他人。他正带着毫不掩饰的厌恶神情看着罗杰。假如英国政府同意从宽发落罗杰的请求，那么最不高兴的就是这个人了。

　　"有人探监。"典狱长盯着他，嘟嘟囔囔地说。

　　罗杰站了起来，搓搓双臂。我睡了多久？在本顿维尔监狱里遭受的酷刑之一就是不被告知时间。在布里克斯顿监狱和伦敦塔楼里还能听到半点和整点的钟声，而在这里，厚厚的石墙挡住了喀里多尼亚路上几座教堂的钟声，连艾斯林唐市场的嘈杂声都进不来。在门口站岗的看守也严格执行不准与他讲话的命令。典狱长给他戴上手铐，让他走在前面。律师会不会带来好消息？内阁开会了没有？作出了什么样的决定？也许典狱长流露出比往日更加不快的神情是因为他获减刑了？他沿着长长的走廊走着，走廊是红砖砌成的，但已脏得发黑。每间牢房都装着铁门。辨不清颜色的高墙上，每隔二十步或二十五步就镶着装铁条的窗子，只从铁条缝隙中才能看到一小块灰色的天空。怎么这么冷啊？七月是最热的时候，怎么冷得起鸡皮疙瘩了？没道理。

　　走进狭小的探视室后，他感到不安。在室内等着他的不是他的律师组组长乔治·加万·达夫，而是其助手，一个金发年轻人，脸色很不好，高颧骨，穿着打扮很时髦。他在审讯的那四个月里见过这个人，那时他正在为辩护律师们传递文件。为什么加万·达夫组长不亲自来而派一个见习生来？

年轻人冷冷地瞄了他一眼，眼光中流露出不快和厌恶。这个白痴怎么了？当我是害虫？罗杰想道。

"有什么消息吗？"

年轻人摇摇头，先叹了一口气，然后说道：

"还是关于请求赦免的事，"年轻人做了个怪相，脸色更加难看了，干巴巴地低声说道，"还是得等到部长会议召开。"

在狭小的探视室里，典狱长和另一个看守的在场并未使罗杰感到不快。那两个人一声不吭、一动不动地站在那里。但他知道他们正一字不漏、专注地听他们的谈话。一想到这里，他就感到胸口发闷，喘不过气来。

"不过，由于最近发生的事件，"金发年轻人眨了眨眼，夸张地张合着嘴说道，"现在这事儿更加难办了。"

"在本顿维尔监狱，什么消息都进不来。最近出了什么事儿？"

是不是德国海军司令部终于决定从爱尔兰海岸进攻大不列颠了？德国入侵是不是成真了？此时此刻，德国皇帝是不是用大炮为圣周①起义中被英国人枪杀的爱尔兰人报仇来了？如果战争已经转向，那么他们的各种计划不管怎么样都能实现了。

"现在事情难办了，也许根本不可能办成了。"见习生又说了一遍。此人面色苍白，极力克制住自己的愤慨。罗杰从他那苍白的面色看得出他是个傻瓜，也感到背后的典狱长正在微笑。

"您在说什么呀？加万·达夫律师对从宽发落的请求是持乐观态度的，难道出了什么事让他改变了看法？"

---

① 复活节前的一个星期。

"您的那些日记，"年轻人带着憎恶的神情一个字一个字地说道，声音压得极低，罗杰听起来很吃力，"是伦敦警察局在埃伯利街您的家中发现的。"

年轻人停了很长一段时间，等着罗杰说些什么。但罗杰一言未发。于是，他发泄出自己的愤懑，嘴都气歪了：

"作为一个信上帝的人，您，怎么这么荒唐？"话说得很慢，以便清楚地表明恼怒，"作为一个信上帝的人，您，怎么能把这种事写下来？既然写了，为什么不在图谋反对大不列颠帝国之前采取必要的措施把日记毁掉？"

"这么个白痴竟称我是信上帝的人，这对我真是一种侮辱。"罗杰想，真没教养，我起码比这个矫揉造作的小伙子年长一倍吧？

"到处都在流传这些日记的片段，"见习生虽然一直保持厌恶的神情，此时却也镇静了下来，看也不看他一眼地说道，"在海军司令部，部长的发言人，海军上尉雷金纳德·霍尔，亲自把日记的复制件发给了几十位记者，全伦敦都知道了。在议会，在上议院，在自由党和保守党的俱乐部，在报社的编辑部，在教堂……全城都在议论这件事。"

罗杰一动未动，也没有说什么。自从1916年那个冻得令人发僵、阴雨灰暗的四月的早晨，他在爱尔兰南部麦肯纳要塞废墟中被捕以来多次感到的那种奇怪的感觉又一次攫住了他：人们议论的不是他，干那种事的是别人。

"我懂，您的私生活不关我的事，也不关加万·达夫先生的事，更与别人无关，"年轻的见习生极力压低恼怒的声调，"严格说来，我们只管自己专业内的事。加万·达夫先生想让您知晓现下的状况，好有个准备。关于从宽发落的请求，可能受此事连累而遇到困难。今天早晨，有些报纸已经登出了抗议，说您不诚实；还有关于您的日记内容的一些负面言论，支持从宽发落请求的舆论很可能受到影响。当然，这纯粹是一种揣测，加万·达夫先生会关注的。您有什么口信要我传达吗？"

囚犯微微摇摇头，几乎看不出，拒绝了。他立即转过身，面对探视室的门。典狱长用胖乎乎的脸向看守作了指示，看守打开沉重的门锁，门开了。罗杰回牢房的路显得特别长，长长的走廊两边是红砖砌成的发黑的厚墙，他走在其中的时候有一种感觉：他随时随地可能跌倒在那潮湿的石地上，再也爬不起来。走到牢房铁门前的时候，他想起来：被押到本顿维尔监狱的当天，典狱长就对他说，凡是关在这间牢房里的囚犯最终都会被送上绞刑架，无一例外。

"我今天能洗个澡吗？"走进牢房前，他问道。

胖墩墩的典狱长摇摇头，以厌憎的眼光看着他，拒绝了。这种厌憎的眼光，罗杰在那见习生的目光中已看到过。

"行刑的当天才能洗澡，"典狱长像是品尝着每一个字般地说道，"到了那一天，那也是你的最后一个愿望。别人不一样，都不想洗澡，都想吃一顿好饭。对埃利斯先生来说，吃饭不是件好事，因为当犯人感觉到绞索的时候，就拉出屎来，把刑场弄得脏兮兮的。告诉你吧，埃利斯先生是刽子手。"

一听到牢房门关上，他就立即仰面躺在窄小的床上，闭上眼睛。他真想感受一下水管中的冷水，哪怕冷得皮肤发青，起鸡皮疙瘩。在本顿维尔监狱里，除了死刑犯，犯人每个星期都能用肥皂洗一次冷水澡。这里的条件还是过得去的。相反，他一想起布里克斯顿牢房的那股脏劲，就不寒而栗：到处都是虱子，床垫上爬满了跳蚤。他的背上、腿上和双臂布满了抓痕。他试图回想这些，但那打扮得像个花花公子般的金发见习生那厌憎的神情和可恶的声调总是一次又一次地浮上脑海。加万·达夫律师不亲自来告诉他坏消息，却派了这么个打扮得好像花花公子的东西来。

2

　　罗杰，1864年12月1日生于都柏林郊外沙湾区劳孙台地的杜瓦莱村。当然，他什么都记不起来了。虽然他一直知道自己是在爱尔兰首都出生的，但他也一直认可父亲罗杰·凯斯门特上尉对他的教导：他真正的摇篮是位于厄尔斯特①中心的安特莱姆郡，而厄尔斯特附属亲英并信奉新教②的爱尔兰。父亲曾在龙骑兵第三团驻印度期间出色地服役八年之久，凯斯门特家族从十八世纪就在厄尔斯特定居下来。

　　罗杰同姐姐艾格尼丝（即妮娜）和两个哥哥——查尔斯和汤姆一样，是作为爱尔兰圣公会教徒而受教育并成长起来的。但是，他自从懂事以来就直觉，在宗教方面，全家人并不像在其他方面那么和谐。作为一个只有几岁的孩子，他不难看出母亲同居住在苏格兰的姐妹及表兄在一起的时候，她的行为仿佛在隐瞒着什么。进入少年时期，他似乎发现了什么。安妮·杰弗逊为了跟罗杰的父亲结婚，表面上皈依了新教，但是背着丈夫，她仍然是天主教徒③（凯斯门特上尉或许会说她是一个追随教皇、恪守教规的天主教徒）。她去忏

----

① 即北爱尔兰。
② 在中国又称基督教，民间称耶稣教，信奉耶稣而不信圣母马利亚，主要分布在英、德、瑞士、北欧五国、美、加、澳、新西兰等国。
③ 天主教徒信奉的是"天主"，天主教中心位于梵蒂冈的罗马教廷，领袖为罗马教皇。1517年，天主教的马丁·路德神父另立门户，被教皇开除教籍，路德教派发展为新教。英国于1556年在牛津公开烧死新教的坎特伯雷大主教克兰麦，试图恢复天主教。伊丽莎白一世即位后，试图同时安抚新教和天主教，建立以坎特伯雷大主教为最高宗教领袖的主教团，最终形成圣公会。

悔，做弥撒，领圣餐。在极端保密的状态下，小罗杰满四岁的时候也受洗做了天主教徒，那是他和哥哥姐姐跟随母亲去位于威尔士北方的里尔他们的姨妈和舅舅家度假途中发生的事。

在都柏林的那几年也好，在伦敦的泽西岛度过的那段时间也好，虽然罗杰为了不惹父亲生气，也在周日的宗教仪式上做祈祷、唱圣诗，恭恭敬敬地参加宗教仪式，但实际上他对什么都不感兴趣。母亲给他上钢琴课，因他有一副明亮的嗓子，音色极好。常常在家庭聚会中唱几支爱尔兰小调，博得了热烈的掌声。在那段时间里，他真正感兴趣的是听故事。父亲情绪好的时候，就为他和兄姐讲述印度和阿富汗的故事，尤其是与阿富汗和锡克人打仗的故事。那些异国情调的人名和风景，那些在富有宝藏的林莽和山野中的行军，那些猛兽、害虫、古老的民族、奇异的风俗、野蛮人信奉的神祇，都冲击着他的想象力。有时他的兄姐对这些故事感到厌倦，小罗杰却能几小时、几天地倾听父亲在英帝国边界外遥远的地方所见、所闻的冒险故事。

学会阅读以后，他喜欢沉浸在那些在海洋中乘风破浪的伟大航海家、海盗、葡萄牙人、英国人和西班牙人的真实故事中。在这些故事面前，那些讲述海水在一定时间里会沸腾起来、分开两半、形成深渊、在深渊里出现各种怪物张开血盆大口、足以吞掉整艘船舶的神话故事瞬间失去了魅力。尽管如此，在所有听到和读到的东西中，罗杰最喜欢听的还是父亲亲口讲述的冒险故事。罗杰上尉的声音令人感到亲切，他以丰富的词汇、生动的语调描述着印度的原始森林和阿富汗布满岩石的开伯尔山口①。就在那里，他的龙骑兵队有一次中了一群缠着头巾的狂热分子的埋伏。勇敢的英

---

① 位于巴基斯坦和阿富汗之间，兴都库什山脉最大的山口，地理位置重要。

国士兵开枪与之对抗，接着拿起刺刀，最后用匕首，甚至赤手空拳地打败他们，逼退他们。然而让小罗杰着迷并激发其想象力的并不是那些战斗故事，而是那些旅行：开辟从无白人涉足的地方，以坚忍不拔战胜大自然障碍的英勇事迹，等等。父亲是个很风趣的人，但也很严肃。孩子们，包括妮娜在内的女孩，如果表现不好，他毫不手软，鞭打他们。他在军队里就是这样惩处士兵的。

尽管罗杰很钦佩自己的父亲，但他真正喜爱的还是母亲。那是一个苗条的女人，走路轻如飘云，眼睛明亮，秀发光滑，手如柔荑。每当这双手插进他的卷发或为他洗澡、抚摸他的身体的时候，他就充满了幸福感。在五岁或六岁的时候，他学到的第一件事就是在父亲不在跟前的情况下跑着投进母亲的怀里。父亲忠于家族清教徒式的传统，不赞成孩子们在宠爱中成长，因为这样会在为生活而斗争时变得软弱无能。在父亲面前，罗杰总是离苍白柔弱的安妮·杰弗逊远远的；但是父亲去俱乐部跟朋友聚会或散步的时候，他就立刻跑向母亲，母亲抱着他又是亲又是摸。有时连查尔斯、妮娜和汤姆都抗议："你爱罗杰胜过爱我们。"母亲保证说，不会的，她同样疼爱大家，只是罗杰最小，比兄姐更需要照顾和亲热。

1873 年，罗杰九岁时，母亲去世了。他早就学会了游泳，跟同龄人或比他大的人比赛时总能赢过他们。妮娜、查尔斯和汤姆为母亲守灵、出殡时哭得如泪人，而罗杰不一样，一声未哭。在那些悲伤的日子里，罗杰家变成了殡仪馆、教堂，挤满了穿着丧服的人。他们拥抱凯斯门特上尉和四个愁眉苦脸的小孩，压低声音向他们致哀。小罗杰好几天都仿佛哑了，说不出话来，只用点头、摇头或手势回答人们的问题。他变得严肃起来，低着头，神色迷茫，晚上甚至在黑暗的房间里难以入眠。从此，在他的余生，安妮·杰弗逊的形象不时地出现在他的眼前：微笑着，张开双臂，仿佛在召唤他；

他也立刻投入了她的怀抱，那尖尖的手指抚摸他的头、背和双颊，使他有一种被保护的幸福感，仿佛可以抵御世上的一切邪恶。

兄姐很快从悲伤中平静了下来。罗杰也平静了下来，但只是在表面上，虽然开始说话，但他从来不触及这个话题。某个家人向他提起母亲，他就一言不发，把自己封闭起来，直到那人换了话题。在不眠之夜，他仿佛在黑暗中看到安妮·杰弗逊那不幸的面庞凄苦地望着他。

没有从悲痛中恢复过来、回归正常生活的人，是罗杰·凯斯门特上尉。父亲是个很内向的人，罗杰和兄姐从来没看到过他向母亲表示充分的关怀。在妻子去世给他带来的灾难面前，四个孩子都有些不知所措。一向讲究穿戴的父亲此时对此却很随意，胡须也不刮，总是皱着眉头，眼光中总是流露出怨恨的神情，仿佛他的丧偶都要怪自己的儿女。安妮去世不久，他决定离开都柏林，便把四个子女送到厄尔斯特的马格赫林登普勒老家。从此，叔祖父约翰·凯斯门特和他的妻子夏洛特负起教育这四个孩子的责任，而他们的父亲不愿再管他们了，去离此四十公里的贝利梅纳的阿代·阿尔姆斯旅馆住了下来。据有人无意间对叔祖父约翰说，凯斯门特上尉在那里痛苦孤独得快要疯了，整天整夜地搞些唯灵论的玩意，企图通过灵媒、纸牌和玻璃球与死者沟通。

从此，罗杰很少见到自己的父亲，也再听不到他讲那些关于印度和阿富汗的故事了。罗杰·凯斯门特上尉于1876年，即妻子去世三年之后，死于结核病。那时小罗杰刚满十二岁，在贝利梅纳主教管区的学校里学了三年，是个心不在焉的学生，成绩一般，拉丁文、法文和古代史的成绩倒是很突出。他也写些诗歌，好像一直在沉思。他大量阅读关于非洲和远东的游记，也参加体育活动，特别喜欢游泳。周末，他也应同学的邀请去扬家的加尔戈姆城堡游泳，但是罗杰跟罗莎·莫德·扬在一起的时间要比跟那位同学多。罗莎既美丽，又有教养，也写作。她走遍了安特莱姆的渔村、农舍，搜集盖尔语①诗歌、神话和歌曲。从她的嘴里，他第一次听到了爱尔兰神话史诗般的战斗故事。用黑色石块砌成，由塔楼、纹章、烟囱和大教堂正门组成的城堡是一位叫亚历山大·科尔维尔的神学家于十二世纪建筑的。走廊中，此人的画像面目已经看不清。据贝利梅纳人讲，此人曾跟魔鬼签过约，其幽灵一直在当地游荡。在有月光的夜晚，罗杰壮着胆子，颤抖着在走廊和空房间里寻找那幽灵，但一无所获。

许多年后，罗杰才学会适应马格赫林登普勒老家的生活。那是凯斯门特家族的祖居，以前称丘吉菲尔德，也曾作为卡尔费赫特林地方上圣公会教区神父的住宅。虽说在九岁到十五岁这六年间，他跟叔祖父约翰和叔祖母夏洛特及其他父系亲戚住在一起，但在这个大宅院中，他总感到自己有点儿像外国人。大宅院是用灰色石块建成的，三层楼，天花板很高。墙上布满了爬山虎。屋顶是哥特式的，窗帘后面好像总躲藏着一些幽灵。每个房间都很大，走廊长长的，楼梯的木质扶手有些磨损，梯阶咯吱作响，更增加了孤独感。相反，在室外，在抵御着疑似飓风的那些粗壮的榆树、无花果树和桃树之间，伫立在放牧着牛羊的平滑山坡上，他却感到愉快。站在这些山坡上，可以瞭望到巴利堡小镇、大海和拍击着拉斯林岛礁的海浪。在晴朗的天气，还可以模糊地看到苏格兰岛的影子。他常常去邻近的丘申登村和丘申达尔村，这两个村落仿佛是上演爱尔兰古老神话的舞台。他也去北爱尔兰那九个峡谷，那些狭窄的谷坡周围都是些顶上盘旋着老鹰的丘陵和小山坡。这一切景象使他感到兴奋、有力。他最喜欢的消遣就是到那些居住着同当地景色一样古老的农夫的崎

---

① 盖尔人的语言。盖尔人指爱尔兰、苏格兰和马恩岛的凯尔特人。

岖地带去旅行，这些年迈的农夫讲着古老的爱尔兰语，他的叔祖父约翰和朋友们有时拿这种语言开些残酷的玩笑。查尔斯和汤姆不愿与他共享户外生活的热情，对穿越荒野的旅行和去安特莱姆爬山越岭不觉得快乐。妮娜却对此大感兴趣，所以，尽管她比罗杰大八岁，却受到罗杰的喜爱。二人相处甚笃。罗杰和她一起到莫罗湾去游了几次泳，海湾布满了黑色的岩石。格兰塞斯山脚下的小海湾也砾砾不平。对这小海湾的回忆伴随了他的一生，在给家人的信中，他总是提到这个小海湾，说它是"天堂的一个角落"。

不过，比起野外散步，罗杰更喜欢的是暑期可以到利物浦格雷斯姨妈家去度假。在姨妈家，他感受到了被喜爱和欢迎，当然，是受到姨妈的喜爱和欢迎，不过她的丈夫爱德华·巴尼斯特姨父也很喜欢和欢迎他。姨夫曾到过许多地方，也去过非洲做生意。他在往来于大不列颠和西非之间搞货运和客运的埃尔代尔·登波斯特航线的商船上工作。格雷斯姨妈和爱德华姨夫生的几个孩子，也就是罗杰的姨表兄弟姐妹，成了罗杰最要好的玩伴，比他自己的兄姐还要好，尤其是姨妹格特鲁德·巴尼斯特。罗杰从小就跟格①亲，任何不快都未能妨碍这种亲近。二人如此要好，有一次，妮娜跟他俩开玩笑地说："你俩早晚要结婚的。"格笑了起来，罗杰却羞得满面通红，低着头，嘟囔着说道："不，不，你怎么净说傻话？"

在利物浦的姨妈家，他有时战胜了羞怯感，向姨夫问起关于非洲的问题。仅仅是提起这个大陆，他的脑海里就充满了森林、野兽、冒险和无畏的人。在爱德华姨夫的讲述中，他第一次听到了大卫·利文斯顿②的名字，那是苏格兰的一位医生兼基督教传道士。几年

---

① 即格特鲁德的爱称。
② 大卫·利文斯顿（David Livingstone，1813—1873），苏格兰传教士、探险家，曾去中非和南非探险。

来，这位医生一直在非洲大陆探险，跑遍了像赞比西和希雷这样的河流，为山脉和不为人知的地方命名，给野蛮人部落送去基督教。他是第一个横穿非洲大陆的欧洲人、第一个走遍卡拉哈里沙漠的欧洲人，成为大不列颠帝国最受欢迎的英雄人物。罗杰做梦都想着他。他阅读着描写其英雄业绩的小册子，渴望加入他的探险队，与他一起对付各种危险，帮助他把基督教带给那些尚未走出石器时代的异教徒。利文斯顿医生为了寻找尼罗河的源头而葬身于非洲林莽中的那一年，罗杰才两岁。1872 年，另外一位传奇式冒险家、征服者，曾在纽约一家报社供职的威尔士籍报人亨利·莫顿·斯坦利①从林莽里出来，向世界宣布他发现利文斯顿医生还活着时，罗杰还不满十八岁。就这样，这个孩子惊诧地、不无羡慕地生活在小说般的故事中。一年之后，他得知那位从不愿离开非洲大地回到英国的利文斯顿医生去世了，仿佛觉得自己也失去了一位亲爱的家人。长大后，他愿意成为一个像利文斯顿和斯坦利那样的探险家，为西方推进边界线，那才是一种不平凡的生活。

罗杰十五岁那年，叔祖父约翰·凯斯门特劝他放弃学业去找工作，因为叔祖父和他的几个兄弟的收入都不够维持生活。罗杰很乐意地接受了劝告。大家同意并决定让罗杰去利物浦，那里的各种机会要比北爱尔兰多。果然，到了利物浦的巴尼斯特家不久，爱德华姨夫就在自己曾经工作过的公司给他争取到了一份工作。于是刚满十五岁不久，罗杰就在船上当了一名学徒，但他看起来比实际年龄要大：个子高高的，灰色眼睛深深的，人很瘦，生着一头拳曲的黑发，皮肤白皙，牙齿整齐；他话语不多，为人谨慎，穿戴整洁；待

①　亨利·莫顿·斯坦利（Henry Morton Stanley, 1841—1904），征服刚果的英国探险家，曾在非洲与利文斯顿会合。

人和气，助人为乐，一口英语带有爱尔兰口音——姨表兄妹常拿这口音开玩笑。

罗杰是个严肃、有毅力、寡言少语的孩子，学历不高，但很努力，在公司里工作认真，善于学习，所以被安排在管理层的会计部工作。一开始，他的任务是一个办公室一个办公室地送文件，也到港口去办理诸如船只、海关、货仓方面的手续，几位上司都很看重他。在埃尔代尔·登波斯特航线工作的这四年间，由于他不善交际、生活俭朴，不喜纵欢作乐，几乎从不喝酒，到了港口也从不进酒吧和妓院，因而一个劲儿地吸烟。他对非洲有着强烈的感情，而且极力想在公司立功受奖，所以读起书来极为认真。他在办公室里传阅的有关英帝国和西非之间海上贸易的小册子和出版物上写满了批注，然后很有信心地说出从这些文章中汲取到的想法：向非洲出售欧洲产品，然后进口非洲大陆出产的原料，这不仅仅是商业行为，更是为停留在史前阶段、仍处在食人状态下买卖奴隶的各民族带去进步的事业；贸易可以带去宗教、伦理、法律等文明以及自由、民主、现代的欧洲价值观，这种进步最终可以把那些部落中的不幸者变为我们同时代的男男女女；在这一事业中，英帝国走在了欧洲的前面；作为这个帝国的一分子，应该为在埃尔代尔·登波斯特航线上所完成的工作而感到骄傲；等等。办公室里的人交换着嘲讽的目光，仿佛在打听这个年轻的罗杰是不是傻瓜、是不是滑头、是不是真的相信那些蠢话，要么就是说出来想在上司面前邀功。

在利物浦工作的这四年里，罗杰一直住在姨父母爱德华和格雷斯的家中，把一部分工资交给他们，而姨父母对他也像对亲生孩子一样。他同几个姨表兄妹相处甚笃，跟格特鲁德最为要好，二人逢周日和假期，如果天气好，就一同去划船、钓鱼；如下雨，二人就在壁炉前高声朗读些什么。这种关系完全是兄妹之情，没有一点儿歪心思，也没有一点儿调情的意思。第一个读他偷偷写的诗的人，就是格特鲁德。

罗杰熟悉了公司的业务，尽管没有踏上非洲的港口，但谈起贸易活动、各种手续以及当地人的风俗习惯，仿佛在港口的各个办公室里度过了一辈子。

后来他乘包尼号去了非洲三次。这一经历使他热情高涨，于是在去了第三次之后辞掉了工作，并向姨父母、姨表兄妹和亲兄姐宣布：他已决定到非洲去。他激昂地宣布这一决定，姨夫对他说："你这样做，就好像中世纪十字军东征去解放耶路撒冷。"家人们都到港口为他送行，格特鲁德泪如雨下。此时，罗杰刚满二十岁。

3

典狱长打开牢房的门，轻蔑地瞟了他一眼。此时，他正羞愧地回忆着自己曾主张实施死刑，几年前还把这一主张发表在写给外交部的蓝皮书《关于普图马约①的报告》中。在报告中，他疾呼要对普图马约河上的橡胶国王，秘鲁人胡里奥·塞萨尔·阿拉纳施以应有的惩处："如果我们能够争取到因其暴行而对其处以绞刑，就意味着对印第安土著人那无穷无尽的折磨和地狱般的迫害可以结束了。"可现在他写不出这种话了。以前，他曾记起，每当走进一户人家，并发现其中有一只鸟笼，他常常会感到不舒服。关在笼里的金丝雀、

---

① 普图马约河是南美亚马孙河的支流，发源于哥伦比亚，为哥伦比亚、厄瓜多尔与秘鲁的边境地区界河。

朱顶雀或鹦鹉对他来说，好像无聊的残忍行为的牺牲品。

"有人探监。"典狱长嘟嘟囔囔地说道，看他的神色和口气都充满了鄙视。罗杰站了起来，用手弹了弹囚服。典狱长以讥讽的语气又开了口："您今天又上报纸了，凯斯门特先生，但不是因为您背叛祖国……"

"我的祖国是爱尔兰。"罗杰打断典狱长说道。

"而是因为您那令人恶心的丑事，"典狱长咋咋舌头，好像要吐口水，"背叛加丑闻，真恶心！要是能看到您在绞刑架上跳舞，那才令人高兴呢，我的前爵士罗杰。"

"内阁拒绝了从宽发落的请求？"

"还没有，"典狱长停了一会儿答道，"不过迟早会拒绝，国王陛下当然会拒绝。"

"那是你们的国王，不是我的国王。我不会向他请求从宽。"

"爱尔兰是英国的，"典狱长低声说道，"都柏林那次圣周起义的阴谋被镇压以后，比起以前，现在更是属于英国的。竟然在处于战争中的国家背后捅上一刀！对那些起义的头头，要是我，才不会枪毙他们呢，而是绞死他们。"

到了探视室，典狱长才住了口。

来人不是前来看过他的本顿维尔监狱的天主教祭司卡雷神父，而是格——格特鲁德姨妹。姨妹紧紧地拥抱了他，罗杰感到怀里的姨妹在颤抖。他想，这是一只冻僵了的小鸟。自从他被监禁、审判以来，格老多了。他记起了利物浦那个淘气活泼的女孩，也记起了伦敦那个热爱生活、魅力袭人的女人。她的一条腿有毛病，所以朋友们都亲热地叫她小瘸子。而现在，一反前几年那健康、精力充沛、自信心十足的样子，她变成了弯腰、多病的小老太婆。明亮的眼神熄灭了，脸上、脖上和手上出现了皱纹，穿着一件破旧的黑色衣服。

"我大概能让全世界的垃圾都染上瘟疫，"罗杰指着自己身上满是毛绒的蓝色囚衣，开玩笑地说道，"他们剥夺了我洗澡的权利，只有在行刑的时候，才把这权利还给我。"

"不会的，部长会议会通过从宽请求的，"格特鲁德点点头，以加重这话的分量，"威尔逊总统①会在英国政府面前为你说话，罗杰，他答应发电报来。你会被从宽发落，不会被处死。相信我吧。"

她说话的样子很紧张，语气断断续续。罗杰为她感到痛心，还有所有的朋友，他们同格一样，这几天都在焦躁不安，没有把握。罗杰本想问问典狱长提到的报上对他的攻击，但没说出口。美国总统难道会为他说情？是不是约翰·德沃伊和盖尔集团提出来的？如果是这样，他们的交涉也许会有效果，内阁为他减刑的可能性还是有的。

牢房里没有地方可坐，罗杰和格特鲁德只得背对典狱长和看守站着，站得很近。四个人把小小的探视室变成了一个恐怖、幽闭的地方。

"加万·达夫律师跟我说，他们把你从安妮女王学院赶出来了，"罗杰抱歉地说道，"我知道这都怪我，请千万原谅我，亲爱的格，给你造成这么大的伤害，真的不是我的本意。"

"不是把我赶出来，他们只是要求我接受终止合同，并给我一笔四十英镑的补偿费。我不在乎这些，这样我就有更多的时间在爱丽丝·斯托弗德·格林②为了救你而处理的交涉中帮她一把了。这才是目前最重要的。"

罗杰抓起姨妹的手，温柔地紧紧握着。多年来，格一直在卡维

① 威尔逊总统（Thomas Woodrow Wilson, 1856—1924），美国第 28 任总统。
② 爱丽丝·斯托弗德·格林（Alice Stopford Green, 1847—1929），爱尔兰历史学家，民族主义者。

尔桑的安妮女王学院附属学院任教，做到了副院长。她很喜欢自己的工作，工作中发生什么有趣的事情，都写信告诉罗杰。现在却因他这个臭名昭著的亲戚而失了业。她现在靠什么生活？也许有人帮她？

"报上登的针对你的那些无耻谎言，没有人会相信，"格特鲁德生怕旁边那二人听到，把声音压得很低，"许多重要人物为你说话，还签署了宣言。凡是正派的人都很愤怒，政府竟然会采取这种诬蔑的手段来抵消宣言的威力，罗杰。"

她停了下来，好像在抽泣。罗杰又抱了抱她：

"我多么爱你啊，格，我亲爱的格，"他在她耳边低声说道，"我现在比以前更爱你了。不管情况如何，我要永远感谢你，感谢你对我的这颗赤诚的心。因此，你的意见虽然只是很少的意见中的一个，但对我很重要。我的所作所为都是为了爱尔兰，你知道吗？难道不是吗？我是为了一个高尚而高贵的事业，即爱尔兰的事业，不是这样吗，格？"

她低声抽泣起来，把面孔紧贴在罗杰的胸前。

"你们只有十分钟，已经过了五分钟，"典狱长不回头看他们，说道，"只剩下五分钟了。"

"现在我有时间进行思考了，"罗杰在姨妹耳边说道，"我很怀念利物浦的那些岁月，那时我们多么年轻啊，连生活都向我们微笑，格。"

"所有人都认为我们是一对恋人，迟早会结婚，"格低声说道，"我也很怀念那些岁月，罗杰。"

"我们比恋人还亲，格，我们是兄妹、同谋、钱币的两面，紧紧相连。你对我意味着很多东西。我九岁丧母，从来没有朋友，跟你在一起的感觉比跟我的亲兄姐还要好。你信赖我，带给我生活的安全感和欢乐。后来，在非洲的那几年里，你的来信是我和世界其他地方之间唯一的桥梁。你知道我接到你的信时感到多么幸福啊，我读啊，不断地读，亲爱的格。"

他停了下来，不愿让姨妹发现他快要哭出来了。由于清教徒式的教育，从年轻时起，他就讨厌在他人面前流露感情。但是最近几个月来，他觉得自己的感情柔软了起来。以前，别人的这种软弱会惹得他不高兴。格没有说话，一直拥抱着他，罗杰觉出她的胸部在一起一伏，呼吸急促起来。

"你是我唯一展示过自己诗歌的人，还记得吗？"

"我记得，诗写得很糟，"格特鲁德说道，"但是，我爱屋及乌，也就夸奖起你来了。我甚至还能背出几首呢。"

"其实我发现你并不喜欢它们。格，幸亏没有发表。你是知道的，我真的差点儿要发表呢。"

他们互相望了一眼，都笑了起来。

"我们正在竭尽全力地帮助你，罗杰，"格又严肃了起来，声音也显得苍老了，刚才还是坚定的、带有笑意的，现在显得犹豫、嘶哑起来，"爱你的人有很多，当然，首先是爱丽丝，她上下奔走，写信，拜访政治人物、当局人物、外交家；她解释，她请求，只要有门路，她都上门相求。为了能来看望你，她也在交涉，但是很困难，只有家人才能得到允许。但爱丽丝是名人，很有影响力，她会得到允许来看望你的，真的。你知道吗？都柏林起义时，伦敦警察局曾上上下下搜查了她的家，拿走许多文件。她爱你，她多么敬佩你啊！罗杰。"

"这我都知道。"罗杰想道，他也热爱并敬仰爱丽丝·斯托弗德。她是一位历史学家，也是爱尔兰人，同凯斯门特家族成员一样，出身信奉圣公会的家庭。她的家在伦敦是最热闹的知识沙龙之一，是所有爱尔兰民族主义者和主张自治者举行茶话会的中心。对罗杰来讲，她不仅仅是朋友和政治上的顾问，他还受到她的教导，发现并热爱爱尔兰的过去、爱尔兰的悠久历史以及在被强大的邻国吞并之前的灿烂文化。她推荐书给他看，以热情的谈话启发他、鼓励他继续学习爱尔兰语课程，只可惜他并未掌握这门语言。"我到死也不会讲爱尔兰语了。"他想。后来，当他成为一名激进的民族主义者时，爱丽丝是伦敦城中第一个叫他外号的人，那外号是赫伯特·沃德①给罗杰取的，罗杰本人也觉得那个外号有意思："凯尔特人"。

"十分钟，"典狱长像判刑似的说，"时间到了。"

他感到表妹在抱着他，想把嘴唇凑到他的耳边，但没能这样做，因为他比表妹要高很多。她只得把声音放低，低得几乎听不见：

"报纸上说的那些可怕的事完全是污蔑、下流的谎言，对不对，罗杰？"

这问题猝不及防，他停了许久才回答：

"我还不知道报纸是怎么说我的，亲爱的格，报纸是送不到这里的，但是，"罗杰小心地斟酌着字眼，"很可能是谎言。我希望你记住一件事，格，那就是你要相信我。当然，我犯过许多错误，但不会觉得羞愧。你，还有我的朋友，没有人会为我羞愧。你相信我，是吧，格？"

"我当然相信你。"姨妹双手捂嘴抽泣道。

回到牢房的时候，罗杰感到眼睛里充满了泪水，他竭力不让典狱长发现。他很少有想哭的感觉，据他自己的回忆，自从被捕以来，这几个月他根本没哭过。在受审的时候，在审判法庭上听到被判绞

---

① 赫伯特·沃德（Herbert Ward，1863—1919），英国冒险家、作家。

刑的时候，他都没有哭，可为什么现在倒想哭了呢？是因为格特鲁德，是因为格，看到她如此痛苦，并对他心存怀疑，至少说明她很珍惜他的人品和生活。啊，他并不像自己所感觉的那么孤独啊。

4

　　1903 年 6 月 5 日，英国领事罗杰·凯斯门特沿刚果河而上。改变他一生的那次旅行，本应该在一年前开始。他在尼日利亚的卡拉巴尔①、马普托的洛伦索·马奎斯②和安哥拉的圣保罗·德罗安达③工作之后，1900 年，便正式作为大不列颠领事在一个畸形的村子博马④居住了下来。从此，他一直向外事办建议进行这次考察，理由是：要提交一份关于刚果独立王国土著状况的报告，最好的办法是走出遥远的首都，进入刚果河中上游的丛林和部落。自从来到这块领地，他一直向外事办打报告说在那里可以进行开发。外事办在权衡了国家利益之后，授权领事到各个村庄、收购站、考察团驻地、派出点、驻军营地以及从事开采全世界都在贪婪掠夺的、可以制造轮胎和卡车轿车上的缓冲器及各种工业品和日用品的黑金的橡胶商号走一遭。而这个国家利益是：大不列颠是比利时的盟友，不能把盟友推入德国的怀抱。领事尽管理解这个理由，但仍不能不感到恶心。伦敦的保护土著协会、欧洲及美国的某些浸礼会⑤教堂与

①②③　均系非洲过去的地名。
④　博马，现刚果港口城镇，位于刚果河北岸。
⑤　17 世纪从英国清教徒教派中分离出来的宗派。

天主教传教团曾揭发比利时国王利奥波尔多二世治下刚果境内对土著所犯下的罪恶行径，自己也应该核查一下是否确实。

罗杰跟往常一样细心而热情地准备了这次旅行，却瞒着比利时官员和博马当地的居民和商人。而现在，他可以根据他所了解的向那些老板表明：忠于正义和公正的英帝国应该领导一场国际运动，来结束那些罪恶行径。然而在当时，即1902年年中，他的疟疾第三次发作了，比前两次还要严重。前两次发作的时候，由于某种理想主义的爆发和从事冒险事业的梦想，他在1884年决定离开欧洲，来到非洲，运用贸易、传教和西方的社会政治的理念，把非洲人从落后、疾病和无知中解救出来。

这不是空话。他二十岁到这片黑土地时就深信着这一切。他第一次患疟疾是那之后的事了，那时他刚刚把自己生活中的渴望具体化，即参加以那位在非洲最著名的冒险家亨利·莫顿·斯坦利为首的探险队。在这位探险家麾下服务多好啊：此人从1874年到1877年的将近三年间，在传奇式的旅行中沿着刚果河从其源头直到大西洋入海口，从东到西穿行了整个非洲。在这位英雄身边服务多好啊：此人发现了失踪的利文斯顿医生。但那时，好像众神都想浇灭罗杰的激情之火：他第一次患疟疾。三年之后的1887年，患了第二次疟疾。特别是1902年的第三次，当他把地图、指南针、铅笔和笔记本装满箱子的时候，在卧室里一睁开眼就觉得冷得浑身发抖。他当时在博马住在离管辖区几步远的居民区里一处既作为住房又作为领事馆办公室的房子的顶楼，掀开蚊帐，透过既无玻璃又无窗帘、只蒙着一层被大雨打得千疮百孔、防小虫子的金属纱窗，看到了那挟着泥沙的河水与河流周围覆满植物的岛屿。他简直站不起来了，双腿像破布一样打着弯，无力挺直。约翰，他的斗牛狗，惊吓得叫了起来。他无力地摔倒在床上，身体在发烧，但浑身觉得冷彻骨髓。他叫唤着睡在底层的查利和刚果厨师马乌库的名字，但没有一个人回答他。两个人大概在外面遇到了暴风雨，正躲在猴面包树下等着雨势弱下来。疟疾，难道又是疟疾？领事骂了一声，难道正好是在去考察的前夕？也许会拉肚子、拉血，也许身体会弱得让他发寒热，几天、几个星期地卧床不起。

仆人中，查利是第一个回来的，浑身滴着雨水。"快去把萨拉贝特医生请来。"罗杰没用法语而是用林加拉语①命令道。博马只有两位医生，萨拉贝特是其中之一。博马以前是贩卖黑奴的港口，当时称作姆博马。十六世纪时，葡萄牙人口贩子从圣托梅岛来到此地，向部落头人购买奴隶。这些部落当时属于刚果王国，现在这个王国消失了，因为被比利时搞成了刚果独立王国的首都。与马塔迪②不同，博马没有医院，只有一家由两位弗兰德③修女管理的诊疗所。半小时后，医生拄着拐杖、拖着脚步到来了。医生并不像看上去那么老，但是残酷的气候，尤其是酗酒的习惯，使得他衰老了，看上去像老人。他的穿着像流浪汉，靴子上没系鞋带，西装背心也没扣好。尽管已经天亮，他的双眼仍是红红的。

"对，我的朋友，没说的，确实是疟疾。你烧得很厉害。办法嘛，你也知道：吃奎宁，大量喝水，少吃肉汤、饼干。要盖得暖些，把毒排出去。两个星期内，您别想起床，更别想外出旅行，连街角您都不能去。间日虐会伤害机体，这您是知道的。"

结果他被忽冷忽热打倒了三个星期，而不是两个星期，瘦了八公斤。他能够站起来的第一天就筋疲力尽地倒在了地上，记忆中从没有过这种虚弱感。萨拉贝特医生盯着他的眼睛，瓮声瓮气、调侃

---

① 通行于刚果西北部的一种班图语。
② 刚果河的一个港口。
③ 比利时的一个省。

地提醒他道:

"在您这种情况下,去考察无疑是去自杀。您的身体垮了,经不住穿越克里斯塔尔群山的劳累,更不用说在野外露营几个星期了。您根本到不了姆班扎-恩贡扎①。快速自杀的方法有好几种:朝嘴里开一枪或打一针士的宁②。您如果需要,就找我好了。我曾帮助过好几个人这样去旅行。"

罗杰·凯斯门特给外事办发了一封电报,说明由于健康状况不佳,不得不推迟这次考察,接下来的大雨又使得穿过森林与河流成为不可能,所以对独立王国内地进行的考察恐怕要再等几个月,没准要等一年。在这一年里,他可以慢慢地从寒热中恢复,力争恢复体力,再次拿起网球拍,去游泳、玩桥牌或下象棋,以此来打发博马的长夜。与此同时,还可以继续那烦人的领事工作,记录进进出出的船舶,记录从安特卫普来的商船上卸下的货物:长枪、弹药、皮鞭、葡萄酒、圣像和运往欧洲的货物——成堆的橡胶、象牙和兽皮。这就是交换,在他年轻的想象中,这交换可以把刚果人从食人的习惯中、从控制奴隶买卖的桑给巴尔③人的阿拉伯商人手中拯救出来,为他们打开文明的大门。

由于疟疾和发烧,他卧床了三个星期,有时还发呓语。他要喝查利和马乌库为他用草药浸制的几滴奎宁,一日三次。他的胃口只能喝些肉汤、几块煮鱼和几块鸡肉。有时还会跟最忠实的朋友斗牛犬约翰玩耍一会儿,根本没有情绪专注地看一会儿书。

在这种被迫无所作为的日子里,许多次,罗杰都想起了1884年在他心目中的英雄亨利·莫顿·斯坦利指挥下进行的那次远征。他

---

① 姆班扎-恩贡扎,现安哥拉地名。
② 又名番木鳖碱,曾用作中枢兴奋剂。
③ 坦桑尼亚的一个港口。

在丛林中露宿过，访问过无数的土著村落，在周围能听到猴子吱吱叫和野兽吼声的林间空地上安营扎寨。尽管被蚊虫和其他小虫子咬得浑身是伤，连涂樟脑的酒精都没有用，但是他感到既紧张又幸福。他也不怕遭到鳄鱼的攻击，在波光粼粼的湖泊河流中练习游泳。他确信，他，还有那四百个非洲搬运夫、向导、助手以及陪同考察队的二十几个英国人、德国人、弗拉芒人、瓦隆人①、法国人，当然还有斯坦利本人，都是促使这个被欧洲人甩在身后许多世纪、尚未走出石器时代的非洲世界进步的尖兵。

几年后，一想到在发烧得迷迷糊糊的幻想中产生的盲目，他就脸红。一开始他根本没有发觉由斯坦利率领、由比利时国王资助的考察到底目的何在，当时他认为比利时国王同欧洲、同西方、同世界一样，是一位慈善的君主，要坚决消除奴隶制度和食人习俗的弊病，要把那些部落从束缚他们的异教和残酷的奴役状态中解救出来。

再过一年，西方列强就要在1885年的柏林会议上，把拥有二百五十万平方公里、比比利时大八十五倍的刚果独立王国拱手送给利奥波尔多二世了。实际上，这位比利时国王早就着手管理这片领土了，西方列强的赠送不过是为了让他对他认为是其居民的二千万刚果人实施救世原则。这位胡子梳理得整整齐齐的君主以其捕捉人类弱点的奇妙才能估计到，如果斯坦利对得到的奖赏能够满足，那么他既能建立功勋，也能干出无与伦比的卑劣行径。为此，他雇用了这位伟大的探险家。

罗杰小试锋芒，初次作为探险者参与1884年那次考察，表层原因是要提早告知分散在刚果河上中下游两岸足足数千平方公里的森林、山谷、瀑布和群山间的村社，由利奥波尔多二世主持的刚果国

① 弗拉芒人和瓦隆人均系分布在比利时的民族。

际协会一旦得到西方列强的特许，就会派欧洲的商人和官员过来。斯坦利及其陪同人员应该向那些半裸的、文身的、插着羽毛的、有时脸上臂上带有木箍、有时在阳具上系有香蒲漏斗的酋长解释欧洲人的善意：欧洲人是来帮助他们改善生活条件，把他们从致命的睡眠症①灾难中拯救出来，教育他们，使他们睁开眼睛看清非洲和其他地方的真实情况；这样一来，他们的子孙就能过上体面、正义和自由的生活。

　　"我没看出来，是因为我并不愿意看出来。"罗杰想道。查利把家中所有的毯子都给他盖上了，尽管如此，在室外炙人的太阳照射下，领事还是冷得蜷缩起来，躲在蚊帐里像一张纸片直发抖。比盲目地去做志愿者更坏的是，对任何一个公正的观察者都能确认的这种欺骗，他居然能找出解释。在1884年那支考察队到达的所有村落里，在分发了玻璃珠等小玩意之后，在通过翻译（很多翻译的话，土著都听不懂）进行了一番习以为常的解释之后，斯坦利让酋长和巫师跟他签了几份用法文拟就的合同，让他们承诺向刚果国际协会的官员、代理人和职员提供劳动力、住所、向导和食物。这些酋长和巫师不吱一声，在不知签的是什么，甚至不懂什么是签字的情况下就画了十字和几道杠杠，乱涂乱画地签了字。他们感兴趣的是项链、手镯和彩色玻璃做的各种饰品，还有斯坦利为了庆祝达成协议而跟他们干杯时请他们喝的那几口烧酒。

　　"土著人并不知道他们正在做什么，可我们是知道的。说是为他们好，实际上却是欺骗。"年轻的罗杰·凯斯门特想。不搞欺骗，难道还有别的办法？土著人对危害其前途、危害其子孙前途的条约一字也不懂，怎么才能使殖民行为合法化？为了与以血和火进行侵略

---

　　①　非洲海岸的一种流行病。

和屠杀的办法不同，希望通过说服和对话来实现他们的目的，比利时王室有必要使之具有某种合法形式。难道这就是和平、文明的形式吗？自从罗杰·凯斯门特于1884年在斯坦利麾下进行那次考察以来，十八年过去了。随着岁月的流逝，罗杰终于得出了结论：他青少年时代以为的英雄不过是一个无耻无赖，是西方在非洲大陆拉出的一坨屎。尽管如此，所有在他的命令下工作过的人却不得不承认，此人具有领袖气质和个人魅力，并且和蔼可亲、大胆，加上冷酷的心计，成就了他的业绩。他在非洲来来往往，所到之处，一方面制造破坏，播种死亡，烧杀掠夺，用河马皮制成的鞭子抽打装卸工的背部，在整个非洲大陆那些黑檀木般的身体上留下了累累伤痕；而另一方面，他开辟了贸易的通道，在野兽遍布、疾病流行的广袤土地上传播基督教。所以当时罗杰很敬仰他，把他看作《荷马史诗》与《圣经》中的巨人。

"有时，为了我们干的这些事，您不觉得内疚吗？不觉得良心受到谴责吗？"

年轻人未加思考地脱口而出，提出了这个问题，再也收不回去了。营地中央篝火熊熊，树枝噼啪作响，大意的昆虫扑火而死。

"内疚？良心受到谴责？"考察队长从未听说过这些字眼，他蹙起鼻头，仿佛在猜测其含义，被太阳烤黑、满是雀斑的面孔耷拉了下来，"对什么感到内疚？"

"对我们让人家签的合同，"年轻的凯斯门特战胜了心慌，说道，"人家把生命、村落和所有的一切都交到刚果国际协会的手里，却没有人明白签的是什么内容，因为没有人懂法文。"

"即使他们懂法文，也不会明白合同的内容，"探险家坦率而开朗地笑了起来，这是他最令人觉得可亲的特点，"连我都不明白合同里写的是什么。"

他是一个强壮的男人，个子矮矮的，甚至可以说是个侏儒；很年轻，一副运动员的样子，炯炯发光的灰色眼睛，上唇留着浓密的小胡子，有着不顾一切勇往直前的性格。他总穿长筒靴，腰间别着手枪，短大衣上口袋很多。接着，他又笑了起来，围在篝火周围同斯坦利和凯斯门特一起喝咖啡、吸着烟的监工们也笑了起来。年轻的凯斯门特却笑不出来。

"尽管合同上写的那些莫名其妙的话实际上是故意不让他们懂，我却很清楚，"罗杰以尊敬的口吻说道，"一句话，很简单，他们承诺把土地交给刚果国际协会，以换取社会帮助。在开工期间，他们答应支持各项工程：修路、建桥、修建码头，建立商号；答应为营地提供劳动力，维持治安；答应为官员和工人提供食物。而协会什么也不出，既不付工资，也不给补助。我一直以为我们来此是为非洲人做好事的，斯坦利先生。从懂事时起，我就敬仰您。我希望您能讲出一些道理，好让我继续认为您是在为非洲人做好事。这些合同真的是为他们好吗？"

大家沉默了许久，只能听到篝火的噼啪声、夜间出来觅食的动物不时发出的咕哝声。雨早就停了，但空气仍然很闷，充满了湿气。周围的一切仿佛都在发芽、生长、茂盛起来。十八年后，在被发烧搞得昏沉沉、满脑子都是杂乱无章的东西时，罗杰仍然记得亨利·莫顿·斯坦利审视着自己的那种探究、惊讶、带有讥讽意味的眼光。

"非洲不是为弱者准备的，"他终于开了口，但仿佛是在自言自语，"在我们所处的这个世界上，我想说，他们所关心的事情正代表了他们的软弱。美国和英国都没发觉到这一点。在非洲，弱者是不会活下来的，虫咬、发烧、毒箭、舌蝇会把他们消灭。"

他是威尔士人，大概在美国生活过很长时间，因为他的英语很富于音乐感，使用美式词汇和短语。

"这一切当然是为他们好，"斯坦利朝旁边村落里的一圈尖顶茅屋抬了抬头说道，"传教士要来把他们从异教中解救出来，要教会他们基督徒不应同类相食；医生们要来给他们注射疫苗，抵御瘟疫，治病比妖术有效；各家公司会给他们提供工作；学校也教他们讲文明的语言，教他们如何穿衣，教他们如何向真正的上帝祈祷，教他们用清楚明白的语言讲话而不是用猴子讲的那种方言。慢慢地，现代的、有知识的人的各种习惯就会取代野蛮的习惯。要是他们了解我们为他们做的一切，他们会亲吻我们的双脚。但是他们现在的思想状况与你我不一样，而跟鳄鱼和河马更接近。因此我们作出了适用于他们的决定，让他们签订这些合同。他们的子子孙孙会感谢我们。从现在起，到了一定的时候，他们像现在崇拜偶像和草人一样地崇拜利奥波尔多二世也就不足为奇了。"

营地建在刚果河的什么地方？罗杰模糊地记得好像建在伯罗伯和琼毕利之间，那个部落属于巴特克族。不过他并没有把握。那些材料他都写在日记里了，如果说多年来那些分散写在本子上或单张纸片上的纷乱笔记也算日记的话。但不管怎么说，那次谈话他还是记得很清楚。跟斯坦利交谈后，他躺在破床上，内心感到的不舒服，他也记得很清楚。那天晚上，他心目中极为神圣的以字母"C"打头的三位一体破碎了，直到当时他还认为三位一体，即基督教、教化和贸易①可以证明殖民主义是合理的。当他还是埃尔代尔·登波斯特航线上一名卑微的助理会计的时候，他就觉得有一笔代价需要付出：他们一定会进行欺骗。在殖民者中间，不仅有像利文斯顿医生那样的忘我志士，也还有干尽坏事的无赖。但做了一番加加减减

---

① 西班牙文中，基督教（Cristianismo）、教化（Civilización）、贸易（Comercio）三词均以字母"C"打头。

之后，给非洲带去的好处还是大大超过给他们造成的损害。非洲的生活一直在向他显示，事实并不像理论那样清楚。跟随亨利·莫顿·斯坦利工作的那一年，罗杰对他在刚果河及其无数支流灌溉但不为人知的土地上领导探险的无畏精神和指挥能力一直钦佩不已，但他也记住了这位探险家实际上是一位摇摆不定的神秘人物，对他所作所为的议论总是矛盾的，所以根本不可能知道哪些是真的，哪些是假的；有多少是夸大的，有多少是想象的。有些人根本不能从想象里区分出现实，自己就是其中之一。

　　唯一看得清楚的是，这位土著人的施主的想法并不符合事实。罗杰了解到这一点，是听了跟随斯坦利于1871—1872年为寻找利文斯顿医生进行的那次旅行的监工们讲述的事情之后。他们说，那不是一次和平的考察，远非利奥波尔多二世本人指示的那样是为了要让其酋长（治下共450人）签订出让土地、提供劳动力的合同，必须小心翼翼地对待那些部落。那些粗鲁的、被原始森林折磨得失去人性的监工关于1871—1872年的考察所讲述的事情简直令人毛骨悚然：土著人若拒绝为探险队员提供食物，拒绝提供脚夫、向导和用砍刀为他们在森林中开辟道路的人，那些村落就被夷平，酋长就被砍头，他们的女人与孩子就被枪杀。这些很久以来就跟随斯坦利的人都惧怕他，低着头，一声不吭地听他训斥，盲目地相信他的决定，带着教徒般的崇敬议论着于1874—1877年进行的长达九百九十九天的著名旅行。在那次旅行中，同行的所有的白人和大部分的非洲人都死了。

　　1885年召开了柏林会议，以大不列颠、美国、法国和德国为首的十四国列强，在没有一名刚果人参加的情况下，把刚果二百五十万平方公里的土地及其二千万居民拱手送给了利奥波尔多二世，为的是让刚果开放自己的领土，取消奴隶制度，对异教徒施以教化，推行基督教。那时，罗杰·凯斯门特刚满二十一岁，在非洲生活也有一年了，他与刚果国际协会的所有工作人员庆祝了这一事件。他们早已预见到了这一决议，在刚果土地上为比利时国王准备实施的计划打基础已经干了很长时间。凯斯门特是个强壮的小伙子，个头很高，人很瘦，头发和胡子颜色很黑，深深的灰眼睛，不太喜欢开玩笑，寡言少语，像个成熟的男子汉。他的忧虑令他的同事们茫然不解，这些人里有哪个会认真看待令这个爱尔兰青年着迷的所谓"向非洲传播文明是欧洲人的使命"的说法呢？但他们很看重这个年轻人，因为他很勤劳，乐于助人，有求必应，代人值班，替人完成任务。他几乎从不喝烈性酒，在营地，当人们喝多了打开话匣子大谈女人的时候，却发现他显得很不自在，想走开。他不知疲倦地走遍了森林地区，不顾一切地在湖、河里游泳，在昏昏欲睡的河马面前划动着双臂。他很喜欢狗。同事们记得，一天，一头野猪用獠牙刺死了被他叫做"纺锤"的狐狗。当他看到狗的肋部被刺穿、直冒鲜血的时候，他经历了一次神经质的大发作。与探险队中的其他欧洲人不同，他很不在乎钱财。他来非洲不是想发财，而是受"给野蛮人送去进步"这个令人不解的想法的驱动。他把每年八十英镑的工资都花费在同事间的请客上，他自己的生活却很节俭。不过，他很注重自己的外表，一起吃饭的时候总是穿着整齐，又洗澡，又梳头，仿佛不是在林中空地的营地里或河滩边，而是在伦敦、利物浦或都柏林这样的大城市。他在语言上很有天赋，学过法语和葡萄牙语，在一个部落住下来不久就能结结巴巴地说几句非洲人的方言。他总是在学习簿上记下所看到的一切。有人发现他还写诗，为此还开他的玩笑，他臊得连否认都说不清。有一次，他承认小时候曾被父亲鞭打，所以当他看到土著人一旦把物件打翻或不服从命令时监工们就鞭打他们，感到非常恼火。他总是有着梦幻般的眼神。

每当罗杰想起斯坦利，矛盾感就占据了他的心。他正从疟疾中恢复起来。那位威尔士冒险家在非洲看到的只有用来建立个人功绩、为个人攫取战利品的机会，但是又怎能否认他是神话般的传奇人物呢？凭借着无所敬畏而蔑视死亡，野心勃勃，看起来已经打破了人性的底线。他也曾看到斯坦利抱起脸上、身上长满天花痘的孩子，用自己的行军水壶为被霍乱或睡眠症折磨得垂死的土著人喂水，好像没有人能传染他。说真的，这位英帝国的英雄，利奥波尔多二世的野心家，到底是什么样的人？罗杰认为这个谜永远解不透，将永远藏在各种传说织成的大网后。他真正的姓名是什么？亨利·莫顿·斯坦利这个姓名是新奥尔良的一名商人给他起的，这名商人在其浑浑噩噩的青年时代对他很慷慨，也许把他收为了养子。据说他真正的名字是约翰·罗兰茨，但没人能证明，也没人能证明他是威尔士人，更没人能证明他的童年是在孤儿院中度过。当时，卫生警察都把在大街上捡来的无父无母的儿童送进这所孤儿院。看样子，他很小的时候就作为一艘货船上的警察去了美国。在美国内战期间，他先是作为南方邦联军的一名士兵作战，后来倒向了北方军。有人认为，他后来又当了记者，写过几篇关于拓荒者向西部挺进同印第安人作战的新闻报道。《纽约先驱报》派他去非洲寻找大卫·利文斯顿的时候，这位斯坦利丝毫探险的经验也没有。他是怎么走遍了原始森林并活了下来？他是怎么像大海捞针一样寻找着大卫·利文斯顿医生？1871年12月10日，在乌希希，他终于找到了。据他后来吹嘘，他在一声问候过后说："我想，您就是利文斯顿医生吧？"让医生惊愕不已。

罗杰年轻时很钦佩斯坦利的成绩，钦佩他从刚果河的源头直到大西洋入海口的探险活动，但最钦佩的还是他于1878—1881年开辟商旅之路。这条路线为欧洲贸易打开了从刚果河到普尔地区的通道。

普尔是一片可供航行的湖泊，日久天长，人们就把它称作斯坦利湖了。后来罗杰发现，比利时国王早就设想要实施这一行动，这样就可以逐渐开始1885年的柏林会议答应让比利时开发这片土地所需要的基础建设，而斯坦利正是这一设想的大胆执行者。

罗杰在非洲的那几年，逐渐意识到刚果独立王国的真实面目，他屡次对朋友赫伯特·沃德说："我从一开始就是他们的小工。"当然也不完全是小工。当他到达非洲的时候，斯坦利为开辟商旅之路已经干了五年了。第一段路是从刚果河上游的维维到伊桑吉拉，共八十三公里。那段路原是一片茂密的原始森林，布满了沼泽和深谷，树上生满虫子，沼泽散发着臭味，树冠遮住了阳光。1880年，这段路完工了。从那里到姆延加，是一百二十公里崎岖不平的小路。刚果河是可以航行的，但只对惯于此道的先驱者而言是如此，因为他们善于避开旋涡，在雨天涨水的时候又善于在浅滩或洞穴里躲避，以免被礁石撞翻或被时现时隐的湍流卷走。罗杰起初为刚果国际协会（后来于1885年改名为刚果独立王国）工作的时候，斯坦利已在金沙萨和恩多拉修建了以利奥波尔多二世命名的车站，那是1881年。三年后，罗杰·凯斯门特到达了那片森林。四年后，刚果独立王国正式成立。当时，一个从未踏上过这片土地的君主建立了非洲最大的殖民地，同时，贸易也成了现实：欧洲的商人可以战胜刚果河下游的湍流和东一个西一个的利文斯顿瀑布造成的交通障碍，从大西洋进入非洲。这都要归功于斯坦利开辟的从博马到维维、直达利奥波德维尔①和普尔地区几乎长达五百公里的道路。罗杰到达非洲时，利奥波尔多二世的商人和先头部队正进入刚果的土地，掠走第一批象牙、兽皮和整筐整筐的橡胶。这种橡胶出产自生长着某种

———————

① 利奥波德维尔，金沙萨的旧称。

能流出黑色浆汁树木的区域，而这种浆汁又是很容易取得的。

在到达非洲的头几年，罗杰·凯斯门特在商旅之路上走了好多遍。上游是从博马和维维到利奥波德维尔，下游是从利奥波德维尔直达大西洋。在入海口，肮脏的绿色海水变咸了，而正是从这个入海口，葡萄牙人迭戈·卡奥的三桅帆船驶入了刚果的领土。因此罗杰比任何一个住在博马或马塔迪的欧洲人更了解刚果河下游的情况，比利时殖民者正是通过这两个地方深入非洲大陆内地。

罗杰在余生一直惋惜自己在非洲的头八年，像棋赛中的小卒般为刚果独立王国卖命，把自己的时间、健康、努力和理想都投了进去，还以为这样做是在为一项慈善事业出力。直到1902年那次发烧，他还不止一次对自己这样说。

有时，他自我辩解："在1884年斯坦利的探险队和1886—1888年美国人亨利·谢尔登·桑福德的探险队里，在沿商旅之路刚刚建立起来的车站和商号里作为监工或小组头目工作时，我如何能察觉在那二百五十万平方公里土地上发生的事？"他不过是一架庞大无比的机器上运转的一个小小零件而已。除了狡猾的制造者及其亲密的合作者，任何人都不知道那机器是干什么用的。

不过，1900年，罗杰刚被英国外事办任命为驻博马领事时，同比利时国王有过两次谈话。他对此人有一种深深的不信任感。那是一个强壮、高大的男人，浑身挂满了各种勋章，长长的胡子梳理得很整齐，鼻梁高高的，有一双预言家的眼睛。当他得知罗杰将去刚果赴任，路经布鲁塞尔，便请他共进晚餐。富丽堂皇的王宫中铺着富有弹性的地毯，挂着水晶制的枝形吊灯，装饰着雕花镜子和东方雕像，这一切看得罗杰眼花缭乱。包括玛丽亚·恩里克塔王后、克莱门蒂娜公主和法国的维克多·拿破仑王子，共有十二位客人。整个晚上，国王几乎垄断了谈话，他讲起话来像受到神灵启示的布道者。当他描述从桑给巴尔出发去从事掠劫的阿拉伯奴隶贩子们的残暴行径时，那高亢的声音具有神秘而虔诚的色彩：基督教欧洲有责任去结束那种人肉买卖。这一建议是他本人提出来的，也可以说是小小的比利时对文明的贡献：把那些令人同情的人从可怕的境地中解救出来。举止优雅的夫人们听得直打哈欠，拿破仑王子在同邻座的小姐低声调情，乐队在演奏海顿的协奏曲，但没有人在听。

第二天早晨，利奥波尔多二世召见英国领事，想同他单独谈一次。他在私人书房接见了英国领事。书房里装饰着陶制古玩、玉石和象牙雕像。国王身上散发出古龙水的香味，指甲上还涂了指甲油。与头天晚上一样，罗杰几乎插不上话。比利时国王谈论着自己堂吉诃德式的坚韧不拔的毅力和不能为心存不满的报人与政治家们所理解的一切。毫无疑问，在非洲，有人犯错误，行事太过分，是什么原因呢？因为很难找到既能干又正派的人愿意冒险去遥远的非洲工作。他请求领事如果在新职位上发现有什么需要改进的地方，就亲自向他报告。比利时国王给罗杰的印象是一个夸夸其谈的自我崇拜者。

两年后，即1902年的今天，可以说，他无疑仍是这样的人。不过，也有人说他是聪明绝顶、善于玩弄权术的政治家。刚果独立王国甫建立，利奥波尔多二世就于1886年颁布了一项法令，把开塞与鲁基河之间二千五百平方公里的土地划归王室版图。包括斯坦利在内的探险家们都认为，那片土地富产橡胶树。这样，那片土地就不能租让给私人企业，只能由政府开发。而刚果国际协会被刚果独立王国取代，成为合法单位，其唯一的总统兼代理人就是利奥波尔多二世本人。

比利时国王向国际公共舆论解释说，消灭奴隶买卖的唯一有效途径就是建立一支治安武装。所以他向刚果派出了二百兵力的比利时正规军人，还建立了一支由一万名土著人组成的民兵军，其费用则由刚果居民负担。虽然这支军队的大部分是由比利时军官领导的，但是在队伍中，尤其是民兵中的领导职位，都被从欧洲的藏污纳垢之所和妓院走出来的无耻之徒、服过役的囚犯、渴望发财的冒险家等品性卑劣的人占据。从西班牙到俄罗斯殖民地，在分散于广大地区中的数不清的村落里，像被机体中的寄生虫把持的这支治安队还得由非洲人民养活，而后者对于到底发生了什么事一无所知，他们只知道落在他们头上的侵略者是比捕猎奴隶者、蝗虫、红蚂蚁和带来睡眠症的魔法更可怕的灾难。治安队的士兵和民兵都是贪婪、粗野的人，永不知足地大吃大喝、玩女人、捕捉动物、掠夺兽皮和象牙，总之，对于凡是能够抢的、吃的、喝的、卖的、奸淫的一切永不知足。

与此同时，对刚果人的剥削以同样的方式开始了。仁慈的国王开始向各个企业发放特许证，以便让他们"通过贸易为非洲的土著居民开辟文明的道路"。有些商人由于不了解原始森林的情况而死于疟疾，被蛇咬或被野兽吃掉。也有少数商人被土著人用毒箭和浸毒长矛射死或刺死。这些土著人之所以敢于反抗那些如电闪雷鸣般突袭而至的武装部队，是因为商人们说，根据同酋长们签订的合同，他们必须抛弃耕地、渔猎、宗教仪式和日常生活，去做向导、脚夫，去寻找并割取橡胶，而且是白干，没有工资。众多拿到特许证的商人以及比利时国王的朋友和宠臣在很短时间内就聚敛了大量财富，尤其是国王本人。

通过这项特许制度，各个公司在刚果独立王国犹如同心圆的涟漪，深入刚果河的中下游流域及其网状支流的广大地区，在各自的领地上享受着统治权。他们除了受治安队的保护，还有自己的民团，民团的头目往往都是退役军人、狱卒、囚犯和逃犯。其中一些人的野蛮行径在非洲是出了名的。没几年,刚果就成了世界第一的橡胶出产国。文明世界为了让汽车、火车等各种运输体系和制衣、装潢及灌溉工程运转起来,对橡胶的需求与日俱增。

罗杰在那八年(1884—1892)中对此并没有完全意识到。在此期间,他流汗,患疟疾,烤太阳,浑身是虫咬、搔伤、植物的刺伤和害鸟啄伤留下的疤痕。他坚持工作,支撑着利奥波尔多二世的贸易和政治发明。有一件事他是知道的,那就是出现在无数属地上、占据统治地位的殖民标志:皮鞭。

是谁发明了这种绝妙的、易于使用的、有效的工具,来督促、恐吓、惩罚那些无精打采、笨拙愚蠢、黑檀木皮肤的双脚动物?这些双脚动物像佃户那样干着永远干不完的活。除了野外的活计和为政府修建的公共工程支付税款,他们寄望于殖民者的是向每个村落或家庭分发木薯、羚羊或野猪肉和其他食物。据说皮鞭的发明者是治安队的上尉奇科特①先生,他是第一批殖民浪潮中的比利时人。此人既务实又有想象力,观察敏锐,比别人率先注意到用河马皮制作的鞭子比用马或猫的肠子制作的鞭子更具杀伤力,用河马皮拧成藤状的皮条比别的鞭子更能制造灼热的疼痛感、出血多且容易结疤。此外,这种皮鞭既轻便又结实。把皮条装在木质短柄上,监工、营地值班者、警卫、狱卒和小组头目就可以把皮鞭缠在腰间或搭在肩上。因为这种鞭子很轻,所以带在身上并不觉得累赘。治安人员带着它一出现就会产生恫吓效果:黑人男女老少一认出它来,眼睛就睁得大大的,深褐色或黑得发蓝的面孔上闪出受惊的神色,因为稍微犯一点小错、失误或闪失,皮鞭就撕裂着空气,以其特有的嘶嘶声落在他们的脚上、臂上、背上,打得他们呀呀直叫。

———————————

① 奇科特在西班牙语中意为鞭子。

第一批拿到刚果独立王国授予的特许权的商人中有一个美国人，亨利·谢尔登·桑福德。此人曾是利奥波尔多二世在美国政府中的代理人和幕后牵线人，也是促使西方列强把刚果让给利奥波尔多二世的关键人物。这个美国人于1886年组建了谢尔登考察远征公司，在刚果河上游从事象牙、口香糖、橡胶、棕榈油、铜矿等贸易。像罗杰·凯斯门特这种在刚果国际协会工作的外国人都转入了谢尔登考察远征公司。罗杰为谢尔登考察远征公司工作时，工资是年薪一百五十英镑。

他是作为驻马塔迪的仓储和运输代理于1886年开始工作的。马塔迪在基刚果语①中意为"石头"。罗杰来到的时候，那个在商旅之路上建立的运输站不过是在刚果河岸边用砍刀开辟出的一片空地。四个世纪前，迭戈·卡奥的三桅帆船曾到达过这里，这位葡萄牙航海家在一块岩石上刻下了自己的名字，至今仍可见。一家德国建筑工程公司用从欧洲进口的松木（松木竟然进口到非洲）建造了首批房屋、码头和仓库。罗杰还清楚地记得那次不幸的事件：随着地震般的巨响，一群大象拥进空地，差点毁掉刚建起来的居民点，工程中断了。六年、八年、十五年、十八年，罗杰眼看着为桑福德考察远征公司存放商品、他们亲手建立的那座小小村落逐渐扩建，甚至爬上了周围的小山冈。用木头为殖民者盖的两层楼的尖顶房屋增多了，这些房屋都带有花园和长长的小径，窗子都装有金属网。街道、街角和居民也多起来。除了第一座天主教教堂和在金坎达建造的教堂，1902年又修建了一座更重要的教堂：圣母院教堂。此处还有一座浸礼会传教所、一家药店、一所由两位医生和几名修女护士管理的医院、一家邮局、一座漂亮的火车站、一间警察局、一所法院、

---

① 基刚果语，当地语言之一。

几个海关仓库、一座结实的码头，还有出售衣物、食品、罐头，草帽、鞋子和农具的商店。在这座殖民者城市的周围还出现了一个满是五颜六色泥草屋的地方，那是刚果族人居住的贫民区。罗杰有时对自己说，马塔迪比首府博马更像文明、现代的基督教欧洲。在马塔迪，从传教所附近的通杜瓦山冈上可以看到长长的刚果河两岸，在那山冈上有一块埋葬着欧洲人的小小墓地。在城区和码头上，只有那些持有通行证的土著仆人和装卸工才能走动，其他任何人如果打破这个规定，除了被处以罚款和被鞭打一顿，还会被永远赶出马塔迪。在1902年，总督尚能夸大其词地说，在博马和马塔迪没发生过一起盗窃、凶杀或强奸案。

为桑福德的考察远征公司工作的两年里，罗杰正好在二十二岁到二十四岁之间。有两件事，他还清楚地记得：一是佛罗里达号从刚果河入海口一座小小的港口巴纳纳沿着商旅之路直达斯坦利湖，一直跑了几个月的运输；一是弗朗基中尉事件。

佛罗里达号是谢尔登考察远征公司运往博马的一艘巨轮，用来在刚果河上中游，即克里斯塔尔山脉的另一侧运输货物。把博马—马塔迪与利奥波德维尔切断的利文斯顿瀑布垂落下来，形成了若干个旋涡汇合处，这个汇合处被称作"魔鬼大锅"。从此处往东的数千公里的刚果河是可以作航运的，但是往西有几千英尺的落差，这长长的一段河流就不能作航运了。这样，佛罗里达号就得被拆成几百个部件，分类装箱，从陆地运往斯坦利湖。

土著装卸工得扛着这些箱子在商旅之路上走四百七十八公里。罗杰·凯斯门特负责最重的部件，即船的主体。他什么都干，从监督制造能装下轮船主体的大型车到招募上百名装卸工和砍刀手，让他们一面用砍刀开路，一面在克里斯塔尔山的山谷中拉着那庞然大物拖行。他还负责修建路堤和防护栏、建立营地、治疗病人和事故受伤者、平息不同种族成员之间的纠纷、安排值班、组织分发食物和渔猎。那是担惊受怕的三个月，是感受到在为进步事业出力的令人振奋的三个月，也是与可怖的大自然进行卓有成效的战斗的三个月。这些事，罗杰在以后的几年里又干了许多次，但他不使用皮鞭，也不允许监工们滥用皮鞭。这些监工们有个外号，叫"桑给巴尔人"，取自奴隶买卖的重要地点——桑给巴尔，或许是因为他们都像奴隶贩子那样残暴。

佛罗里达号重新组装好，开始在斯坦利湖宽阔的湖面上航行时，罗杰乘这艘船在刚果河上中游进行了一次旅行检查，检查桑福德的考察远征公司在各个点上的仓库和商品是否安全。几年后，他在1902年赴地狱的行程中重经这几个点，它们是：伯罗伯、鲁科雷拉、伊雷布地区，最后是被命名为科基拉维尔①的赤道转运站。

说到弗朗基中尉，此人跟罗杰不一样。他不但不讨厌皮鞭，而且肆无忌惮地使用皮鞭。那次事件发生在从赤道线返回时从博马上行大约五十公里处的一个无名小村中。当时弗朗基中尉带领治安队的八名土著士兵，为了那些无穷无尽的小工问题刚刚完成了惩罚性的胜利。为了装卸来往于博马—马塔迪到利奥波德维尔—斯坦利湖之间的货物，小工总是不够用，各个部落拒绝把自己的人交出去干那种累死人的活。治安队，有时是拿到特许权的弗朗基本人，便不时地侵入顽强抵抗的村落，把有体力的男人串绑在一起带走。还焚烧茅屋，没收兽皮、象牙和各种家畜，鞭打酋长，要他们以后必须履行承诺。

罗杰在四名装卸工和一个"桑给巴尔人"的陪同下走进一座村落的时候，三四间茅屋已经化为灰烬，居民已逃光，只有一个很小

---

① 科基拉维尔，姆班达尔的旧称。

的男孩躺在地上，手脚被绑在几根木棒上。弗朗基中尉正因目的落空而鞭打男孩的背部。一般说来，军官不必亲自动手打人，而是由士兵执行。可这次，中尉无疑因居民逃光而感受到侮辱，要进行报复。他满脸通红，大汗淋漓，每打一下就哼一声，看到罗杰及其小队出现，仍面不改色地不停地打，只是点点头回答来人的问候。小男孩大概早就失去了知觉，背部和双腿被打得血肉模糊。罗杰记得一个细节：他弱小的身体旁爬着一队蚂蚁。

"您没有权利这样做，弗朗基中尉，"罗杰用法语说道，"够了！"

矮小的军官垂下鞭子，转身朝那留着胡子的长长身影看去。来人没带武器，只拿一根木棒探查地面，把前方的枯枝败叶拨开；一条小狗在他脚边转来转去。中尉吃了一惊，修剪着整齐胡子的圆脸由红转紫，又由紫转红，还不停眨着眼。

"您在说什么？"中尉喊道。罗杰看见他垂下鞭子，左手放在腰间，使劲打开枪套露出了左轮枪柄。罗杰知道这突如其来的暴怒很可能会使他开枪，便灵活地做出反应，没等他掏出手枪，就伸手掐住他的脖子，一把夺过他刚抓起的左轮。中尉极力想从捏住他后颈的手中挣脱出来，眼睛瞪得像只蛤蟆。

治安队的八个士兵一动不动地抽着烟，观赏着这一惩罚。罗杰却认为他们是被刚发生的事搞懵了，不知所措，只能手持长枪等他们的长官一声令下才行动。

"我叫罗杰·凯斯门特，为桑福德的考察远征公司工作。您很了解我，弗朗基中尉，我们不是在马塔迪玩过扑克牌吗？"罗杰松开他，弯腰捡起左轮，客气地还给了中尉，说道："不管这孩子有什么过错，这么恶狠狠地鞭打他是犯罪。作为治安队的长官，您比我更明白这一点，因为您无疑是懂得刚果独立王国的法律的。如果这个孩子被鞭打致死，您的良心要承担一项罪行。"

"我既然来到刚果，就做好了把良心留在国内的准备。"军官说道，他面带讥讽，像是在问自己：凯斯门特会不会是小丑？要么就是疯子。他那歇斯底里的劲头过去了："幸亏您手快，我差点儿就给了您一枪。杀了一个英国人，我可就陷入一场外交纠纷了。不管怎么说，我还是要劝您不要像刚才那样多管闲事，也别多管治安队的事，我的同事们的脾气都很坏，可不会像我这样对待您。"

暴怒平息后，他看上去又垂头丧气起来，嘴里直嘟囔：有人向土著人通风报信说他们要来，所以他只得两手空空地回马塔迪。凯斯门特命令手下给男孩松绑，把男孩放到床上，用两根木棒抬起吊床，一起朝博马走去。他什么话都没说。

到博马两天后，尽管伤势很重，失血很多，男孩仍活着。罗杰把他放在卫生站，然后到法院控告弗朗基中尉滥用权势。随后的两个星期里，他被传唤了两次。从法官那长长的、愚蠢的提问中，罗杰明白了：他的指控将被束之高阁，而弗朗基中尉连警告的处分都没有。

因缺乏证据，那男孩又不愿进一步作证，法官最终驳回了他的指控。为此，罗杰·凯斯门特向桑福德的考察远征公司辞职，再次回到亨利·莫顿·斯坦利麾下。那时，当地的基刚果族土著人给斯坦利起了个外号叫"碎石机"，罗杰便在已经开工的铁路上工作了。这条铁路从博马—马塔迪直达利奥波德维尔—斯坦利湖，与商旅之路平行。受鞭打的男孩留了下来，跟罗杰一起干活，从此成了他的仆从、助手和非洲旅行的旅伴。由于他从来说不出自己的名字，凯斯门特就给他起名查利。查利跟了他十六年。

罗杰·凯斯门特离开桑福德的考察远征公司，出于与公司一位上司之间发生的争执。跟随斯坦利在铁路上工作虽然很费体力，但他并不抱怨，因为他初来非洲时抱有的幻想复苏了。开辟森林、爆破高山、铺设枕木铁轨，是他梦想中的先驱者所做的事。露天工作时，被炙热的太阳烤，暴雨时又淋得他浑身湿透。他领导着小工和砍刀手，向"桑给巴尔人"发号施令，监督小组的人打夯、平地、加固、清除茂密的枝条，让他们好好干活。在铺设枕木的地方，正好能集中思想，精力充沛地做一件既惠及欧洲人也惠及非洲人、既惠及殖民者也惠及殖民地人的工程。一天，赫伯特·沃德对他说："我认识你的时候还以为你不过是个冒险家，现在我才知道你是一个不可思议的人。"

罗杰不太喜欢翻过山到村落里为铁路与雇用小工和砍刀手而谈判。随着刚果独立王国的成立，劳动力匮乏成了头号难题。尽管签订了"合同"，但酋长们一旦明白真相就强硬起来，不肯让村民们去开辟道路，修建车站、仓库，收割橡胶。罗杰为桑福德的考察远征公司工作时，为了平息这种抵抗，尽管没有法律上的义务，他还是说服企业给劳工发一点儿工资，一般说来都是现金支付。别的公司也开始这样做了。不过即使这样，还是不易雇到劳工。酋长们说，为了吃饭，必须干农活、打猎、捕鱼，都离不开抢手的男劳力。

有时，看到招募者来了，正值干活年龄的男人就躲进草丛，于是惩罚性的武力招募开始了。他们还把女人们关进所谓的"人质之家"，迫使丈夫们不敢逃跑。

在斯坦利和亨利·谢尔登·桑福德的招募中，罗杰多次负责与当地村社谈判，让他们交出土著人。因为他有语言上的才能，能够用基刚果语和林加拉语——后来还能用斯瓦西里语①进行沟通，尽管也有译员从旁协助。土著人听他结结巴巴地说本地话，不信任感就减弱了。罗杰和气、耐心的举止和尊敬的态度，外加他带去的礼

---

① 基刚果语、林加拉语和斯瓦西里语都是刚果的主要民族语言。

物，如衣服、小刀、居家用品及招人喜欢的玻璃珠，使得对话容易起来，因而他常常能把为数不多的几个男劳力带回营地，让他们清除山上的枯枝败叶，干些装卸的活。罗杰也以"黑人的朋友"闻名。对此，有些同事很表同情，而另外一些人，特别是治安队的一些军官却表示轻蔑。

去土著部落做这样的公事，罗杰心里很不舒服。这种感觉与日俱增。起初，他很乐意做这种公事，因为可以满足他的好奇心，了解一些土著风俗、习惯、语言、衣饰、食物、歌舞、宗教仪式等。这些土著居民好像停滞在几个世纪前，他们的愚昧是原始、健康、直截了当的，但夹杂着残忍的习俗，譬如：在某些部落里，把孪生子女杀掉用来祭祀；杀死无数的仆人（一般都是奴隶）为主人殉葬；还有，某些部落间盛行互相食人的做法，所以其他村落对这些部落既害怕，又厌憎。谈判过后，他总有一种说不清的不适感，觉得是在对另一时代的人干了肮脏的勾当。他竭力想搞懂这种感觉，却毫无办法。因此，尽管他小心翼翼地设法减少合同中的过分规定，却总觉得那是违反信仰、道德和上帝的首要原则的无良行为。

因此，1888年年底，在斯坦利的铁路上工作尚不满一年，他就辞职不干，到恩贡贝·鲁特特的本特利传教士夫妇领导的浸礼会传教所工作去了。那是在一次谈话之后突然决定的。在马塔迪殖民者居住区的一间屋子里，那次谈话从黄昏持续到天亮。谈话的对象是路过该地的一个叫西奥多·霍尔特的人，此人是英国海军的一名前军官。他离开英国海军，专程来刚果做了浸礼会传教士。自从利文斯顿医生来到非洲大陆进行考察，传播福音的时代就到来了。他们在帕拉巴拉、班扎曼特克和恩贡贝·鲁特特建立了传教所，此时又在斯坦利湖附近的阿灵顿建立了。西奥多·霍尔特作为这几间传教所的巡视员，总是在几间传教所之间旅行，帮助牧师们考察如何开办新的传教所。那次谈话留给罗杰·凯斯门特的印象，他终生记得；1902年年中，他在患疟疾的康复期，连细节都能清楚地回想起来。听西奥多·霍尔特讲话，任何人都不会想到他曾是职业军官，曾经作为海员参加过英国海军的两次重要军事行动。他不太谈起自己的过去和私生活。他五十多岁，外貌文雅，举止很有教养。在马塔迪谈话的那个静谧晚上，没有下雨，无云的天空点缀着繁星，河面上反射出点点星光，不时吹过的暖风吹乱了他们的头发。凯斯门特和霍尔特躺在两张老旧的吊床上，开始了饭后闲聊。起初，罗杰以为吃完晚饭只要聊上几分钟，交流交流也就行了，然后就会睡去。然而，聊天开始不久，有些事让他心跳不止，比平时快很多。霍尔特牧师那柔和而火热的声音使他感到愉快，诱导他谈起了从未跟同事，更不用说跟上司们提及的，只是偶尔同赫伯特·沃德才说过的话题：忧虑、痛苦和疑惑。他一直把这些感受作为不祥的预兆埋藏于内心。那一切有什么意义？欧洲人在非洲的冒险难道真的像他们所说、所写、所认为的那样吗？真的是通过自由贸易和传播福音给非洲送去文明、进步和现代化吗？在讨伐性的远征中，治安队那些抢光一切的野兽难道可以被称作传播文明的人吗？在殖民者（商人、士兵、官员和冒险家）中，有几个尊重过当地土著人、把他们看作兄弟或者看作人类？有百分之五甚至百分之一吗？真相是，在非洲的这几年里，他只遇到过屈指可数的几个欧洲人不把黑人看作没有灵魂的人，不把黑人看作可以毫无内疚地加以欺骗、剥削、鞭打甚至杀死的动物。

西奥多·霍尔特静静地听年轻的凯斯门特痛苦的宣泄。在罗杰讲话的时候，霍尔特对听到的似乎并不觉得惊奇，相反，他承认，几年来他也被同样的疑惑折磨过。尽管如此，至少从理论上讲，所谓的"文明"确有其事，土著人的生活条件不是很残酷吗？他们的卫生水平、迷信、关于健康最基本的知识不是使得他们像苍蝇那样死去吗？那苟延残喘式的生活不是一种悲剧吗？为了让他们走出原始状态，为了让他们摒弃某些野蛮的习俗（如许多村社把儿童和病人当作牺牲品、互相残杀，一些地方盛行食人行为），欧洲有许多东西可以带给他们。此外，让他们认识真正的上帝、以基督教的上帝代替他们的偶像崇拜，不是一件好事吗？当然，确实也拥来了许多坏人，也许是欧洲最坏的坏人。难道没有办法制止吗？旧大陆必须给他们送来好事物，但不是灵魂肮脏的商人们的贪婪，而是科学、法律、教育、人类天赋的权利和基督教的伦理道德。不能再落后下去了，不是吗？无须再问殖民地化是好事还是坏事，也无须再问如果没有欧洲人，刚果人的命运是不是更好些。当事情不可逆转的时候，再浪费时间说"最好还是不要发生"是不值得的。最好把事情纳入正规，把走弯的路纠正，这不是基督最好的教导吗？

天亮时，罗杰·凯斯门特提问：像他这样不太信教的世俗人能不能在浸礼会教堂位于刚果河中下游的某间传教所找个工作？西奥多·霍尔特嘻嘻笑了：

"这可真是上帝设下的计谋，"他大声说道，"恩贡贝·鲁特特传教所的本特利夫妇正好需要一名世俗助手，帮我们搞搞会计。您现在竟然问我了，这难道只是一种巧合？这是上帝为了提醒我们他永远与我们同在、为了让我们永远不要绝望而设下的计谋。"

罗杰在恩贡贝·鲁特特传教所工作只限于次年的一月至三月，虽然短暂，但很紧张，并使他从一段时间以来的疑惑中走出来。他每月只挣十镑工资，只够吃饭，但看到威廉·霍尔曼·本特利夫妇在传教所里从早到晚精神抖擞、信心十足地工作，而且看到传教所既是宗教中心又是医疗站、接种牛痘处、学校、商店、消遣和咨询中心，他又觉得殖民冒险不是那么残酷了，而是合理的并能传播文明的。当他看到在这对夫妇周围出现了一个皈依新教的小小非洲村社时，这种感受就更加强烈了。这个村社的衣着、每日在礼拜仪式上练习的合唱曲、他们的扫盲班及教义课，似乎逐渐把部落生活甩在了后面，开始了一种现代的、基督教的生活。

他的工作并不只是管管传教所的收支账目，这花不了他多少时间。他什么都干，从为传教所周围那一小块空地清扫落叶、拔除杂草（这是为了争夺和保持空地而与生长着的杂草所做的斗争）到出去猎杀正在捕食家禽的金钱豹。他负责在小路上或用一艘小船在河上搞运输，把病人、各种日用品和工人运出运进。他也监督传教所商店的运转，在这些商店周围的土著人可以买卖商品，主要是进行物物交换，比利时法郎和英镑都可在此流通。本特利夫妇总是嘲笑他在生意上的无能和大手大脚，因为罗杰认为价格太高，总想降价，哪怕削减了传教所那刚够预算的微薄收入。

尽管对本特利夫妇怀有好感，也知道他们愿意留下他一起工作，但罗杰从一开始就知道自己在恩贡贝·鲁特特的工作是过渡性的。工作是体面的、忘我的，但只有在拥有那份激励着西奥多·霍尔特和本特利夫妇且是他所缺乏的信仰时，工作才有意义。尽管如此，他参加讲评《圣经》、上教义课、举行周日仪式时还是很注意自己的言谈举止的。他并不是无神论者，也不是不可知论者，而是有点儿模糊，不否认上帝这个首要的存在，却不为所动。在教会里，他孤身一人时没法感到舒适，与其他信教者和谐相处也不过是作为公分母的一部分。在马塔迪与西奥多·霍尔特的那次谈话中，他曾试图解释清楚，却笨嘴拙舌，词不达意。前海军军官安慰他说："罗杰，我完全懂得。上帝是有步骤的，先是忧虑、不安，然后推动你去寻找。直到有一天，一切都明亮了，就在那里。你等着吧，你也会有这种体会的。"

至少在那三个月里，他没有这种体会。此时，1902 年，即三年后，他的宗教信仰仍模糊不清。他的烧退了，体重轻了许多。虽然由于体虚，不时地有些眩晕，但已经重新开始驻博马领事的工作。他拜访总督和其他当局人物，重新玩象棋和桥牌。正值雨季，雨势持续了好几个月。

那一年的三月底，他结束了同威廉·霍尔曼·本特利神父的合同。五年之后，他第一次回到英国。

5

"在我的一生中，最困难的事是到这儿来。"爱丽丝向他伸出手表示问候，说："我还以为永远来不了，可你看，我不是在这儿了？"

爱丽丝·斯托弗德·格林一直保持着淡定、理性的外表，感情从不外露。但是罗杰很了解，她是极易受感动的。他可以听出她掩饰不住的、轻微发颤的声音，鼻翼的快速翕动总好像在表明她在担心着什么。她已近七十岁，但仍保持着年轻人的身材，脸上的皱纹并没有盖住她那长有雀斑的红润面色，也没有抹去她那明亮眼睛中的锐利光芒。她的眼睛总是闪烁着智慧的光芒。她穿着浅色外套、薄衬衣和高跟皮靴，显得既优雅，又俭朴。

"真高兴，亲爱的爱丽丝，真高兴见到你，"罗杰·凯斯门特抓住她的双手，不停地说道，"我还以为再也见不到你了。"

"我给你带来了几本书、一些糖果和几件衣服，但是被门卫没收了，"爱丽丝无可奈何地说道，"真遗憾。你还好吗？"

"好，好，"罗杰急切地说道，"这段时间你为我做得太多了，还没有消息吗？"

"内阁星期四才开会，"她说道，"我从可靠的消息来源处得知，你的案子将被列入首项议程，罗杰。从宽的请愿书已经有近五十人签名，都是些重要人物：科学家、艺术家、作家，还有政治家。约翰·德沃伊向我们保证，美国总统给英国政府的电报可能快要到了。所有的朋友都动员起来，我是说，抵制报纸上的卑鄙宣传。你知道了吗？"

"不太知道，"凯斯门特的脸色很难看，说道，"外面的消息传不到这里，狱卒也受命不准跟我说话，除了典狱长，但那只是为了侮辱我。你认为还有可能吗，爱丽丝？"

"我当然认为有可能！"爱丽丝大声、肯定地说道，但凯斯门特认为这只是怜悯的谎言，"我所有的朋友都肯定地对我说，内阁会对此作出一致决定。只要有一位部长反对行刑，你就得救了。看样子，你的外事办老上司爱德华·格雷爵士是反对的。罗杰，不要灰心。"

这次，本顿维尔监狱的典狱长没待在探视室里，只有一名年轻谨慎的看守背对着他们，透过门栏看向走廊，装作对罗杰和历史学家的谈话不感兴趣。"要是本顿维尔监狱的狱卒都像今天这样照顾人，这里的生活还是过得去的。"罗杰想道。他想起自己还没问爱丽丝关于都柏林的事。

"据我所知，圣周起义的时候，伦敦警察局搜查了你位于格罗夫纳路的寓所，"罗杰说道，"可怜的爱丽丝，他们对你很坏吗？"

"还可以，罗杰。他们拿走了很多文件、个人信件和手稿。我希望他们能还给我，那些对他们没有用嘛，"爱丽丝难过地叹了一口气，"与爱尔兰那边的人所遭的罪比起来，我这点儿事不算什么。"

无情的镇压还在继续？罗杰竭力不去想象那些处决、那些死亡的景象与发生在那个星期的悲剧事件。但爱丽丝大概从他的眼睛里读出了他的好奇，知道他渴望了解起义的情况。

"看样子，处决已经中止了，"她对看守的背部扫了一眼，低声说道，"有大约三千五百人被捕，大部分被关押在这里，其余的分散关押在遍及英国的监狱里。我们找到了其中的八十名妇女。有几个协会在帮助我们，好几位律师提出愿意免费代理你的案件。"

某些问题一下子涌上罗杰的脑海：在死伤者和被捕者中间有多少人是我们的朋友？但他控制住了。干吗要打听自己无能为力的事呢？那只能增加自己的苦恼。

"爱丽丝，有件事你知道吗？我希望减刑的理由之一是：如果不给我减刑，那么我尚未学会爱尔兰语就死了；如果给我减刑，我就会埋头学习。我答应你，在这间探视室里，我们很快能用盖尔语交谈了。"

她点点头，想笑但没笑出来。

"盖尔语是一门很难的语言，"她拍了拍他的胳膊说道，"需要花很多时间和耐心才能学会。亲爱的，你的生活已经够动荡了。不过可告慰藉的是，很少有爱尔兰人像你这样为爱尔兰出力。"

"亲爱的爱丽丝，这还得感谢你。我欠你的太多了，你的友谊、你的慷慨、你的智慧、你的文化修养。每星期二在格罗夫纳路聚会，和杰出的人在一起，气氛是那么令人愉悦。那是我一生中最美好的回忆。我现在可以对你说，谢谢你，亲爱的朋友。你教会了我热爱爱尔兰的历史和文化。你是一位慷慨的老师，使我的生活丰富多彩起来。"

罗杰终于说出了想说而又因脑腆未能说出的感受。自从结识她以来，他就敬仰并热爱这位历史学家兼作家，爱丽丝·斯托弗德·格林。她的那些关于爱尔兰和盖尔历史、传说和神话的书籍与文章帮助凯斯门特获得了"凯尔特式的自豪感"，他以极大的毅力追求这种自豪感，有时甚至引起自己的民族主义朋友的嘲笑。他是在十一年或十二年前为刚果改革协会向爱丽丝求助而结识她的，那个协会是他与埃德蒙·D. 莫列尔创办的。那时，这些火气很旺的朋友已经开始向利奥波尔多二世及其诡计多端的设计——刚果独立王国展开公开的斗争了。爱丽丝·斯托弗德·格林在揭发其对刚果的残暴行为方面投入极大的热情，对动员许多作家和政治家加入这一阵营起到了决定性作用。爱丽丝成了罗杰精神上的庇护者和导师，他只要在伦敦，每个星期都要去参加爱丽丝家的沙龙。来参加这种聚会的有教授、报人、诗人、画家、音乐家和政治家。一般说来，这些人跟她一样，都对帝国主义和殖民主义持批判态度，也都主张爱尔兰自治，甚至有激进的民族主义者主张爱尔兰完全独立。位于格罗夫纳路寓所的高雅沙龙里摆满了各种书籍，爱丽丝一直保存着亡夫——历史学家约翰·理查德·格林的图书。在那里，罗杰认识了威廉·巴特勒·叶芝①、亚瑟·柯南·道尔爵士②、萧伯纳③、吉尔伯特·基思·切斯特顿④、约翰·高尔斯华绥⑤、肯尼斯·格雷厄姆⑥和许多别的受欢迎的作家。

　　"我有个问题，昨天就想问格特鲁德，但没敢问，"罗杰说道，"康拉德⑦在请愿书上签名了吗？我的律师和格特鲁德都没提起他的名字。"

---

① 威廉·巴特勒·叶芝（William Butler Yeats，1865—1939），"爱尔兰文艺复兴运动"领袖，是诗人、剧作家、散文家。作品有《凯尔特的薄暮》等。1923年获诺贝尔文学奖。

② 亚瑟·柯南·道尔爵士（Arthur Conan Doyle，1859—1930），出生于爱尔兰的英国小说家，著有《福尔摩斯探案集》等。

③ 萧伯纳（George Berard Shaw，1856—1950），爱尔兰剧作家。

④ 吉尔伯特·基思·切斯特顿（Gilbert Keith Chesterton，1874—1936），英国小说家，著有《布朗神父探案》等。

⑤ 约翰·高尔斯华绥（John Galsworthy，1867—1933），英国小说家、剧作家。

⑥ 肯尼斯·格雷厄姆（Kenneth Grahame，1859—1932），出生于爱尔兰的英国童话作家，著有《柳林风声》等。

⑦ 康拉德（Conrad Korzeniowski，1857—1924），出生于波兰的英国作家，著有《黑暗的心》等。

爱丽丝摇了摇头。

"我亲自给他写过信，请他签名，"她很不高兴地说道，"他的理由含混不清。在政治问题上，他总是滑来滑去。也许因为刚被承认为英国公民，自认为还不稳定。另一方面，作为波兰人，他既恨德国也恨俄国，这两个国家让他的国家消亡了几个世纪。谁知道为什么呢？我们这些朋友都在埋怨他。他是大作家，在政治上却是个假正经的人。你比任何人都了解他。"

凯斯门特点头同意。他很后悔提出这个问题，这种事最好不知道。没有这个人的签名让他很难过，上次从加万·达夫律师处得知埃德蒙·D. 莫列尔不愿意在减刑请愿书上签名令他感到同样的难过。竟然是他的朋友、斗牛犬一样的兄弟、为刚果土著利益而斗争的战友拒绝签名，还说在战争期间要对祖国忠诚①。

"康拉德不签名改变不了事态的发展，"历史学家说道，"他对阿斯奎斯②政府的政治影响等于零。"

"当然，那当然。"罗杰同意道。

他的签名也许对请愿的成败没那么重要，但是从内心来讲，罗杰很在乎。在监狱里，在因绝望而产生的一时冲动中，如果一个有威望的人、一个这么多人都很敬佩的人，在此危难时刻支持他，签一封表示理解和友谊的信，送达了他的手里，那是多么好啊。

"你很久以前就认识他了，对吗？"爱丽丝问道，像在猜测他在想什么。

"确切地说，是二十六年前的 1890 年，在刚果认识的，"罗杰答道，"那时他还不是作家，如果我没记错，他当时对我说他在写一部

---

① 此时为 1916 年，正值第一次世界大战。
② 阿斯奎斯（Asquith，1852—1928），英国政治家，自由党领袖，1908—1916 年出任英国首相。

小说，《阿尔迈耶的愚蠢》。没错，那是他发表的第一部小说。他送了我一本，还签了名。我把它保存在某个地方。之后他就没发表过什么了。他是海员，我几乎听不懂他的英语，他的波兰口音很重。"

"现在也没人能听懂，"爱丽丝笑了，"还是用他那吓人的口音讲英语，像是在'嚼卵石'，这是萧伯纳说的。不过，不管你喜不喜欢，他的文笔确实很精彩。"

这番回忆使罗杰想起了二十六年前的六月的那一天。湿热的夏天开始了，他大汗淋漓地忍受着专叮外国人皮肤的苍蝇的骚扰。一艘英国商船的年轻船长来到了马塔迪，船长三十岁左右，宽额，黑须，体格健壮，眼神深邃，名叫康拉德·科尔泽尼奥夫斯基，波兰人，加入英国籍没几年，因受雇于比利时刚果河上游贸易股份有限公司而作为一艘小轮船的船长来到此地。这艘轮船负责在利奥波德维尔—金沙萨与遥远的斯坦利湖瀑布—基桑加尼航线之间运送商品和商人。这是他第一次当船长，充满了幻想与计算。他来到刚果，满脑子都是想入非非的神话。利奥波尔多二世正是利用这些神话把自己包装成一心教化非洲，把刚果人从奴隶制度、异教束缚和其他野蛮习惯中解救出来的仁慈君主。这个波兰人尽管有着在亚洲和美洲海上航行的丰富经验，但他在语言和阅读方面的短板赋予他某种天真无邪的气息，这立刻吸引了罗杰。好感是相互的，从结识的那一天起，直到科尔泽尼奥夫斯基带领三十个装卸工沿着商旅之路向利奥波德维尔—金沙萨出发赴任比利时国王号船长一职前的三个星期里，他们不分早晚地天天在一起。

他们在马塔迪周边散步，一直走到已不存在的维维，那是殖民地短命的第一个首都，现在连瓦砾都不剩一块。他们走到了姆博索河的入海口，据传四个世纪前，利文斯顿瀑布和"魔鬼大锅"阻止了葡萄牙人迪戈·卡奥的前进。在吕福迪平原，罗杰向年轻的波兰人介绍了探险家亨利·莫顿·斯坦利建造的第一所宅院，后来在一次火灾中毁掉了。不过最主要的是二人进行了长谈，谈及很多事情，主要是发生在康拉德刚刚踏上而罗杰已经待了六年的新生刚果独立王国里的事情。与罗杰交好数天后，这位波兰海员产生了一个与刚来此地工作时不一样的想法。1890 年 6 月 28 日，星期六的早晨，他出发前往克里斯塔尔山脉，临行时对罗杰说道："我失去了童贞。"他就是这么说的，以硬邦邦的口音断然说道："凯斯门特，在利奥波尔多二世身上，在刚果独立王国问题上，甚至在生活问题上，您使我失去了童贞。"他又说了一遍，夸大地说："我失去了童贞。"

后来，在罗杰去伦敦的旅途中，他们又见了几次面，通了几封信。1903 年，相识十三年后的那年六月，当时在英国的凯斯门特接到了约瑟夫·康拉德（此时他已叫这个名字，并且成了一位有声望的作家）的请帖，邀请他到肯特郡本特农庄的西塞别墅度周末。在那里，作家和妻儿过着俭朴而和谐的生活。罗杰保留着与作家一起度过的那两天的温馨回忆。那时作家已有了几丝银发，胡子浓密，人发胖了，言谈之间也有了知识分子那股傲慢劲。不过他对待罗杰还是热情洋溢的。罗杰刚读完他的那部描写刚果的小说《黑暗的心》，那是对发生在刚果令人毛骨悚然的景象最出色的描写之一，他受到了极大的震动。为此，他向作家表示祝贺，康拉德用手势打断了他：

"凯斯门特，您应该是那部书的合作者，"康拉德拍着他的肩说道，"没有您的帮助，我根本写不出来。您擦亮了我的眼睛，让我看清了非洲，看清了刚果独立王国，也看清了人类的残暴。"

饭后，出身卑微的康拉德太太和孩子退下休息了，他俩单独聊起来。作家在波尔多葡萄酒饮过二巡后对罗杰说，他为刚果土著人的利益所做的一切配得上被称作"英国的巴托洛梅·德拉斯·卡萨斯①"。这一夸奖把罗杰搞得满脸通红。对自己的看法如此之好、对自己和埃德蒙·D.莫列尔进行的反利奥波尔多二世运动帮助如此之大的这个人，怎么会拒绝在只是请求免死的请愿书上签名？有什么事情会危及他康拉德和政府的关系？

访问伦敦期间，他记得与康拉德的另一次偶遇。那时，他在位于格罗夫纳广场的威灵顿俱乐部跟外事办的同事聚会，与康拉德不期而遇。当他向同事告别时，作家坚持请他留下来跟他喝杯白兰地。二人回忆起康拉德路过马塔迪六个月后回来时那副颓废的样子。罗杰那时仍在当地工作，负责仓储和运输，而康拉德·科尔泽尼奥夫斯基则一反半年前罗杰认识他时的样子，热情而又充满幻想的年轻人的影子一点儿都不见了。他好像老了许多，显得心烦意乱，寄生虫把他的胃搞出了毛病，不停地腹泻，体重轻了好几公斤。他痛苦、悲观，一心想尽早回到伦敦，找个真正的医生看看。

"康拉德，我看原始森林对您并不仁慈。别紧张，疟疾就是这样，哪怕烧退了，这病还是好不了。"

谈话是在罗杰作为卧室兼办公室的小房间里进行的，仍然是在饭后。马塔迪的夜晚既无月光也无星光，但并没有下雨。昆虫的嗡嗡声催人欲睡，他们一面吸烟一面手持酒杯啜上几口。

"最糟还不只是原始森林，气候也有损健康。发烧烧得我将近两个星期都处于半昏半醒的状态，"波兰人抱怨道，"连那可怕的疟疾搞得我拉血也不过只有五天。太糟了，太糟了，凯斯门特，真正糟糕的是我亲眼看见了在那倒霉的国家里每日发生的可怕事情，随时

---

① 巴托洛梅·德拉斯·卡萨斯（Bartolomé de las Casas，1474—1564），西班牙传教士，到美洲后，大力反对西班牙征服者的罪行，被称为"印第安人的保护者"。

随地都看得见那些黑色魔鬼和白色魔鬼干的可怕行径。"

康拉德乘他所指挥的公司轮船比利时国王号在利奥波德维尔—金沙萨和斯坦利瀑布之间往来过一次。去基桑加尼的路上，前半程很不顺利，在金沙萨附近，毫无航行经验的独木舟划手被困在旋涡之中，康拉德差点儿溺水而亡。疟疾害得他躺在破床上不时地发烧，无力站起。就在那里，他得知前任比利时船长因与村落的一个土著人发生争执而被箭射死，另一位任职于比利时刚果河上游贸易股份有限公司的官员因不明疾病死在旅途中——是康拉德送他到收割橡胶、猎取象牙的偏僻村落去的。但是，叫波兰人发怒的并不是惹他发疯的肉体上的不幸。

"是道德败坏，是这个国家渗入到各个方面的灵魂的堕落。"他好像被某种隐晦的幻觉吓呆了，以空洞而阴森的声音说道。

"我们刚认识的时候，我曾想让您在思想上有所准备，"凯斯门特回忆道，"但很遗憾，对您在刚果河上游将要遇到的一切，我没能明确地提醒。"

是什么对他的情绪造成这么大的影响？他发现了某些村社里还在盛行食人的原始习性？在部落和贸易点还流行着用几个法郎就可以把奴隶买来买去的陋习？那些所谓的解放者对刚果人使用了更为残酷的压迫和奴役的手段？他不忍看见土著人的背部那累累的鞭痕？他平生第一次看到一个白人鞭打一个黑人，直至全身都是纵横交织的伤痕？罗杰没有要他讲具体的事例，但毫无疑问，比利时国王号的船长在合同三年期满之后想辞职尽早回英国之前确实亲眼见证了那些可怖的事情。他还对罗杰讲了一件事：从斯坦利瀑布回到利奥波德维尔—金沙萨时，他跟刚果河上游贸易股份有限公司的经理发生了激烈的争吵，那个经理名叫卡米勒·德尔孔米讷，但他把他叫做"穿马甲戴帽子的野蛮人"。康拉德现在回到文明中去了，对他来说，也就是回到英国了。

"你读过《黑暗的心》吗?"罗杰问爱丽丝,"你认为他对人类的这种看法正确吗?"

"我想不怎么正确,"历史学家答道,"这本书出版时,我们在某个星期二争论了很久。说非洲把文明的欧洲人变成了野蛮人,不过是隐喻。你的那篇《关于刚果的报告》指出的刚好相反,是我们这些欧洲人把最坏的野蛮行为带去了那里。另外,你在非洲待了二十年,并没有变成野蛮人,甚至比以前更加文明。你离开英国时还相信殖民主义和帝国具有高尚的美德呢。"

"康拉德说,人类的道德败坏是在刚果浮出表面的,不管是白人的还是黑人的。《黑暗的心》多次使我夜不成寐,我觉得他描写的不是刚果,不是现实,也不是历史,而是地狱。刚果不过是某些悲观的天主教徒表达残酷看法的借口。"

"对不起,打断你们,"看守转身对他们说道,"已经过去了十五分钟,而探视时间只允许十分钟,你们该告别了。"

罗杰向爱丽丝伸出手,然而使他惊奇的是,她竟张开了双臂,紧紧地拥抱了他。

"我们还要继续努力,使你得救,罗杰。"她在他耳边低声说道。罗杰心想:"爱丽丝如此控制不住感情,大概是因为她确信请愿肯定会被拒绝。"

回牢房的一路上,他都很伤心,还能再次看到爱丽丝·斯托弗德·格林吗?对他来说,爱丽丝意味着许多东西,没有人能像她那样怀有对爱尔兰的热爱:不容改变的热爱、最强烈的热爱、最固执的热爱、能使她憔悴的热爱、会为之牺牲的热爱。"我没什么可抱怨的。"他不停地说道。被压迫了几个世纪,给爱尔兰造成了多少痛苦和不公平啊! 所以,为此高尚的事业去牺牲是值得的,但无疑是失败了。为了加速爱尔兰的解放事业，把自身斗争与德国人联系起来，使得德国陆海军的进攻行为与爱尔兰民族主义起义配合起来而精心设计的方案并没有像他预期的那样成功。他想阻止那次起义，却无能为力。现在肖恩·麦克德莫特、帕特里克·皮尔斯、埃蒙·圣安特、汤姆·克拉克、约瑟夫·普伦凯特和其他很多人都被枪决了。只有上帝知道那几百个同伴在监狱里会被关上多少年，也许一直关到腐烂。至少他是一个范例，放荡不羁的约瑟夫·普伦凯特曾在都柏林狠心地这样说。在刚果与利奥波尔多二世斗，在亚马孙地区与普图马约河畔的胡里奥·塞萨尔·阿拉纳及橡胶商们斗，为这样的事业而斗争，他是献身的范例、爱国的范例、牺牲的范例。这是正义的事业，是孤身一人反对强者与霸者暴行的事业。诬蔑他是叛徒，是蜕化变质分子，就能抹杀这一切吗？话说回来，这又有什么关系呢？重要的是这要由上帝决定，很久以来就同情他的上帝才有最后的发言权。

他闭着眼，仰躺在破床上，又想起了约瑟夫·康拉德。如果这位前船长在请愿书上签了名，自己会不会感觉好受一些呢？也许好，也许不好。那天晚上，在肯特郡的别墅里，他说："在来刚果以前，我不过是个可怜的动物。"这话是什么意思？尽管罗杰并不完全明白，却留下了深刻的印象。到底是什么意思呢？也许是那些所为、那些无为、在人类问题方面、在原罪问题上、在邪恶问题上、在历史问题上引起了自己深深的、至关重要的忧虑。罗杰很了解这一点，其实是刚果把他变得有人性了。如果有人性意味着能看清贪婪、吝啬、偏见、残暴所能达到的极致，那的确是道德败坏——对，这在动物中间是不存在的，是人类专有的。刚果向他展示了这些东西正是他生活的一部分，使他睁开了眼，也使他跟那波兰人一样"失去了童贞"。于是他回想起自己在二十岁到达非洲时也是个"童男"。

本顿维尔监狱的典狱长说，报纸上指控他在人类中是一个渣滓，这不是太不公平了吗？

为了打消这与日俱增的消沉，他只有想象抱着另一个裸露的身体在放满水的澡盆里用肥皂美美地洗个澡。

6

罗杰于 1903 年 6 月 5 日从斯坦利修建、他本人年轻时也参与修建过的铁路坐车离开了马塔迪。到达利奥波德维尔前那漫长的两天里，年轻时体育锻炼方面的一件事一直纠缠着他：他是第一个在恩基希河游泳的白人。恩基希河是商旅之路上曼延加与斯坦利湖之间最长的一条河。他曾经不知不觉地在刚果河中下游的几条最小的河流如科威罗河、鲁贡谷河、姆波索河与伦萨迪河里游泳过，这些河里虽有鳄鱼，但什么事都没发生。不过恩基希河很宽，将近百米，河水更是湍急，靠近瀑布处净是旋涡。当地的土著人提醒过他，在那里游泳太莽撞了，会被水流卷走，撞在石头上。果然，他胳膊划了不久就感到双腿被急流拽向旋涡中心。他竭力蹬腿，使劲划臂，但没能避免喝了几口水。他已筋疲力尽了，此时却被一个浪头卷向了岸边。他竭力抓住了几块岩石。爬上斜坡时，他已被撞得浑身都是伤痕，心都要跳出来了。

这趟行程持续了三个月零十天。后来他想，在那段时间里，他的性格变了，变成了另外一个人，对刚果，对非洲，对人类，对殖民主义，对爱尔兰以及对生活的看法，比以前更加清醒、更加现实了。但那些经历也把他变成了一个习惯不幸的人。在他的余生，在情绪低落的时候，他好几次对自己说，还不如不到刚果河中上游去核实伦敦的某些教会和那位叫埃德蒙·D. 莫列尔的记者对橡胶产区土著人遭受的不公平行为的指控。那位记者似乎要终其一生地批判利奥波尔多二世和刚果独立王国。

从马塔迪到利奥波德维尔的第一段行程，罗杰看到的破败景象使他大吃一惊。他曾经夜宿过的村落如通巴以及散布在恩塞勒和恩多拉山谷的一些村落，以前都是熙熙攘攘的人群，现在则差不多变成了沙漠。幽灵般的老人拖着双脚在飞扬的沙尘中踽踽而行，也有人蹲在树干旁闭着眼睛像是死去，要么昏昏欲睡。

在那三个月零十天里，荒无人烟的景象——失去血色的人以及罗杰在十五六年前曾经到过、夜宿过或搞过贸易的村落与落脚点的消失，一次又一次地给他留下深刻的印象，仿佛在做噩梦。当年在这些地区，刚果河及其支流的两岸，或是在内地，在隘口处，罗杰在传教士、官员、治安队的军官和士兵以及土著人中搜集证词。他可以用林加拉语、基刚果语和斯瓦西里语或者通过翻译用当地的语言向土著人提问，可现在人们去哪儿了？记忆是不会欺骗他的。以前那些打量他、触摸他，然后围上来的兴奋的人，一群群的儿童、女人和男人仿佛就在眼前。男人都文着身，磨尖的牙齿都戴着小圆环，有时手持长矛，戴面具。这几年怎么一下子蒸发了？有些村落消失了，有的则只剩下一半人、三分之一，甚至十分之一。在有些地方，罗杰还能说出确切的数字，就拿鲁科雷拉来说，1884年他第一次访问这个人口众多的村社时，有五千居民，而现在不到三百五十二人。大多数的村落因居民年老、生病而处于颓败的境地。因而，凯斯门特巡视后得出的结论是，只有八十二个幸存者还有劳动能力。鲁科雷拉怎么会一下子就消失了四千多居民？

政府的代理人、橡胶收购公司的职员和治安队的军官们的解释永远是一样的：营养不良损坏了机体抵御疾病的能力，所以黑人因睡眠症、天花、黄热病、感冒、肺病、疟疾和其他疾病，像苍蝇般地死去。流行病确实是一场大灾难，尤其是睡眠症。据几年前的发现，那是由舌蝇造成的。舌蝇进攻血液和脑子，在病人四肢产生一种寄生虫，造成了嗜眠症，永远也治不好。旅程至此，罗杰·凯斯门特依然对刚果人口为何骤减有所疑问，但他不是在寻求答案，而是想确认一下他所听到的谎言是不是所有人不断重复的口号。他很清楚答案：使刚果河中上游的大部分刚果人蒸发掉的灾难，是贪婪、残暴、橡胶、无人性的制度和欧洲殖民者对非洲人无情的剥削。

在利奥波德维尔，为了保持自己的独立调查不被当局破坏，他决定不使用官方提供的任何交通工具，而是在外事办的同意下，向美国浸礼会联合会租用了亨利·里德号及其全休船员。谈判进程缓慢，因为旅行需要贮藏木材和食物，他在利奥波德维尔—金沙萨的逗留期就得延长，从 6 月 6 日延长到 7 月 2 日才起锚。沿河上行，乘自己的船旅行自由多了，想深入到何处就深入到何处，想在哪儿停泊就在哪儿停泊。这就使得他能够调查到在殖民体制下永远发现不了的事情。过去，他从来没有同当地非洲人有过这么多次的谈话，以前，非洲人只在确定他没和军人及比利时行政当局在一起之后，才敢向他凑近。

自六七年前罗杰上一次去利奥波德维尔以来，这个城市成长了许多。满城都是房屋、仓库、传教所、办公室、法院、海关，到处是视察员、法官、会计师、军官和士兵，也到处是神父和牧师。这新兴的城市一开始就让他感到讨厌，不是因为接待不周，相反，从总督到警察局，从他前去拜访的法官和视察员到他去访问的新教牧师和天主教传教士，都热诚地接待了他。所有人都主动向他提供他需要的报告，但正如他几个星期后所证实的那样，这些报告都是模棱两可、公然假造的。他感到某种敌对的、令人透不过气来的气氛弥漫在城市上空。相反，河对岸，与之相邻的法属刚果的首都布拉柴维尔①却没有那么令人窒息，甚至令人感到愉快。他曾经去过两次，街道开阔而规整，人们心情开朗。在那里，没有利奥波德维尔那种暗中仇恨人民的气氛。在利奥波德维尔谈判、租用亨利·里德号的四个星期中，他倒是得到了许多报告，但是没有人愿意谈得深入，连好心人都对他藏着掖着，就连对自己也不愿多说，因为他们惧怕直面那恐怖的事实真相。

　　他的朋友赫伯特·沃德后来对他说，那一切纯属偏见。是他在后来的几个星期里的所见所闻、他对利奥波德维尔的回忆搞乱了他的思维。另外，他的回忆不仅仅保留着对亨利·莫顿·斯坦利于1881年建立的这个城市的坏印象。一天早晨，他趁空气新鲜，走了很长一段路去码头，忽然，他的注意力集中在两个黝黑的半裸小伙子身上，他们正一面唱着歌一面从驳船上卸货。二人看样子很年轻，身上的遮羞布掩藏不住臀部的轮廓。二人都很瘦，但富有弹性，以富有节奏的动作把一包包的货物卸下来，给人留下健康、和谐的美感。他欣赏了很久，很想把他们拍下来，以便将来回忆起来可以说初生的利奥波德维尔并不全都是丑恶肮脏的。可惜他当时没带照相机。

　　1903年，亨利·里德号于当年七月起锚。穿过斯坦利湖那广阔而平静的湖面时，他感动了：在法属刚果的对岸，瞭望几处沙质的陡崖，使他想起了多佛②那些露出水面的白色礁石；长翅鹦鸟在阳

---

① 13世纪末，班图人在刚果河下游建立了刚果王国。15世纪起，葡、荷、英、法、比相继侵入。1885年，瓜分非洲的柏林会议（见前文）把刚果河以东地区划为比属殖民地，刚果河以西划为法属殖民地。
② 英国东南部多佛港。

光的照射下优雅而高傲地在湖面上飞翔。这美丽的景象持续了大半天而无改变。翻译、装卸工和砍刀手激动得不时地指点着泥泞里大象、河马、水牛和羚羊的足迹。他的斗牛犬约翰也因这次旅行而兴奋起来，在船上跑来跑去，还突然吠上几声。但是到了琼毕利，去捡柴时，约翰突然变了脾气，发起怒来，不知怎么搞的，几秒钟内就咬伤了一头猪猡、一只山羊以及浸礼教会联合会牧师的菜园看守人。罗杰只得送些礼物作为赔偿。

旅程的第二天，看到载着一筐筐橡胶的小轮船和驳船沿着刚果河下行到利奥波德维尔。整个旅程都是这幅景象，不时能远眺两岸枝叶间露出的电报杆和村落的屋顶。村民一见他们走近就逃进了森林。后来，罗杰想向某个镇子上的土著人提些问题，就先派一个翻译向村民说明，英国领事是一个人来的，没带比利时军官，想调查村民面临的问题和需求。

旅程的第三天，在建有浸礼会联合会办的传教所的伯罗伯镇，他预先得知了一个期待中的消息。在一群浸礼会传教士里给他留下深刻印象的是莉莉·德·艾勒医生，她精力充沛，智慧过人，和蔼可亲。她的个子高高的，不知疲倦，生活俭朴，说起话来滔滔不绝。她在刚果待了十四年，能讲好几种土著语言，还有效地领导着一家为土著人开设的医院。医院里挤满了病人，罗杰在躺着病人的吊床、木床和席子中间走着，特意向艾勒小姐询问为什么病人都伤在臀部、腿部和背部，后者宽容地看了他一眼，说道：

"他们是某种灾害的受难者，领事先生，这种灾害叫奇科特，是一种比狮子和眼镜蛇更嗜血的猛兽。博马和马塔迪没有奇科特吗？"

"不像在这里这么随便地使用。"

艾勒医生年轻时大概有一头红发，可随着年龄的增长，已经白发苍苍，只有几缕红发从头巾中露出来。太阳晒黑了她瘦削的面孔、脖颈和臂膀，但是那双绿色的眼睛仍显得那么年轻、生动，闪烁着坚定的、信仰的光芒。

"如果您愿意知道为什么这么多刚果人的手上和下体都缠着绷带，我可以向您解释，"莉莉·德·艾勒挑衅般地说道，"是因为治安队的士兵用砍刀割下或摧毁了他们的双手和生殖器。请别忘了把这种事写进您的报告。在欧洲谈到刚果时，这种事是不常被说起的。"

那天下午，通过翻译跟伯罗伯医院的伤者和病人交谈了几小时之后，罗杰吃不下饭。他觉得对传教所包括艾勒医生在内的牧师们有些失礼，因为他们特地为他做了烤鸡。他只得借口身体不适。他敢肯定，只要吃上一小口，就一定会在主人的面前呕吐出来。

"如果您看到的事让您感到不适，那么最好还是别去见马萨德上尉，"传教所所长劝说道，"不过，怎么说呢，听听他的讲述，对强健的胃倒也是一次考验。"

"先生们，我正是为此才到刚果河中游来的。"

治安队的上尉皮埃尔·马萨德上尉并不驻扎在伯罗伯，而在姆邦戈，那里有一支警卫队和一个训练场，用来把非洲人训练成治安队的士兵。他经常巡视旅行，在传教所附近搭有一顶野外帐篷。牧师们邀请他来跟领事谈一次话，同时提醒领事，这位军官的暴躁脾气是出了名的。土著人给他起了个外号叫"麻陆麻陆"①，在其邪恶的事迹中有一件事很突出，那就是他把三个不听话的非洲人串在一起，一枪就能同时击毙三个。最好不要招惹他，他什么事都干得出来。

此人力壮如牛，个头不算高，方脸，光头，牙齿被尼古丁熏得黢黑，脸上总是带着冷笑。他的小眼睛有些细长，声音尖细如女人。

---

① 音译，意义不详，应为土著的语言。

牧师们准备了木薯做的甜食和芒果汁。牧师们不喝烈酒，但也不反对凯斯门特从亨利·里德号拿来一瓶白兰地和一瓶淡红葡萄酒。上尉庄重地向大家伸出了手，并给罗杰行了个巴洛克式的礼，称他"领事先生阁下"。几个人干杯，还点上了香烟。

"上尉先生。如果您允许，我想向您提个问题。"

"您的法语真好，是在哪里学的，领事先生？"

"我小时候在英国学过，但主要还是在这里，在刚果学的。我在刚果生活了好几年，我想可能带有比利时口音。"

"您有多少问题就请问吧，"马萨德又啜了一口酒，"顺便说一句，您的白兰地太好了。"

那四位牧师石头般静静的，一言不发。他们都是美国人，两个青年人，两个老年人。艾勒医生去了医院。天黑下来，听得到夜间昆虫的嗡嗡声。为了轰蚊子，点了个噼啪作响且不时冒烟的火堆。

"马萨德上尉，我要坦率地跟您说，"慢慢地，声音也不提高，"我在伯罗伯医院里看到了那些断手和被割下来的生殖器。我觉得那是不可接受的野蛮行径。"

"当然，当然是野蛮行径，"军官立刻表示同意，不过态度很勉强，"还有比这更糟的呢，那就是浪费：这些肢残的男人不能劳动了，至少活干得很糟，效率极低。我们搞得这里劳动力匮乏，这才是真正的犯罪。请把那些割手割生殖器的士兵带到我跟前，我要扒开他们背上的皮，让他们流干血管里的血。"

他叹了一口气，似乎对世上白痴们的水平感到忧心忡忡，于是啜了一口白兰地，又狠狠地吸了一口烟。

"法律或者什么规定允许你们残害土著人吗？"罗杰·凯斯门特问道。

马萨德上尉爆发出一阵大笑。这一笑，方脸变成圆脸，还笑出了几个滑稽的酒窝。

"法律或规定是绝对禁止的，"他两手一拍，好像空中有什么东西，接着肯定地说道，"那就请你让那些两只脚的畜生也懂得些法律或规定吧。您还不了解他们吗？既然您在刚果生活了这么多年，应该了解他们。让鬣狗和扁虱懂得这些，都比教一个刚果人懂容易得多。"

上尉又笑了起来，但马上发了火，表情僵硬，细小的眼睛在浮肿的眼皮底下几乎消失：

"我来给您解释一下发生了什么事吧，然后您就会明白，"他叹着气接下去说道，好像不得不先行解释一下比"地球是圆形的"这一点更显而易见的道理，"一切都是因为一件很简单的事。"他两手使劲地一拍，似乎想拍死空中那些带翅的敌人，说道："治安队不能浪费弹药，我们不能允许士兵们把发给他们的子弹拿去射杀猴子、蛇和其他肮脏动物而浪费掉，他们就愿意生吃这些东西。有指示告知他们：弹药只能在军官的命令下用来自卫。但是这些黑人士兵不管怎么挨鞭打也不肯服从命令。为此，才有了这个规定。您懂了吗，领事先生？"

"不，我没懂，上尉，"罗杰说道，"您说的是什么规定？"

"为了确保不会因打猎而浪费子弹，每次只要有人开错枪，就割掉他的手和生殖器。"

上尉又叹了一口气，喝了一口白兰地，朝空中吐了口唾沫。

"不，事情不是这样的，"他又发起火来，紧接着抱怨道，"因为这些肮脏的混蛋自有办法对付规定。他们是怎么对付的，您猜得出吗？"

"猜不出。"

"很简单，他们拿出从土著人身上割下的手和生殖器，让我们相信他们射死的是人，而实际上他们射死的是他们想吃的猴子、蛇和别的肮脏动物。为什么医院里都是没手没鸡鸡的可怜虫，您现在懂了吧？"

他停了很长一段时候，喝掉了杯子里剩余的白兰地。看样子他很伤心，甚至做出要哭的样子。

"我们已经尽力而为了，领事先生，"马萨德上尉痛苦地说道，"跟您说吧，不容易啊，这些黑兵不仅粗暴、野蛮，而且惯于造假、说谎、欺骗，毫无感情和原则，就连恐吓也打不开他们的智力。我敢肯定，治安队为了对付割下活人的手和生殖器而进行欺骗并继续使用国家发放的弹药打猎的人，惩罚是很严厉的。您还是来看看我们的哨所，证实一下吧，领事先生。"

谈话一直持续到他们脚下噼啪作响的篝火熄灭，进行了几个小时。二人道别时，那四位浸礼会牧师早已去睡了。上尉和领事把白兰地和红葡萄酒喝光了，都有些醉意，但是罗杰·凯斯门特仍保持着清醒。几个月或几年后，他大概仍能详细地说出他听到的胡言乱语和招供，以及皮埃尔·马萨德上尉在酒精作用下变得通红的方脸。在其后的几个星期里，他还同治安队的军官们进行了几次谈话，其中有比利时人、意大利人、法国人和德国人，他从这些人的口中听到了可怕的事情，但是在他的记忆中最突出、最引人注意的、作为刚果现实象征的，还是那天晚上同马萨德上尉的那次谈话。在谈话的某一刻，这位军官伤感起来，向罗杰承认他很想念他的妻子。他有两年没见到妻子了，也很少收到她的信。她也许移情别恋，不爱他了。这不足为奇，许多军官和官员们都遇上过这种事。他们在此为比利时效劳，为国王陛下效劳，被病痛折磨，被毒蛇咬噬，连最基本的生活条件都谈不上，最后客死他乡，葬身于这座地狱。为了什么？为了那少得可怜、根本积蓄不起来的薪水。有人会感谢他们为比利时付出的牺牲吗？相反，在宗主国，对这些"殖民者"存在着顽固的偏见，从殖民地回来的军官和官员受到歧视，无人理睬，好像他们与野人打交道多了，也变成了野人。

当皮埃尔·马萨德上尉把话题引向性的问题上时，罗杰从心底感到不舒服，想告辞。但是上尉已经完全醉了，为了不惹他生气，不跟他吵架，罗杰留了下来。他一面忍着恶心听他讲话，一面想，自己到伯罗伯来不是充当法官，而是来搞调查、搜集材料的。他的材料越确实、越完整，对斗争的贡献就越有成效，而这斗争正是为了反对把在刚果进行的恶劣行径制度化。上尉很同情那些幻想能把可怜的土著人训练成士兵而从比利时赶来的年轻中尉和军士，他们的性生活怎么办呢？他们必须把自己的女友、妻子和情人抛在欧洲，可到了这儿又能如何呢？在被上帝之手抛弃的荒野里，连称得上妓女的人都没有，只有几个令人恶心、浑身都是虱子的黑种女人，只能在喝得烂醉的时候去睡她们，还要冒着染上毛虱、淋病或下疳的风险。就拿他来说，倒是费了好大的劲，但仍没干成，而在欧洲，他以上帝的名义发誓，从来没失败过。我皮埃尔·马萨德竟然在床上失败了。连吹箫也不起作用，黑种女人有把牙齿磨尖的习惯，不小心咬你一口，就把你阉了。

他把手放在裆上，做出淫荡的表情，放声大笑。趁马萨德大谈特谈的时候，罗杰站了起来："上尉，我该走了。明天一早就得出发，想早点儿去睡。"

上尉机械地握了握他的手，但还在说话，也没站起来，不过声音弱了下来，眼神也涣散了。罗杰渐渐走远，但仍能听到他在背后嘟嘟囔囔地说，选择军事专业是他一生中最大的错误，这个错误让他以自己的余生付出代价。

第二天早晨，亨利·里德号起锚朝鲁科雷拉驶去。在那里，他逗留了三天，没早没晚地找各种人谈话：官员、殖民者、监工、土著人等。接着又到了伊科科，深入曼通巴湖。在湖的附近，他找到了那片被称作"王室领地"的广阔土地，围绕着这片土地，经营着主要的私人橡胶公司：鲁朗加公司、阿比尔公司、刚果贸易公司等。这些公司在整个地区拥有大片的租地。罗杰访问了几十个村落，其中有些位于曼通巴湖边，有的则在腹地。为了去这些腹地的村落，必须用木桨或竹竿划着小型独木舟或在阴暗潮湿的草丛里由土著人用砍刀开路、步行数小时才能到达，有几次还不得不在水淹至腰的湖泊和散发着臭味的沼泽地里顶着成群的蚊虫和无声的蝙蝠影子涉水而行。在这几个星期里，他扛住了疲乏、大自然制造的困难和恶劣的气候，火热的精神状态仿佛着了魔法，他丝毫没有气馁，虽然每天、每刻好像都在陷入苦难和恶劣的地层之中。但丁在《神曲》里描写的地狱是不是就是这样？他没有看过那本书。那几天，他发誓一到手就看。

在他这次旅途中，当地土著一见亨利·里德号来了，以为船上载有士兵，撒腿就跑；但很快就出来与他相见并派出使者，邀请他参观村子。在土著传说中，英国领事视察本地区是来听取申诉和需求的。于是土著人带着证据来找他，诉说着一个比一个更加悲惨的经历，他们以为罗杰有权力在刚果驱邪匡正。罗杰根本没什么权力，他只能把这些非正义行为和罪行向上呈报，然后由英国及其盟国去要求比利时政府结束这些暴行，惩办虐待者和罪犯。这才是他能够做到的。但无论怎么对土著人解释都没用，他们不明白吗？肯定地说，他们根本不听他的。他们急着要说话，要诉说突然而至的灾难，所以并不留意听他的解释。他们绝望地、愤怒地、滔滔不绝地述说着，有时都哽住了。翻译不得不打断他们，求他们讲慢点儿，好让他翻译得好一点。

罗杰一边听，一边记下来，然后整晚整晚地在卡片和本子上一字不漏地整理所听到的一切，几乎顾不上吃东西。他生怕那些草稿纸片可能丢失，简直不知该采取何种谨慎的措施、该藏在什么地方才好。最后他决定带着它们一起走，让一名装卸工扛着，并命令装卸工和他寸步不离。

　　他几乎不敢睡觉，困得精疲力尽，直做噩梦。从害怕到恐惧，从可怖的幻觉到真正的悲痛，一切都失去了意义，失去了生存的根本动力：家庭、朋友、理想、国家、感情和工作。他从未曾像此时这样想念他的朋友赫伯特·沃德。沃德对一切生命存在的表象有着富于感染力的热情，他生性快乐，任何事、任何人都破坏不了他的乐观情绪。

　　旅行结束，他写出报告便离开了刚果，在非洲的二十年也成回忆。罗杰·凯斯门特多次对自己说，这里发生的一切骇人听闻的行径，如果用一个词道出其根源，那就是贪婪，对黑色金子的贪婪。这种遍布刚果森林的黑金成了人民的不幸，这一财富成了落在这不幸人民头上的诅咒。事情如果这样持续下去，这些不幸的人就会从地球上消失。花三个月零十天得出这个结论后，他又想，如果不早日耗尽橡胶，那么被耗尽的将是刚果人。殖民制度本身正在成百成千地消灭他们。

　　在那几个星期里，各种回忆像洗乱了的纸牌混杂在一起。要是不详细地把日期、地点、证据和批注记录在本子上，他的记忆就会乱得一塌糊涂。在那令人眩晕的混乱中，他只要一闭上眼睛，黑檀木般的身体上仿佛被毒蛇撕咬过的背部、臀部和腿部上紫红色的疤痕，还有儿童的残肢、被割下臂膀的老人、骷髅般忧郁的脸孔就不断地浮现，又不断地消失，尤其是那些面孔，仿佛被抽掉了脂肪和肌肉，只剩下一层皮，毫无生气，完全是一副骷髅。那僵硬的神情，或者说那僵硬的神情所表现的，与其说是痛苦，不如说是境遇导致的无限惊愕。罗杰·凯斯门特带着笔记本、铅笔和照相机到过的所有村落和小村子都一样，一遍又一遍地重复着。

一开始，一切都很简单明了，给每个村落规定明确的义务：每星期或每十五天要交纳一定的食物（木薯、家禽、羚羊肉、野猪肉、山羊肉或鸭肉），供治安队哨所和开辟道路、立电报杆、修建码头仓库的小工们食用。此外，各村落还要交纳一定数量的橡胶，橡胶收割后要盛在土著人自己用藤编织的大筐中送去。对未完成这些义务的惩罚是各种各样的：对交纳食物和橡胶不足量的处以鞭刑，不少于二十下，有时甚至五十下或一百下。许多受到惩罚的人会大量出血或死去；少数土著人得以逃命，却牺牲了自己的家庭，因为在那种情况下，他们的妻子就会作为人质被关在"人质之家"。治安队的每个哨所都建有"人质之家"，在那里，逃跑者的妻子们要受到鞭打，不准吃、不准喝，有时还要受到刁钻的折磨：强迫她们吃下自己的或看守们的粪便。

连掌权的殖民者都不遵守自己定下的规矩，不管是私人公司还是国王的产业都一样。在所有的地方，制度都遭到执行者——士兵和军官——的破坏，甚至被搞得更糟，因为在每个村落，军人和政府代理人都随意增加定额，然后拿余下的食物和橡胶去做小生意。

在罗杰访问的所有村落，酋长们的怨言都是一样的：如果男人们都去收割橡胶，又怎能去打猎、种木薯、搞其他食物来养活当局人物——头头们、卫兵们和小工们呢？此外，橡胶树被割尽，这就迫使收割者越来越深入到陌生的、危险的地区，许多人在那里受到豹子、狮子和毒蛇的攻击。所以，不管多么努力，都完成不了所规定的份额。

1903年9月1日，罗杰·凯斯门特满三十九岁那天，他正在罗波里河上航行。他在头天晚上离开位于邦甘丹加山腰上小山冈的伊西伊苏罗小镇。他生日的这一天在他的记忆中将永远无法磨灭，仿佛是上帝，也许是魔鬼，让他在这一天见证人类的残暴是没有底线的，在发明折磨他人的刑罚手段方面总是能够走得更远。

黎明时分，天阴沉沉的，像是要下暴雨，但没下，整个上午的空气中都充满了电。神父到达那个临时建起来的码头时，罗杰正准备吃早点。在亨利·里德号船尾系缆处，来了一位修士，科基拉维尔天主教西多会传教所特拉帕修道院的于托特神父。他又高又瘦，像格列柯①画中的人物，长长的灰白胡须，双眼中翻滚着愤怒、害怕或恐惧的神色，也许三者都有。

"领事先生，我知道您为什么来这儿，"神父向罗杰·凯斯门特伸出一只骨瘦如柴的手，用因急切而显得结结巴巴的法语说道，"我请求您跟我到瓦拉村走一趟，只有一小时或一个半小时的路程，您应该去亲眼看一看。"

他说话时仿佛因患疟疾而发寒热，直哆嗦。

"很好，"凯斯门特同意道，"不过，请您坐下，我们先喝杯咖啡，吃点儿东西。"

神父吃着早点，向领事解释说，科基拉维尔传教所特拉帕修道院的人得到教团的允许，可以打破不准离开修道院的清规戒律——这在其他地方是不被允许的——其目的是为了帮助当地人。"在这片别西卜②似乎要战胜上帝的土地上，当地土著人太需要帮助了。"

修士不仅声音在发抖，眼、手和精神都在发抖，还不停地眨着

---

① 埃尔·格列柯（El Greco, 1541—1614），西班牙文艺复兴时期画家、雕塑家、建筑家。主要作品有《拉孔奥》《圣母与圣马丁》《圣莫里斯的殉教》等。

② 别西卜（Belcebú），基督教《圣经》中的地狱之王，法力强大的大恶魔。

眼。他身穿一件粗布长袍，又脏又湿，满是泥泞和抓痕的双脚上穿着系带凉鞋。于托特神父来刚果已有十年。八年前，他不时地走访村落，曾登上邦甘丹加山的顶峰，在近处遇到了一头豹子，但豹子并没朝他扑来，而是摇着尾巴离开了小径。神父能讲土著人的语言，赢得了当地人尤其是瓦拉村土著人的信任。"这些殉道者啊！"

二人上了路，走在一条两旁都是高大树木的狭窄小径上，不时遇到小溪挡路。在路上，还能听到看不见的鸟儿在歌唱，有时一群鹦鹉叽喳鸣叫着飞过头顶。罗杰注意到神父在树林中走得很轻快，不磕不绊，像是长期在草丛里走路，有经验。一路上，于托特神父向他诉说着瓦拉村所发生的事，虽说是个村子，但其实很小，根本交不出最近规定上缴的食物、橡胶和木材的定额，也拿不出当局需要的劳动力，于是科基拉维尔驻军派出了由当维勒中尉带领的三十名士兵组成的治安小分队。人们看到小分队逼近，就逃进了山里。小分队的翻译找到了他们，劝说他们回去，像是什么都没有发生。当维勒中尉解释了新的规定，要同他们做生意。酋长于是命令大家回去了。但是当人们刚回去，小分队就扑了上来，男男女女都被绑在树上遭受鞭打。一名孕妇想走远一点儿去小便，一个士兵以为她要逃跑，一枪打死了她。还有十名妇女被关进了科基拉维尔的"人质之家"。当维勒中尉限定他们一星期之内必须交齐所欠定额，否则就杀掉这十名妇女，烧掉村子。

事情发生后没几天，于托特神父来到了瓦拉村，看到了一幅残酷的景象：为了交足所欠定额，村子里的家庭卖掉了子女，有两个男人还卖掉了妻子——行商们背着当局买下来去做奴隶生意。特拉帕修道院的这位神父认为，被卖掉的儿童和妇女至少有八个，也许还有更多。当地土著人被吓坏了：为了交足定额，不得不派人去购买橡胶和食物，还不知道卖儿卖妻得来的钱够不够。

"您相信世上会有这种事吗，领事先生？"

"是的，神父先生，人们跟我讲的这些卑劣、骇人听闻的事，我现在相信了。如果说我在刚果学到了些什么，那就是这世上没有比人类更嗜血的兽类。"

"我在瓦拉村从未看到有人哭。"罗杰·凯斯门特后来想。他也从未听到有人抱怨，村子里居住的仿佛都是木头人。在空地上，在那三十间以木条搭建、棕榈叶铺顶的尖顶茅屋中间荡来荡去的都是些幽灵，他们的精神已然崩溃，不知往何处去，也忘掉了自己是什么人、正处在什么地方。整个村子仿佛遭到了诅咒，居民都变成了幽灵，但是这些幽灵的背部、臀部布满了新鲜的伤疤，有的上面仍带有血迹，伤口好像仍没有愈合。

因于托特神父能流利地讲部落的语言，在他的帮助下，罗杰完成了自己的工作。他询问每个男人和每个女人，倾听他们陈诉他曾多次听过和即将听到的苦难。在瓦拉村，他感到很惊奇，这些可怜人没有一个对这件事表示不满：这些外来人有什么权利来侵略他们、剥削他们并虐待他们？他们只发觉了眼前的不公，那就是定额。这太过分了，没有人能搞到这么多的橡胶、这么多的食物，派出这么多的劳力。就连对遭受鞭打和"人质"问题，他们都没有过怨言。他们只求降低一点儿定额，让他们能交上，以博得当局对瓦拉人的满意。

罗杰当晚在村里过夜，第二天带着写满证词和批注的本子向于托特神父告别。他决定变更事先计划好的行程。回到曼通巴湖，他登上亨利·里德号向科基拉维尔驶去。这座镇子很大，土铺的街道不太整齐，住户分散在棕榈树和小块耕地之间。罗杰一下船就去治安队驻地，那是一座面积很大的粗质建筑物，围以黄色木桩。

当维勒中尉出差了，不过该地区治安队所属驻军的站点负责军人马塞尔·瑞诺上尉接待了他。上尉四十多岁，又高又瘦，肌肉发达，皮肤被太阳晒得黑亮，灰发剃得精光，脖子上挂着圣母勋章，前臂文着一只小动物。他把罗杰让到一间简陋的办公室里，办公室的墙上挂着几面小旗子和穿着军服的利奥波尔多二世的照片。上尉给罗杰倒上一杯咖啡，请他坐在堆满本子、量尺、地图和铅笔的小办公桌对面的破椅子上，

　　罗杰每动一下，椅子就差点儿散架。因为父亲在英国做生意，上尉的童年是在英国度过的，讲得一口好英语。他是一位职业军人，五年前自愿来到刚果。"是为了自己，领事先生。"

　　他就要被擢升了，快回到宗主国了。他严肃地、表面专注地听着罗杰，一次也没打断，表情庄重，对任何细节都冷静面对，不露声色。罗杰的陈述准确而详细，描述亲眼所见、亲耳所闻也很清楚：背部和臀部被鞭打者为补足所欠定额而卖儿卖女者的证词，诸如此类。他解释说，陛下的政府将收到关于暴行的报告。此外，他认为他应该以自己所代表的政府的名义对治安队犯下的诸如在瓦拉村那样的残暴行径提出更实际的抗议，作为把那个村落变成地狱这一恶行的目击者。罗杰讲完，瑞诺上尉仍然面不改色，沉默了许久，等着罗杰继续。最后他微微点了点头，轻轻地说道：

　　"领事先生，您无疑是知道的，我们，我是说治安队，并不发布法律，我们只让人遵守法律。"

　　他以明亮的目光直视罗杰，一点没有流露出厌烦和恼怒。

　　"上尉，我了解刚果独立王国的现行法律和规章制度，但是没有一条授权你们肢解土著人、鞭打他们直至出血、把妇女作为人质以防丈夫逃跑、对村落进行敲诈勒索，以致母亲们不得不卖掉子女来交纳你们所要求的食物和橡胶定额。"

　　"我们？"瑞诺上尉夸张地表示惊奇，不停地摇头，他一动，文

在手臂上的动物也在动,"我们没向任何人要求过任何东西。我们只接受命令、执行命令,就是这样。治安队并不规定定额,凯斯门特先生。规定定额的是政府当局和获得特许权的公司经理,我们不过是某项政策的执行者,而且我们从未参与制定这项政策,也从来没人征求过我们的意见。如果征求我们的意见,情况也许会好些。"

他停了下来,好像走神了一会儿。透过装有金属网的大窗子,罗杰看见一块没种树木的方形空地,一队非洲士兵正在列队走步,他们穿着粗斜纹布的裤子,赤裸上身,光着脚,在一名准尉的口令下改变着行进方向。这名准尉倒是穿着靴子、军装衬衣,戴着法式军帽。

"我要进行一次调查,如果当维勒中尉强行征税或支持这种做法,将会受到惩罚,"上尉说道,"当然,当兵的如果滥用鞭刑,也会受到惩罚。这就是我对您的全部承诺。要改变这一制度,不是军人的任务,而是律师与政治家的任务、最高机关的任务。这一点,我想您是了解的。"

他的声音中突然出现一丝沮丧的意味:

"我当然最希望改变这个制度。我对这里发生的事也很恼火。我们不得不做的事违反我的原则,"他摸了摸脖子上挂的勋章,"和我的信仰。我很相信天主教。在欧洲,我力争对我的信仰始终如一,而在刚果就不可能做到,领事先生。这就是悲哀的现实,所以我很愿意回比利时。我敢向您保证,我再也不会踏上非洲这块土地。"

瑞诺上尉从桌旁站了起来,走到一扇窗前,背对领事,看着那些新兵不合拍的走步和歪歪扭扭的队形,很长时间没说一句话。

"如果是这样,您完全可以做点儿什么来消灭这些罪行,"罗杰·凯斯门特低声说道,"我们欧洲人不正是为此才来到非洲的吗?"

"啊!是吗?"瑞诺上尉回过身来看了他一眼,领事发觉这位军官的脸色有些发白，"我们是为什么来到这里的？我知道，是给他们带来文明、基督教和自由贸易。您还相信这些吗，凯斯门特先生？？"

"不相信了，"罗杰·凯斯门特立即答道，"我以前相信，对，全心全意地相信，那时我是一个理想主义青年，天真地相信了好多年，什么欧洲到非洲来是为了拯救生命和灵魂，是对野蛮人施以教化。现在我知道我错了。"

瑞诺上尉的表情变了。罗杰看出这位军官的脸色突然变得更富有人性了，看着罗杰的神色也带有类似看待白痴般的好感。

"我要补偿我年轻时的罪孽，上尉，为此，我来到了科基拉维尔；为此，我要以所谓文明的名义把在这里犯下的罪行详详细细地记录下来。"

"我祝您成功，领事先生，"瑞诺上尉面带嘲讽的微笑说道，"不过，要是您允许我说话坦率，我恐怕您不会成功。个人的力量是改变不了这个制度的。太晚了。"

"要是您不介意，我想参观一下监狱和'人质之家'，那里关着从瓦拉村掠来的妇女。"罗杰突然改变了话题，说道。

"您随便看什么都可以，"军官同意道，"这就是您自己的家。对了，请允许我再次提醒您，刚果独立王国不是我们发明的，我们只不过使它运转起来罢了，也就是说，我们也是它的牺牲品。"

监狱是一座砖木结构的棚子，没有窗，只有一个入口，由两名持枪的土著士兵看守着。里面关着十二个人，有的很老，半裸着躺在地上；有两个被绑在钉入墙上的环里。罗杰边走边看，这些沉默的骷髅无精打采、面无表情地望着他走来走去。最令他反感的是粪便的臭味。

"我们曾教育他们要在桶里大小便，"上尉看出了他在想什么，指着一只盛器说道，"但是他们不习惯，宁可在地上大小便。那就随便他们吧，反正他们并不在乎臭味，没准还闻不到呢。"

"人质之家"是一个更小的地方，但那儿的景象更为悲惨。妇女们挤在一起，在这些拥挤的半裸身体中间，罗杰几乎迈不开步。地方小得许多妇女都坐不下来，更躺不下，只得站着。

"这是例外，"瑞诺上尉指着妇女们说道，"从来没关过这么多的人。今天晚上，为了让她们能睡觉，我们要把一半人移到士兵营房里去。"

这里的粪便味也是令人不能忍受的。有些女人还很年轻，几乎还是孩子。所有人都神色茫然，仿佛在现实之外梦游。这种神情，罗杰在这次行程中在许多女人脸上都看到过。其中一个人质怀抱着一个安静得像死人一样的婴儿。

"怎样才能释放她们？"领事问道。

"这不由我决定，要由行政长官们决定，先生。在科基拉维尔这儿有三位行政长官。条件只有一个：丈夫们上交所欠定额，就可以把他们的妻子带走。"

"他们这样做了吗？"

上尉耸了耸肩。

"有的妇女逃掉了，"上尉不看他，放低了声音说道，"有的被当兵的带去，做了他们的妻子，这些是最走运的；有的发疯自杀了；有的悲痛而死，狂怒而死，甚至饿死。您看见了，几乎没有吃的。这也不能怪我们，连养活士兵们的食物都收不到，更不用说养活囚犯了。有时，我们不得不在军官中搞几次小小的募捐来改善士兵们的伙食。事情就是这样。我是第一个因未能改变这一状况而感到遗憾的人。如果您能做些什么改善一下，治安队将感谢不尽。"

罗杰去拜访了科基拉维尔的三位比利时行政长官，但是只有一位接待了他，另外两位找借口回避了。总负责人迪瓦勒把他请进了一间无防护措施的办公室，送上一杯茶。这位负责人五十岁左右，胖胖的，面色红润。赤道地区这么炎热，他仍然穿着背心，戴着假袖口，上身是挂着怀表的大礼服。他大汗淋漓，一面有礼貌地听着罗杰讲话，一面不时地用湿透了的手绢擦脸，对领事的讲述时而摇头表示谴责，时而做出苦恼的样子。罗杰讲完了，他要求罗杰把那一切都详细地写下来，他可以上报给法院，强行要求对这可悲的事件展开一次正式调查。他本人也是法院的成员。迪瓦勒把手指放在下巴处，又考虑了一会儿说，也许最好由领事亲自把报告上报给利奥波德维尔刚建立的最高法院，因为那里是终审，很有影响力，在整个殖民地执行起来会很有效，不仅对那些状况有办法解决，而且对受害者本人以及受害者的家庭在经济上也有所补偿。罗杰表示会照他说的去办，于是告辞出来了，心想迪瓦勒肯定不会动一根手指，利奥波德维尔的最高法院也不会有所动作。但即使这样，他还是要把写下的情况报上去。

黄昏时分，他正要出发，一个土著人来说，传教所的特拉帕修道院的修士们想见他。于是他又见到了于托特神父。那六位修士想请他把少数逃出来藏在特拉帕修道院的土著人偷偷地用小轮船带出去，这些人都来自刚果河上游的邦甘丹加镇，也是由于未交足橡胶份额，治安队搞了一次跟在瓦拉村一样的惩罚行动。

科基拉维尔的特拉帕修道院是一座泥、石、木结构的两层楼大房子，好像一座碉堡。窗子用泥砌死。堂赫苏亚尔多教士出身葡萄牙，年纪已经很大，同另外两位修士一样，都很瘦小，都仿佛消失在系着粗制皮带、罩着黑色坎肩的白袍之中。那两位年纪大的是神父，其余的都是非神职人员。所有人，跟于托特神父一样，都仿佛骷髅般瘦小，好像这就是当地特拉帕修道院的象征。房子里面倒很明亮，因为只有小教堂、饭厅和修士们的卧室才有屋顶。除了作为修道院的房子，还有一座花园、一片菜园、一个家禽栏、一块墓地和砌着大火灶的厨房。

"你们求我背着当局带走的这些人都犯了什么罪？"

"他们的罪是太穷。"堂赫苏亚尔多难过地说道，"您很清楚，刚才在瓦拉村也见到过，贫穷和卑微意味着什么，作为刚果人又意味着什么。"

凯斯门特表示赞同。向特拉帕修道院的修士们提供他们所需要的帮助未必不是一项仁慈的行动，但他还在犹豫：作为一名外交官，为逃亡者提供偷渡的方便是很冒险的，很可能把大不列颠牵连进去，他为外事办搜集情况的任务也会被取消——尽管这些逃亡者遭到的是非法迫害。

"我能见见他们，跟他们谈谈吗？"

堂赫苏亚尔多同意了，于是于托特神父走出去，几乎立即就把那几个逃亡者带了进来。一共六个人，都是男人，其中有三个男孩。这六个人的左手不是被割掉，就是被枪托砸得血肉模糊，胸部和背部都有鞭痕。领头的名叫曼松达，头戴羽冠，脖子上挂着动物牙齿做的项链，脸上还有旧的伤疤，那是为加入部落而举行的一种仪式留下来的。于托特神父充当翻译：因该地区橡胶树的浆液已经割尽，邦甘丹加村接连两次没能向取得特许权的鲁朗加公司派出的人交出橡胶，于是治安队派驻该村的非洲哨兵就开始鞭打、割手割足。人们愤怒了，发生了骚乱，起而反抗的人杀死了一个卫兵。几天后，邦甘丹加村就被治安队的一支纵队占领了，他们放火烧了所有的房屋，杀死了一大批男男女女居民，有的被活活烧死在自家的茅屋里，其余的被押去关在科基拉维尔的监狱和"人质之家"。曼松达酋长认为他们是仅存的在特拉帕修道院修士们帮助下得以逃出的人，要是被治安队抓住，也会受到和其他人一样的刑罚。在整个刚果，土著人因反抗受到的惩罚一直都是整个村社被消灭。

"好吧，神父先生，"凯斯门特说道，"我用亨利·里德号把他们带离此地，不过只能带到最近的对岸的法属地。"

"上帝会报答您的，领事先生。"于托特神父说道。

"谁知道呢，神父先生？"领事答道，"在这种情况下，我们是违法的。"

"人订的法，"神父纠正道，"我们确实在违反，正因如此，我们才是忠于上帝之法的。"

罗杰·凯斯门特同修士们一起吃了简单的素食晚饭，长谈了一番。堂赫苏亚尔多开玩笑地说，为了表示对他的敬意，特拉帕的修士们特地违反了闭口不语的教规。修士们和非神职人员们看样子好像跟他一样，也被这个国家搞得忧心忡忡，压得喘不过气。怎么会搞成这个样子？他思考着，也说了出来。他对修士们说，他十九年前来非洲时还意气风发，确信殖民事业能给非洲人带来一种有尊严的生活，可开拓殖民地怎么就变成了一场骇人听闻的掠夺和令人眩晕的残暴行为？那些自称基督徒的人折磨、肢解并杀害着手无寸铁的人，对他们施行残忍的酷刑。欧洲人来到非洲不是说要消灭奴隶买卖、带来仁慈的宗教和正义吗？可这里实际发生的事比奴隶买卖更糟，不是吗？

修士们一言不发，让他充分发泄，是不是跟堂赫苏亚尔多开玩笑时所说的违反沉默不语的教规相悖？不，不是，他们跟罗杰一样，对发生在刚果的事也感到茫然、难过。

"领事先生，上帝之路对我们这些可怜的孽障来说是不可知的，"堂赫苏亚尔多叹了一口气说道，"重要的是不要绝望，不要丧失信仰。有您这样的人存在，对我们就是一个鼓舞，使我们又有了希望。祝您圆满完成任务，我们要向上帝祈祷，求他允许您为这些不幸的人做些好事。"

第二天一大早，逃亡者在离科基拉维尔不远处的河湾登上了亨利·里德号。与他们在一起的三天里，罗杰一直很紧张、发愁。他为这几个土著人的出现向全体船员作了模糊的解释，但总觉得这些人不是很相信，用怀疑的眼光看着他们，也不跟他们说话。将到伊雷比时，亨利·里德号靠近了刚果河的法属岸边。那晚，船员们都睡着了，几个无声的黑影走了出去，消失在岸边的草丛中。事后，没有一个人向领事问起他们的下落。

旅行至此，罗杰·凯斯门特开始感到不适，不仅是精神和心理上的，身体也显现出失眠的影响以及虫咬与体力透支的后果。也许更是受到了情绪的影响：愤怒，接着是气馁；立志完成任务，接着是预感到写出报告也将会毫无用处，因为在伦敦，外事办的那些官僚与陛下御用的政客可能会作出决定说，与利奥波尔多二世这样的盟友为敌是不明智的，发表正式指控盟友的报告会导致有损大不列颠利益的后果，因为这等于把比利时推向德国的怀抱，难道帝国的利益不比几个崇拜猫与蛇、有着食人习俗的半裸野蛮人哭丧着脸的抱怨更为重要吗？

他一面竭尽全力地战胜一阵阵袭来的沮丧情绪，克服头痛、恶心和浑身无力（他觉得自己瘦了，腰带上还得多钻一个孔），一面访问村落、岗哨和车站，询问村民、官员、职员、哨兵和割胶工人。在访问中，他每天都能看到被鞭打折磨过的身体、被割下的手；每天都能听到杀人、监禁、敲诈和失踪等梦魇般的事件，但他都尽量克制住自己。他最后想，刚果人普遍遭受的这种苦难渗透进了空气与河流中，包围着他，散发出一种臭味，这臭味不仅是嗅觉上的、超嗅觉上的，也是精神上的。

"我觉得自己正在失去理智，亲爱的格，"一天，罗杰决定转个弯回到利奥波德维尔去，就在邦甘丹加车站，他给姨妹格特鲁德写了一封信，"今天我就要启程回博马了。按照我的原计划，本应该在刚果河上游再停留两个星期，但是，说真的，我已经有足够的材料可以在我的报告里写出这里发生的事件。如果我继续挖掘人们那可耻的恶劣行径能达到怎样的极端，恐怕我就无力写出我的报告了。我正处在发疯的边缘。一个正常人不可能陷进地狱这么久而不失去健康、不导致精神崩溃。有些夜晚，在失眠中，我感到精神崩溃正在发生，思想中有些东西正在蜕变。我一直生活在苦恼中，如果我与这里发生的事继续接触，最终我甚至会在吃午饭、晚饭的时候也用鞭子抽人、割下刚果人的手、杀死他们而不会感到良心上过不去，更不会倒胃口，因为在这不幸的国家里，欧洲人都是这样的。"

不过，这封长信主要谈的还不是刚果，而是爱尔兰："是的，亲爱的格，你也许认为这是另一个发疯的预兆，但是，深入到刚果腹地的旅行使我发现了自己的祖国，了解到她的地位、她的命运和她的现实。在这里的森林中，我不仅发现了利奥波尔多二世的真面目，也发现了真实的自我：一个坚定不移的爱尔兰人。格，等我们再次见面的时候，我会给你一个惊喜，你会认不出你的姨兄罗杰了，我好像蛇一样蜕了一层皮：思想，也许连灵魂都变了。"

确实如此，在乘亨利·里德号沿刚果河下行、最终于9月15日下午在利奥波德维尔—金沙萨靠岸的这几天，领事几乎没跟船员们说过一句话。他一直把自己关在狭小的船舱里，要么躺在船尾的吊床上，如果天气好。他那忠心的约翰卧在他的脚下，安静地注视着主人，沉痛的心情仿佛也传染了给它。

只要一想起童年和青年时代的祖国，深深的思乡之情就油然而生，把刚果那要在道德上摧毁他、扰乱他心理平衡的恐怖形象从脑海中驱逐出去。他回忆着在都柏林受到母亲宠爱与保护的早年岁月，回忆着在贝利梅纳的学生时代以及在加尔戈姆那幽灵城堡里的参观，回忆着与姐姐妮娜在安特莱姆北部田野（跟非洲田野同样温顺）上的散步，回忆着那几次去格兰塞斯山对面峡谷的远足给他带来的幸福感——那是伯爵领地九个峡谷中他最喜欢的一个，微风扫过谷边的峰顶，不时能眺望到张开大翅、竖冠挑战天空的雄鹰飞过。

　　爱尔兰不是跟刚果一样是殖民地吗？尽管他坚持了许多年，不愿接受这一事实，他的父亲和厄尔斯特的许多爱尔兰人也跟他一样，以盲目的愤慨拒绝承认这一事实。为什么对刚果来说是一件坏事而到了爱尔兰却成了好事呢？难道英国人没有入侵爱尔兰吗？难道英国人没有像比利时人对待刚果人那样在未曾与被侵略者、被占领者商量的情况下就借助武力吞并了爱尔兰，使之成为英帝国的一部分吗？随着岁月的流逝，暴力有所减弱，但爱尔兰仍然是殖民地，其主权也因有一个强大的邻居而丧失。这才是许多爱尔兰人拒绝看到的事实，父亲要是听到这些话，会说些什么呢？他会不会把鞭子拿出来？母亲呢？如果得知自己的儿子孤寒羁旅地在刚果，哪怕不是在行动上，至少在思想上正在变成一个民族主义者，她会不会感到震惊？就在那个孤独的黄昏，在漂着树叶、树枝和树木的土色河面上，罗杰·凯斯门特作出了一个决定：一回到欧洲就尽量搜集有关爱尔兰历史、文化的书籍——他了解得太少了。他在利奥波德维尔只逗留了三天，没去找任何人。在那种情况下，他没有心思去拜访当局人物和熟人，否则就不得不跟他们谈及沿刚果河中上游的旅行以及这几个月的沿途见闻，当然，还得说谎。他用密码给外事办发了一封电报，说他已有足够的材料能证实关于虐待土著人的事实。他要求得到允许，搬到毗邻的葡萄牙的领地去写报告，那里要比博马安静得多，而且没有领事事务的干扰。他还给利奥波德维尔—金沙萨最高法院检察院就瓦拉村事件写了一封长长的揭发信，也可以说是一封抗议信，要求对事件进行一次调查并制裁相关责任人。他是亲自把信件送到检察院的。一位谨慎的官员说莱维尔检察长跟该市贸易注册办公室主任克洛萨德先生猎象去了，并答应他，检察长一来就告知他这一切。

罗杰乘火车去了一趟马塔迪，在那儿只过了一夜就乘货船下行回到了博马。在办公室，他看到一大摞信件和外事办主任的一封电报，同意他到罗安达去写报告。事情很急，报告要尽量写得详细。在英国，揭发刚果独立王国的活动正风起云涌地展开，主要的日报都参加了进来，对揭发的暴行，有的肯定，有的否定。除了浸礼会的指控，早些时候，罗杰·凯斯门特的秘密朋友和同行者，法籍英国记者埃德蒙·D. 莫列尔也有所揭发，他发表的文章在众议院和公众舆论中都引发了巨大震动。议会对此议题也进行过一次辩论。外事办和外长兰茨登爵士本人一直在焦急地等待着罗杰·凯斯门特的证词。

在博马，在利奥波德维尔—金沙萨，罗杰甚至不顾外交礼仪，尽量避免跟政府的人见面，这在他领事任上的几年里是从来没有过的。他没去拜访总督，只给他写了一封信，为因健康问题而不能亲自前去问候表示歉意。他也没打一次网球或台球，没玩牌，既不举行午宴、晚宴，也不接受邀请。以前他每天一大早，哪怕天气不好，也要去河边水流静止处游泳，此时也不去了。他不愿见人，也不愿参加社交活动，更不愿别人问起他的旅行情况，否则就不得不说谎。他确信自己永远不会向博马的朋友和熟人坦率地讲出他在这十四个月里沿刚果河中上游旅行时的所见所闻与体验。

他把所有的时间都用在处理领事馆的紧急事务和去卡宾达和罗安达旅行的准备工作上。他期待着离开刚果、到了另外一个殖民领地后，就不像在刚果这样感到压抑而更为自由了。有好几次，他想为报告先打一份草稿，但都没有成功，不光是因为情绪低落，还有右手因痉挛总是抽搐，手里的笔几乎在纸上滑来滑去。痔疮又来困扰着他。他几乎饭也不吃。两个仆人，查利和马乌库，看到他的身体越来越糟，很担心，便劝他把医生叫来。不过，虽然他因失眠、没胃口、身体不适而感不安，但并没叫医生，因为一见到萨拉贝特医生，就得回忆、述说他目前只想忘掉的那些事。

1903年9月28日，罗杰乘船驶向巴纳纳港，在那里，把斗牛犬约翰留给了马乌库，只带着查利乘另一条船到了卡宾达。在卡宾达逗留了四天，也曾同熟人吃过晚餐，这些熟人并不知道他去过刚果河上游，因而没让他讲他所不愿讲的事，令他感到很平静、安稳。10月3日到达罗安达时，他才感到身体好了些。英国驻该地领事布里斯克莱先生是一个慎重而殷勤的人，在办公处给他安排了一间办公室，于是他终于能夜以继日地为报告打草稿了。

但是，他真正感到身体好些、跟以前一样，是到达罗安达三四天后。一天中午，他坐在古老的巴黎咖啡馆的一张桌旁，想在工作了一个上午后吃些东西。一面吃一面浏览里斯本的一张旧报纸时，他看到街对面有几个半裸的土著人正从大车上卸下装有某种农产品——也许是棉花——的大包。其中一个很年轻、很英俊，高高的运动员身材，一使劲，脊背、双腿和双臂的肌肉就突出来。他的皮肤黑得发蓝，因出汗而显得亮晶晶。当他扛着大包从车旁走进仓库的时候，裹在胯上的一块薄布掀开，露出了发红的、下垂着的阳物，比一般的都大。罗杰感到一阵热潮，特别想把这英俊的装卸工用相机拍下来。几个月了，他都没想过这事，一个想法鼓励着他："我要再次成为我自己了。"他在随身携带的小本子上记下："他很英俊，很大。我跟着他并说服了他，在一块空地上高大的羊齿草后面，我们接吻了。他是我的了，我也是他的了。呜嘀。"他深深地喘了一口气，仍然发着烧。

当晚，布里斯克莱先生交给他一封外事办的电报，外交部长兰茨登爵士亲自命令他马上回英国，在伦敦撰写他的《关于刚果的报告》。罗杰看了胃口大开，当晚吃饭很香。

11月6日，离开罗安达去英国，在里斯本转乘扎伊尔号轮船之前，他给埃德蒙·D. 莫列尔写了一封信。六个月以来，二人一直在秘密地通信。他并不认识莫列尔本人，先是从敬仰莫列尔的赫伯特·沃德写给他的信里得知此人的存在，又在博马从比利时官员和过路人的口中听说此人，这些人评论居住在利物浦的莫列尔严厉批评刚果独立王国、揭露非洲殖民地土著人遭受残暴对待的文章时，他都听到了。他曾经很谨慎地通过表妹格特鲁德搞到了莫列尔编写的小册子，其中严厉的控诉给他留下了深刻的印象，因此罗杰斗胆地给他写了信，并通过格寄给了他。罗杰在信中说，自己在非洲居住了很多年，可以为他所支持的正义活动提供第一手材料；但由于自己英国外交官的身份，此事不宜公开进行，因此必须谨而慎之地对待二人的信件，以防自己在博马作为材料提供者的身份被查出。在从罗安达写给莫列尔的信里，罗杰简要地讲了最近的经历，并告诉他，一到欧洲就跟他联系。他只幻想着当面认识莫列尔，这是唯一一位清楚地意识到旧大陆应该为把刚果变成地狱承担什么责任的欧洲人。

在去伦敦的旅途中，罗杰完全恢复了精力、热情和希望，对自己的报告能结束那恐怖状况充满了信心。外事办焦急地等着他的报告，就预示了这一点。所列事件如此之多，英国政府必须有所行动，如要求进行根本的改变、说服自己的盟国废除把刚果这片土地的特许权授予利奥波尔多二世个人这样荒谬的法令。在圣托梅岛与里斯本之间航行的扎伊尔号遇到了暴风雨，轮船颠簸得令半数船员感到眩晕，呕吐不止，而罗杰·凯斯门特还是想方设法地继续写他的报告。他像往年严守纪律那样，以使徒般的热情对待任务，尽量准确、简洁地写报告，不能感情用事，也不能主观臆测，要客观地写出能够被证实的事件。他知道，越是准确、简洁，就越有说服力、有效果。

12月1日，一个冰冷的日子，罗杰到达伦敦，来不及在这多雨、寒冷、幽灵般的城市看上一眼，把行李往伯爵区爱滩公园的寓所一放，瞥了一眼堆积着的信件，就朝外事办跑去。在其后的三天里，会议、会见一个接着一个，给他留下了很深的印象。毫无疑问，刚果问题自从那次议会辩论以来就成了当时的新闻焦点。浸礼会的揭发、埃德蒙·D. 莫列尔的活动已经产生了影响。所有人都要求政府发表声明，而政府则要在研究了报告之后才能发表声明。于是罗杰·凯斯门特发现，时势不知不觉地把他造就成了一个重要人物。开了两次说明会，每次一个小时，参会的都是外交部的官员。有一次，非洲事务司司长和外交部副部长也参加了。在会上，罗杰注意到他的话在与会者中产生的效果。他回答问题时更加详尽，所列事实更加令人厌恶、恐惧，这时，开始时的怀疑目光有了变化。外交部在远离外事办的肯辛顿大街提供了一个安静的地方和一位年轻、办事得力的打字员，乔·帕尔多先生。12月4日，星期四，开始了口授。消息传开了，说英国驻刚果领事随身携带大批有关殖民地的文件回到了伦敦。路透社试图采访他，《观察家报》《泰晤士报》，还有美国的几家日报记者也要进行采访。但是，他在上级的同意下，表示只有在政府就此问题发表声明之后，他才会与报界谈话。

在以后的几天里，他什么事也不干，只是夜以继日地写他的报告，添添，删删，重新安排文本，一次一次地阅读本子上他已经背得出的旅行笔记，中午几乎只吃一块三明治，晚饭早早地在威灵顿俱乐部里吃。有时赫伯特·沃德也来，跟老朋友聊聊天对他来说不无裨益。一天，沃德把他拉到他位于切斯特广场53号的工作室里，为了让他分分心，向他展示了一座强壮的非洲人雕像；还有一天，为了让他将那困扰他的操心之事忘掉几小时，硬逼着他一起去购买一件时髦的格子上装、一顶法式便帽和一双白色鞋面的皮鞋，然后把他带到伦敦知识分子与艺术家喜欢去的埃菲尔铁塔餐馆。这是那几天里他仅有的消遣。

自从到了伦敦，他就要求外事办同意他与莫列尔会见，借口是要跟这位记者核对一下他所带来的材料。12月9日，他获得了许可。第二天，罗杰·凯斯门特与埃德蒙·D. 莫列尔第一次面对面地相识了。他们没有握手，而是互相拥抱，又是畅谈又是去喜剧餐厅共进晚餐。随后他们来到了罗杰位于爱滩公园的寓所，一起喝酒、聊天、吸烟、争论，就这样度过了一晚，直到透过百叶窗发现又一天开始了。也就是说，他们不间断地谈了十二个小时。事后，两个人都说那次是他们一生中最重要的会面。

这两个人的外表很不一样。罗杰又高又瘦，莫列尔却较矮、壮实，正在发胖。每次见到他，凯斯门特的印象都是：他的衣服显得越来越紧。那时罗杰已满三十九岁，尽管受到非洲气候的影响和疟疾的折磨，也许因他很注意自己的穿戴，看起来比三十二岁的莫列尔年轻。其实莫列尔年轻时也很英俊，但现在老了，灰发剪成海豹式小胡子似的平头，突出的双眼总是红红的。二人一见如故，这并不是夸张，实则是一见钟情。

在那不间断的十二小时里，他们都谈了些什么呢？当然，谈得最多的是非洲，不过也谈到了各自的家庭、童年、梦想、理想和少年时的追求。不知不觉地，刚果就占据了他们生活的中心，把他们从头到尾地改变了。令罗杰感到惊奇的是，一个从未到过刚果的人怎么这么了解这个国家，包括其地理、历史、人民面临的问题？很多年以前，莫列尔作为埃尔代尔·登波斯特航线（正是罗杰年轻时在利物浦工作过的那家企业）上不起眼的小职员，在安特卫普港负责登记船只和货物及审计工作，发觉利奥波尔多二世陛下开拓的自由贸易并不是对等的，而是一个骗局。从刚果开来的货船卸在安特卫普港的是成吨的橡胶、大量的象牙、棕榈油、矿石和兽皮，而装船运去刚果的却只是枪支、皮鞭和成箱的彩色玻璃，这算什么自由贸易？于是他产生了怀疑。

就这样，莫列尔对刚果发生了兴趣，开始进行调查，咨询往来于刚果和欧洲之间的商人、官员、旅行者、牧师、神父、冒险者、士兵和警察，阅读一切能搞到手的有关那个广阔国家的材料，对其不幸了解得详详细细，就好像跟罗杰在刚果河中上游进行过十多次巡视旅行。于是，在没向公司辞职的情况下，他开始给比利时和英国的报刊写信、写文章，揭露他所发现的一切，并用材料和证词揭穿利奥波尔多二世的御用文人向世界展示的刚果那田园诗般的假象。他在这家企业工作了许多年，一直发表文章，出版小册子和图书，在教会、文化中心和政治团体演讲。他的活动扩散开来，现在有很多人支持他。"这也是欧洲，"罗杰·凯斯门特在12月10日那天多次想道，"我们派往非洲的不应仅有殖民者、警察和罪犯，欧洲也有基督精神，其模范就是埃德蒙·D. 莫列尔。"

从那次起，二人经常见面，继续谈论着令他们激动的话题，开始互相叫起亲热的外号：罗杰叫老虎，爱德蒙叫斗牛犬。他们在一次闲谈中冒出了一个想法：成立一个基金会，就叫做刚果改革协会。没想到在张罗着征集资助者和会员的时候就获得了广泛支持。确实，很少有政治家、记者、作家、宗教人士和知名人士拒绝帮助该协会。就这样，罗杰·凯斯门特认识了爱丽丝·斯托弗德·格林，是赫伯特·沃德介绍的。爱丽丝是第一个参加协会、为协会捐款并献出时间的人。约瑟夫·康拉德也加入，接着又有许多知识分子紧跟其后。基金凑足了，备受尊敬的人物也齐了，于是在教会、文化中心的慈善组织中开始了公开活动：提供证词，组织讨论，出版刊物，以期使公众舆论对刚果的真实状况睁开眼睛。虽然罗杰因其外交官的身份，不能正式成为协会的领导成员，但他向外事办交出报告后，便把所有能支配的时间都花在协会上了。他向协会捐出了储蓄和薪金，给很多人写信，拜访他们，争取到一大批外交官和政治家变成了他与莫列尔所捍卫的事业的倡导者。

几年后，罗杰·凯斯门特回忆起 1903 年底到 1904 年初那些火热的日子时说，在英国政府发表他的报告很久之后，利奥波尔多二世的御用文人开始在报刊上攻击他诬蔑比利时、是比利时的敌人时，他已经获得了很高的声望，而不是在那之后。但对他来说，最重要的并不是声望，而是经莫列尔、协会和赫伯特的介绍，认识了爱丽丝·斯托弗德·格林，从此成了她的亲密朋友，而他自己却夸张地说成了她的学生。他们之间渐渐有一种与日俱增的默契与好感。

在第二次，也许是第三次单独相处时，罗杰像信徒对忏悔神父那样向这位新朋友敞开了心扉。爱丽丝跟他一样出身新教家庭，因此他敢于对她说出没有对别人说过的话：在刚果，他亲眼看见了非正义与暴力，发现殖民主义是一场骗局，于是开始觉得自己是一个爱尔兰人，也就是说，是某个国家的公民，而这个国家正在被一个帝国占领并剥削、被抽干了血、被夺去了灵魂。他不断地重复父母的训诫：说得多、想得多而无所作为。他感到很不好意思，所以打算改正。感谢刚果此时使他发现了爱尔兰，他要成为真正的爱尔兰人，了解自己的国家，适应她的传统、历史和文化。

爱丽丝比他大十七岁，有时像母亲那样亲切地责备他，说他已经是四十岁的人了，还像小孩般热情冲动；不过仍帮助他，给他劝告，给他书看，跟他一面喝茶，吃饼干、奶油烤饼加果酱，一面谈话，对他来说那是老师给他上课。在 1904 年初的那几个月，爱丽丝·斯托弗德·格林是他的朋友、老师和引路人，指引他进入历史、神话以及现实的、宗教的甚至是与虚构传说混合在一起的古老过去，使他得以建构一个民族的传统。尽管英帝国竭力改变其语言、性格、习惯以及任何一个爱尔兰人——新教徒也好，天主教徒也好；信教者也好，非信教者也好；自由派也好，保守派也好——都引以为傲并全力保卫着的一切，但这些传统仍然保持着。没有什么比同莫列尔、爱丽丝建立的友谊更能帮助罗杰平静下来，治愈在刚果河上游旅行给他造成的精神伤痛了。罗杰向外事办请了三个月的假。一天，送别他去都柏林时，女历史学家对他说：

"发觉了吗，你已经成了名人，罗杰？在这儿，在伦敦，所有人都在谈论你。"

这并未使他高兴，因为他不是有虚荣心的人。可爱丽丝说的是真的。英国政府发表了他的报告，在报界、议会、政坛和舆论界引起了很大反响。比利时的官方出版物、英国的新闻记者、利奥波尔多二世的宣传家对他进行的攻击只不过强化了他主持正义的人道主义斗士的形象。他接受报界的采访，应邀在公众集会、私人俱乐部里讲话，自由派和反殖民主义派的沙龙给他送上请帖，出现了各种文章和短文，把他的报告以及他为正义和自由的事业奋斗的诺言捧上了天。这又一次推动了关于刚果的运动。报界、教会和英国社会最先进的阶层看到报告中揭露的内容大为震惊，纷纷呼吁大不列颠要求其盟国修改西方各国把刚果交给比利时国王的那个决定。

他被这突如其来的声望压得喘不过气来——人们在剧院、餐馆认得出他，在街上带着好感对他指指点点——于是去了爱尔兰。在都柏林逗留了几天，很快去了厄尔斯特、北安特莱姆、马格赫林登普勒的儿时老家。他的叔叔（即他叔祖父约翰的儿子，也叫罗杰）继承了老宅。叔祖父是1902年去世的，叔祖母夏洛特还活着，她亲热地接待了罗杰。其他的亲戚——堂兄弟和子侄们也都很亲切，但他总感到自己与父辈的家庭之间有一种看不见的距离，因为他们仍然是坚定的亲英派。尽管如此，马格赫林登普勒的景色，灰色石块砌成的大房子，周围大多已隐没在草丛中得以抵抗盐碱和大风的西克莫无花果树，羊群在其中偷懒的草原上的杨树、榆树和桃树，还有远处大海上可以瞭望到的拉斯林岛和全是白色小屋的贝利梅纳小城，都使得他激动不已。他走遍了房子后面的畜栏、菜园、墙上装饰着鹿角的大房间，埋葬着几代祖先的古老丘申登村和丘申达尔村。他的童年记忆复苏了，满怀思乡之情。但他的新思想和对自己祖国的新感情，使得几个月的逗留对他来说成了另外一场冒险。与在刚果河上游的旅行不同，这场冒险是愉快的、鼓舞人心的。身临其境给他一种蜕了一层皮的感觉。

他带去了爱丽丝推荐的一大摞图书，有语法书和杂文书，花很多时间用来阅读有关爱尔兰的传统和传说。他想学习盖尔语，先是自学，发现这样永远也学不会就找先生帮助，每周上两次课。

不过，最主要的是，他开始了同安特莱姆新朋友的交往，这些人都是厄尔斯特省人，跟他一样信奉新教，并不是统一派①。相反，他们希望保持古老爱尔兰的特点，反对把国家英国化；主张传统的歌谣与习俗回归爱尔兰的古老源流，反对在爱尔兰为英国军队征兵；梦想脱离英帝国，建立独立的爱尔兰；避免现代工业化的破坏，在乡村过着田园诗般的生活。就这样，罗杰便加入了鼓励学习爱尔兰

---

① 统一派，亦译联合主义派，爱尔兰自由邦产生前反对爱尔兰自治的人。

语言文化的盖尔同盟①。这个同盟的座右铭是"新芬"（意为"我们自己"）②。该同盟于1893年在都柏林创立时，主席道格拉斯·海德在演说中向听众回忆说，迄今为止，"只出版了六部盖尔语书籍"。罗杰认识的是海德的继任约恩·麦克尼尔，并与他交上了朋友。此人在大学里教授爱尔兰古代史和中古史。从此，罗杰开始参加读书、朗诵、校际比赛等活动，去听演说，一起行军，还参加了新芬发起的为民族英雄立碑活动。他还为盖尔同盟的出版物撰写关于保卫爱尔兰文化的政治文章，用的笔名是"可怜的小老太婆"，这是他经常哼唱的爱尔兰古老歌谣里的词汇。与此同时，他还同一些太太非常接近，其中就有加尔戈姆的西班牙人罗莎·莫德·扬、艾达·麦克尼尔和玛格丽特·多布斯。这些太太走遍了安特莱姆的各个村庄，去搜集爱尔兰民间的古老传说。罗杰在她们的指引下，在一个民间集市上听了游走说书人讲故事，尽管并没听懂几个字。

在马格赫林登普勒老宅里，罗杰跟叔叔争论起来。一天晚上，他激动万分地说："我是爱尔兰人。我恨英帝国。"

第二天，他收到阿尔吉尔公爵的一封信，通知他说英国政府为表彰他在刚果的出色工作，特授予他圣米歇尔及圣乔治双重勋章。罗杰没去参加授勋仪式，借口膝盖发炎，不能向国王③下跪。

---

① 盖尔同盟，创立于1893年，主张爱尔兰人要学习爱尔兰语，还要发掘和推广爱尔兰服饰、爱尔兰舞蹈、爱尔兰诗歌和歌曲，以及一切可以将爱尔兰特性与英国特性区分开来的文化形式。
② 爱尔兰记者亚瑟·格里菲斯创办了两份报纸，一份为《联合爱尔兰报》，另一份即为《新芬报》。后者发展成为政治组织新芬党。
③ 爱德华七世，在位时间为1901—1910年。

　　"您恨我，而且不掩饰。"罗杰·凯斯门特说道。典狱长吃了一惊，过了一会儿，做了个怪相，浮肿的脸歪曲了，表示认可。

　　"我为什么要掩饰?"典狱长低声说道，"但是您错了，我不是恨您，而是鄙视您。叛徒只配这个词。"

　　两个人在监狱那被烟熏黑的砖砌走廊里向探视室走去，天主教的祭司卡雷神父在那里等着他。凯斯门特透过镶有铁栏杆的小窗子望着天上大片的黑云，外面的加里东路和罗曼大街上（几个世纪以前，密密麻麻的首批罗马军团的士兵在这里列队行军）是不是下雨了? 他想，艾斯林唐公园旁的商贩要被暴雨淋得精湿了。想到外面的人穿着雨衣、打着雨伞在做买卖，一阵嫉妒之情油然而生。

　　"您什么都有了，"典狱长在他背后嘟囔道，"外交官职位，双重勋章，国王又赏了您贵族称号，可您把自己出卖给德国人。忘恩负义，真卑鄙。"

　　典狱长停了下来，罗杰以为他在叹气。

　　"每当想起我那死在战壕里的可怜儿子，我就说，您是杀死他的凶手之一，凯斯门特先生。"

　　"很遗憾您失去了儿子，"罗杰没有回头，重复道，"我知道您不会相信我，可我一个人也没杀过。"

　　"感谢上帝，您没有时间去杀人了。"典狱长像是在宣判。

　　到了探视室门前，典狱长留在外面，跟看守站在一起。只有教士的探视才能私下里进行，其他人探视时，典狱长或看守必须在场，有时两位同时在场。罗杰看到这位宗教人士那修长的身影，很是高兴。卡雷神父走上前，跟他握了握手。

"我调查过了，而且有了答案。"神父微笑着通知他，"您的记忆是准确的。您小时候确实在威尔士的里尔教区受过洗礼，登记本子上都有。当时在场的有您的母亲和两位姨妈，所以您没有必要再接受一次天主教的洗礼。您一直是天主教徒。"

罗杰点了点头。陪伴了他一生的这个遥远印象是准确的，是母亲在一次去威尔士的途中背着父亲为他洗礼的。他为与安妮·杰弗逊共谋的那个秘密感到很高兴，因为这样一来，他就能够跟自己、跟母亲、跟爱尔兰协调一致了，仿佛向天主教靠拢是他最近几年来所做的以及想做的一切的必然结果，甚至是犯错误与失败的必然结果。

"卡雷神父，我正在阅读托马斯·肯比斯①的作品。"他说道，"以前我的精神几乎集中不起来，可最近几天我做到了，每天能读几个小时。《仿效耶稣基督》是一本很好看的书。"

"我在神学院的时候读了他许多作品，"神父同意道，"尤其是《仿效耶稣基督》。"

"我钻进这部作品的时候，感到心情非常平静，"罗杰说道，"好像脱离了这个世界，进入了另一个世界，毫无牵挂地进入了一个单纯的精神世界。在德国，克罗蒂神父就介绍过我看这本书，算是介绍对了。可他想不到我将会在什么情况下阅读他所敬佩的托马斯·肯比斯的书。"

不久前，狱方给探视室搬来了一条小板凳，于是二人坐下来促膝而谈。卡雷神父在伦敦的监狱教堂作为教士已有二十多年，曾经陪伴被判死刑者直到行刑。经常与监狱里的人打交道并未使他的心

---

① 托马斯·肯比斯（Thomas Kempis, 1380—1471），德国神秘主义作家，作品《仿效耶稣基督》用拉丁文写成。

肠变硬，仍能为别人着想，照顾别人。罗杰一见面就对他产生了好感。在他的记忆里，从未听他说过伤人的话语，相反，向他提问或是跟他谈话的时候，他总是温和的。在他的身边，罗杰的感觉就好一些。卡雷神父身材很高，骨瘦如柴，皮肤很白，尖尖的灰色胡须遮住了一半下巴，哪怕在笑的时候，眼睛也总是湿润的，仿佛刚刚哭过。

"克罗蒂神父是怎样的人？"他问罗杰，"我看你们在德国时成了好朋友。"

"在林堡①战俘营的那几个月，要不是克罗蒂神父，我早就疯了。"罗杰点头道，"他跟您很不一样，我是说在外表上。他比您矮，比您壮实，面色不像您这么苍白，而是红润的，一杯啤酒下去就越发红润了。但从另一个角度看，他又很像您，我是说，你们俩都高尚而豪爽。"

克罗蒂神父是爱尔兰籍的多明我会成员，是梵蒂冈把他从罗马派往德国人在林堡建立的战俘营。1915—1916年，罗杰试图在俘房中为爱尔兰纵队招募志愿者，在那几个月里，他与克罗蒂神父的友谊好像成了他的救生圈。

"那是一位仿佛对气馁和沮丧有免疫力的人。"罗杰说道，"我跟他一起看望病人，主持圣事，教导林堡的俘房如何用念珠祈祷。他也是民族主义者，只不过不像我这么激烈，卡雷神父。"

神父笑了笑。

"您不要以为是克罗蒂神父试图让我相信天主教，"罗杰接下去说道，"在我们的谈话中，他是很小心的，以防我产生一种感觉，好像他有意使我皈依天主教似的。皈依天主教是我自己从这里产生

---

① 位于法兰克福北面的林堡盆地。

的。"他拍着自己的胸口说道:"我跟您说过,我以前并不信教。母亲去世以来,宗教对我来说是某种机械的、次要的事情。只是在1903年,我对您讲的那次刚果腹地旅行之后,我才又开始了祈祷。在那么多的苦难面前,我简直要失去理智,于是我发觉一个人活在世上不能没有信仰。"

他觉得自己的声音有些哽住,便住了口。

"是他跟您谈到托马斯·肯比斯的?"

"他很崇敬托马斯·肯比斯,"罗杰点头道,"他送了一本《仿效耶稣基督》给我,但我读不进去,那些天,脑子里被别的事占据着。我把那本书连同衣物放在一个箱子里留在了德国,潜水艇不允许我们带行李。还好您又给我搞来了一本,只是我担心没时间读完了。"

"英国政府还没作出任何决定呢,"神父提醒道,"您不要丧失希望。外面很多爱戴您的人正在作出巨大的努力,要让从宽的申请获得重视。"

"我知道,卡雷神父。不管怎样,我还是希望您为我准备一下,我希望正式被教会接受,行圣礼、做忏悔、领圣餐。"

"我就是为此而来的,罗杰,我敢说,您已经完全合格了。"

"我有一个疑虑在纠结着,"罗杰降低了声调,好像怕人听见,"我之所以皈依基督,好像是由于害怕,是不是这样?卡雷神父,说真的,我很害怕,非常害怕。"

"基督比你我有智慧,"神父肯定地说道,"我想,基督并不认为一个人有所害怕是件坏事。我敢肯定,在赴难之路上,他也害怕过,这是人之常情,不是吗?我们所有人在本质上都有这种纠结。只要稍微敏感些,我们就会感到自己是无能的、有恐惧感的。您皈依天主教是纯洁的,这我知道,罗杰。"

"迄今为止,我从未怕过死亡。在刚果那荒无人烟、遍地野兽的地方考察时；在亚马孙地区那布满旋涡的河流上被逃犯围困时；不久前，在巴纳海滩附近的特拉利离开潜水艇、乘小船遇险、即将溺水而亡的时候——许多次我都在近处看见了它，许多次我都感觉到它就在我的身边，我没有怕。但现在我害怕了。"

他停了下来，闭上了眼睛。几天来，一阵阵的恐惧感似乎凝固了他的血液，终止了他的心跳。他全身发抖，极力想平静下来，但办不到。牙齿在打战，恐惧感之外又加上了羞耻感。他睁开眼睛，看到卡雷神父双手合十地闭着眼睛，嘴唇动也不动地在默默地祈祷。

"已经过去了，"罗杰困惑地低声说道，"我求您原谅我。"

"在我面前不要有所顾忌，害怕和哭泣都是人之常情。"

此时他又平静下来。整座本顿维尔监狱鸦雀无声，人字形桶状监狱的三间大厅中，囚犯和狱卒好像都死了，要么睡着了。

"卡雷神父，关于针对我而出现的那些恶心的事，我很感谢您没有问我。"

"我没有读过，罗杰，有人企图跟我提起，我叫他们闭嘴。我不知道也不愿知道报纸到底都说了些什么。"

"我也不知道，"罗杰微笑道，"这里看不到报纸。我的律师的一个助手对我说，那丑闻太显眼了，恐怕要危及从宽的申请。显然是关于骇人的堕落、卑鄙的行为，等等。"

卡雷神父像往常那样平静地听着。二人第一次在本顿维尔监狱交谈时，神父对罗杰说，他的祖父与祖母之间交谈都用盖尔语，但是一见子女来了，就改用英语。因而神父并没学会古老的爱尔兰语。

"我倒是觉得，最好不知道他们指控了我什么。爱丽丝·斯托弗德·格林认为这是政府的手段，为了抵消各界对从宽申请的同情。"

"政界的事，什么都不能排除。"神父说道，"政治在人类活动中并不是干净的。"

有人轻轻地拍几下房门，门开了，出现的是典狱长那张浮肿的面孔。

"还有五分钟，神父。"

"监狱的主管给了我半小时，他没跟您说吗？"

典狱长露出吃惊的神色。

"既然您这么说，那我相信。"典狱长表示歉意道，"对不起，打断你们了，你们还有二十分钟。"

典狱长出去了，房门又关了起来。

"关于爱尔兰，还有什么消息吗？"罗杰突然问道，仿佛想立即改变话题。

"看样子，枪决已经停了下来。舆论界，不仅在爱尔兰，而且在这儿，在英国，对立即处决都持批评态度。现在，政府宣布，所有因圣周起义而被捕的人都要经过法庭审判。"

罗杰走了神，他一面透过墙上装有铁栏杆的小窗子看着那一小块灰色的天空，一面想着那件怪事：他因运送武器、使用暴力把爱尔兰分裂出去而被审判，但实际上，他从德国到特拉利海湾的那次危险而荒唐的航行是为了试图阻止那次起义，因为自从得知他们在进行准备工作时，他就肯定，起义必然失败。难道这就是全部的历史吗？这就是学校里学的历史、历史学家写的历史吗？以田园诗般的笔调理性而清晰地创作出来的残忍而严酷的现实，实际上是计谋、机遇、阴谋、偶发事件、巧合和多种利益的紊乱而随意的混合体，这个混合体引发了变革、混乱、前进与后退，而且常常惊人地偏离主人公的预想和体验。

"也许我会作为那次圣周起义的负责人而被载入史册。"罗杰自讽道，"可您和我都知道，我冒着生命危险回来，完全是为了阻止那次暴动。"

"对，您和我，还有别人。"卡雷神父用手指朝上指了指，笑道。

"我现在好过了些，"罗杰也笑了，"那阵恐惧过去了。在非洲，许多次我都看到过，不管是黑人还是白人，都会在绝望发作时死去。在迷途中的草丛里，在深入到被非洲装卸工视为敌人的地方，在独木舟翻船的时候，在村落里，有时甚至是在巫师领着大家又唱又跳的仪式上，我都看到过。我现在才知道恐惧引发的幻觉是怎样的状态。神秘主义者的恍惚是不是就是这样？一个人不知所措，与上帝相见时所产生的肉体反应，其状态是不是就是这样？"

"不无这种可能，"卡雷神父说道，"神秘主义者与处在恍惚状态中的人，如诗人、音乐家、巫师等，所走的是同一条路。"

二人沉默了很长一会儿。罗杰有时偷偷地看神父一眼，只见他一动不动，双眼紧闭。"他是在为我祈祷，"罗杰想道，"他是一位富有同情心的好人，对他来说，一生都在帮助即将死在绞刑架下的人，多么可怕啊。"卡雷神父从未到过刚果，也从未到过亚马孙地区，但他跟罗杰一样了解人类对那种极端残酷的现实所感到的绝望。

"多年前，我曾经对宗教抱无所谓的态度，"罗杰缓慢地说道，仿佛是在自言自语，"但从未放弃过对上帝的信仰，这是生活中的一个普遍原则。卡雷神父，我的确许多次都心有余悸地问自己：'上帝怎么会允许这种事发生？容忍成千上万的男男女女、老老少少遭受令人毛骨悚然的残暴对待，这是什么样的上帝？'这问题真的很难搞懂吗？您在监狱里见过这么多的事，没对自己提过这样的问题吗？"

卡雷神父睁开眼睛，以惯常的客气态度听着罗杰的话，不表示同意，也不加以否认。

"那些遭受鞭打、肢解的可怜的人啊，那些被割掉手脚、被饥饿和病痛折磨致死的儿童啊，那些被压榨得干干净净、最后被杀掉的人啊，几百、几千、成千上万、十万、百万啊！而干这种坏事的人正是那些接受过基督教教育的人，我曾见这些人犯下这些罪行前后去做弥撒、去祈祷、去领圣餐。好几天，我都快发疯了，卡雷神父。在非洲，在普图马约河，我丧失了理智。我所经历的事，到后来，不知不觉地都成了一个发了疯的人所干的事。"

这一回，神父仍然一句话也没说，以同样和蔼的态度，以罗杰很感激的耐心听着。

"很奇怪，我觉得我正是在刚果情绪低落的时期，为自己提出了这个问题：上帝怎么能允许这样的罪行发生？于是我对宗教重新有了兴趣。"他继续说道，"看样子，唯一保持圣洁的是那几位浸礼会牧师和那几位天主教传教士。当然，也不全是这样，许多人只愿意看见自己鼻子尖底下的事，只有那么几个人在尽力阻止非正义的暴行。说真的，他们的确是英雄。"

他停了下来，回忆起刚果和普图马约河给他造成的伤痛，使他再次陷入精神的泥潭，让他再次看见使他痛心的种种形象。

"非正义，酷刑，受罪，"卡雷神父轻声说道，"基督不也亲身经历过吗？他比任何人都更理解自己的处境，罗杰。有时我经历过您经历过的事，我敢说，每个信徒都是如此。当然，有些事很难理解，我们的理解力是有限的。我们并非完人，犯错误是难免的。但有些事我可以对您说：很多次，跟所有的人一样，您错了；不过，在刚果问题上，在普图马约河问题上，您不能责备自己。您的工作是忘我的、勇敢的。您让许多人睁开了眼睛，有助于纠正非正义现象。"

"我干的一切好事都被那毁坏我名声的活动抵消掉了。"罗杰想道。他不愿触及这个话题，但总是挥之不去。卡雷神父来探视他的好处是，神父只谈他愿意谈的话题。神父很谨慎，好像猜出了罗杰的不快，便回避了那件事。有时，二人相对无言地沉默很久。尽管如此，神父的来临也使他平静了不少。神父走后，他还能镇静数小时。

"如果申请被拒绝，您会陪我到最后吗？"

"当然，"卡雷神父说道，"现在不该想这种事，什么都还没决定。"

"我知道，卡雷神父，我没有失去希望。但是，知道您一直陪伴着我，我心里就好受些。您同我在一起，会赋予我勇气。我答应您，我不会搞出令人遗憾的事。"

"我们一起来祈祷吧，好吗？"

"您要是不在意，我们还是多谈一会儿吧。在这件事上，我要向您提最后一个问题：如果我被处死，我的尸体能不能运回爱尔兰并埋葬在爱尔兰？"

他发觉神父在犹疑，便看了他一眼。卡雷神父的脸色有些发白，很不自在地摇了摇头表示否定。

"不可能，罗杰，如果您真的被处死，只会被埋在监狱的墓地。"

"埋在敌人的土地上，"凯斯门特低声道，想开个玩笑，但开不出来，"埋在我年轻时热爱过、敬仰过而现在恨之入骨的国家。"

"仇恨起不了什么作用，"神父叹了一口气，"英国的政策可能很糟糕，但不乏正派的、令人尊敬的英国人。"

"这我很清楚，神父。只是当我心中充满对这个国家的仇恨时，我就不由自主地说了出来。这仇恨太强烈了，也许是因为我年轻时太盲目地相信英帝国，相信它在全世界传播文明。您那时如果认得我，肯定会笑话我。"

神父点了点头，罗杰突然小声笑了起来。

"有人说我们这些皈依者都是坏人，"他接下去说道，"我的朋友也总是责备我，说我太入迷了。"

"这就是寓言里无可救药的爱尔兰人。"卡雷神父微笑道，"我小时候一淘气，母亲就这样说我：'你简直就是一个无可救药的爱尔兰人。'"

"如果您愿意，我们可以祈祷了，神父。"

卡雷神父同意，闭上眼睛，双手合十，以极低的声音念起了《天主经》，接着又念了万福马利亚的祷词。罗杰也闭上了眼睛，用几乎听不见的声音跟着祈祷。但很长一会儿，他的精神都集中不起来，只是机械地念祷词，满脑子都是各式各样的形象在翻涌，最后才慢慢地进入了祷告。典狱长敲门进来说只有五分钟了，这时罗杰的精神已经完全集中在祷词之中。

每次祈祷的时候，罗杰都想起自己的母亲，她那身穿白衣、头戴宽边草帽的苗条身影以及在田野、树下走动时那随风飘荡的蓝色腰带。那时大家是在威尔士、爱尔兰、安特莱姆还是泽西岛？不知道，但那景色美得就像安妮·杰弗逊那灿烂的笑容。手里握着那让他感到安全和愉悦、柔软温润的手，小罗杰是多么自豪啊！这样做祈祷真是一份妙不可言的安慰剂，仿佛把童年又还给了他。有母亲在，生活中一切都是那么美好，那么幸福。

卡雷神父问他要不要带个口信给别人，以及在两天后的下次探视时要不要给他带来些什么。

"我要的是再次见到您。神父，您不知道，跟您谈话、听您讲话，对我是多么有教益啊。"

二人握了握手，分开了。在那长长的潮湿走廊里，罗杰·凯斯门特想也没想，就贸然对典狱长说道："我很遗憾您死了儿子。虽然我没有子女，但可以想象，生活中没有比这更可怕的事了。"

典狱长小声咳了一下，但没理他。回到牢房，罗杰躺在他的破床上，顺手拿起了《仿效耶稣基督》，但是读不进去。字母在眼前跳来跳去，各种形象嘶嘶作响地疯狂转圈，安妮·杰弗逊的身影一次又一次地出现。

如果母亲没有早逝，而是在他长大成人时还活着，那他的生活会是怎样呢？他大概不会去非洲冒险，而是留在爱尔兰或利物浦，学到一门做官的学问，娶妻生子，过一种无声无息却体面而舒适的生活。他笑了笑：不，那种生活不适合他。他现在的生活尽管险象丛生，却是心之所好。这样他才能见多识广，更好地理解生活和人类的现实、殖民主义的核心意图以及这种畸变失常给许多民族造成的悲剧。

即使那位虚幻的安妮·杰弗逊还活着，她也发现不了爱尔兰那可悲但美丽的历史。贝利梅纳的高等学府从未教过她至今仍向北安特莱姆的儿童和少年隐瞒的历史，仍在向他们灌输爱尔兰是一片野蛮的土地，没有值得记忆的过去，只是因其有教养且现代化了的占领者，爱尔兰才走上了文明之路，尽管这个帝国剥夺了她的传统、语言和主权。这一切都是罗杰在非洲学到的。在非洲，他从来没过上青年时代及成年初期的好日子，也从来不曾为生于斯的祖国感到过骄傲。如果母亲还活着，他更不会因大不列颠给他造成的伤害而恼火。

二十年在非洲，七年在南美，一年多在亚马孙腹地的原始森林，一年半在德国的孤独、疾病和失望……为此作出的牺牲是理所当然的吗？他从来不在乎钱财，但是在外几乎工作了一生，到头来一贫如洗，这不是很荒唐吗？他的银行账户里只有十英镑。他从不懂得积蓄，把所有收入都用在了别人身上：他的三个兄姐、刚果改革协会那样的慈善机构、圣恩达学校和盖尔同盟那样的爱尔兰民族主义团体。在很长时间里，他都把自己全部薪金捐给了这些人和团体。为了资助这些人和团体，他自己节衣缩食，寄宿在与他的身份不相称（他外事办的同僚们都这样暗示过）的廉价旅店里。现在他失败了，没有人会想起他的捐献和资助，只记得他最终的失败。

但这还不是最糟的。真倒霉，那该死的说法又压了过来。腐化、堕落、恶习、人类的渣滓……这些都是英国政府乐意加诸在他头上的。并不是非洲那恶劣的气候加诸在他身上的病痛——黄疸、损坏机体的疟疾、关节炎、痔疮手术——而是直肠上的问题……让他受尽了罪。1893 年，第一次要在肛门上开刀让他感到不好意思。"您早就应该来了，三四个月以前动手术还很简单，可现在就严重了。""医生，我一直生活在非洲，在博马。我在那里的医生是酒鬼，经常出错、酒精中毒、手发颤。难道要让那位医术还不如巴刚果族巫师的萨拉贝特医生给我开刀吗？"他一生都为此忍受着痛苦。

几个月前，他在德国林堡的营地里痔疮出血，一位面目可憎、态度粗野的军医给他缝了几针。当他接受去亚马孙地区对橡胶商所犯罪行进行调查的任务时，已经是个病歪歪的人了。他知道那任务要费时数月，而且只能给他带来诸多麻烦，但还是接受了，因为他觉得那是一次为正义事业的服务。如果这回真的要对他执行死刑，那次为正义事业的服务也救不了他。

卡雷神父真的拒绝阅读报上登的关于他的丑事吗？神父是个好人，是个富有同情心的人。如果他必须死去，有神父在身边，会使他保持尊严，直至最后一刻。

他整个人都在失去勇气，变成了像遭到舌蝇攻击、患了睡眠症、瞪着双眼而手脚嘴都不能动的刚果人那样的残疾人。那样的刚果人是不是不能思想？可不幸的是，一阵阵的悲观情绪把他刺激得清醒了，把他的脑子变成了爆发火花的篝火。海军司令部的发言人交给报社、使得卡万·达夫律师那面色红润的助手大惊失色的几页日记，到底是真的还是伪造的？他想，人性的中心是愚蠢。罗杰·凯斯门特当然也不例外。他的仔细是出了名的。作为外交官，采取行动时，哪怕迈出很小的一步，都要事先考虑可能产生的后果，而现在却被自己在生活上设下的笨拙陷阱所困扰，把陷自己于不光彩境地的武器交给了敌人。

罗杰大吃一惊，他发觉自己在哈哈大笑。

第二部　亚马孙

罗杰·凯斯门特与委员会各成员于 1910 年从英国到秘鲁亚马孙腹地经历了六个多星期的累人旅行之后，到达了伊基托斯①，此时他的眼睛发炎得更加严重了，关节炎反复发作，整个健康状况糟透了。但是他忠于自己的坚忍性格（赫伯特·沃德称之为塞内加主义者②），在行程中对自己的病痛从不声张。相反，他总是努力鼓舞着同行者，帮助他们抵御那令人痛苦的苦难。R. H. 巴特勒上校被痢疾折磨得在马德拉停泊时返回了英国。最有耐力的是路易斯·巴恩斯，此人因在莫桑比克生活过，对非洲的农业很了解。植物学家沃尔特·福尔克，橡胶专家，患有神经痛，总是抱怨天太热。塞莫·贝尔害怕脱水，总是手拿水瓶，不时地喝上一小口。亨利·费尔加尔一年前曾受胡里奥·塞萨尔·阿拉纳公司派遣，到过亚马孙地区，他告诉大家如何防蚊、如何抵御伊基托斯那"邪恶的诱惑"。

那里的诱惑实在太多了。一座如此之小又不怎么吸引人的城市拥有一片宽阔的市区，其中既有泥木结构、棕榈叶铺顶的农村小屋和以贵重木材与铁皮屋顶建造的房子，也有门面辉煌、有着葡萄牙进口的瓷砖墙面的宽敞大宅院。说来不可思议，就在这个区，酒吧、小酒馆、妓院和赌场与日俱增，各个种族与肤色的妓女从早到晚毫不知耻地在人行道上展览着自己。伊基托斯位于亚马孙河支流纳奈

---

① 秘鲁北方省份洛雷托的省会。
② 意为禁欲主义者。塞内加，古罗马哲学家。

河的岸边，景象宏伟：植物茂盛，大树参天，树声沙沙，河水随着太阳的移动而改变着颜色。但是大街上很少有人行道或沥青路，而是流淌着满是粪便和垃圾的水沟，满街臭味，到了晚上更加浓烈，能把人熏得呕吐。酒吧、妓院和娱乐场所播放的音乐二十四小时不间断。到码头去接委员会成员的英国驻当地领事斯泰尔斯先生让罗杰住在他家。公司为其他委员准备了住所。当晚，伊基托斯的行政长官雷伊·拉马为他们举行了晚宴。

中午刚过，罗杰说他不想吃中饭了，只想睡一会儿，便回到了房间。房间陈设很简单，几块画有几何图案的土布挂在墙上，站在一个小小的阳台上可以看到一部分河流。这里，街上的噪声小了些。罗杰没脱上衣也没脱皮鞋就躺了下来，不一会儿就睡着了。

一种安宁的感觉浸透了全身，这是一个半月的旅途中未曾有过的——在爱尔兰度过的 1904 至 1905 年那一年半里，在英国政府准备发表《关于刚果的报告》的时候，在一阵使得他成为备受自由派报刊与慈善机构夸奖的英雄兼遭受利奥波尔多二世御用文人谩骂的小人的热闹中，在那激动兴奋、忙忙碌碌的几个月里，他一直在做梦——只有到了巴西，在桑托斯、帕拉和里约热内卢做了四年的领事工作，他才不做梦。外事办认为在"报告事件"之后，比利时帝国最恨的人不可能回到刚果了。在新的任命到来之前，罗杰·凯斯门特前往爱尔兰，寻求淡泊无名的生活。这并不是隐居，但起码从伦敦那没有私生活、被好奇的人包围中脱身。在爱尔兰的那几个月，他重新发现了自己的爱尔兰，完全沉浸在只有通过谈话、想象和阅读才能了解的爱尔兰之中，与儿时跟父母生活在一起时、与少年时跟叔祖父和其他父系亲戚生活在一起时所了解的爱尔兰都不同。爱尔兰并不是英帝国的尾巴和影子，她正在为恢复自己的语言、传统和习俗而斗争。"亲爱的罗杰，你已经成为一名爱尔兰的爱国者了。"

他的表妹格开玩笑地对他说道。"我正在把失去的时间夺回来。"他答道。

在那几个月里，他步行走遍了多尼格尔郡和戈尔韦郡，为自己被俘的祖国地缘把脉，像恋人那样观察着祖国那人烟稀少而简单朴素的农村和陡峭的海岸，同那里的渔民、同相信命运而坚忍不拔的永恒的人民、同少言寡语的俭朴农民谈话。他结识了许多"那边的"爱尔兰天主教徒，有些是新教徒，他们与民族自由协会盖尔同盟的创始人道格拉斯·海德一样，都在积极推动爱尔兰的文化复兴，恢复原来的地名和村名，唤醒爱尔兰古老的歌舞，复原花呢和亚麻的纺纱法和绣花法。任命他为驻里斯本领事的通知下达后，他借口健康原因，尽量推迟赴任日期，为的是参加在安特莱姆召开的、将近三千人参加的第一届峡谷联欢会。那几天，罗杰听到风笛手演奏、合唱团唱出的欢快旋律时，听到说书人用盖尔语讲述的、只在中世纪夜晚才能听到的浪漫故事和传奇故事时，尽管听不懂，但已感到眼睛潮湿了。他甚至还参加了有百年历史的爱尔兰式棒球赛。在比赛中，罗杰认识了贺拉斯·普伦基特爵士、布尔梅尔·霍布森、斯蒂芬·奎恩等民族主义政治家和作家。也同那些共同为爱尔兰文化而战斗的女性朋友如艾达·麦克尼尔、玛格丽特·多布斯、爱丽丝·米利甘、艾格尼丝·奥法雷勒以及罗莎·莫德·扬又聚会了一次。

从那时起，他就拿出自己的一部分积蓄和薪俸捐给各种联合会、皮尔斯兄弟创办的教授盖尔语的学校以及他以笔名为之写稿的民族主义杂志。1904年，当亚瑟·格里菲斯创办《新芬报》时，罗杰就跟他联系上了，提出要与之合作，并订阅了他所有的出版物。这份报纸的思想与罗杰所交的朋友布尔梅尔·霍布森的思想是一致的，必须在与各种殖民地性质的机构平行的环境下创办爱尔兰自己的基础设施（如学校、企业、银行以及工业等），逐渐取代被英国强加的基础设施。这样，爱尔兰人才会逐渐觉悟到必须掌握自己的命运，必须抵制英国的产品，必须拒绝交税，必须以民族的体育运动取代板球、足球等英国的体育运动，文学、戏剧也应照此办理。就这样，以和平的方式，爱尔兰会逐渐摆脱殖民主义的桎梏。

除了在爱丽丝的指导下阅读很多关于爱尔兰过去的书籍，罗杰还想重新学习盖尔语。他请了一位女老师，但进步不大。1906 年，外交部的新任部长，自由党的爱德华·格雷爵士提出派他去巴西，做驻桑托斯的领事。虽说不是很愉快，但他还是接受了，因为有助于爱尔兰的捐赠已经用光了他那不多的积蓄。他在靠借债度日，因此需要工作挣钱。

也许正因为重启外交生涯的热情不高，所以在巴西的四年（1906—1910 年），他有一种失落感。尽管巴西景色优美，他在桑托斯、帕拉和里约热内卢交了不少好朋友，他仍对这个国土辽阔的国家不习惯。最让他感到沮丧的是，在这里跟在刚果不一样：在刚果尽管困难重重，但他总有一种打破领事工作的框框干大事的感觉；而在桑托斯，他的主要活动却是跟净闯祸的、醉醺醺的英国水手打交道，还得为他们交罚金，把他们从监狱中保出来，送他们回国。在帕拉，他第一次听说橡胶产区的暴力行径，但外交部命令他只能督察港口和贸易活动，他的工作只是为船只登记，为到那里做生意的英国人提供办手续的方便。1909 年，在里约热内卢的日子是最糟的：气候加重了他身体的不适，又添了因过敏而失眠的毛病。因而他决定去离首都八十公里的彼得罗波利斯①居住，那里地势较高，不太湿热，晚上也凉快。但是每天乘火车上下班是一场噩梦。

---

① 巴西东南部城市。

在梦中，他总是记起在1906年去桑托斯赴任前写了一首叙事长诗《凯尔特人之梦》，写的是爱尔兰神话中的过去。还同爱丽丝·斯托弗德·格林和布尔梅尔·霍布森合写了一本政治性的小册子《爱尔兰人与英国军队》，反对英国军队在爱尔兰人中征兵。

蚊虫把他咬醒了，把他从午睡的享受里拉了出来，送入了亚马孙的黄昏之中。天空中出现了一道彩虹，他感到好些了：眼睛不太疼了，关节痛也减轻了。在斯泰尔斯先生家里洗澡是件复杂的事：罗杰一面打肥皂擦洗，一面要仆人用水桶把水倒进喷头盛器里。洗澡水较热，使他想起了刚果。浴后下楼，领事已在门口等他，准备陪他去雷伊·拉马的官邸。

二人要在飞扬的尘土中走过几个街区。罗杰不得不眯着眼睛，在满是骨头、石子和垃圾且半明半暗的大街上磕磕绊绊地走着。噪声大了起来，每走过一间酒吧的门前就能听到音乐声、干杯声、吵架声与醉汉的喊声。斯泰尔斯先生上了年纪，鳏居，无子女，在伊基托斯已工作六年，仿佛一个没有幻想、厌倦了生活的人。

"这个城市对委员会是什么态度？"罗杰凯斯门特问道。

"坦率地说，是怀有敌意的。"领事赶忙答道，"我想您也有所耳闻，半个伊基托斯都靠阿拉纳先生过活呢。更确切地说，都靠胡里奥·塞萨尔·阿拉纳先生的企业过活。人们怀疑委员会意图反对给他们饭吃的那个人。"

"我们能指望当局提供些帮助吗？"

"更确切地说，会制造各种障碍，凯斯门特先生。伊基托斯市的当局也得依赖阿拉纳先生啊。几个月来，行政长官、法官和军人都没能从政府那里领到薪水。没有阿拉纳先生，他们都得饿死。您要知道，由于没有交通工具，利马离伊基托斯比离纽约和伦敦还要远，最好的情况下，行程也要两个月。"

"看样子，情况要比我想象的复杂得多。"罗杰评论道。

"您和委员会的各位先生得非常谨慎。"领事又说道，此时已降低了声音，还有点儿犹豫，"不是在伊基托斯，而是在普图马约那边。那是很远的地方，什么事都能发生。那是个野蛮的世界，无法无天，也无治安。我想，跟刚果差不多。"

伊基托斯的行政长官官邸位于中心广场一块没有花草树木的场地上，领事指给他看一个仿佛玩到一半的组合玩具的奇怪铁制结构，原来正在组装一栋埃菲尔铁塔式的房子（对，正是巴黎的埃菲尔铁塔）。那是一个发了财的橡胶商从欧洲买下的，把它拆解后带回了伊基托斯，正在重新组装成该市一家最好的社交俱乐部。

官邸占据了几乎半个街区，是一座退了色、只有一层的大宅院，毫无特色。每个房间都很大，窗上装着铁栏杆。大宅院分为两翼，一翼为办公区，另一翼为长官住所。雷伊·拉马先生个头很高，白发，大胡子，胡尖上还打了蜡。他脚穿长筒靴，身穿马裤，衬衣一直系到领口，外罩一件不宽松的奇特绣花外衣。他能讲一点儿英语，以过分的热情、浮夸的言辞向罗杰·凯斯门特表示了欢迎。委员会的全体成员也已经到了，还都出着汗穿着晚礼服呢。行政长官向罗杰一一介绍了其他客人：最高法院的法官、卫戍司令阿尔纳艾斯上校，奥古斯丁修道院的长老乌鲁蒂亚神父，秘鲁亚马孙公司总经理巴勃罗·苏马埃塔先生。其他还有四五位如商人、海关署长、《东方日报》社的社长等。客人中没有一位是女性。响起了香槟酒的开瓶声，送上来冒着白色泡沫的酒杯。酒有些温热，但的确是好酒，是法国酒，没错。

在一个以油灯照明的大院子里准备了晚餐。无数的土著仆人光着脚、系着围裙上着小吃，端着盘子送上食物。那晚气候温和，天空中点缀着几颗星辰。罗杰很奇怪自己怎么竟能听懂洛雷托人讲的话？这种西班牙语总是吃掉音节，富于音乐性，让人想起巴西口音。他松了一口气：尽管带有翻译，但自己总算能听懂许多将在未来旅行中听到的话，这对于调查方便了许多。刚刚上了一道油腻的龟肉汤，他不无困难地吞了下去。在他周围的桌子上同时进行着几组谈话，有用英语的，有用西班牙语的，也有用葡萄牙语的。一经翻译，谈话就会中断一会儿。行政长官坐在罗杰的对面，因葡萄酒和啤酒的作用，两眼冒火。突然，他拍了拍手，大家都静了下来，原来他要为新到的客人干杯，祝他们在伊基托斯过得愉快，圆满完成任务，尽情享受亚马孙式的慷慨好客。他又强调了一句："是洛雷托，尤其是伊基托斯的慷慨好客。"

他落座后立即与罗杰谈了起来，声音之大，好像要让别人的谈话停下来，让众多客人一起加入他的谈话。

"尊敬的领事先生，请允许我提个问题：您此行的目的是什么？这个委员会又是为何来此？您来这儿要调查什么？请不要以为我傲慢无礼，恰恰相反，我的愿望、所有当局人物的愿望是帮助你们。但是我们必须了解英国王室派你们来干什么。当然这对亚马孙是个很大的荣幸，为此我们愿意表现得配得上这个荣幸。"

罗杰几乎完全听懂了雷伊·拉马的话，但他仍然耐心地等着翻译把自己听懂的话翻成英语。

"您无疑是知道的，在英国，在欧洲，流行着对当地土著犯下残暴罪行的揭发，"他镇静地解释道，"有些指控是很严重的：酷刑折磨、草菅人命等。本地区的主要橡胶公司，即胡里奥·塞萨尔·阿拉纳先生的秘鲁亚马孙公司，是在伦敦上市的英国公司，我想这是众所周知的。在大不列颠，不管是政府还是公众舆论，都不会容忍一家英国公司违反尊重人道的神圣法律。我们此行的目的就是调查那些指控有几分是真实的。委员会是胡里奥·塞萨尔·阿拉纳先生的公司选派的。我本人则是陛下政府派遣的。"

罗杰·凯斯门特开口讲话时,庭院里一片死寂,街上的噪声也仿佛降低了。很奇怪,大家连动也不动了,刚才还在饮酒、吃东西、谈话、动作频繁、做着各种手势的先生们一下子患了瘫痪症。罗杰的两眼仍然盯着他,一种疑惧、责备的气氛代替了原先热诚的气氛。

"为了保护自己的名声,胡里奥·塞萨尔·阿拉纳的公司做好了合作的准备,"巴勃罗·苏马埃塔先生几乎喊了起来,"我们没有什么要隐瞒的。去普图马约的船是我们企业最好的船,拥有各种方便设施,诸位可以乘此船去亲眼证实一下,那是无耻的诽谤。"

"非常感谢,先生。"罗杰·凯斯门特点了点头。

这时,一阵无名的冲动使他决定试探一下东道主。他相信东道主的反应会对他自己以及委员会各成员产生教育效果,于是他以讨论网球或雨天般的自然口吻问道:

"顺便问一下,先生们,诸位是否知道记者本哈民·萨尔达尼亚·罗卡先生——我希望我的发音还算准确——在不在伊基托斯?我能否跟他谈谈?"

他这一问引起了炸弹般的效果。与会者面面相觑,既吃惊又恼火,接着是长时间的沉默,像是没有人敢于接过这一棘手的话题。

"哎呀,怎么了!"行政长官终于喊了起来,演戏般地故作惊讶道,"那个敲诈者的名字连伦敦都知道了?"

"是的,先生,"罗杰·凯斯门特点头道,"萨尔达尼亚·罗卡先生与沃尔特·哈登堡工程师对普图马约橡胶业的揭发在伦敦引起了轩然大波。还没有人回答我的问题:萨尔达尼亚·罗卡先生到底在不在伊基托斯?"

又是一阵长时间的沉默。与会者都显得很不自在,最后奥古斯丁修道院的长老说话了:"没人知道他在何处,凯斯门特先生。"乌鲁蒂亚神父说道，他的西班牙语很纯正，与洛雷托人讲的不一样，罗杰更难听懂，"他从伊基托斯消失有些日子了，据说在利马。"

"他要是没逃掉，我们伊基托斯人早就把他处以私刑了。"一个老头子愤怒地挥舞着拳头说道。

"伊基托斯是爱国者的土地，"巴勃罗·苏马埃塔叫道，"那家伙编造卑鄙的谎言诋毁秘鲁，推翻为亚马孙带来进步的企业，没人会原谅他。"

"他之所以这样做，是因为他的敲诈行为没有得逞。没人告诉你们吗？萨尔达尼亚·罗卡发表诬蔑之词以前，曾企图从阿拉纳先生的公司敲到一笔钱。"

"我们拒绝了，他就把关于普图马约的胡说八道发表了，"巴勃罗·苏马埃塔肯定道，"他曾因诽谤、诬蔑与勒索而被起诉，等待他的是监狱，所以他逃跑了。"

"在这方面，看来是什么也了解不到了。"罗杰·凯斯门特评论道。大家的谈话又变成了一对一的私人谈话。晚餐仍在进行，此时上了一盘亚马孙烤鱼，其中有一种叫做加米塔纳的鱼，凯斯门特觉得肉质细嫩，味道很好，但调料辣得他口中起火。

晚餐结束，向行政长官告辞出来后，罗杰跟委员会的朋友们交谈了一会儿。塞莫·贝尔认为突然触及记者萨尔达尼亚·罗卡的问题有些鲁莽了，使得伊基托斯的头面人物很恼火。路易斯·巴恩斯却向罗杰表示庆祝，说这样一来大家就有可能研究一下这些人在记者问题上为什么会有如此怒气冲冲的反应。

"很遗憾我们不能跟他谈，"凯斯门特说道，"我真想认识他。"

双方告别，罗杰和领事沿原路走回了领事的家。一路上，喧闹声、纵酒作乐声、歌声、跳舞声、干杯声、吵架声甚嚣尘上。罗杰感到很惊奇：这么多衣衫褴褛、半裸、光脚的小孩站在酒吧和妓院门口，调皮地朝里面偷看。还有许多狗在扒食垃圾。

"您别浪费时间了。您是找不到他的。"斯泰尔斯先生说道，"最有可能的是，萨尔达尼亚·罗卡已经死了。"

罗杰对此并不感到奇怪，当他看到一提及记者的名字就激起如此激烈的言辞，就怀疑记者已经消失了。

"您认识他吗？"

领事圆顶秃头，脑壳亮晶晶，就像洒满了水滴。他用手杖探查着泥泞的地面，走得很慢，也许是怕踩到一条蛇或蛤蟆。

"我们谈过两三次，"斯泰尔斯先生说道，"他个头矮，有些驼背，这里的人都叫他乔洛①，或乔利托，即混血儿。一般说来，乔洛的性格都很温顺、很有礼貌，但是萨尔达尼亚·罗卡不是这样的人。他性格粗暴，自信心很强，总是像狂热的宗教信徒那样用眼睛直勾勾地盯着人看。说真的，我总是被他看得精神很紧张，很不合我的秉性。我素来对殉道者不那么敬仰，凯斯门特先生。对英雄也是如此。这些为真理或正义献身的人所造成的损害，比他们想要制止的损害还要大。"

罗杰没有说话，心里正在塑造着那个记者的形象：个子矮小，有残疾，但内心和意志与埃德蒙·D. 莫列尔很像。对，他是一位殉道者、一位英雄。他想象着记者亲手在钢板上刷墨印刷两份周报：《斥责》与《制裁》。他很可能是在一间手工作坊式的小印刷厂里进行编辑的，而这间小印刷厂无疑就是他家的一个角落，这个朴素的住所很可能也是那两份小报的编辑部兼管理部。

"我希望您别在意我刚才的话。"英国领事突然对自己刚刚讲过的话感到后悔，道歉道，"萨尔达尼亚·罗卡先生进行揭发，当然是

---

① 印第安人与欧洲人的混血儿，带有鄙视之意。乔利托是指小词。

很勇敢的，但也太冒失了。他控告阿拉纳公司在普图马约橡胶园里搞严刑拷打、劫持人质、鞭打土著人等罪行，这几乎等于自杀。他又不是天真的孩子，会有什么后果，他应该很清楚。"

"什么后果？"

"他应该早就料到了。"斯泰尔斯先生不动声色地说道，"他在莫罗纳大街上的印刷厂被烧毁了，您可能还看得见，都成了一片焦土；还有人朝他的家开黑枪，普洛斯佩罗大街上还能看到弹痕。他不得不把儿子从奥古斯丁派神父办的学校里接出来，因为同学们都欺侮他。他还不得不把家人送到一个秘密的地方，谁也不知道是什么地方；他的性命简直是岌岌可危。他也不得不关闭那两份小报，因为没有人愿意再去登广告，伊基托斯也没有印刷厂敢印他的小报。作为警告，他在街上遭到两次枪击，两次都奇迹般地逃脱了。其中一次，他小腿中了一枪，结果成了瘸子。最后见到他是在 1909 年，在堤岸上，有人正在把他向河里推去，一帮人把他打得脸都肿了，逼他爬上一艘小船，向尤里马瓜斯驶去。从此再没人知道他的去向，也许逃到了利马。但愿如此。也有人说，他被绑住手和脚、伤口流着血就被推到河里喂食人鱼去了。果真如此，他的尸骨可能漂到了大西洋，吃人鱼是不吃人骨的。我想，我说的您没有不知道。在刚果，您可能看到过同样的事，或更坏的事。"

到了领事的住所，斯泰尔斯先生打开了前厅的灯，给凯斯门特倒了一杯波尔多葡萄酒，靠近阳台坐下来，点燃香烟。月亮躲进了云端，但天上还能看见星星。大街远处的噪声又加入了昆虫的嗡嗡声，还有河水撞击岸边树枝和舢板时发出的啪啪声。

"可怜的本哈尼·萨尔达尼亚·罗卡，胆子这么大，有什么用？"领事耸了耸肩，思考道，"毫无用处。家人遭到不幸，没准丧失了生命。我们也失去了两份小报——《斥责》和《制裁》。每星期读一读报里的小道消息倒是很有意思。"

"我倒是认为他的牺牲并非毫无意义。"凯斯门特轻声纠正,"要不是他,我们不会来到这儿。除非您认为我们的到来也毫无意义。"

"愿上帝并不这样认为。"领事大声说道,"在美国和欧洲掀起了轩然大波,这确实是萨尔达尼亚·罗卡那份揭发所引发的,接着是沃尔特·哈登堡。我刚才说的是蠢话,我希望您的到来能有些用处,把情况改变过来,凯斯门特先生。在亚马孙地区生活得太久了,对进步思想有点儿怀疑了。在伊基托斯,一个人最终对什么进步不进步都不相信了,甚至某一天,连对正义将会击退非正义这一点都不相信了。到那时,我也许会回到英国,用英国式的乐观主义洗刷自己。我发觉您在巴西为王室工作的这些年并没有把您变成悲观主义者。您真是与众不同,我真羡慕您。"

二人道过晚安,回到了各自的房间。罗杰久不能寐。该不该接受这个任务?几个月前,外交部长爱德华·格雷爵士把他叫到办公室,对他说:"在普图马约犯下的罪行所引发的丑闻已经闹到无法忍受的地步,公众舆论要求政府必须有所作为,没人比您更合适走一趟。由独立人士组成的调查委员会也要去,那是秘鲁亚马孙公司自身决定派遣的。虽然您与他们同行,但是我希望您为政府出一份个人报告。您由于在刚果的业绩,有着很高的威望。调查暴行,您可谓专家了。您可不要拒绝。"他的第一反应是想找个借口推辞,但是经过思考,他认为,正是由于在刚果工作过,所以在道义上有义务接受这一任务。不该接受吗?他觉得斯泰尔斯先生的怀疑是一个不祥的预兆。然而爱德华·格雷爵士的那句"调查暴行,您可谓专家了"不断地在他脑子里回响着。

与领事的看法不同,他认为本哈尼·萨尔达尼亚·罗卡的所作所为对亚马孙、对自己的国家、对整个人类大有好处。与爱德华爵士谈话后，后者给他四天的时间考虑是否决定同那个委员会走一趟。他首先在商业、政治和文学小报《制裁》上看到了关于普图马约橡胶生意的事。紧接着，外事办给了他一捆文件，其中有两个曾经到过亚马孙地区的人提供的一手证词：美国工程师沃尔特·哈登堡在伦敦的周报《真理》上发表的文章和本哈尼·萨尔达尼亚·罗卡写的几篇文章，其中一部分已由慈善机构反奴役及保护土著协会翻译成英文。

他的第一反应是不可置信。尽管有事实作为依据，但那位记者是不是把暴行夸大得让人觉得文章并不现实，甚至是一种虐待狂的想象？不过罗杰立即想到，许多英国人、欧洲人和美国人看到他和莫列尔发表的关于刚果独立王国的不公正行径时，不是也做出了同样的反应——不可置信——吗？人们排斥那些在贪婪与劣根性的驱使下、在无法无天的世界里干出的不堪描述的残暴行为时，不都是这样吗？这种残暴行径既然能在刚果发生，为什么不能在亚马孙地区发生？

他很苦恼，从床上起来，走到阳台上坐下。天很黑，星辰消失，城市方向没有了灯光，但噪声依旧。如果萨尔达尼亚·罗卡的指控是真的，那么，正如领事所言，这位记者很可能被捆着手脚、流着血、扔进河里去满足食人鱼的胃口了。斯泰尔斯先生那宿命般的、满不在乎的口吻让他很恼火，仿佛这一切之所以发生不是由于存在着残暴者，而是某种类似星球运转、海水涨潮般的恶兆所决定的。有人曾把他称作"狂热分子"，是对正义事业的狂热吗？对，当然是。他是一个冒失鬼，也是一个平凡人，一个没有钱财、没有社会影响力的平凡人，一个亚马孙地区的莫列尔。也许是一个信仰者？是的，因为他相信这个世界、社会和生活不可能一直蒙受这种耻辱。罗杰想起了自己的青年时代，那时在非洲看到的邪恶与苦难淹没了他的战斗精神和为改善世界的状况而想要有所作为的干劲。他对萨尔达尼亚·罗卡有一种兄弟般的亲切感。他真想握住他的手，做他的朋友，对他说："您干了一生中最美好、最崇高的事业。"

他是不是去过胡里奥·塞萨尔·阿拉纳的公司经营的普图马约地区？那不是把自己送进了虎口吗？他的文章里并没有明说，但文中的姓名、地名、日期都很具体，这说明萨尔达尼亚·罗卡亲眼见到了他所叙述的一切。罗杰曾多次阅读萨尔达尼亚·罗卡和沃尔特·哈登堡的证词，有时觉得他们本人就在他的眼前。

他闭上眼睛，仿佛看到了那片广袤的地区。该地区分为若干个收购站，主要有乔雷拉站和埃尔恩坎托站，每个站都有一名站长。"确切地说，一个怪物。"只有他们算是人，有名有姓，譬如维克多·马塞多和米格尔·洛艾萨，这两个人于1903年年中立下"不朽的大功"：近八百名奥凯玛人来到乔雷拉站，交纳了数筐在森林里收割的橡胶球。过了秤、归了仓之后，乔雷拉站的副站长菲德尔·贝拉尔德为他的上司维克多·马塞多（当时埃尔恩坎托站的米格尔·洛艾萨也在那里）指着从八百名奥凯玛人中区分出的二十五个人说，这些人没带来规定的最低限额的橡胶或橡胶浆。马塞多和洛艾萨便决定要好好教训一下这些野蛮人：先指示工头（都是些巴巴多斯黑人）用毛瑟枪控制住其余的奥凯玛人，然后命令"小伙子"把那二十五个人装进浸了石油的麻袋里点上火。这些人号叫着变成了人肉火把；有的在地上翻滚着扑灭了火焰，却被烧成了骇人的焦炭；有的像火球般投了河，淹死了。马塞多、洛艾萨和贝拉尔德又朝伤者补了一枪。每当想起这一场景，罗杰就感到眩晕。

据萨尔达尼亚·罗卡说，管理人员干这种事，一方面是作为惩戒，另一方面是娱乐，高兴高兴。折磨别人、比赛谁更残忍，这是长期实施鞭笞、打人等刑罚而染上的一种嗜好。他们常常喝得醉醺醮的，就找个借口进行这种血的赌博。据萨尔达尼亚·罗卡揭露，公司的管理人给一名叫做米格尔·弗洛雷斯的站长写了一封信，告诫他，在缺乏劳动力的情况下，不要把杀掉印第安人作为一种体育运动，只有"在必要的情况下"才能采取过激的手段。而米格尔·弗洛雷斯的回答比这一告诫更坏："我不同意。最近两个月，我的站里才死了四十几个印第安人。"

萨尔达尼亚·罗卡历数对土著人施加的各种刑罚：鞭刑、枷刑、椅刑、割耳、割鼻、割手、割腿，直至杀掉。还有绞刑、睡翘板、火刑，直至淹死在河里。他肯定地写道，马坦萨斯站的土著人尸骨比任何其他站都多。没法估计，但尸骨恐怕与几百也许几千名受害者相符。马坦萨斯站的负责人叫阿曼多·诺尔曼德，是玻利维亚人与英国人的混血儿，也就二十二三岁。他自称曾在伦敦学习过。他的残忍在乌伊托托人中已经成了"地狱般的神话"，因为他杀死了大批的乌伊托托人。阿比西尼亚站则对阿维拉多·阿圭罗站长及其助手奥古斯托·希门尼斯进行了罚款，因为二人把印第安人当靶子射击，而且明知这种不负责任的做法会浪费对公司有用的劳动力。

尽管两地相距甚远，但罗杰不止一次地觉得，一条脐带把刚果和亚马孙地区连接在了一起：对财富的贪婪、人类天生的原罪都在秘密地制造着邪恶，因而在两地同样发生着骇人听闻的事件，只是有些小小的不同。但这还不够吗？魔鬼在这永恒的争斗中是不是取得了胜利？

等着他的明天将是紧张的一天。领事找到了三个英国籍的巴巴多斯黑人，他们在阿拉纳橡胶公司工作了好几年，这次接受了委员会的询问，条件是事后把他们送回英国。

罗杰睡得很少，但天一亮就醒了，没感到有什么不舒服。洗漱，穿戴完毕，戴上巴拿马草帽，拿起照相机，既没见领事也没见仆人，走出了领事的住所。天空一望无云，阳光照射在街上，开始热起来。到了中午，伊基托斯就会变成一座火炉。街上已经有了行人，绘着红蓝双色的喧闹小电车也在行驶。有点儿像东方人、皮肤呈黄色、脸上臂上涂着几何图案的印第安人流动商贩不时地向他兜售水果、饮料、活的小动物（小猴子、金刚鹦鹉、小蜥蜴等）、箭镞、木槌、吹箭筒等。许多酒吧和饭馆仍在营业，但顾客很少。几个醉汉又开双腿躺在铺棕榈叶的屋檐下睡觉，几条野狗扒着垃圾。罗杰想道："这个城市简直是一块邪恶、发臭的空地。"他在尘土飞扬的大街上散步了很长时间，穿过中心广场，认出了行政长官的官邸，来到了有着石栏杆的堤岸。堤岸的路很漂亮，走在上面可以看见宽阔的河流，河面上的小岛好像在漂浮着。远处，对岸高大的树木沐浴着阳光。

熠熠闪光的堤岸到了尽头就消失在一片茂盛的树林和栽满树木的斜坡中。斜坡下面是一座码头。他看见几个光脚穿短裤的男孩在钉木桩，他们都戴上了防晒的纸帽子。

男孩不像是印第安人，更像是乔洛。其中一个大概不到二十岁，身材很匀称，每捶一下，肌肉就突出一下。犹豫了片刻，罗杰走近他，取出了照相机：

"我能给您照一张相吗？"他用葡萄牙语问道，"我可以付钱。"

男孩看了他一眼，没听懂。

他又用蹩脚的西班牙语说了两遍。男孩笑了，跟另外一个叽咕了几句，罗杰猜不出他们说的是什么。最后男孩转向他，打着响指问道："给多少？"罗杰在口袋里摸了摸，掏出一把硬币。男孩看了看，数起来。

在两个新朋友的笑声和玩笑中，罗杰让男孩摘下纸帽，抬起胳膊，露出肌肉，摆出古希腊掷铁饼者的姿势，给他拍了几张照片。

为了摆姿势，他触到了男孩的胳膊。他情绪紧张，天又太热，他感到自己的手湿润了。他发现一群衣衫褴褛的小孩像看怪物一样围着他，便停了下来，不再拍。他把钱给了男孩，赶忙回到了领事住所。

看到委员会的朋友们正坐在桌旁同领事一起用早餐，他也加入，解释说他每天开始工作之前都要好好地散步。吃煎木薯、喝甜得要命的水一样的咖啡时，斯泰尔斯先生向大家说明那几个巴巴多斯黑人都是些什么人。他要事先告诉大家，那三个人都在普图马约工作过，但是跟阿拉纳的公司闹了别扭，觉得秘鲁亚马孙公司欺骗了他们，因此他们的证词中充满了怨气。领事建议不要让三个巴巴多斯人同时出现在全体委员面前，因为那样他们会感到害怕，不敢开口。于是把委员分成二人或三人一组。

罗杰和塞莫·贝尔一组。正像所预料的那样，与第一个巴巴多斯人的会见刚开始不久，塞莫·贝尔就以极度口渴、感到不舒服为托词走掉了，留下罗杰一个人，单独跟那位阿拉纳公司的前工头谈话。

那巴巴多斯人名叫依波奈姆·托马斯·坎贝尔，他自己也不确定有多大岁数，自认为不超过三十五岁，是黑人，拳曲的头发比较长，已经有些白发。穿着衬衣，敞着怀，肚脐眼都露了出来。一条粗布长裤不到脚踝处，用一段绳子系在腰间。没穿鞋，一双大脚满是石头般的硬皮，指甲很长。他那口语化的英语有时掺杂几个葡萄牙语单词和西班牙语单词，罗杰听起来很吃力。

罗杰用简单的英语向他保证，他的证词是保密的，在任何情况下，他都不会被自己说的话牵连。罗杰只听，不记录，仅仅要求他所说的发生在普图马约的事是真实的。

二人坐在凯斯门特卧室对面的小阳台上。长凳对面的小桌上摆着一罐木瓜汁和两只杯子。依波奈姆·托马斯·坎贝尔六年前在巴巴多斯首都布里奇敦同另外十八个巴巴多斯人一起被堂胡里奥·阿拉纳的兄弟利萨尔多·阿拉纳雇去，在普图马约一个收购站当工头。去了之后他就知道被骗了，雇他的时候并没告诉他要花大部分时间去"打猎"。

"请解释一下，什么是'打猎'？"凯斯门特问道。

就是到村落里去猎取印第安人，让他们到公司的领地来收割橡胶。不管是乌伊托托人、奥凯玛人、穆伊南人、诺努亚人、列希加洛人还是波拉①人都行，只要该地区里有。那是因为所有的印第安人都无一例外地拒绝去割取橡胶，所以必须强迫他们。"打猎"要进行长途远征，有时一无所获，你到了，可村子里空了，村民都逃光了。有时幸好还有人，就开枪吓唬吓唬他们，叫他们别反抗，但他们还是用吹箭筒和木棒进行反抗，于是就动手打了起来。最后把他们的脖子捆起来，把还能走路的男男女女像赶牲口一样赶回来。为了不耽搁行程，就把老人和婴儿丢在那里不管。依波奈姆没为阿曼多·诺尔曼德干过无偿的暴行，尽管在此人的领导下，他在马坦萨斯站干了两年之久。诺尔曼德先生是马坦萨斯站的负责人。

"无偿的暴行？"罗杰打断他道，"请举个例子。"

依波奈姆在板凳上很不自在地扭了扭身子，黑眼珠在眼白里跳动了一下。

"诺尔曼德先生有个怪癖，"依波奈姆躲开了罗杰的目光，低声道，"譬如，如果有人表现不好，也就是说，不如他的意，他就把这个人的孩子扔进河里淹死，而且是他亲自动手。"

他停了一会儿，又解释道，看到诺尔曼德先生的怪癖，他很紧张。这种怪人什么事都干得出，甚至有一天，他异想天开，想把左

---

① 穆伊南、诺努亚、列希加洛、波拉，均系印第安人的不同部族。

轮里的子弹打光，就朝离他最近的人开了枪。依波奈姆因此要求换一个站，于是调到了乌尔蒂莫·列蒂洛站，这才睡上了安稳觉。这个站的负责人叫做阿尔弗雷德·蒙特。

"您执行任务时杀死过印第安人吗，托马斯先生?"

罗杰看见了这个巴巴多斯人躲躲闪闪的眼光。

"这也是工头和'小伙子'工作的一部分，"他耸了耸肩承认，"这些人被称作'理性人'①。普图马约真是血流成河，人们也习以为常了。在那里，生活本身就是杀戮和死亡。"

"您能告诉我您杀死过多少人吗?"

"我从来没计算过，"依波奈姆立即答道，"我干必须干的事，总想着：干过了，这一页就翻过去了。我完成得很好，因此我认为公司对我太刻薄了。"

他长时间沉浸在模糊不清的自言自语中，对前雇主很不满。雇主们指控他与把五十个乌伊托托人卖给哥伦比亚伊里亚特先生家的橡胶园有牵连，而阿拉纳先生的公司一直与伊里亚特先生争夺劳动力。那不是真的，乌伊托托人消失于乌尔蒂莫·列蒂洛站后，据说又出现了，并为哥伦比亚人工作。他一次又一次地发誓说他与此事毫无关系。实际上，出卖乌伊托托人的正是乌尔蒂莫·列蒂洛站的负责人阿尔弗雷德·蒙特本人，此人既贪婪又吝啬，为了掩盖自己的过错，就说是依波奈姆、戴顿·克兰敦及辛巴达·道格拉斯三个人所为。完全是污蔑，公司却相信了他，而这三个工头则不得不出逃。历经可怕的苦难来到了伊基托斯。普图马约的头头们曾下令，要"理性人"只要一遇到这三个人就把他们干掉。现在，依波奈姆和另外两个同伴只能靠乞讨和当临时工谋生。

----

① 指西班牙化了的、负责监督被罚土著人劳动及其勤奋程度的印第安人。

公司拒绝为他们返回巴巴多斯支付船票钱，还控告他们随便离岗。伊基托斯的法官当然认为阿拉纳公司有理。

罗杰答应他，政府会负责把他和两个同伴送回国，他们毕竟是英国公民。罗杰刚把依波奈姆·托马斯·坎贝尔送走，就累得马上倒在了床上，不停地出汗，全身疼痛，不是这儿不舒服就是那儿不舒服，从头到脚，一个器官接着一个器官，一点点地折磨着他。先是刚果，现在是亚马孙，人类的苦难难道没有尽头？世界上充满了野蛮行径的飞地到底还有多少？几百、几千、几百万？现在又在普图马约等着他。能不能打败这条七头蛇①？在一个地方砍掉它的头，在另一个地方又生出来，更加嗜血，更加可怖。他慢慢地睡着了。

梦中，在盖尔的一面湖边，他看见了母亲。高大的橡树枝叶间洒下了淡淡的阳光。他又激动地颤抖着看见今早在伊基托斯堤岸上为之拍照的那强壮的男孩。他在盖尔湖畔做什么？也许那是位于厄尔斯特的爱尔兰湖泊。安妮·杰弗逊挺拔的倩影消失了。他的忧虑并不是因为人们在普图马约受到奴役所引发的悲哀与同情，而是因为安妮·杰弗逊（其实他并没有看见她）在四周树丛中对他的窥视。尽管如此，恐惧并没有减弱他见到伊基托斯那个男孩时感到的激动。

男孩犹如湖神从水中显露出来，身体淋漓着湖水，每走一步，肌肉就弹动一下，脸上挂着傲慢的笑意，使得他在梦中颤抖起来，呻吟起来。醒来时，他恶心地看到自己射精了。他洗了洗，换了短裤和长裤。他感到羞耻，毫无安全感。

委员会的两位成员刚刚接见了巴巴多斯人戴顿·克兰敦和辛巴达·道格拉斯。罗杰发觉委员们被他们的证词搞得都很累。那两个

---

① 七头蛇，希腊神话中的怪物，相传砍去一个头，会再生。后被大力神赫拉克勒斯一次砍掉七个头处死。

前工头讲的话依然是赤裸裸的，跟依波奈姆对罗杰·凯斯门特讲的话一样。看样子不管是戴顿·克兰敦还是辛巴达·道格拉斯，都特别热衷于否认曾把那五十个乌伊托托人卖给哥伦比亚橡胶商。

"鞭打，截肢，杀害……他们对此毫不在意，"植物学家沃尔特·福尔克不停地说道，看样子他并不怀疑贪婪会引发恶行，"他们觉得这种残暴行径是世上最自然不过的事。"

"辛巴达刚才的话，我简直听不下去，"亨利·费尔加尔承认，"所以不得不出去呕吐。"

"诸位都看到了外事办搜集的文件，"罗杰·凯斯门特提醒大家，"你们认为萨尔达尼亚·罗卡和哈登堡二人的指控是编造的吗？"

"编造的，倒不是，"沃尔特·福尔克反驳道，"却是夸大的。"

"这次开胃酒之后，不知我们在普图马约还能碰到什么事。"路易斯·巴恩斯说道。

"他们很可能变得谨慎，"植物学家说道，"会向我们展示一种粉饰了的现实。"

领事打断大家的谈话，说午饭准备好了。领事的胃口很好，吃了一盘玉米饼裹着的鲱鱼和蛇片沙拉。除了他，委员们几乎一口没吃。大家一直在沉默，沉浸在对刚才会面的回忆之中。

"这次旅行肯定是一次下地狱，"刚刚加入谈话的塞莫·贝尔转身对罗杰·凯斯门特说道，"您都经历过，幸存了下来。"

"但是伤口还没有愈合。"罗杰意味深长地说道。

"没那么严重，先生们，"斯泰尔斯先生吃得高兴，给大家鼓劲道，"睡一个洛雷托式的午觉就好了。跟秘鲁亚马孙公司当局和头头们谈话会比跟黑人谈话顺利些，真的。"

罗杰没睡午觉，他坐在卧室里作为床头柜的桌前，凭记忆把与依波奈姆·托马斯·坎贝尔的谈话写在了笔记本上，并且把委员们与另外两个巴巴多斯人谈话后得出的证词做了摘要。接着又在另外一张纸上记下了当天下午将向行政长官雷伊·拉马和公司经理总巴勃罗·苏马埃塔提出的问题。斯泰尔斯先生曾批露，巴勃罗·苏马埃塔是胡里奥·塞萨尔·阿拉纳的姐夫。

行政长官在办公室里接见了委员会成员，上了啤酒、果汁和咖啡，命人搬来几把椅子，分发了蒲扇，让大家凉快凉快。他仍然穿着那天傍晚穿的马裤和靴子，但没穿绣花背心，而是一件白色亚麻外衣，里面的衬衣像俄罗斯大衬衣般扣着领扣，雪白的鬓角和优雅的动作显得他的气质很高贵。他向大家说，他是职业外交官，曾在欧洲供职数年。他指着墙上身穿燕尾服、头戴高筒礼帽、胸前斜挂绥带、个头不高但很潇洒的人的照片说，他是应这位共和国总统奥古斯托·贝纳尔迪诺·莱吉亚的要求就任现职的。

"总统让我向诸位致以衷心的问候。"

"您的英语讲得真好，我们可以不用翻译了，行政长官先生。"

"我的英语很糟，"雷伊·拉马讨好地打断道，"还得请诸位多多包涵。"

"英国政府曾要求莱吉亚总统的政府调查关于在普图马约发生的被揭露事件，但竟无下文，英国政府对此表示遗憾。"

"司法行动正在展开，凯斯门特先生，"行政长官急忙答道，"我们的政府没等陛下要求就进行了调查。为此我们任命了一位特别法官，此人正在来伊基托斯的路上。那是一位杰出的法官，卡洛斯·A.巴尔卡塞尔。您是知道的，利马离伊基托斯太远了。"

"既然如此，为什么要从利马派法官来？"路易斯·巴恩斯插嘴道，"伊基托斯难道没有法官？昨天为我们设的晚宴上，您不是给我们介绍了几位法官吗？"

罗杰·凯斯门特看到雷伊·拉马以慈祥的眼光扫了巴恩斯一眼，

只有看待不懂事的孩子或成年白痴时才用这种眼光。

"此次谈话是保密的，对吧，先生们?"罗杰最后问道。

大家都点头同意，只有行政长官犹豫了一会儿回答:

"我们的政府从利马派法官来进行调查，正是证明其诚意，"行政长官解释，"找一名教学法官去调查是很容易的事，可是……"他极不自在地停了下来。

"明白人不用细说。"他添上了一句。

"您是不是说:在伊基托斯，没有一位法官敢跟阿拉纳先生的公司对抗?"罗杰·凯斯门特轻声问道。

"这里不是文明昌盛的英国，先生们。"行政长官一口喝光手中杯里的水，难过地低声道，"如果说一个人从利马到这里要花几个月的时间，那么法官、当局者、军人、公务员就要花更长的时间，或许根本来不了。在等待发薪水的时候，这些人靠什么维持生活?"

"靠秘鲁亚马孙公司慷慨施舍?"植物学家沃尔特·福尔克问。

"这话可不是我说的。"雷伊·拉马抬起手，挺直身子说道，"阿拉纳先生的公司以贷款的方式向公务员提前支付薪水，原则上这笔钱是要还的，但利息很低。不是白送，也不是贿赂，是与政府之间达成的诚信的协议。不过，尽管如此，既然法官们靠这笔贷款生活，在对待阿拉纳先生公司的问题上自然就不能大公无私了。诸位懂了，对吗? 因此，政府从利马派法官来，就是为了进行一次完全独立的调查。这不就是坚持弄清真相的最好证明吗?"

委员们喝着水或啤酒，感到茫然，无话可说。"有几个委员正在为回欧洲寻找借口呢?"罗杰想道。他无疑没有预料到这一点，也许只有路易斯·巴恩斯是例外，因为他在非洲生活过，而其他人根本想象不到在世界上其他地方并不都像在英国那样行事。

"在那个地区还有什么当权人物要我们去拜访吗?"罗杰问道。

"有几位检察官为了一位主教的死去了那里，此外就没有什么人了。"雷伊·拉马说道，"那个地区很远，几年前还是一片没开发的森林地带，只有野蛮人的部落。政府还能派什么重要人物去呢？去干什么？去让食人族吃掉吗？如果说那里现在有了商业活动和工作机会，并开始了现代化，那要归功于胡里奥·塞萨尔·阿拉纳和他的兄弟。要承认这一点，他们是第一批为了秘鲁而征服这片土地的人。如果没有公司，普图马约早就被哥伦比亚占领了。他们一直想攫取这个地区，这一点不容忽视。普图马约不是英格兰，那是一个遥远的、与世隔绝的、生了双胞胎或畸形儿就被淹死在河里的异教徒居住的世界。胡里奥·塞萨尔·阿拉纳是先驱者，他带去了船只、医药、天主教、衣服，还有西班牙语。当然，暴行应该受到制裁，但是请不要忘记那是一片激发贪婪的土地。在哈登堡先生的指控中，所有的秘鲁橡胶商都是魔鬼，而哥伦比亚人是同情土著人的天使，诸位不觉得奇怪吗？我读了《真理》上的文章。执意攫取那片土地的哥伦比亚人找到了哈登堡先生这样的保护人，而这位保护人只在秘鲁人身上看到了暴力和不法行为，在哥伦比亚人身上却没看到，诸位不觉得奇怪吗？这是偶然的吗？请诸位记住，这个人在来秘鲁前曾在哥伦比亚考卡省的铁路上工作过，会不会是间谍呢？"

雷伊·拉马说累了，喘了口气，喝了口啤酒，挨个看了大家一眼，眼光中似乎在说："我赢了一分，对吧？"

"鞭打，肢解，强奸，杀人……"亨利·费尔加尔低声地说道，"您把这些称作把现代化带给普图马约吗，行政长官先生？提出证词的不仅是哈登堡，还有您的同胞萨尔达尼亚·罗卡。我们今晨询问过的三个巴巴多斯工头也都证实了那些残暴行径，他们也承认干过这种坏事。"

"那么他们应该受到惩罚，"行政长官肯定地说，"普图马约当时要是有法官、警察和行政机关，他们早就受到惩罚了。但是，现在什么都没有，只有野蛮和残暴。我并不为任何人辩护，也不为任何人开脱。诸位还是去吧，去亲眼看看，自己作出判断。我们的政府本可以禁止诸位入境，因为我们是主权国家。大不列颠没有权利干涉我们的事务，但还是干涉了。相反，我得到指示，要给诸位提供一切方便。先生们，莱吉亚总统很敬重英国，他希望秘鲁有一天也会成为跟诸位的国家一样伟大的国家，因此诸位来到了这里，可以自由地随便到什么地方去，随便调查什么。"

突然下起瓢泼大雨，光线暗下来。雨点落在锌板屋顶上，发出沉重的噼啪声，屋顶仿佛将要塌下来，水柱将落在大家身上。雷伊·拉马做出忧郁的样子：

"我有一位妻子和四个孩子，我很爱他们，"他苦笑道，"我有一年没看见他们了。能不能见到他们，只有上帝知道。但是，当莱吉亚总统要求我到这远离世界的角落来为国家服务时，我没有犹豫。我来到此地不是为了保护罪犯，先生们，恰恰相反，我只求诸位理解，在亚马孙腹地工作、搞商业、建工厂跟在英国不同。如果有那么一天，这片原始森林的生活水平能赶上西欧的水平，都要归功于胡利奥·塞萨尔·阿拉纳先生这样的人。"

大家在行政长官办公室里逗留了很久，向他提出了许多问题，他都回答了，有时躲躲闪闪，有时则直截了当。罗杰最后没能对此人作出清晰的判断。他有时像在演戏的无耻之徒，有时又像重任在肩、想尽力经受得住考验的好人。不过有一点是肯定的，那就是：他知道存在着暴行。尽管他并不喜欢，但他的工作是尽可能地弱化它。

大家向行政长官告别时，雨已经停下来。大街上，各家的房顶滴着水，到处都是水洼，蛤蟆在其中啪啪地跳着，空中飞满了大麻蝇和长脚蚊，刺得大家浑身是泡。大家一言不发，低着头来到秘鲁亚马孙公司。那是一处宽大的宅院，瓦片铺的房顶，花砖砌的门面。就在这处宅院里，总经理巴勃罗·苏马埃塔正等着见他们。这是他们当天的最后一场会面。还有几分钟，大家在空荡荡的中心广场溜达了一会儿，好奇地观赏了古斯塔夫·埃菲尔工程师的铁房子。架构已经拆开，展示在露天下，像史前动物的骨骼。周围的酒吧和饭馆已经开门，音乐声和嘈杂声震得伊基托斯的黄昏如此昏昏沉沉。

秘鲁亚马孙公司位于离中心广场不远的秘鲁大街，是伊基托斯最高大、最结实的建筑物，两层楼，水泥和金属板构成，外墙涂成浅蓝色。巴勃罗·苏马埃塔在其办公室隔壁的小客厅里接待了他们。客厅天花板上吊着叶片宽大的电扇，但没开，等着来电。尽管天气极热，年近五十岁的苏马埃塔却仍穿着黑色外衣和花里胡哨的背心，系着蝴蝶领结，蹬着亮晶晶的短统靴。他郑重其事地向每个人伸出手，向所有人都问一声是否都安排好了、伊基托斯招待得是否妥当、是否还需要什么，他对所有人不断地说，胡里奥·塞萨尔·阿拉纳先生亲自从伦敦发电报来，命令他给大家提供一切方便，以使任务圆满完成。他的西班牙语有着明显的歌唱般的亚马孙口音，罗杰·凯斯门特已经能听懂了。每当提到阿拉纳的名字，这位秘鲁亚马孙公司的总经理都要向挂在一面墙上的巨大画像鞠个躬。

几个光着脚、穿白袍的印第安人端着盛有饮料的盘子走动的时候，凯斯门特趁机观察秘鲁亚马孙公司这位主人那严肃的黝黑四方脸和炯炯有神的目光。阿拉纳头上戴着法式贝雷帽，服装好像是巴黎最好的裁缝制作的，也许是在伦敦塞维勒路上的裁缝店里制作的。据说这位全能的橡胶国王在日内瓦的比亚里兹区有宫殿式的别墅，在伦敦的肯辛顿街有花园洋房，可他起初是在其出生地，亚马孙原始森林中一个偏远的村子里奥哈以卖草帽为生。这一切都真假难辨，他的目光中流露着精明和自满。

巴勃罗·苏马埃塔通过翻译通知大家，公司最好的轮船自由号已经准备好，只等他们登船。还为他们配备了在亚马孙各支流航行最有经验的船长和最好的船员。尽管如此，这次航行到普图马约可得作出点儿牺牲：根据天气情况，要花八到十天。没等委员中有人提问，他赶忙递给罗杰·凯斯门特一个文件夹，里面有一大堆文件。

"关于诸位所关心的事，我提前准备了这些文件，"他解释道，"都是关于收购站管理人员——站长、副站长和工头们——应如何对待当地人的规定。"

苏马埃塔为了掩饰自己的紧张，提高了嗓音并做出各种表情。他一面把有名字、印章和签字的文件展示给大家，一面用广场演说般的声调和姿态一项项地念着：

"严禁对土著人及其妻子儿女亲属进行体罚，不准对上述人等进行口头或行动上的侮辱；对经证实犯有错误者可予以斥责和警告；根据错误之严重程度可处以不同的罚款；对特别严重者可予以辞退；对具有犯罪性质者可移送最近之有关当局处理。"

他简要地念着规定，不断地重复，旨在拖延到最后念出"要避免针对土著人的不法行为"。中间还停下来解释"职员们也是人"，有时会违反规定；发生不法行为时，公司应予以制裁。

"最重要的是，我们千方百计，尽了最大的努力，避免在公司里发生不法行为。如果发生，那也是例外情况，是不遵守我们对待土著人政策的不轨员工所为。"

他说得又多又卖力，显然有些累了，便坐下来，用业已潮湿的手帕擦了擦脸上的汗。

"我们在普图马约能见到萨尔达尼亚·罗卡和哈登堡工程师控诉的那几位站长吗？他们是不是逃掉了？"

"我们的职员没有一个逃掉，"秘鲁亚马孙公司的总经理发怒道，"为什么要逃？难道只因为两个敲诈者的污蔑就要逃跑？那两个人是由于从我们这儿拿不到钱才编造出无耻谎言。"

　　"成百上千的人被肢解，被杀掉，被鞭笞，"罗杰·凯斯门特一字一句地说道，"对此种暴行的控诉已经震惊了文明世界。"

　　"如果真的发生了，我也感到震惊。"巴勃罗·苏马埃塔愤怒地抗议道，"但此时让我震惊的是，诸位这样有教养、聪明绝顶的人没有事先调查，竟相信这样的谎言。"

　　"我们会去调查此事。"罗杰·凯斯门特提醒道，"认认真真地调查，请不要怀疑。"

　　"您以为阿拉纳、我，还有秘鲁亚马孙公司的管理人员都是杀害土著人的杀人犯？您难道不知道我们橡胶商的头号大问题就是缺乏收割工人吗？对我们来说，每个工人都是宝贵的。如果这种杀害是真的，那么普图马约就连一个印第安人都不剩了，全跑光了，不是吗？谁也不愿意生活在任人鞭打、任人割去手脚、任人杀害的地方。这种控诉只有极端白痴的人才干得出，凯斯门特先生。要是土著人都跑了，我们就会破产，橡胶工业就会垮掉。这一点，连在那儿工作的职员都清楚，因此他们尽力让那些野蛮人满意。"

　　他挨个儿看了看每一位委员。前一刻还怒气冲冲，这一刻又发起愁来，作欲哭无泪状：

　　"对他们好，让他们满意，也不容易啊，"他降低了嗓音说道，"都是些原始人，这意味着什么，诸位知道吗？有些部落是食人族，我们当然不允许吃人，不对吗？这不仁慈，也不人道，我们加以禁止，他们有时就生气了，就干出野蛮人干的事。我们能让他们把初生的、譬如兔唇的畸形儿溺死吗？当然不，溺婴是不仁慈的，不是吗？总之，诸位会亲眼看到，到时候诸位就会理解英国这样对待胡里奥·塞萨尔·阿拉纳，这样对待一家为改变这个国家而作出巨大牺牲的公司是不公平的。"

罗杰·凯斯门特想，巴勃罗·苏马埃塔简直快要落泪了。但他错了，那位总经理友好地笑了。

"我说得太多了，现在该诸位说说了，"他带有歉意地说道，"有什么问题尽管提，我一定坦率回答。我们没什么可隐瞒的。"

委员们用了将近一个小时向这位秘鲁亚马孙公司的总经理提问，他的回答拖得很长，有时连翻译都摸不着头脑，让他一字一句地再说一遍。罗杰没有参与提问，他很多时候都在走神。很明显，苏马埃塔嘴里没有实话，什么都否认，不断重复着阿拉纳公司在伦敦回答记者批评时给的理由——诸如也许偶尔有个别心胸狭窄的员工做得过分了，但酷刑、奴役不是秘鲁亚马孙公司的政策，更不用说杀害土著人；法律也是禁止的嘛。普图马约的短工本来就很少，还要吓他们，这种事只有疯子才干得出；等等。罗杰觉得自己又回到了刚果的时空：同样的恐怖行为，同样地蔑视真相。所不同的是，苏马埃塔讲的是西班牙语，比利时官员们讲的是法语，而睁眼说瞎话这一点则是同样地无所顾忌，因为二者都认为收割橡胶赚钱是基督徒的理想，对那些异教徒干坏事是有道理的，因为他们嗜食人肉，杀害亲生子女。

从秘鲁亚马孙公司出来，罗杰把同事们送到他们的住处，自己并没回英国领事的住宅，而是漫无目的地在伊基托斯溜达了一会儿。他一贯喜欢走路。单独也好，和朋友一起也好；早晨也好，黄昏也好。他可以走上数小时。但是在伊基托斯没铺沥青、坎坷不平、到处有蛤蟆在里面鼓噪的水洼的大街上，他总是走得磕磕绊绊。街上的噪声很大。酒吧、饭馆、妓院、舞厅和秘密赌场里挤满了喝酒、吃饭、跳舞、吵架的人。所有的门前都有一堆堆半裸儿童在向里面偷看。他见晚霞已经消失在地平线下，余下的路只能在街上酒吧间的微光照射下几乎摸着黑地走。后来他察觉已经来到中心广场（名字倒很响亮）的方形地块，便在周围转了一圈。忽然听见有人坐在一条长凳上用葡萄牙语向他问候："晚安，凯斯门特先生。"原来是里卡多·乌鲁蒂亚神父，伊基托斯奥古斯丁修道院的长老。他们是在行政长官举行的晚宴上认识的。于是罗杰在长凳上长老的旁边坐了下来。

"不下雨的时候，出来观赏星星，呼吸新鲜空气，只要把耳朵捂起来不去听那地狱般的噪声，倒是很惬意的。"长老用葡萄牙语说道，"有人给您讲解了这铁房子的事吧？那是一个半疯的橡胶商在欧洲买下的，正在那个角落里组装。好像在1889年的巴黎博览会上展示过。据说在这里将成为社交俱乐部。您想想，在伊基托斯这种气候下，一座金属建的房子岂不成了火炉？目前还只是一个蝙蝠穴，上百只蝙蝠吊着一条腿在那里睡觉。"

罗杰·凯斯门特请他讲西班牙语，自己听得懂。但乌鲁蒂亚神父曾在巴西塞阿拉州奥古斯丁派教徒中生活过十年，所以宁愿讲葡萄牙语。他来到秘鲁的亚马孙地区还不到一年。

"我知道您从未去过阿拉纳先生的橡胶公司，但您无疑了解那里发生的事。我可以请您谈谈看法吗？萨尔达尼亚·罗卡和沃尔特·哈登堡的控告有可能是真的吗？"

神父叹了一口气。

"不幸得很，很有可能是真的，凯斯门特先生。"神父低声道，"我们这儿离普图马约太远了，至少有一千二百公里。这里是城市，有行政机关、行政长官、法官、军队和警察，尽管如此，都会出事。何况在那里？那里只有公司职员，什么事不会发生呢？"

他又叹了一口气，显得很苦恼。

"这里的一个大问题是买卖土著女孩，"他以怜悯的声调说道，"不管我们多么努力想找出解决的办法，还是没办法。"

"又是一个刚果。到处是刚果。"罗杰想道。

"那有名的'打猎'，您听说过了，"奥古斯丁修道院长老又道，"袭击土著村落去捕猎收割橡胶的人。袭击者不仅劫持男人，还劫持男孩和女孩，然后带到这里卖掉；有时带到马瑙斯去，在那儿似乎能卖到好价钱——在伊基托斯，买一个女仆最多只花二三十索尔。每个家庭都有一两个甚至五个女仆。说是女仆，实际上是奴隶。她们一天到晚地干活，和牲口睡在一起，主人找个茬儿就棒打。此外，还要为主人儿子的第一次性行为服务。"

他又叹了一口气，最后喘了起来。

"当局不能管一管吗？"

"原则上，不可能。"乌鲁蒂亚神父说道，"半个多世纪前，秘鲁就禁止奴隶制了。你可以报警，向律师求助，但这些人也都买女仆。此外，女孩即便被赎出来，当局又能拿她们怎么办？当然了，要么留给自己，要么卖掉，但不能再卖给某个家庭，于是卖到妓院去。以后的事，您就可想而知了。"

"不能让她们回到原来的部落去吗？"

"原来的部落儿乎已不存在了，父母都被劫持到橡胶公司去了，没地方送她们啊。干吗要把这些可怜的孩子赎出来呢？在这种情况下，也许最好的办法还是让她们留在那个家里。有些人对她们不坏，跟她们熟悉起来，但这反倒是怪事了，您不这样觉得吗？"

"怪事、怪事。"罗杰·凯斯门特不停地重复道。

"我，还有我们这些人也都认为。"乌鲁蒂亚神父说道，"我们在传教所几小时、几小时地动脑筋，有什么解决办法吗？毫无办法。我们曾跟罗马交涉，请他们派修女来为这些女孩开办一所学校，至少让她们受教育，但是那些家庭同意送她们上学吗？很少。不管怎么说，她们是被视为牲口的。"

神父又叹息起来，说话时显得极为沉痛。罗杰看不得神父痛苦的样子，便想赶快回到英国领事的住所去，于是站了起来。

"您倒是可以做些什么，凯斯门特先生，"乌鲁蒂亚神父握着他的手，告别道，"在欧洲进行的揭发事件闹得满城风雨，委员会能来到洛雷托，我看是一个奇迹。如果说有人能帮助这些可怜人，那就是你了。我将为你们能平安无恙地从普图马约回来而祈祷。"

罗杰回住处的一路上走得很慢，对街上酒吧、妓院里的事，对其中发出的噪声、歌声、吉他弹拨声不闻也不看，一心想的都是那些从部落里抢来的孩子。他们被迫离开家人，被装进麻布包、塞进船舱、带到了伊基托斯，以二三十索尔卖给一个家庭，擦洗房间、下厨做饭、打扫厕所、洗涤脏衣、挨打受骂，有时还要被雇主或雇主儿子奸污。同样的故事，永远讲不完的故事。

9

牢房的门一打开，罗杰·凯斯门特就看见典狱长那矮胖的身影站在门槛旁。他想，有人来探监了，是格，也许是爱丽丝。但是典狱长并没叫他站起来去探视室，而是一言不发，用一种奇异的眼光看着他。"申请被拒绝了。"他想，感到很困惑，要是站起来，肯定会双腿打战，倒在地上。

"你不是总说要洗澡吗？"典狱长冷冷地曼声问道。

"这是满足我最后的要求？"他想道，"洗完澡，刽子手就来了。"

"这可是违反狱规的，"典狱长带有某种感情地低声说道，"不过，今天是我儿子一周年祭日，我想以怜悯他人的行动纪念他。"

"谢谢您。"罗杰说着站了起来。典狱长这是怎么了？什么时候对他这么客气过？

看到典狱长出现在牢房门口时，他感到血液停止了流动；此时血液又在体内流动起来。

他走进发黑的走廊，跟随矮胖的典狱长来到了浴室。那是一个黑暗的地方，一面墙上镶有一排便器，对面墙上有一排淋浴头和水泥尚未被磨净的洗脸盆，发锈的水龙头在滴水。罗杰脱去衣服，和帽子一起挂在墙上的钉子上，接着钻进了喷头下。典狱长就站在门口等着。水流一冲，罗杰从头到脚打了个寒战，同时产生了一种愉快感和感激之情。他闭上眼睛，感受着滑过全身的冷水。他从挂在墙上的胶木盒中拿出一块肥皂，在胳臂和腿上擦起来。他很高兴，也很激动，水流不仅冲去了多日来积在身体上的肮脏，也荡涤了他的担忧、苦恼和悔恨。他又是擦肥皂，又是用水冲，洗了很久。典狱长站在远处，不得不拍手让他快点儿。罗杰用衣服擦干了身子，没有梳子，就用手指把头发抹抹光。

"您让我洗澡，真不知怎样感谢您，典狱长。"回牢房的途中，他说道，"您把生命和健康还给了我。"

典狱长咕哝了几句，也不知说了些什么。

罗杰回到牢房，躺在床上，又拿起了托马斯·肯比斯的《仿效耶稣基督》。但读不进去，便把书放在了地上。

他想起了罗伯特·蒙泰特上尉，那是他在德国最后六个月里的助手和朋友，是个很出色的人，忠诚、能干、英勇，是他在德国 U-19潜艇中的旅伴和难友。此外还有军士丹尼尔·朱利安·拜莱（也叫朱利安·贝伟利），当时他们乘潜艇到达爱尔兰的特拉利海湾，快到岸边时，三个人由于不会划船，差点溺水而亡。不会划船?! 事情就是这样：小小的蠢事掺杂在大事里，就会把大事毁掉。他回想起了 1916 年 4 月 21 日圣周星期五那个浓雾笼罩的早晨，天灰蒙蒙的，下着毛毛雨，大海波涛汹涌。德国潜艇把他们仨送上不断摇晃的三桨小船后便消失在浓雾中。"祝你们好运！"潜艇船长雷蒙德·威斯巴赫喊了一声，表示告别。他又感到那种软弱无力的可怕感觉，于是试图抓牢被海浪打得颠簸不已的小船。三个生手根本无法把船拨到朝向岸边的方向，谁也不知道当时处在什么方位。小船忽上忽下，颠簸着打转，画出半径变来变去的圆圈。谁都无力应付这种海浪。海浪拍打着船侧，把船撞来撞去，随时可能把船撞翻。实际上，确实翻船了。有几分钟的工夫，三个人差点儿淹没在水中。他们在水中啪啪地划着双臂，咽着发苦的海水，最后才把船拨直，互相帮助着爬上小船。罗杰想起了勇敢的蒙泰特，他在德国的一次意外事故中一只手受伤发炎，但是在黑尔格兰岛①上仍努力学习驾驶摩托艇。他们在该岛靠岸，换乘 U-19 潜艇，因为 U-2 潜艇在威廉港②出了故障。从黑尔格兰岛到特拉利海湾的这趟行程中，蒙泰特的伤口折磨了他整整一个星期。罗杰在那次航行中也因眩晕呕吐得厉害，几乎一口东西没吃，在狭窄的舱房里站不起来。他想着蒙泰特对待红肿伤口的那种禁欲式的忍耐。U-19 潜艇上德国船员给他用的消炎药根本不管用，伤口仍在化脓。指挥 U-19 的威斯巴赫船长预言，登陆后如不立即治疗，伤口将患上坏疽。

他最后一次见到罗伯特·蒙泰特上尉是在麦肯纳要塞的废墟上，正是 4 月 21 日的早晨，当时，两个旅伴决定让罗杰先藏起来，由他

---

① 欧洲北海东南部的德国岛屿。
② 位于德国西北部亚德湾内。

们去向特拉利的志愿者求援。这样决定是因为罗杰有着被英国士兵认出来的危险，他是守卫英帝国的走狗们觊觎的猎物啊。

此外，罗杰也扛不住了，病歪歪的，身体极为虚弱，疲惫不堪，曾两次摔倒在地上，第二次昏迷不醒，持续了好几分钟。两个朋友给了他一只左轮手枪和一袋衣服，把他藏在麦肯纳要塞的废墟上，握了握手就走了。罗杰回忆他看到燕子在周围盘旋，听到燕子的叫声，发现自己四周的特拉利海湾沙地上绽放着野紫罗兰时，心想他终于抵达爱尔兰，双眼充满了泪水。蒙泰特上尉临行时向他行了个军礼。上尉个子不高，强壮、灵活、不知疲倦，是对爱尔兰爱到骨髓里的爱国者。他在林堡营地被战俘们抵制（不是公开仇视），战俘们拒绝登记参加罗杰为了爱尔兰独立而与德国共同（不是在德国的命令下）组建的爱尔兰纵队。尽管如此，罗杰在德国与他共事的六个月里，从没听到他有一丝一毫的抱怨，从没发现他在助手面前流露过萎靡不振的迹象。

蒙泰特从头到脚全身湿透，那只红肿、淌血的手上的布裹得很马虎，早已松开。他的样子疲惫不堪。军士丹尼尔·拜莱也一瘸一拐的，二人朝着特拉利方向走去，消失在浓雾中。罗伯特·蒙泰特是不是已经到达那里而没被皇家爱尔兰警察捉住？会不会已经与爱尔兰共和兄弟会或志愿军的人接上头？军士丹尼尔·拜莱被捕一事，他一无所知。罗杰先是在海军司令部受到英国情报局头头们的审问，后在伦敦警察局受审。在长期的审问中，军士的名字从未被提到，却在总检察官指控罗杰叛国的审理法庭上作为证人突然出现了，这让罗杰感到很难过。丹尼尔·拜莱的证词中谎话连篇，但一次没提及蒙泰特。蒙泰特没有被捕？或许被杀害了？罗杰祈求上帝保佑他此时安全无事，躲藏在爱尔兰的某个角落里。也许他参加了圣周起义，为那次英勇但不明智的冒险而斗争时与许多无名的爱尔兰人一起牺牲了？最有可能的是，他在都柏林的邮政局里同他所敬仰的汤姆·克拉克在一起射击时，被敌人的一颗子弹结束了堪称楷模的生命。

他那次的冒险其实是不明智的。他个人以实用主义和理性的理由认为，只要他从德国回到爱尔兰，就可以阻止由爱尔兰志愿军军事委员会的汤姆·克拉克、肖恩·麦克德莫特、帕特里克·皮尔斯、约瑟夫·普伦凯特和其他人秘密策划而爱尔兰志愿军统帅约恩·麦克尼尔一无所知的圣周起义，那不是白日做梦吗？"理性说服不了虔诚的信徒和殉道者。"罗杰思忖道。他曾亲自参加过爱尔兰志愿军内部那场长时间的激烈争论。他的观点是，爱尔兰民族主义者反对英帝国的武装行动取得成功的唯一途径是与德国的军事进攻同时进行，因为德军可以牵制英国强大军队的主力。在这个问题上，他和年轻的普伦凯特在柏林争论了好几个小时也没取得一致意见。

军事委员会的负责人不同意他的意见，因此策划起义的爱尔兰共和兄弟会与志愿军直到最后仍把计划瞒着他，令他在柏林最后得到消息？但同时他得知德国海军司令部排除了从海上进攻英国的可能。当德国人同意向起义者运送武器时，他坚持亲自把武器运到爱尔兰，盘算着去说服那些领导人，告诉他们，如果没有德国军事进攻的配合，就会酿成无谓的牺牲。在这一点上，他没有错。根据他作出此判断后的那几天里从各方面搜集的消息来看，起义确实是一次英雄行为，但结果是，爱尔兰共和兄弟会和志愿军最英勇的领导人被屠杀，几百名志愿者被监禁。

镇压还在持续。爱尔兰独立事业又一次倒退。悲哀啊，悲哀的历史！

他尝到了苦果。另外一个严重的错误是对德国抱有太多的幻想。他记起了在巴黎最后一次见到赫伯特·沃德时的争论。自从在非洲相识，沃德就是自己最好的朋友。二人都很年轻，都渴望冒险，对各式各样的民族主义都持怀疑态度。在非洲那片土地上，他是少数几个有教养、感觉敏锐的欧洲人，罗杰从他那里学到了许多东西。他们经常交换书籍，交流阅读心得，互相交谈，讨论音乐、绘画、诗歌和政治。赫伯特一心梦想成为艺术家，工作之余，把所有时间都用在了以木头和泥土塑造各种类型的非洲人。他们都对殖民主义的暴行和罪行加以严厉批判。罗杰成了公众人物以后，《关于刚果的报告》就成了被攻击的靶子。赫伯特和妻子萨莉塔移居巴黎，丈夫成了出名的雕塑家，主要制作铜像，灵感仍来自非洲。夫妇俩是他的热情辩护者。《关于普图马约的报告》面世，揭露了普图马约橡胶商对土著人所犯下的罪行后，围绕凯斯门特的形象又激起了另一个丑闻。赫伯特夫妇仍热情地为他辩护。起初，赫伯特甚至对罗杰转变为民族主义者表示同情，虽然仍不时地在信里开玩笑地对他说"爱国到了狂热的程度"是很危险的，并用约翰逊医生的话"爱国主义是无赖们最后的避风港"来提醒他。他们在德国问题上出现了分歧。赫伯特一直坚决反对罗杰的乐观看法，反对罗杰美化德国各州的统一者、普鲁士精神的统一者俾斯麦首相。他认为俾斯麦强硬、专制、粗暴，毫无想象力和同情心，倾向于建立兵营式生活和军事专制，对民主和艺术不屑一顾。当他通过英国报纸的揭露得知罗杰·凯斯门特在大战正酣之际去柏林与敌人密谋时，就通过罗杰的姐姐妮娜给他写了一封绝交信，还在信中告诉罗杰，他和萨莉塔的长子，一名十九岁的青年，刚刚在前线阵亡。

他失去了多少朋友啊，像赫伯特·沃德夫妇那样的人曾多么看重他、敬佩他，现在却把他看成了叛徒；连他的导师和朋友爱丽丝·斯托弗德·格林也曾反对他去德国，只不过自他被捕以来再也不提那次分歧而已；又有多少人因英国报刊往他身上泼的脏水而对他感到恶心。胃部一阵痉挛，疼得他在床上蜷曲起来。过了很长时间，那种内脏受到捶打的感觉才慢慢消失。

逗留德国的那十八个月里，他多次问自己：是不是错了？不，他没错。事实也验证了他的看法，德国政府发表宣言——其中大部分是由他起草的——表示支持爱尔兰的主权意愿并助力爱尔兰人收回被英帝国攫取的独立地位。但是后来在菩提树大街等待柏林当局接待的漫长日子里，由于德方的承诺没有兑现，加上生病、组建爱尔兰纵队失败，他才开始怀疑起来。

他感到心脏怦怦地跳动着，就像每次回忆那些风暴卷着雪花的冰冷日子那样。几经交涉，他终于得以同林堡营地那二千二百名爱尔兰战俘说上话。他小心翼翼地重复着几个月来一直排练的腹稿，解释说那并不是"向敌方投降"，根本不是。爱尔兰纵队并不是德军的一部分，它将是一支独立兵团，有自己的指挥官；它将为反对殖民者和压迫者、争取爱尔兰独立而战斗；它将与德国武装力量并肩作战，而不是加入德国军队里面去作战。但是，让他感到痛苦、酸楚的并不是那二千二百名战俘中只有五十几人报名加入，而是对他的建议表现出的敌意。在他们的喊声和叽叽咕咕声中，他清楚地听出了"叛徒""卑鄙""出卖自己人""投机者"等字眼，许多战俘对他表示出极端蔑视。他第三次想开口（每次他刚讲话就被口哨声和辱骂声打断）时，成了吐口水和殴打的目标。德国卫兵把他抢出、逃离营地时，他感到了极大的屈辱。那场可能发生的殴打也许会演变成一场私刑拷打。

他以为爱尔兰战俘会报名参加由德国军队装备、穿德国制服（其实是罗杰·凯斯门特亲自设计的）、吃德国食物、以德国军队为顾问的纵队，这简直是幻想，是天真的想法。

因为他们刚刚与德军打过仗，在比利时的战壕里受过德军毒气的毒害，众多战友被德国军队杀害、肢解、击伤，而此时他们则被关在铁丝网里。因此若要他们理解当时的情况，需要有点儿灵活性，要记住这些爱尔兰战俘所受的苦和所失去的一切而不应该仇视他们。但是罗杰·凯斯门特没想到那次与现实的激烈冲撞对他来说如此难以忍受，并在肉体和精神上同时反映出来：他立即发起烧，卧床不起，且持续很久。他几乎失去了希望。

在那几个月里，罗伯特·蒙泰特上尉对他忠诚而亲切的照顾是一种慰藉，否则他很可能活不下去。随时随地可能遇到的困难和失败并未对罗伯特·蒙泰特上尉产生任何（可见的）影响，他仍然坚信罗杰·凯斯门特策划的爱尔兰纵队最终会成为现实，会把大多数爱尔兰俘虏招募来。德国政府在柏林附近的措森①给了他们一小块地方，罗伯特·蒙泰特立即热情地投入到对那五十多名志愿者进行训练的领导工作中。后来又招募了一些人，所有的队员，包括蒙泰特，都穿着罗杰设计的制服住在野营帐篷里，进行演练，练习行军，用步枪和手枪射击，使用的是训练用子弹。纪律是严格的，除了练习、实地演练和体育锻炼，蒙泰特还坚持让罗杰·凯斯门特经常给队员们作报告，讲述爱尔兰的历史、文化、民族气质以及爱尔兰独立的前景。

罗伯特·蒙泰特上尉若在审判中看到证人们一个接一个地指控那一小队爱尔兰战俘（经过战俘交换才获得自由），而证人中就有丹尼尔·拜莱军士，他会说些什么？所有证人回答总检察长的提问时都发誓说罗杰·凯斯门特在德国军官的簇拥下向他们显示获得自由之后的前景：获得工资和农场。并以此为钓饵要求他们向敌方投降。所有人又进一步推动那明目张胆的谎言：爱尔兰战俘在罗杰的紧逼下不得不报名参加纵队，并立即得到了更好的食物、更多的被子和

---

① 二战时德军陆军总司令部所在地，此处也建有德军狙击手学校。

灵活的请假制度。罗伯特·蒙泰特上尉不会责怪那些人，他可能会不止一次地说那都是盲目的爱国者，更确切地说，是英帝国在爱尔兰的卑鄙教育、愚民政策和散布的混乱思想蒙住了他们的眼睛，把他们变成了瞎子，让他们看不见三百年来被占领、被压迫的人民的真实状况。不要丧失信心，一切正在发生变化。他后来为了给罗杰鼓气，在林堡和柏林多次说，当时以爱德华·卡森爵士为首的厄尔斯特统一派大搞军事化，公开威胁称如果英国议会通过了《爱尔兰自治法案》，他们是不会遵守的。作为对这一情况的回应，1913 年11 月 25 日，在都柏林的中央大厅成立了爱尔兰志愿军。那时爱尔兰的青年们——农民、工人、渔民、手工业者和学生——报名参加该组织时是多么热情、多么踊跃啊。前英国军官罗伯特·蒙泰特上尉曾在南非对布尔人①的两次战役中受过伤，此次成第一批志愿军成员，并被委托对入伍者进行军事训练。罗杰也参加了中央大厅里那次激动人心的集会，并被选为基金会的司库，负责购买武器。这一职位只有爱尔兰志愿军领导极为信任的人才会当选。他不记得当时是否认识蒙泰特，而蒙泰特肯定地说，罗杰还握了他的手，称作为一名向世界揭露了刚果和亚马孙地区罪行的爱尔兰人而感到骄傲。

他想起了同蒙泰特在林堡周边或在柏林大街上长时间的散步，有时是在苍白冰冷的清晨，有时是在夜幕刚刚降临的黄昏。二人像着了魔似的谈论着爱尔兰，产生了友谊。但他没有办法让蒙泰特像对待朋友那样对他随便些，上尉总是像在机关或军队里对上级那样跟他说话，走路时让他走在右边，为他开门，给他把椅子挪近，握手前后总要脚跟一碰，把手举到贝雷帽的帽沿旁行个军礼。

关于罗杰·凯斯门特意欲组建爱尔兰纵队一事，蒙泰特上尉是

----

① 布尔人，南非荷兰移民的后裔。

从爱尔兰共和兄弟会与志愿军的秘密统帅汤姆·克拉克那儿第一次听说的，他当即就提出要为纵队工作。蒙泰特因被发现对志愿军秘密进行军事训练，被英国军队放逐到利默里克①。汤姆·克拉克跟其他领导商量后同意了蒙泰特的建议。在德国与罗杰一见面，蒙泰特就详详细细地讲述了险象丛生的经历，简直是一部冒险小说。1915年，为了掩盖其旅行的政治意图，他由妻子陪同，于年底从利物浦到了纽约。在纽约，爱尔兰民族主义领袖把他介绍给挪威人艾文德·艾德勒尔·克里斯滕森（一想起这个人，罗杰就感到胃部一阵痉挛）。在霍博肯港，这个人把他秘密地藏进了开往挪威首都克里斯蒂安尼亚②的一艘船里，他的妻子则留在纽约。克里斯滕森像巡警一样帮他不断地换船舱，长时间地藏在肮脏的底舱，由那挪威人给他送吃送喝。航行中，被皇家海军截获了，一队英国水兵强行登船，检查船员和乘客的证件，寻找间谍。英国水兵在船上一连搜寻了五天，蒙泰特东躲西藏，有时极不舒服地蹲在堆满衣服的衣柜里，有时潜伏在柏油桶里，结果未被发现，终于在克里斯蒂安尼亚秘密地上了岸。穿越瑞（典）丹（麦）边界前往德国时，又经历不少新鲜事。挪威人逼他戴上各式各样的假面具，其中有女人的面具。最后到达柏林时，他发现自己即将为之服务的领导罗杰·凯斯门特在拜恩③生病了。他既不傻也不懒，马上乘火车赶到了巴伐利亚州罗杰养病的旅馆，脚跟一碰，举手敬礼，自我介绍道："这是我一生中最幸福的一刻，罗杰爵士。"

凯斯门特还记得与罗伯特·蒙泰特上尉产生分歧的那个下午。在措森军营，凯斯门特给爱尔兰纵队成员做完讲座，二人在小卖部

---

① 位于爱尔兰中西部，爱尔兰第三大城市。
② 挪威首都奥斯陆的旧称。
③ 德国巴伐利亚州的旧称。

里喝茶。不记得为什么罗杰提到了艾文德·艾德勒尔·克里斯滕森，上尉的脸色变了，显露出不快。

"看得出，您对克里斯滕森的印象不太好，"罗杰开玩笑地说道，"他逼得您像巡警那样从纽约到了挪威，您记仇呢?"

蒙泰特没笑，而是严肃起来。

"不是，先生，"他咬着牙咕哝道，"不是为了那件事。"

"那又是为了什么?"

蒙泰特犹豫了，显得很不自在。

"我总觉得那个挪威人是英国情报局的一名间谍。"

罗杰记得那句话像是朝自己胸口打了一拳。

"您有证据吗?"

"没有，先生，完全是直觉。"

凯斯门特责备他以后不要再做这种没有根据的猜测。上尉结结巴巴地道了歉。此时，罗杰愿意付出任何代价见蒙泰特一面，哪怕一小会儿，请求他原谅自己对他的斥责："亲爱的朋友，您完全有道理。您的直觉很准确。艾文德比间谍还坏，他是真正的魔鬼。而我，竟然天真地相信了他，简直是个白痴。"

艾文德是他后半生犯的又一个大错误。正像爱丽丝·斯托弗德·格林和赫伯特·沃德所说的那样，任何一个人只要不像他这样"孩子气"，都会怀疑那个魔鬼的化身进入了他的生活。罗杰没怀疑。他相信了那次偶然的时机、偶然的相遇。

事情发生在1914年。那一年的七月，他到达纽约，目的是在纽约的爱尔兰社团中发展爱尔兰志愿军，从爱尔兰共和兄弟会美国分部即盖尔集团的民族主义领导人、经验丰富的斗士约翰·德沃伊和约瑟夫·麦克加里蒂那里获得支持和武器，并争取与之会见。到达的当天，他经不住美国夏天旅馆里的湿热，走到曼哈顿去散步。这时，一个仿佛北欧神祇那样英俊的金发青年走近他，此人和蔼可亲，魅力十足，讲话坦然，立即吸引了他。这个名叫艾文德的青年个头很高，有运动员的身材，走路轻盈如猫，碧眼深邃，笑起来既像天使又像无赖。他带着滑稽的表情把空空如也的口袋翻过来，告诉罗杰他身无分文。罗杰请他去喝啤酒，吃点儿东西，并相信了这个挪威人的话：现年二十四岁的他，十二岁时就从挪威的家里逃出来，像巡警一样千方百计地到了格拉斯哥，从此在斯堪的纳维亚和英国的船上当了一名锅炉工，游遍了全世界的海洋。现在轮船在纽约搁浅，他只能饥一顿饱一顿地过日子。

罗杰竟然相信了他！胃部又是一阵痉挛，痛得他暂停呼吸，躺在狭窄的木床上把身子蜷曲起来。精神一紧张，病就发作。想哭出来，但抑制住了。每当他感到需要怜悯自己或感到极度羞愧的时候，眼里就会充满了泪水，接着意志消沉，厌恶自己。他从不是一个易动感情、外露情绪的人，他一直善于在非常镇静的外表下掩饰沸腾的激情。但是自从那年十月底在艾文德·艾德勒尔·克里斯滕森的陪伴下到了柏林，他的性格起了变化。是不是与生病、身体虚弱、精神崩溃有关？尤其是在德国的最后几个月里，尽管罗伯特·蒙泰特上尉竭力想激发他的热情，但当他知道爱尔兰纵队计划已然失败，觉察德国政府并不信任他（也许认为他是英国间谍），得知他揭发英国驻挪威领事芬德雷密谋杀害他一事并没有得到他所期待的反响，这种变化尤为明显。发现爱尔兰共和兄弟会与志愿军的伙伴一直瞒着他，计划在爱尔兰举行圣周起义（"为了安全，必须慎重行事。"罗伯特·蒙泰特这样安慰他）时，他更是觉得像背后被人踢了一脚。不，他们并不担心他的健康，他们怀疑他，因为他们知道，如果不与德军进攻相配合，他就反对武装行动。

他和蒙泰特登上德国潜艇是违反民族主义领袖的命令的。

不过，在所有的失败中，最大的失败是他盲目而愚蠢地相信了魔鬼艾文德。他到费城去见约瑟夫·麦克加里蒂，是由艾文德陪同；在纽约，他在约翰·奎因组织的集会上向爱尔兰古老教团的听众发表演说时，艾文德就在他身边；1914年8月2日，在费城爱尔兰志愿军的千人游行中，他在暴风雨般的掌声中发表鼓动性演讲时，艾文德也在他身边。

从一开始他就注意到，克里斯滕森在美国的民族主义领袖中引起了怀疑。但是他很坚决地向他们保证，应该像相信他那样，相信艾文德的谨慎与忠诚。最后，爱尔兰共和兄弟会盖尔集团的领袖们同意让那挪威人在罗杰于美国的所有公开活动（除了秘密的政治会议）中在场，也同意让艾文德作为他的助手陪他去柏林。

最不可思议的是，克里斯滕森怪异的举动竟没引起罗杰的怀疑。去德国的途中需经挪威首都，就在到达的当天，艾文德单独出去散步——据他本人后来讲——被两个陌生人截住，于是被强行劫持到德拉门路79号的英国领事馆。领事本人，曼斯菲尔德·德·卡尔顿尼尔·芬德雷先生审问了他，给他钱让他说出同行者的身份以及来挪威的目的。艾文德向罗杰发誓说他什么也没透露，他答应领事，关于那位先生，领事需要知道什么，他就去调查一下，尽管他对那位先生一无所知；他只不过是陪伴他在陌生城市、陌生国家旅游的一名向导。

罗杰居然相信了这个离奇的谎言，一点儿也没想到自己会成为陷阱的受害者！就这样，他像个弱智的小孩，掉了进去！

艾文德·艾德勒尔·克里斯滕森那时是不是已经为英国情报局工作了？英国海军情报部部长雷金纳德·霍尔和伦敦警察局刑事调查科科长巴兹尔·汤姆森自从把被捕的罗杰调到伦敦，就跟他进行了数次诚恳的长谈，但是在挪威人的问题上，说法各不相同。罗杰对此并不抱幻想。现在他完全相信了艾文德在克里斯蒂安尼亚街上被劫持并被强行带到具有显赫姓氏①的曼斯菲尔德·德·卡尔顿尼尔·芬德雷领事面前一事绝对是虚构的。那两位审问者（罗杰证实这二人都是细心的心理学家）向他指出，英国驻挪威首都领事在给其外事办上司的报告里写道，艾文德·艾德勒尔·克里斯滕森是突然来到德拉门路79号的领事馆主动要求领事本人亲自跟他谈话的。这无疑是为了让罗杰丧失勇气和信心。英国领事同意接见他，听听他是怎么说的：他是陪一个拿着假护照、使用詹姆斯·兰迪这个假名字的爱尔兰民族主义者到德国去的。他要用这个情报换点钱。领事当场就给了他二十五克朗。艾文德提出，只要英国政府的酬金高，他将继续提供有关这个无名氏的私人秘密材料。

另一方面，雷金纳德·霍尔和巴兹尔·汤姆森告诉罗杰，他在德国的一切行动，包括在威廉斯特拉斯的外交部同德国政府的高级官员、军官及部长们的会谈，以及在林堡同爱尔兰战俘的见面，都被英国情报部门详细而准确地记录在案。就这样，艾文德一面伪装成罗杰的同谋，一面继续向英国政府报告罗杰在德国期间所言、所行、所写的一切，包括会见了何人、拜访了何人，以此来帮曼斯菲尔德·德·卡尔顿尼尔·芬德雷领事设下陷阱。"我真是一个白痴，也是命该如此。"罗杰不止一次地说。

这时，牢房的门打开了，午饭送来了。已经是中午了？罗杰沉浸在回忆里，整个上午过去了，他都没意识到。要是每天都这样该多好啊。午饭有无味肉汤、炒卷心菜加几块鱼，他没吃几口。狱卒来收盘子时，他请求出去清理马桶。每天一次，他可以去厕所倒马桶、洗马桶。回到牢房，便又倒在了木床上。魔鬼艾文德那调皮孩

---

① 在姓名中加"德"字，表示是贵族出身。

子般笑眯眯的漂亮脸蛋又在他的回忆中出现，随之而来的则是沮丧和伤痛。他仿佛听到艾文德在他耳边说"我爱你"；他似乎抱住了他，紧紧地搂着他，听到了他的喘气声。

他走过许多地方，有着丰富的阅历，结识过各色人物，在两个大洲调查过对当地原始居民与土著村社施行的各种残暴罪行，怎么竟被斯堪的纳维亚魔鬼那样的一个人厚颜无耻的两面手法搞得愚蠢起来？这个人满嘴谎言，有条不紊地欺骗了他，同时殷勤体贴，总是笑眯眯地像一条忠犬陪伴着他，为他服务，关心他的健康，为他买药、请医生、量体温，却想方设法地从他口袋里捞钱。这个人后来又谎称要到挪威去看望母亲和妹妹，实际上是去领事馆报告关于其上级兼情人的政治军事密谋活动，以取得报酬。而他，却还以为掌握了敌人的阴谋呢！据挪威人讲，曼斯菲尔德·德·卡尔顿尼尔·芬德雷领事曾明白无误地告诉他要把罗杰干掉。罗杰便指示艾文德顺着领事说话，以便取得证据，证明英国官员有加害他的罪恶企图。这件事，艾文德也向领事作了报告，为此他得到了多少克朗或英镑？罗杰还以为拿到了证据就能发动对英国政府的一次毁灭性宣传战呢，也就是说，可以公开指控英国政府侵犯第三国的主权，密谋杀害自己的政敌！但他的指控没有收到任何回应。他致爱德华·格雷爵士的公开信以及向各国驻德代表处发去的副本，没有收到一家使馆给他的回执。

罗杰又感到胃部痉挛在发作。更糟的事接踵而至：伦敦警察局对他的问讯完毕，他以为魔鬼艾文德再也不会出现在谈话中了，然而最后的打击突然而至：罗杰·凯斯门特的名字出现在欧洲乃至全世界的报纸上，说被王室授予爵位和勋章的英国外交官将被判定犯有叛国罪，到处都在流传着诉讼程序即将启动的消息。这时，艾文德·艾德勒尔·克里斯滕森出现在英国驻费城领事馆，向领事提出只要英国政府支付差旅费并付给他可以接受的报酬，他愿意去英国证明凯斯门特有罪。雷金纳德·霍尔和巴兹尔·汤姆森给他看英国驻费城领事的报告时，他再也不怀疑：那是不是真的？幸亏在那四天的诉讼中，斯堪的纳维亚魔鬼那红润的脸庞最终没有出现在证人席上，否则罗杰看到他，岂能克制住愤怒？非把他的脖子拧下来不可！

难道这就是原罪的面孔、思想、毒蛇般扭曲的人性？在与埃德蒙·D. 莫列尔的一次谈话中，二人都解释不了：那些接受了基督教的教育、有文化的文明人怎么能干尽坏事，成为他俩在刚果记录下来的骇人听闻罪行的同谋？罗杰说："斗牛犬啊，当历史的、社会的、心理的、文化的解释都已用尽，剩下的黑暗空间是很大的，足以探究人类的劣根性。想了解这一点，只有一条路：不要进行理性思考，要向宗教求援。这才是原罪。""你的这个解释不说明任何问题，老虎。"二人争论了许久也没得出任何结论。莫列尔认为："如果干坏事的最终动机是原罪，那就根本解决不了问题。如果说人之初，性本恶，灵魂里浸满了恶，为什么还要为解决不了的问题找寻解决之道而斗争？"

斗牛犬说得对，不要陷入悲观主义，不是所有人都是艾文德·艾德勒尔·克里斯滕森。另外一些人，他们品格高尚，乐善好施，有理想主义。罗伯特·蒙泰特上尉和莫列尔本人就是这样的人。令罗杰伤心的是，斗牛犬没有在对自己从宽发落的申请书上签字，以为自己的朋友（现在应该跟赫伯特·沃德一样，称为前朋友）站在了德国一边。尽管罗杰曾因反对战争、参加和平运动而被调查，但莫列尔无疑是因他站在德国皇帝一边而不肯原谅他的，也许像康拉德那样把他看作叛徒了。

罗杰叹了一口气。他失去了许多跟那两个人一样可亲、可敬的朋友，有多少朋友对他别过脸去。尽管如此，他并没有改变自己的想法，不，他没搞错。他仍然认为，如果在这场冲突中，德国战胜了，距离爱尔兰独立就更近了；而如果英国取得了胜利，距离爱尔兰独立就更远了。他的所作所为不是为了德国，而是为了爱尔兰。约瑟夫·康拉德和莫列尔这样明智聪慧的人为何不理解他？

爱国主义蒙蔽了清醒的头脑。罗杰永远怀念在格罗夫纳路爱丽丝家举行的那些聚会，其中有一次，爱丽丝在热烈的争论中说过这样的话——那位女历史学家确切的原话是怎样说的？"我们不应该让爱国主义冲动夺去清醒的头脑、理性和才智。"大概如此。不过，他记得当时乔治·萧伯纳对在场的爱尔兰民族主义者说过刺耳的讥讽话："这二者是不相容的，爱丽丝，您别自欺欺人了。爱国主义是一种宗教，与清醒的头脑互不相容，纯粹是愚昧主义，是宗教行为。"他的讥讽口气往往让对方感到不自在，因为他们直觉这位剧作家看似宽厚的话语后面往往包含着毁灭性的意图。"宗教行为"在这位什么都不相信的怀疑主义者嘴里意味着"迷信、弄虚作假"或更坏的东西。尽管如此，这位什么都不相信又出言不逊的人却是伟大的作家，在爱尔兰文坛比同时代的任何人都有威望。但是，一个不是爱国者的人，对祖先的土地感觉不到深沉的血缘关系，不热爱其肩负的古老世系，也不为之感动，又怎么能写出伟大的作品？因此，若在两个伟大的作家中进行选择，罗杰私下里宁愿选择叶芝，而不是萧伯纳。叶芝是爱国者，他用改写、革新的爱尔兰、凯尔特传说丰富了诗歌与剧作，赋予这些传说新的生命，从而丰富了现代文学。过了一会儿，他又对此想法感到后悔了，怎么能对乔治·萧伯纳忘恩负义呢？尽管他怀疑一切，写过反对民族主义的时评，但在伦敦知识界的大人物里，没有任何人比这位剧作家更明确而勇敢地为罗杰·凯斯门特进行了辩护。他曾劝告律师在辩护词上加上这一条，但不幸的是，那贪婪的废物、可怜的瑟詹特·A. M. 沙利文没有接受。判决后，乔治·萧伯纳又写文章请求改判，并在请求改判的声明上签字。并不一定是爱国者和民族主义者才能如此慷慨、勇敢。

只要一想起瑟詹特·A. M. 沙利文，哪怕只是一小会儿，他就感到沮丧。1916年，在那一年的四月末那黑暗的四天里，被判叛国罪的庭审情形浮现在他眼前。聘到一位同意为他在高等法院进行辩护的诉讼律师并不那么容易，乔治·卡万·达夫及其家人、朋友在都柏林，在伦敦联系的所有律师都以各种借口拒绝了，没有人愿意为一个在战争期间背叛祖国的人进行辩护。最后，爱尔兰人瑟詹特·A. M. 沙利文同意了，那是因为他从未在伦敦法庭上为人辩护过。不过他索要一大笔酬金。罗杰的姨妹和爱丽丝·斯托弗德·格林不得不在爱尔兰独立运动的同情者中进行募捐。罗杰只愿作为起义者和斗士承担责任，想利用审判作为讲坛，来宣讲爱尔兰拥有争取主权的权利。但沙利文律师硬要进行常规的法律辩护，避免涉及政治，并强调据以审讯凯斯门特的爱德华三世法规只许涉及在本土而不涉及在国外所犯的叛国行为，归咎于被告的那些行为发生在德国，因此凯斯门特不应被看作背叛帝国。罗杰从不认为这一辩护策略会成功。更有甚者，在提交辩护词的当天，瑟詹特·沙利文上演了一幅可怜的场面：开始辩护不久，他就显得坐立不安，全身抽搐，面色灰白，高喊："法官先生们，我不行了！"说着便倒在了法庭上，昏过去，由他的一名助手念完辩护词。所幸在助手念辩护词时，罗杰还能进行自我辩护。他宣称自己是起义者，为争取祖国独立的圣周起义进行辩护，为服务于祖国的独立运动感到骄傲。此刻，他仍为自己的这一辩护词感到骄傲。他想，在后代面前，这是一篇具有说服力的辩护词。

几点了？他还是不习惯不知道时间的生活。本顿维尔监狱的墙壁太厚了，再怎么努力也听不见街上的声音：钟声、摩托声、叫喊声、口哨声、艾斯林唐商场的嘈杂声，他是真听见的还是想象出来的？他不知道，什么都不知道。一种奇怪的安静，坟墓般的安静。此时此刻的安静好像时间停滞，生活也停止。唯一能渗进牢房的杂音来自监狱内部：隔壁走廊里轻轻的脚步声、铁门开开关关的声音、典狱长向狱卒带有鼻音的下令声。现在，就连本顿维尔监狱内部的杂音也没有了。这种安静使他痛苦，让他不能思考。他想重新拿起托马斯·肯比斯的《仿效耶稣基督》读，但仍然读不进去，便把书放回了地上。他想祈祷，但祈祷太机械，继续不下去。很长时间，他僵硬着，一动不动，心中充满忧虑，脑子里一片空白，眼睛盯着屋顶上的一个湿点，仿佛等着水滴落下来。他慢慢地睡着了。

　　他睡得很安宁，被梦境带进了亚马孙的原始森林。那是一个明亮的早晨，阳光直射，微风吹拂着船上的指挥台，降低了热度。没有蚊虫，他感到很适意。本来眼睛发炎，任何滴眼液和眼科清洗术都不管用，可最近折磨他的眼病不那么疼了；关节炎引起的肌肉疼痛、仿佛炙热的铁棒插入造成的火烧般的痔疮痛都消失了；双脚也消肿了。所有不舒服、病痛、小毛小病，二十年来在非洲患病的后遗症都没有了。他又感到年轻起来，很想在这里，在宽阔的、望不到对岸的亚马孙河上，像若干次在非洲那样再发一次疯：脱下衣服，从船栏处跳进漂满羊草和泡沫的绿色河水。他会感觉到全身都被那温和浓稠的河水冲击着，在钻出水面、露出头开始划动双臂、带着幸福感以海豚般的优美姿势游向船舷的同时，感到一种被净化了的舒适。船长与几名乘客站在甲板上向他做着夸张的手势，叫他游回来上船，否则会淹死，要么会被亚古妈妈吞掉。亚古妈妈是一种水蛇，有的长达十米，能把整个人囫囵吞下。

　　快到马瑙斯了吗？塔巴廷加近了吗？普图马约呢？快到伊基托

斯了吗？沿河而上还是沿河而下？这有什么关系？重要的是感到身体比以前好多了。轮船在发绿的河面上慢慢地行驶，马达的隆隆声陪伴着他的思绪。他已经放弃了外交生涯，获得了完全自由，此时又一次思忖起将来怎么办。也许把伦敦埃伯里街的寓所售出，住到爱尔兰去，分别在都柏林和厄尔斯特两地住，不再全身心地搞政治。要每天一小时、每周一天、每月一周用于学习。要重新拾起爱尔兰语的学习，某天用流利的盖尔语讲起话来，会让爱丽丝大吃一惊。用于政治上的每小时、每天、每周要集中在大问题上、与优先考虑的中心目的——争取爱尔兰独立、反对殖民主义——有关的大问题上。不要把时间浪费于搞阴谋、搞竞争、争高低，这些都是贪婪的政客们在党内、支部内、小队里争权夺利干的事，为此忘记了甚至破坏了首要任务也在所不惜。要在爱尔兰多走走，多看看，要去多尼格尔郡的安特莱姆峡谷、厄尔斯特、戈尔韦，也要去康内玛拉、托里岛那些遥远偏僻的地方，那里的渔民不懂英语，只讲盖尔语。要与农民、手工业者、渔民交朋友，他们朴素、勤劳、有毅力，抵制住了蜂拥而至的殖民者，保持住了自己的语言、风俗习惯和信仰。要倾听他们，向他们学习。要写出文章和诗歌，歌颂这些卑微的人几个世纪以来默默创造的英雄业绩。多亏了他们，爱尔兰才没有消亡，保持住自身仍是一个国家。

铁门的响声把他从美梦中惊醒。他睁开眼睛，狱卒进来递给他一碗面糊和一块面包，那是他每天的晚饭。他想问一下时间，但知道对方不会回答，便克制住了。他把面包掰成小块，掺在面糊里，一勺一勺地喝起来。又一天过去了，也许明天是决定性的一天。

10

乘自由号前往普图马约的前一天，罗杰·凯斯门特决定坦率地和斯泰尔斯先生谈一谈。在伊基托斯逗留的十三天里，他与英国领事有过多次谈话，但从不敢涉及这个话题。他很清楚他这次的任务招来了许多敌人，不仅在伊基托斯，还在整个亚马孙地区。在以后的日子里，如果同橡胶商打交道陷入了困境而不能跟这位能帮大忙的同事沟通，岂不荒唐？这种棘手的事不谈也罢。

尽管如此，那天晚上在斯泰尔斯先生的小客厅里，他与领事一面听雨点落在锌皮房顶和瓢泼雨水打在阳台玻璃与栏杆上发出的声音，一面跟往常一样喝着葡萄酒。罗杰顾不得谨慎不谨慎了。

"斯泰尔斯先生，您对里卡多·乌鲁蒂亚神父有什么看法？"

"您指的是奥古斯丁修道院的长老吗？我很少跟他打交道，总的来说是个好人。这几天您常见他？"

领事是不是看出了二人正在进入地震地区？他那突出的眼睛闪烁出一丝不安的光芒，光秃秃的脑袋在房间中央桌上噼啪作响的油灯照射下闪闪发亮，右手摇动着的扇子也停了下来。

"是这样的，乌鲁蒂亚神父来到这里不到一年，从来没离开过伊基托斯，"凯斯门特说道，"所以普图马约橡胶种植地发生的事，他也知道得不多。他跟我谈得最多的是这个城市里发生的另一种人间悲剧。"

领事尝了一口葡萄酒，又摇起了扇子。罗杰感觉他的圆脸有些发红。外面的暴雨伴随着长长的、震耳欲聋的雷声，怒吼般地下着，闪电不时地照亮黑暗的树林。

"我指的是从部落抢小孩的事，"罗杰接着说道，"小孩被带到这里，以二三十索尔的价钱卖给家庭。"

斯泰尔斯先生沉默着，拼命摇着扇子。

"据乌鲁蒂亚神父说，伊基托斯几乎所有的仆人都是被抢来卖到这里的。"凯斯门特盯着领事的眼睛问，"是这样吗？"

斯泰尔斯先生长长地叹了一口气，在摇椅里摇动起来。他并没有掩饰自己苦恼的表情，那表情似乎在说："您明天就要去普图马约了，您不知我对此有多么高兴。但愿以后我们再也见不着面了，凯斯门特先生。"

"在刚果就没有这种事吗？"领事答道，想避开这个话题。

"有，不过不像这里这么普遍。请原谅我的不礼貌，请问您的四个仆人是雇来还是买来的？"

"是我继承下来的。"英国领事干巴巴地答道，"我的前任凯奇斯领事回国前连同房子一起留给我的。不能说是雇的，在伊基托斯不时兴这个。这四个仆人都是文盲，不识字，也不会在合同上签名。在我家，他们有吃、有穿、有地方睡。此外，我还给他们零花钱。我敢说，在这种地方是不常见的。这四个人想走就可以走。您可以跟他们谈谈，问问他们愿不愿意到别处去找工作。您会看到他们的反应是怎样的，凯斯门特先生。"

罗杰点了点头，喝了一口葡萄酒。

"我并不想冒犯您，"罗杰道歉道，"我只想弄懂我所处的是个什么样的国家以及伊基托斯的价值观和风俗习惯是怎样的。我一点儿也不愿意让您把我看作审判官。"

此时，领事流露出了敌视的表情，摇扇的手慢下来，眼光中除了敌意，又多了些疑惧不安。

"不是审判官，而是主持正义者。"领事露出不快的样子，纠正道，"要不就是，您如果愿意，一位英雄。我跟您说过，我不喜欢英雄。请不要把我的坦率当作恶意。再说了，您也不要抱什么幻想，这里发生的事是您改变不了的，凯斯门特先生。乌鲁蒂亚神父也改变不了。在某种意义上讲，发生在这些孩子身上的事，我指的是伺候人，是他们的运气。相比起来，在部落里成长要糟糕千倍。在部落里，他们吃的是虱子，不满十岁就死于间日热①或任何一种传染病，或在橡胶公司里像牲口那样劳作。可在这儿，他们生活得很好。我知道，对我的这种实用主义，您很反感。"

罗杰没说话，也不知道需要知道什么。也许从现在起，英国领事可能会成为他要小心对付的另一个敌人。

"我来到这里是执行领事任务，为我的国家服务。"斯泰尔斯先生看着地上的棕榈席，接着说道，"我向您保证，我要不折不扣地执行。这里的英国公民并不多，我都认识。我要保护他们，他们有任何需要，我都要为他们服务。我要尽力促进亚马孙地区与英帝国之间的贸易，向我的政府通报这里的贸易活动、来往船只的情况及边境发生的意外事件。在我应尽的责任中并没有反对奴隶制度、反对白人和梅斯蒂索人②对亚马孙印第安人干的不法行为这一项。"

"对不起，我惹您生气了，斯泰尔斯先生。我们不谈这事了。"

罗杰站起来，向房子的主人道晚安，回到自己的房间。暴雨雨势减弱，但仍然下着。与卧室邻近的阳台已被淋湿，植物散发出的气味和湿泥土味很浓。夜色很黑，昆虫的嗡嗡声密集了起来，仿佛不光是从树林里发出来的，房间里也有。跟随暴雨而来的是另一种雨点：一种叫做吸血猎蝽的黑色甲虫。第二天，这些甲虫的尸体就会铺满了阳台，像地毯一样；要是踩一下，就会发出咯吱咯吱的声响，地上就会出现黑色的血迹。罗杰脱下衣服，换上睡衣，躺倒在

①　因间日疟原虫侵袭人体而导致的疟疾。
②　指白人或印欧混血儿与印第安人的混血儿。

蚊帐里的床上。

他太不慎重了，怎么能冒犯领事呢？那是一个可怜的好人，他也许只是不想卷入麻烦地熬到退休，回到英国，隐姓埋名地在自己靠积蓄分期付款在萨里郡①买下的小屋的花园里种种花，养养草。这才是他应该做的，心不烦，也没病。

罗杰又记起了在秘鲁与巴西交界处从塔巴廷加到伊基托斯的瓜伊娜号上同橡胶商维克多·以色列的激烈争论。维克多·以色列是马耳他的犹太人，在亚马孙地区居住多年，罗杰与他在甲板上有过很有意思的长谈。此人喜穿奇装异服，总像戴着假面具，讲一口无可挑剔的英语。他喜欢喝白兰地，一面喝酒玩牌一面讲述自己的冒险生活，讲得很生动，仿佛是从流浪汉小说里抄下来的。他有着一个很不好的习惯：用老式手枪朝轮船上空盘旋的红羽苍鹭射击，幸亏很少击中。直到有一天，罗杰记不清几月几号了，维克多·以色列对胡里奥·塞萨尔·阿拉纳大加赞扬，说他把亚马孙从野蛮的原始时代拯救了出来，使之融入了现代世界。他还为"打猎"行径辩解，说正是由于这种做法，才有了割胶的劳动力，因为森林里的最大问题是缺乏劳动力去割取这种造物主赐予该地区、造福秘鲁人的贵重物质。由于野蛮人懒惰、愚蠢，不肯劳动，这种"天赐之物"正在被浪费掉，橡胶商们才不得不到部落里强行拉夫。其实这一做法对企业来说也有时间和钱财上的损失。

"哼，您这话不过是一种看法，"罗杰·凯斯门特不紧不慢地打断他，"还有另一种看法。"

维克多·以色列是瘦高个儿，长长的披肩直发已有一缕白发，

---

① 位于英格兰东南部、伦敦附近的郡，邻近泰晤士河。

瘦脸庞上的胡子几天未刮，一双小小的、靡菲斯特①式的三角眼困惑不解地望着罗杰·凯斯门特。他穿着红背心，这还不算，肩上还挂着五颜六色的领巾似的背带。

"您这话是什么意思？"

"我指的是关于您所谓的野蛮人的观点。"凯斯门特用平静的语调解释道，仿佛在谈论天气或蚊子，"请您换位思考一下：他们在那里，在他们的部落里，生活了若干年、若干世纪。有一天，来了几个白人或梅斯蒂索人，带着长枪和左轮手枪，要他们离开自己的家庭、耕地、房子，到几十、几百公里外的地方，为了外来人的利益去收割橡胶，而这些外来人唯一的道理就是手中的武力。那么，您会高高兴兴地去收割那著名的橡胶吗，维克多先生？"

"可我并不是那种赤身裸体的野蛮人，也不会把自己天生兔唇的子女扔到河里去喂亚古妈妈。"橡胶商爆发出一阵带有讥讽意味的大笑，很不满地反驳道，"您是不是把那些食人的野蛮人跟我们这些在极端困难的条件下冒着生命危险来把森林地区改造成为文明土地的先驱者、企业家和商人放在同一个平面上看待了？"

"也许您和我对所谓文明有着不同的概念，我的朋友。"罗杰凯斯门特一直用淡定的声调讲话，使得维克多·以色列很恼火。

在那扑克牌桌上还有沃尔特·福尔克和亨利·费尔加尔，另外几名委员会成员都躺在自己的吊床上休息了。那是一个平静、温暖的夜晚，圆圆的月亮照在亚马孙河上，闪着粼粼的银光。

"我倒想知道您对文明是什么看法。"维克多·以色列说道，声音和眼睛都在冒火。那暴躁的反应让罗杰以为他会从枪套里掏出老掉牙的左轮朝自己开枪呢。

---

① 歌德作品《浮士德》中的魔鬼。下文中的红背心也是魔鬼的标志物。

"我对文明的看法，总的来说是一句话，尊重私有财产和个人自由。"罗杰很镇静地解释道，却全神贯注地警惕着维克多·以色列会否对他动手，"譬如，英国法律禁止殖民者占据各殖民地土著人的土地，也禁止对拒绝在矿山和田里干活的当地土著人使用武力。您不认为这就是文明吗？还是我错了？"

维克多·以色列那瘦小的胸部一上一下地掀动着身上的衬衣和五颜六色的背心，那衬衣很奇特，装着灯笼袖，扣子一直扣到脖颈。他把双手的大拇指插在背带里，一双三角眼布满血丝，一张嘴就露出了一排被尼古丁熏得参差不齐的黑牙。

"照您这么说，"他语带讽刺地说道，"秘鲁人就应该让亚马孙世世代代永远停留在石器时代。为了不惹恼那些异教的野蛮人，不应该去占据那些好逸恶劳的人不知如何利用的土地，浪费能够提高秘鲁人的生活水平、使秘鲁成为现代国家的资源。难道英国王室想让秘鲁成为这样的国家吗，凯斯门特先生？"

"亚马孙地区无疑是宝库，"凯斯门特不动声色地同意，"秘鲁要加以利用是对的。但不要虐待当地土著人，不要像猎取动物那样猎取他们，也不要迫使他们像奴隶那样干活，最好通过办学、开设医院、建立教堂等方式来使他们融入文明社会。"

维克多·以色列哈哈大笑，像上了发条的玩具娃娃不停地抖动。

"您活在哪个世界，领事先生？"他演戏般地把一双骷髅长手高高举起，大声说道，"看得出，您从没见过一个吃人的生番。您知道这里有多少人被吃掉吗？知道有多少白人和乔洛被他们的毒矛毒镖射死吗？知道他们像沙普拉人那样给多少人施行过缩头术①吗？我看还是等您对他们的野蛮行为有一点儿体验时，咱们再谈吧。"

---

① 印第安土著风俗，人死后缠头，使之缩小，以利保存。

"我在非洲生活了将近二十年，这种事多少知道些，以色列先生。"凯斯门特肯定地说道，"顺便说一下，我在非洲认识了许多跟您一样想法的白种人。"

为了避免争论越来越激烈，沃尔特·福尔克和亨利·费尔加尔引入了不那么棘手的话题。

在伊基托斯的十天里，罗杰访问了各种身份的人，记录下从各处的官员、法官、军人、餐馆老板、渔民、皮条客、流浪汉、妓女、妓院与酒吧侍者口中搜集到的各种意见。晚上睡不着的时候，罗杰·凯斯门特思索着，伊基托斯的绝大多数白人和梅斯蒂索人，秘鲁人也好，外国人也好，都跟维克多·以色列的想法一样。在他们的眼里，亚马孙地区的土著人根本不是人，更准确地说，是一种微不足道、比起人更接近动物的低等存在，因此剥削他们、鞭打他们、把他们劫持到橡胶公司去都是合法的。如有反抗，就像杀掉患狂犬病的狗一样杀掉。这就是对印第安土著人的普遍看法。正如里卡多·乌鲁蒂亚神父所说，伊基托斯的仆人都是被抢来后以相当于一两个英镑的价钱卖到洛雷托省各个家庭的儿童，因而对此也就没有人会感到惊奇了。这种忧虑使得他张开嘴深深地吸了一口气。还没出城，就看到并了解到这些事，那么在普图马约又会有什么看不到呢？

1910年9月14日，不到中午，委员会的成员们就从伊基托斯出发了。罗杰雇了一个叫弗雷德里克·拜肖普的人当翻译，那是他曾见过的巴巴多斯人中的一个。此人会讲西班牙语，也能使用在橡胶公司中通用的两种土著语言——波拉语和乌伊托托语——进行沟通。秘鲁亚马孙公司的十五艘船中最大的自由号保养得很好，拥有若干双人间小客舱，船头和船尾都装有吊床，供愿意露宿的客人睡觉。拜肖普害怕回到普图马约，所以要求罗杰·凯斯门特以书面形式保证他在旅行期间受到委员会的保护，事后要由英国政府把他遣返回巴巴多斯。

纳坡河与卡克塔河之间那片广阔土地的省会叫做乔雷拉，胡里奥·塞萨尔·阿拉纳的秘鲁亚马孙公司就设在那里。从伊基托斯到乔雷拉的航行持续了八天，那是燥热难耐、蚊虫如云、乏味无聊、景色一律、噪声单调的八天。轮船沿亚马孙河下行，从伊基托斯开始，河面越来越宽，直至两岸互相望不到。在塔巴廷加穿过巴西边界，继续沿雅瓦里河下行，接着沿伊加拉巴拉那河回到了秘鲁。这段河道的两岸略微接近，有时，两岸的攀藤植物和高大树木的枝叶笼罩在甲板之上，能听到、看到成群的鹦鹉在树木之间叽叽喳喳地盘旋飞舞，慢条斯理的红羽苍鹭耍平衡似的用一条腿站在小岛上晒太阳，灰色的龟壳从苍白的水面中露出；有时还能看到在岸边泥泞中打瞌睡的鳄鱼那带刺的脊背，这时从船上就会发出猎枪或左轮枪的射击声。

行程中，罗杰的大部分时间都用来整理在伊基托斯记下的笔记，为即将在胡里奥·塞萨尔·阿拉纳的领地度过的几个月安排工作计划。根据外事办的指示，他只能跟在收购站工作的巴巴多斯人谈话，因为他们是英国公民；为了不让秘鲁政府多心，不能打扰秘鲁和其他国家的雇员。但罗杰不想被这项指示限制，如果不同时搜集各收购站站长及其手下的"小伙子"或"理性人"的情况，他的调查就会缺胳膊少腿，还瞎了眼。只有全面搜集，才能对胡里奥·塞萨尔·阿拉纳在其与当地土著人的关系中如何违反法律和道德准则有一个完整的概念。

早在伊基托斯时，巴勃罗·苏马埃塔就通知委员会的成员，说根据阿拉纳的指示，为了接待委员们、安排好他们的交通和工作，公司事先已向普图马约派了一位主要负责人，胡安·蒂松。委员们猜想蒂松此行的真正目的是掩盖不法行径的痕迹，向他们展示遮盖现实情况的假象。

委员们于 1910 年 9 月 22 日到达乔雷拉。这个地方的得名①是因为河道突然变窄而激发的湍流和瀑布。水花泡沫、水流哗哗声、湿滑的岩石和深深的旋涡构成一幅雄伟的景象，打破了其支流伊加拉巴拉那河单调的水文。秘鲁亚马孙公司在此地设立了总部。从码头到达乔雷拉站的办公处和住所，必须爬上一片荆棘丛生、陡峭泥泞的斜坡。客船在泥地里搁浅时，乘客们有时必须由印第安装卸工搀扶着保持平衡才不致摔倒。罗杰与前来接他们的人寒暄时不禁打了个寒战，他看到岸上或扛着货包、或好奇地盯着他们看的半裸土著人为了轰走蚊虫，正张着双手拍打着自己的臂膀，这些人里每三个或四个就有一个的背部、臀部和大腿上有着结痂，那只能是鞭笞留下的痕迹。刚果，对，到处都是刚果！

胡安·蒂松个子很高，穿一身白色衣服，举止彬彬有礼，像个贵族，一口英语足以和罗杰沟通。他大概五十岁，从他那刮得精光的脸庞、修剪得整整齐齐的小胡子、细长的双手和穿着打扮来看，他显然不适合这里的森林生活，而是坐办公室、参加沙龙聚会的城市人。他用英语和西班牙语表示了欢迎，并把他的陪同人员向大家作了介绍。一听这个人的名字，罗杰就感到厌恶：维克多·马塞多，乔雷拉站的站长，此人至少还没有逃掉。萨尔达尼亚·罗卡和哈登堡在伦敦的《真理》周报上发表的文章中把他称作阿拉纳在普图马约最嗜血成性的代理人之一。

罗杰一面爬坡，一面观察着维克多·马塞多。他看不出年纪，很强壮，个头不很高，是个肤色较白的乔洛，但仍保持着印第安人的特

---

① 乔雷拉，西班牙文意为河水的湍急处。

点；扁鼻，厚唇，一张嘴就露出三四颗金牙；表情僵硬，那是长期风吹日晒的结果。他与罗杰不同，爬陡坡显得很轻松。他还有些斜视，仿佛在躲避阳光的照射而看往别处，也许是因为害怕与人直视。蒂松没带武器，维克多·马塞多的裤带上却露出了左轮手枪。

在宽敞的空地上，有几栋建在桩子（很粗的树干或混凝土浇铸的柱子）上的房子，第二层都装有栏杆。其中较大房子的房顶铺的是锌皮，较小的铺的是编织好的棕榈叶。蒂松指指点点地作着说明：“那里是办公室。”“这里是橡胶仓库。”“诸位就住在这栋房子里。”但罗杰几乎没听，只是观察着那一群群或淡漠地看着他们、或移开目光的半裸、全裸的印第安人：瘦弱的男人、女人和小孩，有的脸上和胸上画着图案。他们的双腿瘦得像芦苇秆，肤色黄里透着苍白，嘴唇和耳朵上都有切口，吊着挂件。这使他想起了非洲的土著人，只是这里没有黑人。他从远处看到几个穆拉托①和褐色皮肤的人，这些人都穿着长裤和靴子，无疑是一队巴巴多斯人。他数了数，只有四个。至于“小伙子”或“理性人”，他一眼就认出这些人虽然也是印第安人，也光着脚，却剪了头发，留着和基督徒一样的发式，穿着长裤和衬衫，腰间挂着木棒和皮鞭。

在住处，委员会的其他成员两人住一间。罗杰·凯斯门特则享有住单间的特权。那是一个小房间，没有床，只有吊床，一件家具既作为箱子又作为桌子，一张小桌上放着一只洗脸盆、一只水罐和一面镜子；房门口有一口腐水井和一个淋浴喷头。罗杰放下行李，刚安顿好就对胡安·蒂松说，当晚要开始跟乔雷拉站的巴巴多斯人见面、谈话。

当时，他闻到一股类似腐烂植物枝叶的刺鼻油腻味儿钻进鼻子。

----

① 指黑白混血儿。

这股味道充斥了乔雷拉的各个角落。早晨、午间和晚上，在普图马约三个月的行程中一直跟随着他。这种不适的气味使他呕吐、反胃。这种气味仿佛来自空气、土地、各种器物，甚至人体。亚马孙地区的树木流出的橡胶以令人眩晕的速度加剧着一方的劣行和另一方的苦难，从此，对罗杰而言，这气味就成了劣行与苦难的象征。"很奇怪，"到达的那天，他对胡安·蒂松说道，"在刚果，我多次到过橡胶公司和橡胶仓库，但我不记得刚果的橡胶有这么浓烈的难闻味道。""品种不一样。"蒂松解释道，"这里的气味难闻，但是比非洲的耐用。为了减轻臭味，在每个运往欧洲的橡胶包里都撒了滑石粉。"

整个普图马约地区，巴巴多斯人的数目是一百九十六人，在乔雷拉却只有六人。尽管罗杰通过拜肖普向他们保证，他们的证词是保密的，无论怎样也不会因所说的话而被起诉；如果他们不愿意继续为阿拉纳的公司工作，罗杰本人将负责把他们遣返巴巴多斯。但其中仍有两个人从一开始就拒绝跟罗杰谈话。

同意提供证词的那四个人在普图马约工作了近六年，曾在秘鲁亚马孙公司的几个收购站里作为工头服务过，那是介乎站长和"小伙子"或"理性人"之间的职务。第一个跟他谈话的叫唐纳尔·弗朗西斯，是个又高又壮的黑人，有点儿瘸，眼睛患有白翳症。当时他很紧张，对罗杰不很信任，罗杰立即感到从此人嘴里不会得到什么。他只用单个词回答问题，并拒绝控诉。据他讲，在乔雷拉，站长、雇员，甚至野蛮人都相处甚笃，从没发生过问题，更不用说使用暴力了。在委员会面前该说什么，该做什么，他是经过训练的。

罗杰大汗淋漓，不断地喝水。之后与普图马约的巴巴多斯人的谈话会不会跟这个人同样无用？不是的。菲利普·伯特·劳伦斯、西弗德·格伦威治和斯坦利·西利战胜了起初的疑惧，接受了罗杰代表英国政府作出的帮他们回到巴巴多斯的承诺，并滔滔不绝地谈了起来，把一切都说了出来，还激烈地，有时发疯似的进行自责，迫不及待地想卸下良心上的负担。斯坦利·西利的证词讲得有声有色，很详尽，例子很多。尽管对人类的残暴见识了很多，但罗杰听了有时还是感到眩晕，难过得喘不过气来。那巴巴多斯人讲完，已到了晚上。夜间昆虫的嗡嗡声震耳欲聋，仿佛成千上万只小虫子在他们的周围飞来飞去。他们坐在连接罗杰卧室的阳台上的一张木凳上，吸完了一包香烟。在越来越阴暗的夜色中，罗杰看不清斯坦利·西利这个矮小的穆拉托有什么特征，只看得清他的头部轮廓和肌肉发达的臂膀。他在乔雷拉的时间不长，在阿比西尼亚收购站工作过两年，是阿维拉多·阿圭罗和奥古斯托·希门尼斯两位站长的左右手。在那以前曾在马坦萨斯站的阿曼多·诺尔曼德手下干过。他们都不说话了，罗杰感到蚊子在叮咬他的面孔、脖子和胳膊，但他没心思轰走蚊子。

他忽然发觉西利在哭。西利用手捂着脸在轻轻地抽泣，胸部一鼓一鼓地叹着气。罗杰看见了他眼睛里晶莹的泪水。

"你信上帝吗?"他问道，"你有信仰吗?"

"我想我小时候信过上帝。"那个穆拉托嘶哑着嗓子抽泣道，"在我老家圣帕特里克①镇，我的教母每星期天都带我去教堂。现在我不知道信不信了。"

"我这样问你，是因为跟上帝谈谈也许会对你有所帮助。我指的不是向上帝祈祷，而是跟上帝谈话。你可以努力试试，要以跟我谈话时的坦率态度跟上帝谈谈。向上帝谈谈你的感受，谈谈你为什么

---

① 圣帕特里克（St. Patrick）是5世纪时爱尔兰天主教传教士。据说他生于罗马，死后出现许多神迹，使他成为爱尔兰守护神。传说他曾用一片三叶草向爱尔兰人解释何为"三位一体"，后来衍变为在圣帕特里克节这天佩戴三叶草的习俗。

哭。不管怎样，上帝比我更能帮助你。其实我也不知道该怎么办。我跟你一样茫然，西利。"

跟菲利普·伯特·劳伦斯与西弗德·格伦威治一样，只要凯斯门特同他们一起经伊基托斯回到巴巴多斯，斯坦利·西利也准备在委员会全体成员面前，甚至在胡安·蒂松先生面前，把自己的证词重复一次。

罗杰回到自己的房间，点上油灯，脱下衬衫，用脸盆里的水洗了洗前胸、两肋和面孔。他很想洗个淋浴，但那必须下楼在露天里洗，那样一来，整个身子就会被蚊虫吃掉。夜间的蚊虫成倍增加，咬起人来更凶狠。

他来到底层，去一间也是用油灯照明的饭厅里用餐。胡安·蒂松先生和委员们在喝温吞水般无味的威士忌，正站那儿谈话。半裸的印第安仆人一道一道地上着煎鱼、烤鱼、煮木薯、白薯和撒在食物上的玉米粉——巴西人也是用这种玉米粉撒在食物上。另外几个印第安人在用麦秸编的扇子轰蚊子。

"您和巴巴多斯人谈得怎么样？"胡安·蒂松递给他一杯威士忌，问道。"比预期的要好，蒂松先生，我本来担心他们不肯谈，但刚好相反，其中三个人谈得非常坦率。"

"我希望诸位听到的抱怨跟我听到的一样。"蒂松半开玩笑半认真地说道，"如有需要，公司是愿意纠正、加以改善的。这一直是阿拉纳先生的政策。好了，我想诸位饿了，请入席吧，先生们！"

大家坐了下来，开始盛盘子里的菜肴。委员会的成员们整个下午都在巡视乔雷拉的各种设施，在拜肖普的帮助下同管理部门和仓库的职员们谈话，显得很疲乏，懒得说话——罗杰的第一天谈话会不会跟他们一样令人沮丧？

胡安·蒂松为大家倒上葡萄酒，事先告诉大家，由于运输和气候原因，法国葡萄酒到了这里有点儿发酸。于是大家宁愿喝威士忌。

吃到一半，罗杰看了服侍大家的印第安人一眼，评论道：

"我看到许多男女印第安人的背上、臀部和腿上都有疤痕，譬如这个女孩。当他们挨打时，一般打多少下鞭子？"

一阵沉默。油灯的噼啪声和小虫子的嗡嗡声显得更响了，大家严肃地看着胡安·蒂松。

"这些疤痕大多数是他们自己搞出来的。"胡安·蒂松很不自在地答道，"诸位知道，他们的部落里有一种野蛮的启蒙仪式，譬如在脸上、嘴上、耳朵上、鼻子上钻孔，为了装进环、牙齿和各种挂件。我不否认有些工头违反公司的规定，鞭打这些人，从而结出疤痕，但我们的章程严格禁止体罚。"

"我的问题跟这没有关系，蒂松先生，"凯斯门特说道，"我是说，在这么多的疤痕中，怎么没看到一个印第安人的身上烙有公司的印记呢？"

"我不明白您的意思，"蒂松放下叉子。

凯斯门特说道："那些巴巴多斯人告诉我，说许多印第安人的身上都烙有公司名称首字母的印记"CA"，即"阿拉纳记"，就像猪、牛、马那样，为了不让他们逃跑，也不让哥伦比亚的橡胶商把他们抢走。那些巴巴多斯人给许多人打过印记，有时用火烙，有时用刀刻。但是我没看到过一个人有这种记号。他们到哪儿去了，先生？"

胡安丢开了端庄的外表和优雅的举止，突然满面通红，气得发抖。

"我不允许您用这种口气对我讲话，"他夹杂着英语和西班牙语喊道，"我是来为你们的工作提供方便，不是来听你们的讽刺！"

罗杰不动声色地点点头。

"我向您道歉，我并不想冒犯您，"他镇静地说道，"虽然我曾在刚果见识过各种难以启齿的残暴行径，但还没见过用火或刀在人的身上烙刻下印记这种事。我相信您不是这种暴行的责任人。"

"我当然不对任何暴行负责。"蒂松鼻眼乱动地又喊起来，眼珠乱转，愤怒至极，"如果有这种事，那也不能怪公司。您没见这是什么地方吗，凯斯门特先生？这里没有任何行政机关，没有警察，没有法官，什么人都没有。在这儿工作的站长、工头、助手都不是有教养的人，在许多情况下都是些文盲、冒险家、粗人——被原始森林磨炼出的硬汉。有时他们会干出一些不法行为，这就吓坏了文明人。我都知道，请相信我，我们尽了力。阿拉纳先生跟诸位的看法一样，凡是干坏事的都将被辞退。我并不是非法行径的同谋，凯斯门特先生。在这个国家里，我的姓氏是很受尊敬的，我的家族也是举足轻重的。我是个遵守教规的基督徒。"

罗杰心想，胡安·蒂松也许真的相信自己说的话：他是个好人。在伊基托斯、马瑙斯、利马或伦敦，他并不知道也不愿意知道这里发生的事。他应该诅咒胡里奥·塞萨尔·阿拉纳异想天开地在这个时候派他到这个世界以外的角落来执行这项费力不讨好的任务，应付各种麻烦事，过着难熬的日子。

"我们应该一起工作，互相合作，"蒂松平复了些，挥动着双手说道，"有不对的地方就纠正，干了坏事的雇员将受到制裁，我说话算话！我对诸位唯一的要求就是，把我看作朋友，是站在你们一边的人。"

过了一会儿，胡安·蒂松说有点儿不舒服，想退席。他道过晚安就走了。

饭桌边只有委员会的成员了。

"像给牲口那样给人烙印记？"植物学家沃尔特·福尔克半信半疑，低声问道，"这是真的吗？"

"我今天询问的四个巴巴多斯人中有三个都这么肯定地对我说过。"凯斯门特点头道，"斯坦利·西利说他本人在阿比西尼亚站站长阿维拉多·阿圭罗的命令下这么干过。不过，我觉得印记的事还不是最糟的，今天下午我还听到更可怕的事。"

几个人这么谈着，没吃东西，只把桌上的威士忌喝光。给委员们留下深刻印象的除了土著人背上的疤痕，还有在乔雷拉存放橡胶的仓库里发现的颈手枷和刑椅。当着刚刚度过不愉快时光的蒂松先生的面，拜肖普向他们解释了那个用木条和绳索制作的架子的用法：把蜷缩身子跪着的印第安人装进去，让他手脚都动弹不得，然后勒紧木条上刑或是把他吊在半空。拜肖普还说，颈手枷本来一直放在站里的空地上。委员们问仓库里的一个"理性人"是什么时候把刑具藏到仓库去的，那人回答说是在委员们到达的前一天。

大家决定第二天听取菲利普·伯特·劳伦斯、西弗德·格伦威治和斯坦利·西利的证词。塞莫·贝尔建议胡安·蒂松也在场，但有人持不同意见，特别是沃尔特·福尔克，他担心在头头面前，巴巴多斯人会收回证言。

那晚，罗杰·凯斯门特彻夜未眠，一直在把与巴巴多斯人的谈话记下来，直到耗完灯油、灯熄为止；倒在吊床上也不能合眼，全身的骨头、肌肉都在疼痛，睡了一会儿，马上又醒了，无法摆脱支配着他的不安情绪。

秘鲁亚马孙公司确实是一家英国公司！有诸如约翰·莱斯特凯爵士、索萨·迪罗男爵、约翰·罗素·久宾斯和亨利·M.里德等在商界和全城备受尊敬的人物。呈给政府的报告里说，以他们的名字和资金注册的企业正在实行奴隶制度：利用带枪的流氓，以"打猎"的手段把印第安男女与儿童捉到橡胶公司里进行残酷剥削，还把他们用刑架吊起来，用火烙刀刻留下印记；如果他们没交足三个月三十公斤橡胶的最低份额，就用皮鞭抽打他们直到出血。当胡里奥·塞萨尔·阿拉纳的这些合伙人看到以上内容时会说些什么？罗杰·凯斯门特曾去过位于伦敦金融中心索尔斯伯里大楼秘鲁亚马孙公司的办公室，那是一个壮观的地方，墙上挂着庚斯博罗①的画作，有身穿制服的女秘书、铺着地毯的办公室、客人专用的皮沙发，办事员都穿着条纹长裤、大礼服、雪白的硬领衬衣，系着别有饰品的领带，手拿账本，来来往往收发电报，拿着发货单与欧洲的工业城市交易那撒有滑石粉、散发气味的橡胶。而在世界的另一端，在普图马约，乌伊托托人、奥凯玛人、穆伊南人、诺努亚人、安道克人、列希加洛人和波拉人正在逐渐灭绝，没有人肯动一动手指去改变那里的状况。

"这些印第安人为什么不试图反抗？"晚饭中间，植物学家沃尔特·福尔克问道。随后又说："他们确实没有火器，但他们人很多呀，完全可以起身反抗。虽然可能会死一些人，但相对那些刽子手而言，他们在人数上是占优势的。"

罗杰回答说，事情没那么简单。他们没有反抗，跟在非洲一样。刚果人也没有反抗，只有个别例外的自发事件：个别人或个别集体的自杀事件。当剥削制度发展到了极端，它首先摧毁的是人的精神而不是肉体。害死人的暴行会毁掉人的反抗意志。偷生的本能把因困惑和恐惧而麻木不仁的印第安人变成了木头人。许多印第安人都不懂得他们的不幸是特殊的、具体的人的劣根性造成的，还以为是神秘的灾害、神的诅咒、上天惩罚的后果——是根本逃脱不掉的。

罗杰在参考文件中发现，普图马约的阿比西尼亚收购站的波拉人曾试图暴动，但是这个话题谁也不愿意提，巴巴多斯人也避谈。

---

① 托马斯·庚斯博罗（Thomas Gainsborough，1727—1788），英国画家。

当地一位叫做卡特内雷的波拉人的年轻酋长，一天晚上在其部落几个人的帮助下偷走了站长和"理性人"的来复枪，杀死了巴托洛梅·苏马埃塔（巴勃罗·苏马埃塔的亲戚），因为这个人喝醉酒强奸了卡特内雷的妻子。事后，卡特内雷便消失在森林里。公司悬赏要他的人头，还出动几支分队去找他，但两年过去了，也没捉住他。后来，一帮猎人在印第安告密者的带领下，包围了卡特内雷及其妻子藏身的茅屋。酋长逃掉了，他的妻子却被捉了去。站长巴斯克斯当众强奸了她，把她绑在木架上，不给吃不给喝，绑了好几天，还不时地鞭打她。最后，酋长出现了，他无疑是躲在密林中看到了自己的妻子受刑。他穿过空地，扔下枪，在木架前温顺地跪下来。此时他的妻子已经奄奄一息，也许已死掉。巴斯克斯叫喊着命令"理性人"不要开枪，他要亲自用粗铁丝挖下酋长的眼珠，在围成一圈的印第安妇女面前，连同酋长的妻子一道活活烧死。事件的结局是浪漫的，罗杰想，也许是经过窜改的，好让这个事件更符合盛行在这片火热土地上爱好恐怖的胃口。事情真的发生过吗？起码留下了一种象征、一个范例：一个起而反抗、惩罚施暴者并像英雄那样死去的土著人。

天刚破晓，罗杰就离开住所，下坡到了河边，在能挡住水流的深水处裸身洗了个澡，冷水使他有一种被按摩的感觉。穿好衣服，他感到很凉爽，恢复了体力。回到乔雷拉时，他拐了个弯，想去乌伊托托人居住的茅屋区走一走。茅屋分散搭建在木薯、玉米和香蕉种植地中间，呈圆形，屋壁用桃榈木围成，外面用藤条捆好，屋顶垂及地面，铺着编织好的雅里纳树叶。他只看见几个骨瘦如柴、背着婴儿的妇女，没有一个人回答他的问候；一个男人也没见到。他从茅屋区回来时，看见一个印第安妇女正在把他到达那天换洗的衣服放在他的卧室里。他问要付多少钱，但那妇女（很年轻，脸上画着蓝绿色条纹）不懂地看了他一眼。于是他让弗雷德里克·拜肖普问她应付多少钱。拜肖普用乌伊托托语问了，但那女人好像还不懂。

"不用付钱，"拜肖普说道，"这里不流通货币。再说了，她是乔雷拉站长维克多·马塞多的几个女人中的一个。"

"站长有几个女人？"

"现在有五个。"巴巴多斯人答道，"我刚来工作时起码有七个，她们都被换掉了。这里所有人都这么干。"

拜肖普笑了，还开了个玩笑："在这种气候下，女人都老得很快，要经常换新的，像换衣服那样。"但罗杰·凯斯门特没笑。

罗杰·凯斯门特后来回想，委员会的成员们去西方站之前，在乔雷拉站逗留的这两个星期是行程中最忙、最紧张的日子。他的休闲方式只是在河里、浅水塘或瀑布不太湍急的地方洗澡，在树林里长时间地散步，拍大量的照片，或者在夜里跟同伴们玩玩桥牌。实际上，他白天、下午的大部分时间都在做调查、记笔记、向当地人咨询或者跟同伴们交换所得的印象。

与委员们所担心的相反，菲利普·伯特·劳伦斯、西弗德·格伦威治与斯坦利·西利在有胡安·蒂松在场的全体委员会面前全无怯意，不仅确认了对罗杰·凯斯门特所说的话，还揭发了新的血腥暴行，从而扩充了证词。在询问的过程中，罗杰几次看到好几位委员脸色发白，像是要昏倒。

胡安·蒂松坐在委员们的后面，闭着嘴一言不发，只是在小本子上做着笔记。询问完毕，头几天，他还试图淡化并质疑关于酷刑、杀害和肢解的证词，但三四天后，他身上出现了变化：吃饭时间不说话也不吃东西；人们跟他讲话，他只用单音词低声回答问题。第五天晚上，饭前饮酒时，他爆发了——眼睛通红地对大家说："这一切太出乎我的想象了。我以我在这世界上最亲爱的母亲、妻子和孩子的灵魂发誓，我对这一切绝对感到惊讶。我和诸位一样感到莫大的震惊。听到这一切，我好像生了一场大病。为了讨好诸位，这些巴巴多斯人的揭发可能有夸张的成分，但即便如此，此处确实发生过不可容忍、骇人听闻的罪行，应该揭发、惩处。我向诸位发誓……"

他哽住了，只得找把椅子坐下来，手握酒杯，垂着头低声说，胡里奥·塞萨尔·阿拉纳与他在伊基托斯、马瑙斯或伦敦的合伙人不可能对发生在这里的事生疑。他要做第一个要求对这一切加以纠正的人。罗杰对他说的前半部分大为感动，心想此时的蒂松不像以前那样无意识地天真了，他也是人，也会考虑自己的处境、家族和前途。不管怎样，从那天起，他似乎不再是秘鲁亚马孙公司的官员，而变成委员会的新成员了。他热情而勤快地与委员会合作，送给他们新的材料，随时提醒他们要小心防范。他警惕着，以怀疑的眼光监视着四周。他清楚这里所发生的一切，大家都可能有性命之虞，尤其是那位总领事。他处在恐惧之中，担心那些巴巴多斯人会向维克多·马塞多透露已承认的事——如果他们透露了，那家伙不等被送上法庭或交给警察就会给委员们设下陷阱再除掉，事后声称委员们是死在野蛮人的手里。不可排除这个可能。

一天早晨，情况急转直下。那天一大早，罗杰·凯斯门特听到有人轻轻地敲门。天还黑着，他去开门，从门缝里看到一个黑影，但并不是弗雷德里克·拜肖普，而是唐纳尔·弗朗西斯，那个曾坚称这里一切正常的巴巴多斯人。他胆战心惊地低声说考虑好了，现在愿意把真相说出来。罗杰让他进了房间。二人坐在地上谈了起来，因为唐纳尔担心在阳台上谈话会被人听见。

他对罗杰说，之所以说谎，是因为害怕维克多·马塞多。马塞多曾威胁他说，如果对英国人说出这里发生的事，他就别想回到巴巴多斯。等英国人一走，就先割下他的睾丸，然后把他脱光绑在树上让毒蚂蚁吃掉。罗杰安慰他，说他一定能同另外几个巴巴多斯人一样回到布里奇敦①。但他不想私下听他的证词，唐纳尔·弗朗西斯应该在所有委员和蒂松的面前讲出。

当天，他就在开过几次工作会议的饭厅里作了证，一副害怕的样子，眼珠乱转，咬着肥厚的嘴唇，有时说不出话来。他讲了三个小时，证词里最富悲剧色彩的是下面的话：两个月前，两个乌伊托托人因为生病，只能收割到极少量的橡胶，维克多·马塞多便命令他和一个叫华金·彼得拉的"小伙子"把那二人的手脚绑起来，扔在河里死死按住，直至二人被淹死。然后又命几个"理性人"把尸体拖到树林里让野兽吃掉。唐纳尔还提出，可以带委员们到尚能找到那两个乌伊托托人的四肢和骨头的地方去看看。

9月28日，凯斯门特和委员会的成员乘秘鲁亚马孙公司的快艇快速号离开乔雷拉站，向西方站驶去。沿伊加拉巴拉那河上行几个小时，途中在维多利亚和奈美内斯两个橡胶集散地停泊，吃了些东西，晚上睡在快艇里。第二天又航行了三个小时，才在西方站靠岸。站长菲德尔·贝拉尔德带着助手曼努埃尔·托里柯与罗德里格斯·阿科斯塔到码头迎接他们。"都是一副暴徒和逃犯的面孔。"罗杰·凯斯门特想道。这些人都带着手枪和温切斯特步枪。肯定因为收到指示，所以对来客显得很殷勤。可胡安·蒂松仍提醒大家要谨慎，千万不要让贝拉尔德及其"小伙子"知晓已经调查出的情况。

西方站的地盘比乔雷拉站的小，用尖如长矛的木桩围起来，"理性人"带着卡宾枪在入口处站岗。

"怎么看守得这么严？"罗杰向胡安·蒂松问道，"是不是提防印第安人进攻？"

---

① 布里奇敦，巴巴多斯的首都。

"谁知道某天会不会出现下一个卡特内雷？但这并不是提防印第安人，绝对不是，而是提防哥伦比亚人，他们一直觊觎这片土地。"

菲德尔·贝拉尔德在西方站里有五百三十个印第安人，其中大部分此时正在树林里收割橡胶。他们每十五天送来一次收割物，然后回到树林里再干两个星期。他们的妻子儿女就留在围栏外岸边的居民点。贝拉尔德说，今晚，印第安人要为"来访的朋友们"开欢迎会。

他把大家带到了住处，那是建在木架上的两层方形房子，门窗都装有防蚊纱布。跟乔雷拉站一样，西方站的空气中也充斥着从仓库里散发出的橡胶气味。罗杰看到这里给他准备的是床而不是吊床，不觉高兴起来。其实是一张简陋的床，铺上充填着谷物壳的床垫，但起码躺上去可以伸展开来。睡吊床使他浑身肌肉痛，又睡不着。

天刚擦黑，欢迎会就在乌伊托托居民点旁的空地上开始了。一群印第安人为来客搬来了桌椅、盛食物的大锅，还有饮料。他们围成一圈，很严肃地等着客人。晴空万里，没有一丝要下雨的迹象。但晴好的天气、贯穿生长着茂密森林的平原及其四周的蜿蜒流淌的伊加拉巴拉那河所展现的景色，都未能让罗杰·凯斯门特高兴起来。他知道，即将看到的景象将是悲惨的、令人沮丧的。三四十个印第安男女——男人都是老人和小孩，女人一般说来倒是相当年轻——有的裸体，有的套着罗杰在伊基托斯看见的许多土著人喜穿的无袖衬衫或长袍，围成一圈，随着曼瓜列的节拍跳起舞来。曼瓜列是用挖空的树干做的鼓，乌伊托托人用顶端包有橡胶的木棒敲击出又闷又长的声音，据说这声音可以传递信息，远距离地互相沟通。舞者的脚踝和手臂上都戴着植物种子做的串铃，随着音乐节奏而跳动时发出响声。与此同时，舞者也哼出单调的、带有痛苦意味的歌声，配合他们那严肃、憎恶、胆怯、漠然的面部表情。

后来，凯斯门特问同伴们有没有注意到大多数印第安人的背上、臀部和腿上都有疤痕，于是大家就跳舞的乌伊托托人中百分之多少有鞭笞痕迹的问题讨论起来。罗杰说百分之八十，费尔加尔和福尔克说不到百分之七十。不过，大家一致认为，印象最深刻的是那个浑身及脸上都有烧痕的皮包骨小孩，要弗雷德里克·拜肖普去调查一下那些痕迹是事故造成的还是惩罚和酷刑造成的。

　　大家早就计划好在这个收购站要详详细细地调查剥削是怎样进行的，第二天一大早吃过早饭就开始了。在菲德尔·贝拉尔德的亲自陪同下先看橡胶仓库，无意间发现称橡胶的磅秤大有问题——塞莫·贝尔想站上去称一称，因为他总怀疑自己的体重可能减轻了。结果大吃一惊，这怎么可能？竟减轻了近十公斤！可自己并没有感觉呀，裤腰没显得松，衬衫也没显得宽。凯斯门特也称了称，并鼓励同伴们和胡安·蒂松也去称一下，结果所有人都比平时的体重轻了好几公斤。午饭时，罗杰问蒂松是否认为秘鲁亚马孙公司在普图马约的所有磅秤都跟西方站一样造假，好让印第安人以为他们的收割量很少。蒂松早已失去了掩饰的能力，只是耸耸肩："我不知道，先生们，我只知道在这里什么事都干得出。"

　　乔雷拉站的颈手枷藏在仓库里，西方站则不同，就放在周围全是住处和仓库的空地上。罗杰让菲德尔·贝拉尔德的助手把自己关进刑具，想体验一下关在这狭窄的笼子里是什么滋味。罗德里格斯·阿科斯塔还在犹豫，但胡安·蒂松表示准许，并让凯斯门特缩起身子，用手一推，把他关进了颈手枷，但没法勒紧夹住他手脚的木条，因为他的四肢太粗壮了。但是仅仅扣好颈上的抓柄，不用紧勒，就让他喘不过气来。他感到浑身生疼，一个人根本不可能持续几个小时地忍受这样的姿势以及背、腹、胸、腿、脖颈和双臂所承受的压力。罗杰出来后，不能活动，不得不扶着路易斯·巴恩斯的肩膀很久。

"印第安人犯了什么错才被关进颈手枷？"到了晚上，罗杰向西方站的站长问道。

菲德尔·贝拉尔德是梅斯蒂索人，很壮实，留着海豹式的胡子，有一对鼓出的大眼睛。他头戴宽边帽，脚蹬长筒靴，腰间系着子弹带。

"犯了严重的错误。"这人一说话就露出牙齿，"如杀死自己的孩子、酒醉后把妻子毁容、偷盗、隐瞒赃物等。这种颈手枷并不常用，只用过几次。一般说来，这里的印第安人的表现还是不错的。"

他语带讥笑地说这番话时，还轻蔑地逐一把委员们打量了一番，仿佛在告诉他们："我是不得不这样说，你们不一定要相信。"他的这种态度充分表明他对别人的蔑视。罗杰·凯斯门特想象得出这个腰别手枪、肩挎卡宾枪、腰系子弹带的恃强凌弱者在印第安人中间造成何等令人腿软的恐惧。不久，西方站那五个巴巴多斯人中的一个在委员会上作证说，一天晚上，他看见菲德尔·贝拉尔德和当时的乌尔蒂莫·列蒂洛站的站长阿尔弗雷德·蒙特喝醉了酒，打赌看谁能把关在颈手枷里的一个乌伊托托人的耳朵快速而利落地割下来。贝拉尔德用砍刀只一下，就割下了印第安人的耳朵；而蒙特已经醉得不省人事，双手直抖，不但没能割下另一只耳朵，砍刀还砍进了那人的脑壳。听完那次的证词，塞莫·贝尔产生了心理问题，承认再也不能忍受了。他话都说不出来了，红肿的眼睛泪水汪汪：看的、听的够多了，足以证明这里存在着最残酷的野蛮行径。在这个连残暴都变态化的非人世界里继续调查下去已经毫无意义。

他建议结束这次旅行，立刻回英国。

罗杰说他不反对其他人回去，但他本人要按原计划留在普图马约，多访问几个收购站。为了取得更好的效果，他要把报告写得详尽，使之更具有文献性。他提醒大家，所有这些罪行都是一家英国公司犯下的，其领导机构中有着备受尊敬的英国大人物，秘鲁亚马孙公司的股票持有者也靠这里发了财。这种怪事应该结束了，责任者应该受到制裁。为此，他的报告应该是详尽的、无可辩驳的。他的这番道理说服了大家，包括意志消沉的塞莫·贝尔。

为了摆脱菲德尔·贝拉尔德和阿尔弗雷德·蒙特打赌一事产生的恶劣印象，大家决定休息一天。第二天早晨，大家没有进行访谈和调查，而是去河里洗了个澡，又长时间地用小网捕蝴蝶。植物学家沃尔特·福尔克在树林里寻找兰科植物。在这个地区，蝴蝶和兰花跟蚊子和蝙蝠一样多，只不过蚊子和蝙蝠是晚间出来，无声地飞来飞去，叮咬站里的鸡、狗和马，有时还传染狂犬病。人们不得不杀死并烧掉这些动物，以防传染病蔓延。

河边飞舞着的蝴蝶种类多、个头大、颜色美，令凯斯门特及其同伴眼花缭乱。各式各样的蝴蝶五彩斑斓，翅膀扇动起来极为优美。当它们落在枝叶上，连空气都轻柔起来，发出光亮的斑点似乎抚慰了这个充斥着无尽卑劣、贪婪、痛苦，每走一步都会遇见道德丑恶的地方。

沃尔特·福尔克见到挂在大树上那么多散发着奇香、使得四周光艳无比的优美兰花，感到非常惊讶。他没有摘下来，也不让同伴们摘，用放大镜观赏了很长时间，一面拍照片，一面记笔记。

在西方站，罗杰·凯斯门特对秘鲁亚马孙公司的运作方式有了一个相当完整的概念。起初，橡胶商与部落之间或许有某种协定，但那已经是历史了。现在印第安人都不愿进森林去割橡胶了，于是站长和"小伙子"就干起了"打猎"的勾当，不付工资。印第安人一分钱也看不到，他们只从仓库里领取收割的工具：给橡胶树割口子的刀子、接汁液的罐头盒、存放橡胶球的篮子等。此外，还有种子、衣服、油灯和食物等日常用品，价格由公司定，所以印第安人总是负债，不得不劳作一生来抵债。站长们没有薪水，是根据每个收购站收到的橡胶量拿佣金，所以他们要求收割大量的橡胶，不得少交。每个割胶者要进入森林十五天，把妻子儿女留下作为人质，站长和"理性人"随意支配他们干家务活或满足性欲。他们每人都有自己的房间，许多女孩尚未成年就被交换来交换去，有时出于嫉妒还会动刀动枪。每十五天，收割者都回到站里来交纳橡胶，在做了手脚的磅秤上称重量。没交足三个月三十公斤的橡胶，就要受到惩罚：鞭笞、关颈手枷、割耳、割鼻。在极端的情况下，酷刑包括杀掉其妻子儿女甚至收割者本人。尸体不是埋掉，而是拖进树林里让野兽吃掉。每三个月，公司派小船和汽艇来收橡胶，就在当地用烟熏、用水洗、撒滑石粉。有时小船和汽艇会把货物运到普图马约和伊基托斯，有时直接运到马瑙斯，从马瑙斯出口到欧洲和美国。

罗杰·凯斯门特还看出大部分"理性人"都不参加生产劳动，对印第安人而言，他们纯粹是狱卒、行刑者和剥削者。他们整天躺着，吸烟喝酒，消遣方式是踢球、讲笑话或下命令。所有的活计都落在印第安人的身上：建造房屋、修理被雨水冲坏的房顶、修补通向码头的小路、洗洗刷刷、扛货、做饭、运东西，等等，只在那么一小会儿空当才去照顾自己的庄稼，否则就没有吃的。

罗杰完全理解同伴的情绪。他在非洲度过了二十年，自以为什么都见识过了，但这里发生的事仍然使他感到不安、紧张、焦躁，有时还感到沮丧，那么另外一些人会怎么样呢？那些人都在文明世界度过大部分时光，以为世界其他地方也很文明，是法制社会，有教会和警察，有禁止把人当牲口使唤的伦理道德和风俗习惯。

罗杰愿意留在普图马约，确实是为了使写出的报告尽量完整，但不仅如此。他还有一个打算：他对一个人感到很好奇，想认识一下。所有的证词都指出，在这个世界上，此人是施暴的典范。他就是马坦萨斯站站长阿曼多·诺尔曼德。自从来到伊基托斯，他就听到关于这个人的传说和评论，凡提到此人的名字总是同邪恶与卑劣联系在一起，其所作所为一直纠缠着他，甚至连从噩梦中惊醒时，他都浑身是汗、心跳不止。他知道那些巴巴多斯人关于诺尔曼德的说法有些夸张，在这片土地上，炽热的想象往往能煽起夸张的词语。即便如此，那家伙既然能引起如此神话般的传说，可见是个在野蛮行径上能超过阿维拉多·阿圭罗、阿尔弗雷德·蒙特、菲德尔·贝拉尔德、埃里亚斯·马丁内基等一帮人的厉害货色。

没人知道他确切的国籍，说他是秘鲁人、玻利维亚人、英国人，说什么的都有，但他不到三十岁且在英国学习过这一点倒是一致的。胡安·蒂松曾听说他获得过伦敦专科学院的会计证书。

看起来他个子不高，又瘦又丑。据巴巴多斯人乔舒亚·戴亚尔说，人小，不起眼、但散发着"恶魔般的力量"，一靠近他，就会发抖。他的眼光冷漠刺人，犹如毒蛇。戴亚尔说，不仅是印第安人，就连"小伙子"，甚至工头，都觉得在他身边没有安全感，因为阿曼多·诺尔曼德在冷漠、蔑视一切的表情下，能随时不动声色地下令或亲自搞出一桩令人毛骨悚然的残暴行为。戴亚尔向罗杰和委员会承认，在马坦萨斯站，有一天，诺尔曼德命令他杀掉五个安道克人，只因为他们没交足橡胶定额。戴亚尔先是用子弹击毙了两个人，但站长命他用磨木薯的石盘把接下来两个人的睾丸砸碎，再用棒子击毙。最后一个则用手掐死。在整个过程中，他坐在树干上，吸着烟，就这么看着，红润的面孔上，懒洋洋的神色丝毫不为所动。

另一个曾跟阿曼多·诺尔曼德在马坦萨斯站工作过几个月的巴巴多斯人西弗德·格伦威治说，收购站的"理性人"之间谈论的一个话题是，站长有把捣烂或带皮的蒜头塞进侍妾们生殖器的习惯，以听见她们因炽热感而发出叫声来取乐。据格伦威治说，只有这样，站长才能激动起来，才能睡她们。那巴巴多斯人还说，有一段时间，诺尔曼德不把受罚者关进颈手枷，而是用链子把他们吊在高高的树上，然后手一松，受害人就会摔落在地上，头破血流、粉身碎骨、齿崩舌断。还有一个曾在诺尔曼德手下服务过的工头对委员会说，安道克族的印第安人最害怕的是他那条狗。那是一只獒犬，被他训练得能用牙齿咬住印第安人撕下他们的肉来，直至撕光。

所有这些残暴、丑恶的行为真的发生过吗？罗杰·凯斯门特这样想道。他检查自己的备忘录。在刚果了解到的众多残暴行为都写在里面了，被权力和不受制裁的为所欲为变成魔鬼的人之中还没有谁能与那家伙并驾齐驱。他对了解一下这个人、听听他的谈话、看看他的作为、调查他的出身有一种异常的好奇。要对附在他身上的罪恶行径有个说法嘛。

罗杰·凯斯门特和委员们乘快速号从西方站到达乌尔蒂莫·列洛蒂站。这个站要比前几个小些，但也有着碉堡的外表，围着木栏，不多的住所四周有武装站岗的人。这里的印第安人比乌伊托托人更加原始，性格更加孤僻，半裸着，遮羞布几乎遮不住生殖器。在这里，罗杰第一次见到两个土著人的臀部有公司的印记：CA。这两个人比大多数人要衰老。罗杰想跟他们谈话，但他们不懂西班牙语，不懂葡萄牙语，也不懂弗雷德里克·拜肖普说的乌伊托托语。后来巡视乌尔蒂莫·列洛蒂站的时候，他又发现了几个烙有印记的印第安人。从站里的职员口中得知住在这里的土著人起码有三分之一身上都有 CA 的印记。这种做法在秘鲁亚马孙公司同意委员会去普图马约视察后，即几个星期前，才停止。

从岸边到乌尔蒂莫·列洛蒂站要爬一段泥泞的斜坡，雨水淋成的泥泞深及膝盖。罗杰脱下鞋子倒在木床上时，浑身的骨头都在痛。结膜炎又犯了，一只泪水汪汪的眼睛火烧般地疼。上了眼药水包扎好，用湿手巾蒙着一只眼，像海盗一样，就这样忍受了好几天。但是这种措施并不能消炎，也不能制止流泪。所以从那时起直到旅行结束，只要没有工作（这种情况很少），他就连白天也跑回去躺在吊床或木床上，把手巾蘸上温水敷在眼睛上来减轻痛苦。在这种时候，还有晚上（只能睡四五个小时），他为写给外事办的报告打腹稿。大致的思路是清楚的：先描述二十多年前第一批拓荒者来到此地定居、侵占当地部落土地时普图马约的状况。当时，苦于没有劳动力，开始了"打猎"。当时并不担心受到惩处，因为那些地方没有法官也没有警察，他们就是唯一的行政当局。有火器撑腰，什么投石器、长矛、吹箭筒根本不起作用。

还应该清楚地写出建立在奴隶劳动基础上的剥削制度：站长们根据收购到的橡胶量取得佣金。在贪婪的驱使下，为了增加收割量，便动用体罚虐待土著人，从割手割脚直至杀害。这种不受惩治的绝对权力在这些人身上演变成为一种施虐狂的倾向，在被剥夺了一切权利的土著人身上，这种倾向得到了最自由的渲泄。

报告能起作用吗？毫无疑问，秘鲁亚马孙公司起码会受到惩处，英国政府会要求秘鲁政府把罪行责任人送上法庭。秘鲁总统奥古斯托·贝纳迪诺·莱吉亚敢这样做吗？胡安·蒂松说，敢，因为同伦敦一样，如果利马知道了这里的事，就会闹得满城风雨，公众舆论会要求惩罚责任人。但是罗杰表示怀疑，秘鲁政府在普图马约连一个代表都没有，它能做些什么？胡里奥·塞萨尔·阿拉纳的公司却能无耻地吹嘘是它和它的杀人团伙为秘鲁保住了这块土地的主权。

从乌尔蒂莫·列洛蒂站到恩特雷·里奥斯站要走水路，也要走陆路。从陆地上走，要在灌木丛中走上一整天。这一想法吸引了罗杰·凯斯门特：亲身接触桀骜不驯的大自然能唤醒他的年轻岁月，回忆起年轻时在非洲大陆上那长长的征途。在原始森林里跋涉的十二个小时里，不时地陷进齐腰深的泥沼中，滑倒在藏有斜坡的荆棘丛中；有些路要乘土著人用长竿撑行的独木舟，在足以遮住阳光的茂密枝叶下的极细"水道"中划行。有时他仍感到往昔的那份激动和快乐，特别是这次的经历让他感到岁月的流逝、身体的衰弱，不仅胳膊、背部和双腿疼痛，还有那不可战胜的疲惫感。他要竭力加以克服，不让同伴们发觉。路易斯·巴恩斯和塞莫·贝尔已经精疲力尽，走了一半，就要从随行的二十个印第安人里挑出四个人来分别用吊床抬着他们走。罗杰注意到那些印第安人双腿很细，骨瘦如柴，背负着行李和食物几个小时不吃不喝，行走却很轻快。这给他留下了很深的印象。蒂松同意了凯斯门特的请求，给了印第安人几个沙丁鱼罐头。

行程中，大家看到了成群的鹦鹉和眼睛明亮的顽皮小猴子，这种猴子也被叫做"凤头麦鸡"。还有种类繁多的鸟类和眼边总有眼屎的大蜥蜴，这种蜥蜴的粗糙皮肤往往同枝叶和树干难以分辨。此外，王莲那硕大的圆形叶片，犹如漂浮在湖面上的木筏。

大家到达恩特雷·里奥斯站时已是黄昏时分，只见收购站里乱成一团，原来一个印第安妇女按照当地的习惯单独离开营地到河边去生产，结果被一只美洲豹吃掉了。站长带领一队猎人出发寻找那美洲豹，夜里才回来，也没找到美洲豹。恩特雷·里奥斯站的站长名叫安德列斯·奥当纳尔，年轻英俊。他说他的父亲是爱尔兰人，很可能是真的。奥当纳尔的祖父或曾祖父是第一个带家人踏上秘鲁土地的爱尔兰人。一个爱尔兰人的后裔竟然在普图马约给阿拉纳当管家，他感到很羞愧，尽管据证词讲，他不像其他站长那样残忍。虽然有人看到过他鞭打印第安人、劫持他们的妻女以充实他的后宫（他跟七个女人和一大群儿女住在一起），但是在罗杰的笔记里没有他亲手杀人或下令杀人的记录。在恩特雷·里奥斯站，很显眼的地方倒是放着一台颈手枷，他所有的"小伙子"和巴巴多斯人也确实腰缠皮鞭（有的把皮鞭当腰带），很多印第安男女的背上、腿上和臀部都有疤痕。

官方的任命要求罗杰只能向在阿拉纳公司里工作的英国公民即巴巴多斯人询问，但是从西方站开始，他也与愿意回答问题的"理性人"谈话了。到了恩特雷·里奥斯站，这一做法扩展到了整个委员会。在恩特雷·里奥斯站逗留的那些天，除了在安德列斯·奥当纳尔手下当工头的三个巴巴多斯人，站长本人和许多"小伙子"也提供了证词。

和往常一样，一开始，所有人都很勉强，闪烁其词，睁着眼睛说瞎话。但只要无意间一不小心说走了嘴，暴露出隐瞒的真相，他们就突然滔滔不绝地说了起来，比要求于他们的还要多——作为真实性的证据，他们把自己也招了进去。不过，尽管罗杰作了几次努力，还是未能从印第安人嘴里搜集到直接证词。

1910年10月16日，罗杰及其委员会的同事在胡安·蒂松、三个巴巴多斯人及酋长率领下的二三十个负重的印第安穆伊南人的陪同下穿过森林，沿着一条小径，从恩特雷·里奥斯站朝马坦萨斯站行进。罗杰在日记本上记下了自从登上伊基托斯码头就日益具体化的一个想法："我绝对相信，普图马约的印第安人摆脱被迫所处的悲惨状况的唯一办法，就是武装反抗他们的主子。像胡安·蒂松那样认为只有当秘鲁的国家机器来到了这里、建立起行政机构，只有执行1854年秘鲁通过的废除农奴制度和奴隶制度的法律的法官、警察来到之后，情况才能有所改变，这完全是不切实际的异想天开。在伊基托斯，一个家庭出二三十索尔就能从人贩子手里买到被抢来的男孩和女孩，在这样的地方，谁能执行法律？由于秘鲁政府没有钱，或因无耻之徒和官僚截留，那些行政机构、法官和警察只得从阿拉纳的公司领取薪水,他们能执行法律吗?在这样的社会里,国家机器实际上就是剥削机器,是灭绝种族机器不可分割的一部分。印第安人不应对这样的制度有所期待。要想自由,就得像卡特内雷酋长那样用自己的双臂和勇气去争取自由,但是不应像他那样以情感人,不应白白牺牲,必须斗争到底。"罗杰就这样一面在小道上用砍刀在藤蔓、灌木、树桩和枝叶中开路,一面有节奏地走着,心中仍在执著地想着在日记里写下的这些话。一个黄昏,他想道:"我们爱尔兰人和普图马约的乌伊托托人、波拉人、安道克人、穆伊南人一样,如果把获得自由继续寄望于法律、制度和历届英国政府,那就注定永远被殖民化、被剥削。自由,他们是不会拱手相让的。如果没有被不可抵御的压力强迫,把我们殖民化的英帝国为什么要把自由还给我们?这种压力只有来自武器。"爱尔兰人就和普图马约的印第安人一样,要想获得自由,就必须用斗争去争取。在未来的每天、每周、每月、每年里逐渐完善、强化的这一想法,在整个行程的八个小时里一直萦绕在他的心中,甚至使他忘了不久就要见到马坦萨斯站的站长阿曼多·诺尔曼德本人。

马坦萨斯站位于卡克塔河支流卡维纳里河岸边,为了到达该站,要爬上一片陡峭的斜坡。在他们来到之前,一场大雨把那斜坡变成了泥河,只有穆伊南人能够爬坡而不致滑倒,别人总是滑倒滚下坡,再爬起来,浑身是泥,摔得身上青一块紫一块。到了用茅草秆围起来的空地上,来了几个印第安人,用水桶给大家冲淋着洗掉了身上的泥巴。

站长不在,带领一支"打猎"队捉拿逃跑的土著人去了,看样子逃跑者已经越过了距此最近的哥伦比亚边境线。马坦萨斯站有五个巴巴多斯人,这五人对领事先生非常尊敬,对他的到来和使命也了解得很清楚。他们把大家带到了住处,为罗杰·凯斯门特、路易斯·巴恩斯和胡安·蒂松安排了一间很大的木板房，房顶铺着雅里纳树叶，窗子装有栏杆。据他们说，诺尔曼德和他的女人如果来了，这就是他们的家，但他们经常住在拉契纳，那是上游两公里处的一个小小营地，禁止印第安人靠近。站长就住在那里，有自己的武装"理性人"保卫着，因为他担心自己会成为哥伦比亚人暗杀企图的牺牲品。哥伦比亚人一直指责他不遵守边界规定，经常越境去"打猎"，猎取装卸工，捉拿逃跑者。巴巴多斯人说阿曼多·诺尔曼德总把他的女人带在身边，这个人嫉妒心很重。

马坦萨斯站里有波拉人、安道克人和穆伊南人，但是没有乌伊托托人。几乎所有土著人身上都有鞭痕，其中至少十二人的臀部烙有阿拉纳公司的印记。颈手枷就放在空地中央的鲁普那树下，这种树的树身结满树疖，缠满寄生藤，当地所有部落对它既崇敬又惧怕。

在那无疑原本是诺尔曼德本人的房间里，罗杰看见了几张发黄的照片，有生着娃娃脸的诺尔曼德，也有1903年伦敦会计学院颁发的毕业证书，还有一张高等学校的毕业证书。可见他确实在英国学习过，有着会计师头衔。

天黑时，阿曼多·诺尔曼德回到了马坦萨斯站。透过装有栏杆的窗子，罗杰看到他在提灯的照射下经过。个子不高，瘦小，几乎跟印第安人一样瘦弱。他的身后跟着几个面目凶恶、携带着温切斯特步枪和左轮手枪的"小伙子"，还有八个或十个裹在亚马孙式长袍里的妇女；接着就进入隔壁房间去了。

晚上，罗杰醒了好几次，想到爱尔兰，心里就难过。他怀念祖国。他在祖国居住的时间太少了。尽管如此，他觉得自己与她的命运和苦难越来越贴近了。自从他得以在近处看到其他殖民地人民的苦难，爱尔兰的情况就使他感到从未有过的痛苦。他心急如焚地想赶快结束这里的一切，把关于普图马约的报告赶快写完交给外事办就立即回到爱尔兰，不受干扰地和投身于爱尔兰解放事业、理想主义的同胞一起工作。他要夺回失去的时光，把全部精力投在爱尔兰身上。他要学习，要行动，要写作，要力所能及地说服爱尔兰人：要想获得自由，就必须以大无畏的精神、以不怕牺牲的精神去争取。

第二天早晨，罗杰下楼去吃早点。阿曼多·诺尔曼德也在，坐在桌旁，桌上放着水果、代替面包的木薯块，还有咖啡。这人确实又小又瘦，娃娃脸已显老，冷酷的蓝眼睛总盯着人看，还一闪一闪地眨着眼。他足蹬长筒靴，身着工装裤、白衬衣，外罩皮马甲，口袋里露出了圆珠笔和记事本，腰里别着一把左轮手枪。

他的英语讲得很地道，只是有些怪口音，罗杰听不出那口音是哪儿的。他一言未发地向罗杰微微点头致意，轻得几乎看不出来。他不太爱讲话，关于他在伦敦的生活情况也哼哈地用单音节词回答。谈到他的国籍，只说"就算是秘鲁人吧"。

罗杰对他说，他和委员会的成员们看到在英国公司的辖地以非人方式虐待土著人时，都感到很震惊。他带有某种高傲的情绪答道："如果你们也生活在这里，就会是另外一种想法。"他干巴巴地评论道，一点也没有心虚，"对待牲口不能像对待人那样，一条亚古妈妈、一头美洲豹、一只美洲狮，它们不通人性，野蛮人也是如此。我知道，总而言之，我们说服不了路过此地的外来人。"

"我在非洲生活了二十年，没变成魔鬼，"凯斯门特说道，"就像您现在这副样子，诺尔曼德先生。在这次旅行中，您的恶名不绝于耳，您在普图马约的残暴行径超乎了想象，您自己知道吗？"

阿曼多·诺尔曼德完全不为所动，毫无表情地用眼白看着他，只是耸了耸肩，往地上吐了口唾沫。

"请问，您连男带女一共杀害了多少人？"罗杰出其不意地迸出了一句话。

"凡是犯错误的，我都杀掉。"马坦萨斯站的站长站起来，不动声色地答道，"对不起，我还有工作。"

罗杰对这个瘦小的人感到很不快，决定不亲自跟他谈话，便把这个任务交给了委员们。这个杀人犯只会对他撒谎，他只专门听取同意作证的巴巴多斯人和"理性人"的陈述。他一天到晚地听取，余下的时间就用来精心整理在谈话中记下的笔记。清晨，他钻到河里洗澡、拍照片，接着不停地工作，直到夜里才精疲力尽地倒在床上。他的睡眠是断断续续、焦躁的。他注意到自己一天天地消瘦。

他感到很疲乏，也很厌倦。在刚果也发生过这种情况，他担心每天都在发现的一桩桩令人发疯的、各式各样的罪行、暴力事件和残暴行径会影响自己的心理平衡。他精神上的健康情况能够抵抗每日都在发现的暴行吗？一想到在文明的英国，很少有人相信普图马约的白人和梅斯蒂索人会干出如此极端的野蛮行径，他就有些心灰意冷。他也许会被再次指责仗着偏见夸大其词，把不法行为夸张，以使报告更具戏剧性。他的这种情绪不完全是因为看到印第安人被残酷地虐待，还因为，他知道，看到、听到这里发生的事并为之作证后，就再也看不到自己青年时代对生活所憧憬的那乐观的远景了。

一队装卸工带着最近三个月收集来的橡胶从马坦萨斯站出发，前往恩特雷·里奥斯站，然后运到秘鲁港装船出口到外国。当他得知这一消息时，便通知要跟这队人一起走的同事，委员会可以在这里待到巡视、谈话完毕。朋友们跟他一样，都已疲惫不堪、无精打采。他们告诉罗杰，他们对阿曼多·诺尔曼德说：领事先生是受英帝国外交部长爱德华·格雷本人的委托，前来调查普图马约的残暴事件，因杀人者和施刑者都在英国公司工作，尤其是这些人有着英国国籍或像他那样力图取得英国国籍，所以很可能被送上英国法庭或交给秘鲁或哥伦比亚政府在这里接受审判。这时，那个人的傲慢才一下子变了。自从听了这话，诺尔曼德对待委员会的态度变得温顺起来，甚至有些奴才相。他否认自己犯了罪，并向委员们保证，从现在起，不再犯以前那样的错误：要让土著人吃饱吃好，生病给治，按劳付酬，以人待之。他还命人在空地中央挂了一块牌子，把上述各项都写在上面。真可笑，土著人都是文盲，不识字，大多数的"理性人"也是如此。这实际上是给委员们看的。

从马坦萨斯站到恩特雷·里奥斯站，在八十个扛着阿曼多·诺尔曼德的手下收割来的橡胶的土著人（波拉人、安道克人和穆伊南人）的陪同下徒步在森林中穿行，这一路是罗杰·凯斯门特在秘鲁旅行中最可怕的回忆。领队的不是诺尔曼德，而是他的管家之一，内格雷迪。那是一个长得像东方人的梅斯蒂索人，镶着金牙，总是用牙签剔着。他那大声的喊叫使得那生着烂疮、烙着印记、带有疤痕、骨瘦如柴的队伍（其中有许多妇女、儿童，有的年龄还很小）浑身发抖，因恐惧而扭曲了面孔，跳了起来，加速了步伐。内格雷迪肩拷长枪，腰缠皮鞭，子弹带里插着左轮手枪。出发的那天，罗杰要求允许给他拍张照片，内格雷迪笑着同意了。但那笑意立刻消失了，因为罗杰指着皮鞭提醒他："如果看到您用它抽打土著人，我就亲自把您交给伊基托斯警察。"

内格雷迪一下子愣住了，过了一会儿，低声问道："您在公司里是什么职位？"

"我受英国政府委托来调查发生在普图马约的不法行为。您所工作的秘鲁亚马孙公司属于英国，您不会不知道吧？"那人不知所措地躲开了。从此，凯斯门特再也没见他鞭打搬运工，只是催他们快走。当他们不堪重负、走路磕磕绊绊、扛着或顶着的橡胶滑落在地上时，他才大骂几句。

罗杰随身带了三个巴巴多斯人：拜肖普、西利和莱恩，另外九个留给了委员会。凯斯门特嘱咐委员们一步也不要离开这几个证人，他们很可能会被诺尔曼德及其同伙恐吓或收买，让他们翻供；甚至会被杀害。

这次行程中最困苦的还不是那嗡嗡叫的、硕大的绿色牛蝇日日夜夜的叮咬，不是把人淋得精湿，把地面变成布满泥泞、树叶和朽木，一走就滑的小河的不期而至的倾盆大雨，也不是晚上吃完沙丁鱼和肉汤罐头、喝过几口威士忌或茶水后在搭起的不舒服的帐篷里将就地睡一觉。最可怕的是，看到那些赤身裸体的印第安人被橡胶棒压得弯腰驼背，在内格雷迪及"小伙子"的吆喝声下被催着快走，中间既很少休息，又吃不上一口东西。这一切都使他受到自责和内疚的折磨。他问内格雷迪为什么不把吃的分给印第安人。那工头看了他一眼，好像听不懂他的话。拜肖普给他解释了一遍，他才厚着脸皮说道："他们不喜欢我们人吃的饭，他们有自己的食物。"

但他们没有任何食物，偶尔送进嘴里的一小把木薯粉和必须卷得紧紧的才能吞下的植物茎叶根本不能算是食物。令罗杰不能理解的是，那些十一二岁的孩子怎么能几小时、几小时地扛着至少二十公斤、三十公斤或更重（他曾扛起来试了试）的橡胶筐呢？出发的第一天，一个波拉人男孩突然被重负压趴下了，低声地呻吟着。罗杰想给他一罐汤喝，安慰他一下，男孩却露出动物般的恐惧目光。他两三次想爬起来，但爬不起来。拜肖普向罗杰解释道："他太害怕了。您要是不在这儿，内格雷迪就会一枪结果了他。这是杀一儆百，告诉其他人别想昏过去。"那男孩实在站不起来了，人们只得把他留在山里。罗杰给了他两罐头食物和一把雨伞。为什么那些骨瘦如柴的人能够扛这么重的东西？他现在理解了：因为如果他们敢昏倒，就会被杀掉。

第二天，一位老妪扛着三十公斤重的橡胶爬坡的时候突然跌倒，一下子死了。内格雷迪确认她没气了，就很不高兴地嘶哑着嗓子匆忙命其他印第安人去扛死者留下的两筐橡胶。

到了恩特雷·里奥斯站，罗杰洗了个澡，休息了一会儿，赶快把旅行中的所闻、所见、所思记在了本子上。一个想法一次又一次地出现在他的脑海里，在以后的日日夜夜、岁岁年年里一直萦绕着他，并开始化作他的行为："我们不应允许殖民主义像在亚马孙地区的印第安人中所做的那样，把我们爱尔兰人的精神阉割掉。要有所行动，现在，立即。晚了，我们也会变成木头人。"

在等待委员会期间，他没有浪费时间，找了几个人谈话，但主要还是检查商店里的结算清单、账本及行政记录，他想看看胡里奥·塞萨尔·阿拉纳的公司预支给印第安人、工头和"小伙子"食物、药品、衣服、武器和用具时多加了多少价钱。每种东西加价的比例都不一样，不过所有的卖品经常是两倍、三倍，有时甚至五倍地加价。他买了两件衬衫、一条裤子、一顶帽子和一双短统靴。在伦敦，所有这些东西只需这里价钱的三分之一。挨宰的不光是印第安人，就连在普图马约执行站长们命令的那些不走运的倒霉蛋、流氓、打手也都挨了宰。因此有的人一直欠着秘鲁亚马孙公司的债，一生被束缚在公司上，直到死去或被认为不中用，就不足为奇了。

1893 年，首批橡胶商来到普图马约并开始"打猎"时，该地区有多少印第安人？到了 1910 年还剩下多少人？罗杰对此很难得出一个大致的概念。没有严肃的统计数字，这方面留下来的记录也含混不清，各不相同。做出可信估计的，看样子只是那位不幸的法国探险家兼人类学家尤金·罗比雄（1905 年在胡里奥·塞萨尔·阿拉纳的辖地绘制地图时，在普图马约地区神秘失踪了）。据他的估计，在橡胶把"文明人"吸引到普图马约之前，该地区七个部落（乌伊托托、奥凯玛、穆伊南、诺努亚、安道克、列希加洛和波拉）应该共有十万人左右。胡安·蒂松认为这个数字被夸大了，他据各方面的分析核对，坚持认为四万这个数字更接近实际情况。但不管怎么说，剩下的幸存者还不到一万人，也就是说，橡胶商们强加给该地区的管理制度已经消灭了超过三分之二的印第安人。当然，许多人是死于天花、疟疾、脚气病与其他疫病，但是，大多数确实死于剥削、饥饿、肢解、颈手枷和杀害。照这样下去，所有这些部落都将步伊瓜拉西族的后尘：全族灭绝。

两天后，委员会的同事到达了恩特雷·里奥斯站，看到阿曼多·诺尔曼德带着他的女人也一起来了，罗杰感到很奇怪。福尔克和巴恩斯说，这位马坦萨斯站的站长一起来的理由是，他要在秘鲁港亲自监督橡胶装船，但实际上他是担心自己的前途。得知巴巴多斯人对他的指控，他就大肆进行贿赂和威胁，企图让他们翻供。在利维等人的身上也确实得逞了，他们给委员会写了一封信（肯定是诺尔曼德本人替他们起草的），否认了所有证词，说委员会"用欺骗的手法"进行诱供，因此他们要以书面说清楚，秘鲁亚马孙公司从未虐待过印第安人，职工们和谐相处，共同为秘鲁的繁荣昌盛而工作。福尔克和巴恩斯设想，诺尔曼德还要贿赂和威胁拜肖普、西利和莱恩，没准还有凯斯门特本人。

果然，第二天一大早，阿曼多·诺尔曼德就来敲门了，建议要与罗杰进行一次"坦率而友好的谈话"。这位马坦萨斯站站长已经不像上次对罗杰那样自信而高傲了，看得出他很紧张，讲话时搓着双手，咬着下唇。二人来到了存放橡胶的棚子，那是一块荆棘丛生的空地，昨晚的大雨给空地添了几处满是蛤蟆的水洼，空气中飘散着橡胶的臭味。罗杰脑子里想，那臭味不是来自放在棚子里的橡胶，而是来自那比起他来简直是侏儒的红发矮人。

诺尔曼德的讲话是早就准备好了的。在原始森林里度过七年，对一个在伦敦受过教育的人来说，是一种很大的牺牲。他不愿意他的生活因误解和嫉妒导致的污蔑被卷进法律纠纷之中而中断，从而不能实现他回到英国的愿望。他以人格担保，他的双手没有染上鲜血。他问心无愧。他的确严厉，但公平。为了改善企业的运营，他愿意采纳委员会和领事先生建议的一切措施。

"停止'打猎'，不要捕捉土著人；"罗杰数着手指，一项一项地慢慢说着，"不许使用颈手枷和皮鞭；不许强迫印第安人进行无偿劳动；站长、工头和"小伙子"不许强奸和抢走土著人的妻女；停止体罚；对被杀害者、被烧死者、被割掉耳鼻手脚者的家属给予赔偿；不许用做了手脚的磅秤对土著人进行掠夺；不许在商店中以抬价的方式使土著人终身负债；等等。当然，还需要进行更多的改革，才能使秘鲁亚马孙公司称得上是一家英国公司。"

阿曼多·诺尔曼德脸色发青，不懂地看着他。

"您是不是想让秘鲁亚马孙公司消失，凯斯门特先生？"

"正是，所有的杀人者与施刑者，从胡里奥·塞萨尔·阿拉纳先生到您，都要因你们的罪行而受到审判，终身监禁。"

罗杰向前走了一步，马坦萨斯站的站长面部扭曲地站在那里，不知该说什么。罗杰立刻悔不该对这个他看不起的人有所松懈，他遇到了一个不共戴天的仇人，此人当时可能就有要消灭他的念头。他早就预料到了。诺尔曼德既不傻也不懒，他会为此有所行动。罗杰犯了严重的错误。

不久，胡安·蒂松告诉大家，马坦萨斯站的站长已经要求公司跟他结账，要现金，不是秘鲁索尔，而是英镑。他将乘自由号同委员会一起回伊基托斯，其企图很明显：在朋友和同伙的帮助下淡化对他的责备和指控，并保证他外逃成功——他无疑想逃到巴西去——在国外，他有一大笔积蓄，坐牢的可能性就等于零了。胡安·

蒂松还告诉大家，五年来他一直收取马坦萨斯站所搜集的橡胶的百分之二十；如果当年的产量超过前一年，还有每年二十英镑的奖金。

之后的日子里，罗杰干的都是些令人窒息的例行公事，与巴巴多斯人和"理性人"谈话，继续揭露一系列的暴行。他感到浑身无力，晚上又发起烧来。他担心疟疾又发作了，于是在上床前加大了奎宁的剂量。由于担心阿曼多·诺尔曼德或其他站长会毁掉写有证词的本子，所以在每个收购站——恩特雷·里奥斯站、雅典站、南方站和乔雷拉站，他都把文件带在身边，不让任何人碰。晚上，他就把文件塞到他睡的木床或吊床下，手边放着上了膛的左轮手枪。

在乔雷拉站，一天，整理箱子准备回伊基托斯时，罗杰看到二十几个来自奈门村的印第安人拉着橡胶来到营地。装卸工中有年纪轻的，也有成年人，还有一个九岁左右的男孩，很瘦弱，头上顶着一个比他本人还大的橡胶筐。于是罗杰随着他们去到了磅秤前，维克多·马塞多正在接收。男孩的那筐重二十四公斤，而这个叫做奥马里诺的男孩的体重只有二十五公斤。头上顶着这么重的东西，怎么能在森林里走这么长的路到达这里呢？男孩的背上也有鞭打留下的疤痕，但眼光中流露出活泼愉快的神情，常带笑容。罗杰在商店里买了一个肉汤罐头和一个沙丁鱼罐头给他吃，从此奥马里诺就留在他身边，不离左右，罗杰走到哪儿他跟到哪儿，让他干什么就干什么。有一天，维克多·马塞多指着男孩对他说道：

"我看他跟您很亲热，凯斯门特先生，您为什么不把他带走呢？他没有父母，我把他送给您了。"

后来，罗杰思忖着，维克多·马塞多的"我把他送给您了"这句话固然是想讨好自己，却也说出了比其他任何证词更多的内容：这位站长可以把他辖地里任何一个印第安人送给别人，也就是说，那些装卸工和收割工跟树木、房屋、枪支和橡胶筐一样都是属于他的。罗杰问蒂松，把奥马里诺带回伦敦合适不合适？反奴隶制协会会不会保护他，负责让他受到教育？后者并不表示反对。

几天后，安道克部落一个叫做阿雷道米的少年也来了，跟奥马里诺在一起，他是从南方站来到乔雷拉站的。第二天，罗杰在河里洗澡的时候，看到那少年同另外几个土著人在戏水。少年很漂亮，匀称的身材很优美，动作灵敏、自然。罗杰心想，赫伯特·沃德完全可以为这个少年创作一座美丽的雕像，作为被橡胶商剥夺了土地、人身和美感的亚马孙男性的象征。他把食物罐头分给在洗澡的安道克人。作为感谢，阿雷道米吻了他的手。他很厌恶，也很感动。少年跟着他回到了住处，一面讲话，一面做着激烈的手势。但他一点儿也听不懂，便把弗雷德里克·拜肖普叫了来，后者翻译道：

"他让您把他也带走，到哪儿都行。他会好好地服侍您的。"

"你告诉他，我不能带他走。我已经答应奥马里诺了。"

但阿雷道米不甘心，不是在罗杰睡觉的茅屋旁站立不动就是在罗杰身后几步远处跟着他，罗杰走到哪儿他就跟到哪儿，眼光中流露出无声的恳求。罗杰只得去跟委员会和胡安·蒂松商量，问他们除了奥马里诺，把阿雷道米也带回伦敦合适不合适。两个男孩也许会使他的报告更有份量：两个人身上都有鞭打的疤痕，也都相当年轻，适于接受教育并加入到非奴隶制度的生活中。

乘自由号出发的前夕，南方站的站长卡洛斯·米兰达带着近百名印第安人来到了乔雷拉，后者都扛着最近三个月收来的橡胶。卡洛斯·米兰达是个胖子，四十岁的样子，皮肤很白。从言谈举止来看，他比其他站长受过更良好的教育，无疑出身于中产阶级；但从他的个人资历来看，此人在嗜血方面并不比其同事们差到哪儿去。罗杰·凯斯门特和委员会的成员曾收到关于某个波拉老妪事件的几项证词。几个月前，在南方站，一位老妪因绝望或发疯，一时冲动，高喊着要求波拉人起来进行斗争，不要再受屈辱，不要再受奴役。她这一声喊叫吓得周围的土著人愣住了。卡洛斯·米兰达暴跳如雷，抢过一个"小伙子"的砍刀，扑上去就把老妪的头砍了下来。然后拿起那血淋淋的人头，挥舞着警告印第安人，谁若学老妪的样子，不好好干活，谁就是这样的下场。而这个随时砍下人头的人却显得是个脾气随和、常带微笑、爱说话、不拘小节的人，对待罗杰及其同事和蔼可亲，常给他们讲一些关于他在普图马约认识的荒唐人物的故事和笑话。

1910年11月16日，星期三，在乔雷拉码头登上自由号返回伊基托斯时，罗杰·凯斯门特张开嘴深深地吸了一口气，大有松了一口气的感觉。离开那个地方，他觉得身心都洗去了某种哪怕在刚果最困难时期都未有过的压抑感。除了奥马里诺和阿雷道米，在自由号上，他还带了十八个巴巴多斯人及其五个土著人妻子以及约翰·布朗、艾伦·戴维斯、詹姆斯·麦波、乔舒亚·戴亚尔与菲利普·伯特·劳伦斯等人的孩子。

把巴巴多斯人带上船是经过与胡安·蒂松、维克多·马塞多、委员会成员及巴巴多斯人本人艰苦谈判的结果，谈判充满了让步与修正的复杂过程。所有这些巴巴多斯人在提供证词前都要求保障人身安全，因为他们很清楚，如果他们的证词能把站长们关进监狱，他们将会遭到报复。凯斯门特答应亲自把他们活着带出普图马约。

但是，早在自由号到达乔雷拉的前几天，公司就发动了强大的攻势，阻止巴巴多斯籍工头走掉。为了留住他们，公司保证他们不会遭到报复，答应给他们增加工资，改善生活条件。维克多·马塞多还宣布，不管他们的决定如何，秘鲁亚马孙公司已决定扣除他们因在商店购买药物、衣服、家庭用具与食物而欠下的债务的百分之二十。众人都接受了这个提议，不到二十四小时，巴巴多斯人就通知凯斯门特说不跟他走了，愿意留在站里干活。罗杰清楚这意味着什么：施压和行贿使得这些人没等出发就要收回证词，还要指控是罗杰编造了这些证词，并威胁着强加给他们。罗杰去跟胡安·蒂松谈。蒂松说，对所发生的事，他跟罗杰一样感到难过，也想加以纠正，但他毕竟是秘鲁亚马孙公司的高层，他不能也不应该对巴巴多斯人施加影响，让想留下的人走掉。另一位委员亨利·费尔加尔，以同样的理由支持蒂松的说法：他在伦敦也是为胡里奥·塞萨尔·阿拉纳先生工作的，他愿意对亚马孙地区的工作方式进行深刻改革，但不能做对他所服务的企业不利的事。凯斯门特感到天要塌下来了。

但是，在这充满法国传奇剧般扑朔迷离的局势中，又发生了根本性的变化：11月12日下午，自由号到达了乔雷拉，带来了伊基托斯和利马的信件与报纸。秘鲁首都的《商报》在两个月前登了一篇长文，宣称奥古斯托·贝纳迪诺·莱吉亚总统的政府就普图马约橡胶商所犯暴行一事，应英国和美国的请求，已经把秘鲁法律界的明星法官卡洛斯·A. 巴尔卡塞尔以特命全权法官的身份派来亚马孙地区，其任务就是进行调查并立即启动相应的法律程序；如有必要，还要派去警察和军人，使罪行责任人难逃法网。

这一报道在阿拉纳公司的雇员中间像爆炸一颗炸弹。胡安·蒂松告诉罗杰，维克多·马塞多很紧张，他召集了各个站的站长，包括最边远地区的站长，来乔雷拉开会。蒂松给人的印象是一个被重重矛盾撕裂了人格的人物，他有着与生俱来的正义感——秘鲁政府终于决定有所行动了，他为自己国家的尊严感到高兴；但另一方面，他也明白，这一丑闻意味着秘鲁亚马孙公司的倒台，因而也会导致他本人的倒运。一天晚上，蒂松喝着温暾的威士忌酒向罗杰坦白，他的全部财产，除了在利马的一所房子，都买了公司的股票。

利马来的消息衍生出的谣言、流言蜚语和恐惧让巴巴多斯人又一次改变主意，这回他们愿意走了。他们还担心当秘鲁籍的站长们大举报复、对土著人施加酷刑或加以杀害后，就会把责任推到他们这些"外国黑鬼"身上，所以他们愿意赶快离开秘鲁，回到巴巴多斯。这种不安全感把他们吓得要死。

罗杰·凯斯门特心想，这十八个巴巴多斯人如果跟他去伊基托斯，什么事都有可能发生，譬如公司把所有罪行的责任都推在他们的身上并把他们关进监狱；要么贿赂他们，让他们收回证词，诬蔑凯斯门特强迫他们作伪证。解决的办法是让巴巴多斯人在到达伊基托斯之前在巴西领土的某个停泊地下船，在那里等着罗杰转乘阿塔瓦尔帕号去接他们，然后乘阿塔瓦尔帕号从伊基托斯向欧洲行驶，在巴巴多斯停靠。罗杰这么想着，但谁也没告诉，只对弗雷德里克·拜肖普说了。后者表示同意他的计划，并提醒罗杰，此计划不到最后时刻，最好对巴巴多斯人也不要讲。

自由号出发时，码头上有一种奇异的气氛，站长们一个也没来送行。据说他们中有几个人决定去巴西或哥伦比亚。胡安·蒂松还要在普图马约待上一个月，他拥抱了罗杰，祝他一路平安。委员会的其他成员也要在普图马约再待几个星期，主要进行科学和管理方面的研究。他们也去码头送行，双方约好在伦敦见面，好在罗杰把报告呈给外事办之前再修改一下。

在河上行驶的第一个晚上，月亮圆圆的，发红的月光照亮了天空，也反射在阴暗的河水中，迸出银鱼般的点点星辰。一切都是那么温暖、美好、安谧，只是还能闻到橡胶的气味，好像那气味钻到鼻子里就永远不出来。罗杰在船尾甲板上倚栏观赏着那景色，很久之后才发现自己脸上的泪水。上帝啊，安谧是多么美好！

航行的头几天又累又烦，不能检查所做的卡片和本子上的记录，更无法起草报告。他睡得很少，还做噩梦，经常在夜里起来。如果是晴天，就到甲板上去观赏月亮和星星。

船上有一名巴西海关处的管理人员，罗杰问他，那些巴巴多斯人能不能在某个巴西港口下船，转船到马瑙斯去等他，之后继续同行到巴巴多斯？那位官员说毫无困难。尽管如此，罗杰还是有些不安，担心会出事，使得秘鲁亚马孙公司得以逃脱制裁。自从他亲眼看到亚马孙地区土著人的命运之后，让世界了解他们的命运、改变他们的命运就显得刻不容缓了。

另一个使他不安的原因是爱尔兰。他相信只有果断的行动——一次暴动——才能把祖国从像乌伊托托人、波拉人及普图马约所有不幸的人那样因被殖民化而形成的"灵魂的缺失"中摆脱出来。自从得出这个结论，他就急不可待地想组织一场暴动，来结束几个世纪以来英帝国对自己国家的奴役。

自由号越过秘鲁边界（此时已经航行在雅瓦里河上）进入巴西的那天，一直困扰着他的疑惧和担忧心情消失了。但是接着又会进入亚马孙河，上行到秘鲁领土，他肯定，在秘鲁领土上，他还会感到揪心，某个意想不到的灾难将让他的使命失败，在普图马约几个月的努力会付诸东流。

1910年11月21日，在雅瓦里河巴西埃斯佩兰萨港，罗杰让十四个巴巴多斯人、四位妻子和四个小孩下了船。此前，头天晚上，他就把这些人叫到一起，向他们解释说，如果他们跟他一起去伊基托斯，就会有危险；公司买通了法官和警察，会拘捕他们，把一切罪行都推到他们身上，甚至以威胁和敲诈，让他们收回控告阿拉纳公司的证词。

那十四个巴巴多斯人同意了他的计划，在埃斯佩兰萨港下船，转乘另一艘船去马瑙斯。在马瑙斯，他们会在英国领事馆的保护下等着罗杰把他们接上布斯航运公司的阿塔瓦尔帕号，这条航线将从伊基托斯经马瑙斯到帕拉。到了帕拉再转乘另一艘船，就可以回家了。罗杰告别时为他们买来大量的食物，并给他们开了一张证明，说明他们去马瑙斯的船票将由英国政府支付；还给他们开了张介绍信，介绍他们去英国驻当地领事馆。

跟随他继续航行到伊基托斯的除了阿雷道米和奥马里诺，还有弗雷德里克·拜肖普、约翰·布朗及其妻儿、拉里·克拉克和带着两个小孩子的菲利普·伯特·劳伦斯。这几个巴巴多斯人要在伊基托斯拿些东西，并取出公司给他们开的支票。

航行的最后四天，罗杰是在工作中度过的：整理文件，为秘鲁当局准备一份备忘录。11月25日，大家在伊基托斯下船，英国领事斯泰尔斯先生再次邀请罗杰住在他家，并陪罗杰到附近一家小旅馆为巴巴多斯人、阿雷道米和奥马里诺安排住处。斯泰尔斯先生显得很不安。有消息说卡洛斯·A.巴尔卡塞尔法官很快就要到来，就英国和美国对胡里奥·塞萨尔·阿拉纳公司的指控进行调查，整个伊基托斯都紧张起来。为此担心的不仅有秘鲁亚马孙公司的雇员，还有普通的伊基托斯人，因为他们知道这个城市的生活全靠阿拉纳的公司。

晚饭后喝例行咖啡的时候，罗杰简单地讲了他在普图马约的所闻所见。斯泰尔斯先生一言不发，严肃地听着，有时提个问题：

"这样说来，难道跟利奥波尔多二世治下的刚果一样可怕吗？"

"恐怕是的，也许更糟。"罗杰答道，"只有鬼迷了心窍的人才会为罪行划分等级。"

罗杰离开期间，伊基托斯换了新的行政长官，是来自利马的一位先生，叫做埃斯特万·萨帕塔。与其前任不一样，此人并不是胡里奥·塞萨尔·阿拉纳的雇员，上任以来，他一直与巴勃罗·苏马埃塔及公司领导层保持着某种距离。得知罗杰就要回来，他一直急切地等待着。

罗杰与行政长官的会见是在抵达的第二天，持续了两个多小时。埃斯特万·萨帕塔很年轻，褐色皮肤，举止很有教养。天气很热，他不停地出汗，用一条紫色大手巾擦着脸上的汗水，尽管如此，也不肯脱下呢料上衣。他专注地听罗杰谈话，不时地表示惊奇，有时打断罗杰，请他说得详细些，还经常惊呼着表示愤怒（"太可怕了！太恐怖了！"）。一面听，一面不时地递给罗杰一小杯凉水。罗杰详详细细地把一切都对他说了，人名、数字、地点，只说事实，不加评论，只在最后作为结束语说了几句：

"总而言之，行政长官先生，记者萨尔达尼亚·罗卡和哈登堡先生的指控并没有夸大，相反，伦敦《真理》周报上发表的事实虽说看起来不可信，却远没有说尽真相。"

萨帕塔的声调中带有从心底发出的不安，他说为秘鲁感到羞愧，之所以发生这种事，是因为国家机构没有到达这些远离法治、缺乏各种制度的地区。为此，他才来到这里；为此，很快就要派来巴尔卡塞尔博士这样廉正的法官，莱吉亚总统本人也愿意结束这种应受到谴责的不法行为，把秘鲁的名声洗刷干净。他就是这么说的，这是他的原话。从现在开始，陛下政府会证明，罪犯将受到制裁，土著居民将受到保护。他还问罗杰·凯斯门特，给英国政府的报告会不会发表。罗杰回答说，原则上，是给英国政府内部使用的，但无疑会寄给秘鲁政府一份副本；至于发表不发表，要由秘鲁政府自行决定。行政长官听了，松了一口气：

"还好，"他大声道，"要是闹出去，对我国在世界上的形象将是一个莫大的损坏。"

罗杰差点儿说出来：损坏秘鲁形象的不是那份报告，而是在秘鲁土地上发生的、写入报告的那些事。另外，行政长官想知道来到伊基托斯的那几个巴巴多斯人（拜肖普、布朗和劳伦斯）是否同意再次确认一下他们关于普图马约的证词。罗杰保证道，明天一早就把他们派到行政长官的官邸去。

斯泰尔斯先生在谈话中充当翻译，离开时低头不语。罗杰早就注意到领事在用英语说的话里加进去许多内容（有的完全是评论），他插入的话总是倾向于弱化关于对土著居民的剥削及其所受苦难的严酷。这一切都加剧了罗杰对这位领事的不信任。这位领事在此供职多年，很清楚这里发生的事，但从未向外事办报告过。原因很简单：胡安·蒂松向他透露，斯泰尔斯先生在伊基托斯有生意，因而必须依靠胡里奥·塞萨尔·阿拉纳先生的公司。毫无疑问，目前他所关心的是这桩丑闻会给他的生意造成多少损失。这位领事先生的灵魂是很卑微的，他的价值观已被贪婪征服。

之后的几天里，罗杰想去见乌鲁蒂亚神父。但是修道院所告诉他，这位奥古斯丁教派长老去了印第安雅瓜族居住的佩瓦斯（罗杰所乘的自由号曾在该处停靠，当地土著人以植物纤维编织用来遮体的长袍，给他留下深刻的印象），准备在那里开办一所学校。

阿塔瓦尔帕号还在伊基托斯卸货，于是在等待上船的那几天里，罗杰专心写报告，到了黄昏时分就出去散步。有两次，他进了位于伊基托斯中心广场的阿尔罕布拉电影院看电影，几个月以来，该电影院一直在乐队走调的伴奏下放映默片。对罗杰来说，真正的表演不是银幕上的黑白人物，而是观众们心醉神迷的样子。观众都是一些从部落来的印第安人与当地驻军中从山区来的士兵，电影里的一切都让他们感到惊奇、愕然。

还有一天，他沿着一条土路徒步走到蓬恰纳，回来时，一场大雨把土路变成了泥塘，不过景色倒是很美。一天黄昏，他带着奥马里诺和阿雷道米徒步向基斯托克恰走去，途中遇到一场没完没了的大雨，不得不躲进灌木丛。暴雨停歇，小路上到处是水洼和泥塘，三个人只得很快回来。

1910年12月6日，阿塔瓦尔帕号起锚向马瑙斯和帕拉驶去。罗杰乘头等舱，奥马里诺、阿雷道米和巴巴多斯人乘普通舱。在一个明亮温暖的早晨，轮船驶离伊基托斯，岸上的人群和房屋逐渐变小。此时，罗杰又一次觉得危险在消失，胸中有一种解放了的感受。但那危险不是指身体上的，而是指道德上的。他有一种感觉：如果在那可怕的地方（那里的人遭受如此残忍的不公平待遇）再待下去，仅仅由于是个白人、是个欧洲人这一点，他就有可能被传染，变成堕落的卑鄙小人。他庆幸自己将永远不再踏上这块土地。这个想法鼓舞了他，把他从不能像当年在非洲那样全心全意、精力充沛地工作时感到的沮丧、困倦的情绪中拉了出来。

12月10日下午，阿塔瓦尔帕号在马瑙斯港靠岸，此时罗杰已经摆脱了沮丧情绪，恢复了精力和工作热情。那十四个巴巴多斯人也到了城里，其中大部分人决定不回巴巴多斯，而接受了马代拉—马莫雷铁路线上的劳动合同，因为那里提供的条件很好。其他人则跟随罗杰继续航行，12月14日在帕拉靠岸。在帕拉，罗杰找到了一艘去巴巴多斯的船，把巴巴多斯人及奥马里诺和阿雷道米送上船，并把这些人委托给弗雷德里克·拜肖普，请他到布里奇敦把他们带到弗雷德里克·史密斯大主教处，替他们在耶稣会学校注册，以便在去伦敦前接受起码的教育，能应付英帝国首都的生活。

接着，他又找到一艘去欧洲的船，那是布斯航运公司的SS安布罗斯号，但此船12月17日才起航，于是他利用这几天去看看他以前在帕拉当领事时经常去的地方：酒吧、餐馆、植物园、港口各处五光十色、混杂的大商场。他并不想念帕拉，因为他在这里并不感到幸福，但是他承认，这里的人都显得那么欢快，无所事事地在堤岸上散步的女人一个个搔首弄姿。他不止一次地想到巴西人有着与生俱来的健康的幸福感，跟秘鲁人不一样。秘鲁人跟英国人一样，好像总感到身体不舒服。而在这里，什么都无所谓，特别是那些自我感觉年轻有魅力的人。

12月17日，SS安布罗斯号起航了。这艘船于月底在法国港口瑟堡停靠，所以罗杰决定在那里上岸，然后乘火车去巴黎，跟赫伯特·沃德及其妻子萨莉塔共度新年。过了年，在车票生效第一天就回伦敦。同这对有文化的朋友共度两天，在他们那摆满雕像、充满非洲回忆的漂亮工作室里谈论美好高尚的事物——艺术、书籍、戏剧、音乐以及这位或许能干出像胡里奥·塞萨尔·阿拉纳在普图马约干的那种坏事、浑身矛盾的艺术家所创作的最好作品——那将是净化灵魂的体验。

11

矮胖的典狱长打开牢房门，走进来，一句话没说，坐在了木床边上。罗杰正躺着，并没有感到奇怪。自从典狱长违反规定，允许罗杰洗了一次淋浴，似乎有一种默契使二人之间的距离近了。典狱长也许是不知不觉，也许是并不在乎，已经不恨他了，也不把儿子死于法国战壕一事归罪于他了。

已是黄昏时分，小小的牢房几乎全黑下来。罗杰躺在床上看着典狱长又宽又圆、一动不动的侧影，感觉他在大口大口地喘气，好像很累。

"他是扁平足①，本来是可以不参军的。"罗杰听到他异常激动地说道，仿佛在唱赞歌，"在黑斯廷斯②，他去了第一个招募中心，一检查脚就被拒绝了。但是他不甘心，又去了第二个中心。他太想参军了。您瞧他不是疯了吗？"

"他爱自己的国家，是爱国者。"罗杰·凯斯门特低声说道，"您应该为儿子感到骄傲，典狱长。"

"可他死了，即便成了英雄，对我又有什么用？"典狱长悲声道，"他是这世界上我唯一的亲人，现在仿佛我不存在了。有时我想我已经变成了幽灵。"

在黑暗的牢房里，他好像听见典狱长在呜咽。但也许是假象。罗杰想起了当时留在德国措森那小小军营中的五十三名爱尔兰纵队志愿者。在那里，罗伯特·蒙泰特上尉训练他们使用步枪、机关枪；教会他们军事策略，进行操练；在不稳定的局势下竭力使他们保持高昂的士气。他问过自己成千次的那些问题又来折磨他了：当他跟蒙泰特上尉及拜莱军士不辞而别时，他们是怎样想的呢？他们会不会成为叛徒？如果把他们送上船让他们去进行无谓的冒险，他们会不会为爱尔兰去进行斗争？如果仍然把他们留在德国人的军营里，围在铁丝网里，忍受着留在林堡的爱尔兰俘虏们的仇恨眼光，将会怎样？那些俘虏一直认为他们是叛徒，背叛了死于弗兰德战壕的同伴。

他不止一次地对自己说，生活就是一种不间断的矛盾。可怕的惶惑、思想的混乱一次一次地袭击着他。他真实的意图和做法不是由于偶然事件就是由于笨拙，最后的结果总是不被理解、受到歪曲、

---

① 扁平足的脚掌稳定性差，不利于长跑和剧烈运动。征兵时，对扁平足人群一般有限制。

② 濒临多佛海峡，英格兰夏季避暑胜地。

被曲解为撒谎。那五十三名纯真而富有理想主义的爱国者不顾林堡营地里那二千二百个同伴的反对，勇敢地加入了爱尔兰纵队，去与德国军队并肩（而不是并入德国军队），去为爱尔兰的独立而斗争。他们永远也不会知道，罗杰·凯斯门特为了阻止把他们同那两万支步枪一起以奥德号运给即将举行圣周起义的志愿军而与德国最高军事当局展开了何等艰苦的论战。

"我要对这五十三名纵队战士负责，"罗杰对柏林军事当局负责爱尔兰事务的鲁道夫·纳多尔尼上尉说道，"是我劝说他们离开英国军队的。以英国法律立场，他们就是叛徒；如果被皇家海军逮捕，他们就会被立即绞死；如果起义没有德国军队的支持，什么事都有可能发生。我不能让这些爱国者有辱尊严地去送死。所以他们不应跟那两万支步枪一同去爱尔兰。"

谈判很艰难，纳多尔尼上尉和德国最高军事当局企图以敲诈的办法使他做出让步。

"那好吧，我们立刻通知都柏林和美国的志愿军，说鉴于罗杰·凯斯门特先生反对起义，德国政府将停止运送那两万支步枪和五百万发弹药。"

于是罗杰·凯斯门特不得不努力保持平静的心态继续争论、谈判、解释。他并不反对起义，只是反对志愿军和人民军在德国皇帝的潜艇、齐柏林飞艇①及别动队尚未去牵制英国军队以防止他们野蛮地镇压起义者的情况下就贸然起义，因为这样一来，就不知会推迟多少年，爱尔兰才能获得独立。那无疑是自杀。当然，那两万支步枪是不可或缺的，他要亲自带着这些武器到爱尔兰去向汤姆·克

---

① 齐柏林伯爵号飞艇，建造于 1928 年，是当时世界上最大的飞艇，被称作"空中梦幻城堡"。

拉克、帕特里克·皮尔斯、约瑟夫·普伦凯特及志愿军的其他领导解释他关于起义应该延期举行的理由。

最后，他达到了目的，载着武器的奥德号出发了。随后，罗杰、蒙泰特和拜莱乘着潜艇，也起锚向爱尔兰驶去。但是那53名纵队队员仍留在措森，他们不知道为什么。他们无疑会问：为什么那些说谎者去为爱尔兰战斗却把受过训练的他们不加解释地留在这里、不让他们参加行动？

"儿子出生后，他的母亲抛下我们爷俩走掉了，"罗杰听到典狱长突然说出的话，从床上跳了起来，"她去向不明，于是我不得不又做母亲又做父亲。她叫奥登希娅，是个半疯女人。"

牢房里已经完全黑了，典狱长的侧影看不见了，但是他的声音似乎很近，像动物在哀号，而不是人在说话。

"头两年，我的全部薪水都付给一个养育他的奶妈。"典狱长继续说道，"我所有的空闲时间也都用在他身上。他是个可爱的、听话的孩子，不像别的男孩又盗窃又酗酒，把父母气疯了。他在一家裁缝店里当学徒，很受店主人器重。他本可以在那儿学下去，却异想天开地要去参军，也不管自己是不是扁平足。"

罗杰·凯斯门特不知说什么好。典狱长的苦楚让他难过，本想安慰几句，但说些什么才能减轻这可怜人动物般的痛苦呢？想问问他和他死去儿子的名字，跟他们更接近些，但又不敢打断他。

"我曾接到过他两封信。第一封是在受训期间，他说很喜欢军营里的生活，说等战争结束了，也许会留在军队里。第二封就不一样了，许多段落被检查人员用黑墨水划掉了。他并没有抱怨什么，只是从信中的口气看得出有些苦恼，甚至害怕。之后就再也没有他的消息了。最后，来了一封唁函，通知我他阵亡了，在洛斯战役中英勇地结束了生命。我从没听说过那个地方。我去查地图，可能是个微不足道的小镇。"

罗杰又听到了呜咽声，好像鸟儿的咕咕声，感觉典狱长的侧影在颤抖。

现在，那五十三名爱国者怎样了？德国最高军事当局会不会遵守诺言，允许那小小的纵队留在措森营地里保持团结、独立？罗杰没有把握。在柏林与鲁道夫·纳多尔尼争论时，罗杰看出德军很看不起这五十几个人的可笑队伍，这跟对方一开始的态度大不相同。当时他们被凯斯门特的热情说服，支持了他的创见，即设想把林堡营地里所有的爱尔兰人集中起来，只要他对他们讲话，就会有几百人加入爱尔兰纵队。一次失败！令人沮丧！一生中最痛苦的一刻！一次陷他于可笑境地、使他的爱国梦破碎的失败！他错在什么地方？罗伯特·蒙泰特上尉认为，他的错误在于同那二千二百个俘虏同时谈话，而不是分小组地个别谈话。同二十或三十人谈，就有可能进行对话、回答问题、澄清他们混乱的想法。面对因失败而感到痛苦、为被俘而感到屈辱的这么一大群人，你还能期待什么？他们只能认为你罗杰要他们跟昨日的敌人结成同盟，所以有那种充满敌意的反应。无疑，他们的敌意可以作各种各样的解释，但是没有任何一种理由能抹去他们受到辱骂、被那些他们为之牺牲了时间、尊严及未来的爱国者称为叛徒、低能儿、蟑螂、卖身投靠者而感到的痛苦。罗杰记起了赫伯特·沃德开的玩笑，当时沃德拿他的国籍开玩笑，要他回到现实中来，从"凯尔特人之梦"这个樊笼中走出来。

1916 年 4 月 11 日，离开德国的前夕，罗杰给德国外长西奥巴尔德·冯·贝特曼-霍尔维格写了一封信，提醒他关于自己与德国政府就爱尔兰纵队问题所签协议中的那些条款。根据达成的协议，纵队队员只能去为爱尔兰而战，绝不能被单纯当作德国军队的援军使用在其他战场上。条款还规定，战争结束时，如德国未取胜，爱尔兰纵队的战士们应该被送往美国或愿意接收他们的某一中立国，绝不能被遣返回英国，否则他们就会被不经审判地处死。德国人履行了承诺吗？自从被捕以来，这个疑问总是一次又一次地浮现在罗杰的脑海里。蒙泰特、拜莱和他离开德国后，鲁道夫·纳多尔尼上尉会不会把爱尔兰纵队解散并把队员们送回林堡营地？那么他们就会生活在被其他爱尔兰战俘辱骂、歧视之中，随时随地都有被处以私刑的危险。

"我希望他们把儿子的尸体还给我，我好为他在黑斯廷斯举行像我、我父亲、我祖父那样的宗教葬礼。但他们拒绝了，说在战时不可能把尸体运回来。什么是战时，您懂吗？"

罗杰没有回答，他知道典狱长并不是在跟自己讲话，而是在自言自语。"我倒是很清楚是什么意思。"典狱长接着说道，"那就是我可怜的儿子已经尸骨不存，一颗手榴弹或一枚迫击炮弹把他化为了灰烬。就在那可恶的地方，洛斯。要么就是他们把尸体同别的死亡士兵一起被扔进了集体埋坑。我从来不知道他的坟墓在哪里，连时不时地放上几束鲜花做个祈祷，都不可能了。"

"重要的不是坟墓，而是纪念，典狱长，"罗杰说道，"这才是真的。不管您的儿子埋在何处，对他而言，重要的是他知道您在衷心地怀念他。这就是一切。"

听了罗杰的话，典狱长的侧影做了个惊奇的动作，也许忘记了自己是在牢房里，是在犯人的身边。

"我要是知道他妈妈在什么地方，我肯定会去看她，把消息告诉她，让她跟我一道哭儿子。"典狱长说道，"奥登希娅抛弃了我，但我并不恨她。我现在连她是死是活都不知道。她从来不打听被她抛弃的孩子。她并不坏，只是有些半疯。我不是跟您说了吗？"

罗杰不止一次地问自己，自从到达特拉利海湾的巴纳·斯特兰德海滩以来，那些日日夜夜是怎么度过的？当时他听到燕子的叫声，在海滩附近看到初开的野紫罗兰，为什么没有一艘爱尔兰的船或领航员在等待为志愿军运来步枪、机关枪和弹药的奥德号和乘潜艇而来的他、蒙泰特和拜莱？出了什么事？他亲眼见过约翰·德沃伊写给约翰·海因里希·冯·贝恩斯托夫伯爵的那封信（后者又转给了德国外长），信中明确无误地通知他，起义将于圣周星期五到复活节星期天之间的某一天举行，因此步枪必须在4月20日运抵特拉利海湾的菲奈特·皮尔处，有经验的领航员和几艘载有志愿军的小船将等在那里准备卸下武器。上述内容已由约瑟夫·普伦凯特向德国驻伯尔尼的代办以紧急方式于4月5日加以确认，后者也将此信息转给了柏林外交部和军方。武器必须在4月20日运抵特拉利湾，不得提前，也不得延后，这就是奥德号和U-19潜艇到达约定地点的确切日子。见了什么鬼？怎么没有一个人在那里等他们？结果大难临头，他被关进了监狱，起义失败。据审问他的巴兹尔·汤姆森和雷金纳德·霍尔透露给他的情报，奥德号在约定卸船的日子过去相当长的时间之后，在英国海域被皇家海军撞上。原来它一直在那里傻等志愿军，这不是在冒险吗？于是奥德号的船长只得破釜沉舟，把两万支步枪、十挺机关枪以及五百万发弹药沉入海底，这些武器本来可以成救被英国人野蛮镇压下去的起义。

　　说真的，发生了什么事，罗杰·凯斯门特是可以想象的。不是什么大事，也不是什么重要的事，不过是一些愚蠢的细节、疏忽和前后矛盾的命令，爱尔兰共和兄弟会最高委员会领导人汤姆·克拉克、肖恩·麦克德莫特、帕特里克·皮尔斯、约瑟夫·普伦凯特及少数几个人之间的意见分歧，等等。可能是他们中的某些人，也许是所有人，在约定奥德号驶抵特拉利海湾的时间上改变了主意，而送出改变主意的信息时又没考虑到将无法送达，也许是在货船和潜艇已经离岸很远的时候，那几天的可怕气候使得他们与德国的联系中断了。反正不外乎这几种原因。小小的紊乱、估计上的失误、某件傻事，结果导致第一流的武器没有送达志愿军的手里，以致在都柏林巷战的那个星期里牺牲了不少志愿军。

他认为没有德军配合而举行武装起义是一个错误，这样想并没有错，但也不能因而感到高兴。他倒宁可是自己想错了。他宁可跟曾在4月24日一度占领了萨科维尔大街邮政局的上百名不理智的志愿者在一起，要么跟着另一些人去袭击都柏林城堡或炸毁位于凤凰公园的弹药库。他宁愿像那些人一样手握武器地死去——那是英勇、高尚、浪漫的死亡——死一千次，也不愿像杀人犯和强奸犯那样毫无尊严地死在刑场上。志愿军、爱尔兰共和兄弟会及人民军的意图尽管没能实现，但是听一听帕特里克·皮尔斯朗读共和国成立宣言也是美妙的、激动人心的——在场的所有人无疑都流下了眼泪，感到心在激烈地跳动。只差七天，"凯尔特人之梦"也许就实现了，爱尔兰就能从英国占领下解放出来，成为一个独立的国家。

"他不喜欢我的职业，"典狱长难过的声音又吓了他一跳，"让区里的邻居和裁缝店的人知道他的父亲在监狱工作，他感到羞耻。人们总以为我们这些看守一天到晚都在跟犯人打交道，肯定会被传染，变成不法分子。这岂不是太不公平了吗？好像任何人都不应该干这种有益于社会的事。我给他举了刽子手约翰·埃利斯先生的例子，此人在老家罗奇代尔镇上还是理发师呢。在那里，没人说他的坏话；相反，邻居们都很看重他，在他的店前排长龙等着让他理发。我敢说，我的儿子不会允许人们在他面前说我的坏话。我知道，他不仅尊敬我，还很爱我。"

罗杰又一次听到了那低低的呜咽声，感到典狱长颤抖得连木床都在晃动。这样发泄对他好吗？会不会反而增加他的痛苦？其实他这样自言自语等于用一把刀在剜自己的伤口。罗杰不知对他该采取什么态度：跟他谈话？想法安慰他？默默地倾听？

"我每次过生日，他都送我礼物，从未间断过。"典狱长接着道，"他从裁缝店领到的第一笔薪水就全都交给了我。我当时真应该坚持让他把钱自己留下。现在的孩子有这样孝敬父亲的吗？"

典狱长又沉默下来，不动了。关于起义的事，罗杰知道的并不多：只知起义军占领了邮政局，但袭击都柏林城堡和位于凤凰公园的弹药库失败了；第一批主要领导人未经审判地被枪决了，其中有他的朋友肖恩·麦克德莫特，那是首批用盖尔语写作散文和诗歌的爱尔兰当代作家之一。还有多少人被枪决？是不是在凯勒梅堡监狱的地牢里被处决的？还是把他们押送到里士满军营去了？爱丽丝曾对他说过，伟大的同业公会组织者詹姆斯·康诺利受了重伤，站不起来，就被人用椅子抬到了行刑队的面前。太野蛮了！罗杰从审问者伦敦警察局刑事调查科科长巴兹尔·汤姆森、海军情报部部长雷金纳德·霍尔以及律师乔治·卡万·达夫、姐姐妮娜、爱丽丝·斯托弗德·格林透露的支离破碎的信息中得知，那次起义只不过是一场爆炸、火烧、枪声与流血的混乱局面。战斗还在都柏林的街巷中进行、英国军队还在消灭最后的起义者的时候，审问他的人就陆陆续续地把从伦敦传来的消息告诉了他。但都是些一闪即逝的轶事、不连贯的句子、试图用想象和直觉串起来的一个个孤立事件。从汤姆森和霍尔在几次审问所提的问题中，他发现英国政府怀疑他去德国是为了领导起义。历史就是这么写成的！其实他回来是为了阻止起义，却稀里糊涂地变成了起义的领袖。一段时间以来，英国政府一直认为他在主张独立的人中间很有影响，其实并不是那么回事。这也许正说明英国报刊为什么要大肆诬蔑他。那时他正好在德国，于是他们指责他把自己出卖给德国皇帝，不仅当了叛徒，还做了德国的雇佣军。就在那几天，伦敦的报纸仍向他身上泼脏水。居然把一个从来不是也不想成为最高领袖的人陷入如此不光彩的境地！这就是历史，一门把胡编乱造说成真实的学科。

"有一次他发烧，诊所的医生说他活不成了，"典狱长又拾起了独白，"但我和他的奶妈库比特太太照顾他，给他盖得暖暖的，亲切而耐心地把他救活了。我几夜没合眼，用樟脑酒精擦抹他的全身，他才舒服些。看到他这么小，冷得浑身发抖，我的心都快碎了。我希望他没吃苦。我是说，在那儿、在战壕里、在洛斯那个地方没有吃苦，让死亡不知不觉地来得快些。愿上帝不要太残忍，不要让他一滴一滴地流血或被芥子气毒得喘不过气来，延长他垂死挣扎的时间。他一直都参加星期天的圣事，履行一名基督徒的义务。"

"您的儿子叫什么，典狱长?"罗杰·凯斯门特问道。他好像觉得典狱长在黑暗中挺了挺身子，仿佛刚刚发现他在身边。

"他叫亚历克斯·斯塔西。"典狱长终于说了出来，"跟我的父亲和我同名。"

"我很高兴知道他的名字。"罗杰·凯斯门特说道，"知道一个人的名字，就能想象他的为人。尽管不认识他，但是能感觉他。亚历克斯·斯塔西是个好听的名字，可以想象是个好人。"

"有教养，也很勤快。"典狱长低声说道，"也许还有点儿腼腆，特别是在女人面前。这一点，我从他小时候就看出来了。跟男人在一起，他才感到自在，说起话来也流利，但是在女人面前就胆怯，不敢直视女人。假使有女人主动跟他讲话，他就结结巴巴地回答。我敢说，他到死都是个处男。"

典狱长又沉默了下来，一动也不动地沉浸自己的思绪之中，可怜的孩子啊！他父亲的话如果是真的，那么他到死都不了解女人的体温为何物，包括母亲的体温、妻子的体温、情人的体温。而罗杰是了解的，那是他那美丽、温柔、柔弱的母亲给他的幸福。他叹了一口气。他有一段时间没想起母亲了，这在以前是没有过的。如果彼岸真的存在，如果死者的灵魂能在永恒之中看到生者的短暂一生，安妮·杰弗逊一定会随时随地一直关注着他，为他在德国遇到的不顺心的事感到窝囊和苦恼，分担他的沮丧、遇到的障碍以及错误地把德国皇帝和德国人理想化而产生的那种难以忍受的感受。他曾经以为他们能把爱尔兰的事业当作自己的事业，成为他独立梦想的忠实而热情的同盟者。赫伯特·沃德就曾嘲笑过他那天真的理想主义和浪漫主义倾向。

是的，在那难以言表的五天里，母亲肯定会分担他的病痛：在把他、蒙泰特和拜莱从德国黑尔格兰港送到爱尔兰凯里海岸的U-19号潜艇里，他不停地呕吐、晕船、肠绞痛。他一生中从没感到过如此痛苦，身体上的和情绪上的。除了几小口热咖啡和面包，胃里容不下任何食物。U-19号潜艇的船长雷蒙德·威斯巴赫上尉劝他喝一小口烧酒，但他仍然晕船，又呕吐胆汁。当潜艇浮出水面，以每小时十二海里①的速度行驶时，潜艇晃动得更厉害，头晕也就更严重了。当潜艇沉入水中，晃动得不那么厉害时，速度又慢了。毯子也好，大衣也好，都不能缓解那渗入骨髓的冰冷感觉，还有挥之不去的对幽闭的恐惧感，似乎后来落入布里克斯顿监狱、伦敦塔楼和本顿维尔监狱里的感受提前领教了。

乘U-19号潜艇的行程中，晕船和可怕的病痛使他忘记口袋里还有一张从德国柏林到威廉港的火车票。在麦肯纳要塞被捕时，特拉利警察局的警察搜出了那张火车票。检察官在审讯中也出示了火车票，作为他在德国时就把爱尔兰出卖给敌国德国的证据。但更糟的

---

① 约合 22 公里。

是，爱尔兰皇家保安队在他另一个口袋里发现了德国海军司令部为了他在紧急情况下与德国皇帝军事当局联系而给他的密码。他怎么没在离开 U-19 号潜艇、跳上去海滩的小船前把危及自身的证据毁掉呢？这个问题像一个发炎的伤口在他的意识中化脓。罗杰记得很清楚，向 U-19 号潜艇的船长和船员告别之前，在罗伯特·蒙泰特上尉的坚持下，他和丹尼尔·拜莱军士为了毁掉任何能证明他们身份和来自何处的物件，最后一次检查了每个口袋。他怎么粗心大意到这种程度，把车票和密码纸忽略了呢？他又记起检察官在审讯中出示密码纸时露出了满意的笑容。这一情报落到了英国情报当局手里，会给德国造成怎样的损失？

这一严重的粗心大意无疑归因于他那可怜的身体和心理状况：晕船；在德国的最后几个月，健康的恶化损坏了他的身心健康；特别是几次政治事件（从建立爱尔兰纵队的失败到得知志愿军和爱尔兰共和兄弟会在没有德国军事行动配合就决定在圣周举行军事起义）影响了他头脑的清醒和心理的平衡，使他失掉了聚精会神、镇静自如地进行思考的能力。这是不是要发疯的前兆？以前在刚果、亚马孙地区，看到土著人手脚被砍、橡胶商施加无数酷刑和暴行时，这种情况就发生过。有那么三四次，他觉得很虚弱，看到自己周围那肆无忌惮的恶劣行径，在到处都存在的、压倒一切的残暴无耻面前感到无能为力，要想抗争并试图消灭它们简直是幻想。凡是有着深深的沮丧情绪的人，都会犯下同样严重的、粗心大意的错误。这种辩解能减轻些压力，但也只能是一小会儿，接着他就否定了这种辩解，随之而来的是更为糟糕的犯罪感和内疚感。

"我曾想过自杀，"典狱长的声音又吓了他一跳，"亚历克斯是我继续活下去的唯一理由。我再没有别的亲戚，也没有朋友，几乎没有熟人。儿子就是我的生命，没有他，我干吗要活下去？"

"我也有同感，典狱长，"罗杰·凯斯门特低声道，"但是，尽管如此，生活中也有美丽的东西，您会找到另外一种吸引力。您还年轻。"

"虽说显得老，但我才四十七岁。"典狱长答道，"我之所以没有自杀，是由于宗教。宗教不允许我自杀，但也不排除我可以自杀。如果我没能战胜悲哀，那么这种空虚感会战胜它。当然现在什么都不重要了。一个男子汉要是觉得活着是值得的，就应该活下去，否则就别活着。"

他说话时并不带有戏剧色彩，而是平静而自信。他又安静下来，不说话了。罗杰还在听，他似乎听到从外面的某处传来一个声音，使他想起一首歌曲，大概是合唱曲。那声音是压低的，很远，听不出歌词和曲调。

起义的领导们为什么不愿让他回到爱尔兰，还要求德国当局把他爱尔兰民族主义组织大使的可笑头衔留在柏林？他看到了信里关于他的那些话，而且读了又读。据蒙泰特上尉说，那是因为志愿军和爱尔兰共和兄弟会知道罗杰反对在德军的进攻未能摧毁英国陆军和海军的情况下就举行起义。但为什么不直接跟他本人说？也许是不信任他。难道他们信不过他吗？难道他们相信了英国政府说他是英国间谍而散布的笨拙的、毫无根据的流言蜚语吗？对这些诬蔑，他一点儿也不担心。他一直认为朋友们和同伴们会懂得，那是英国秘密情报部门为了在民族主义者中间制造怀疑和分裂而耍的毒化舆论的把戏。也许同伴中有些人，只是有些人，上了殖民者这一把戏的当。现在好了，他们已经坚信罗杰·凯斯门特仍然是忠于爱尔兰独立事业的忠诚斗士。怀疑他的忠诚的人是不是那些在凯勒梅堡监狱里被枪决的人？死者曾这样怀疑他，那么现在又有什么关系呢？

他觉察典狱长站了起来，向牢房门走去，也听到了他那轻轻的、懒洋洋的、仿佛拖着脚走路的声音。他听到他走到门前时说：

"我现在这样做很不好，是违反规定的。任何人都不应该跟您说话，尤其是我这个当典狱长的。我是实在忍不住了，才到这儿来。要是不跟人说说，我的脑袋就要爆炸，心就要破碎。"

"我很高兴您到我这儿来，典狱长。"凯斯门特低声道，"在我这种处境下，跟人谈谈也是一种放松。我唯一感到遗憾的是，我没能就您儿子的去世安慰您几句。"

典狱长嘟囔了几句，似乎在告别。他打开牢房门走出去，从外面把门锁上。牢房又完全黑下来。罗杰侧身，闭上眼睛，想睡一会儿，但他知道这晚也是睡不着的。天亮前的几个小时是漫长的，是一种无尽的等待。

他想起了典狱长的话："我敢说，他到死都是个处男。"可怜的孩子，十九、二十岁了还不知男女欢娱，不知那火热的昏厥、那周围的一切都悬浮起来、那只在射精瞬间感觉的永恒为何物；但那又是多么强烈、深刻，以至于能打动你的心弦，抵达你灵魂的每个缝隙，使之躁动起来。如果他二十岁时不去非洲，而是留在利物浦为埃尔代尔·登波斯特航运公司工作，也许到死也是个处男。他在女人面前的那种腼腆与扁平足的亚历克斯·斯塔西一样，或许有过之而无不及。他想起了姨表兄妹们，尤其是格特鲁德，亲爱的格，为了逗他脸红而跟他开玩笑，只要一谈起女人，譬如："你知道多萝西是怎样看你吗？""你没有发现玛丽娜在游泳池里总是想方设法地坐在你身旁吗？""你也喜欢她吗？"这种玩笑总让他感到不自在，说不出话来，开始结结巴巴、嘟嘟囔囔地净说傻话，把格及其朋友逗得笑得要死，于是安慰他道："别这样，开个玩笑嘛。"

尽管如此，从年轻时起，他就有一种审美观，善于欣赏人体美和面孔美，赏心悦目地欣赏一个匀称的侧影、生动而调皮的眼睛、纤细的蛮腰、像肉食动物不经意展现出的强壮的肌肉。但能够使他激动、掺有不安和警觉、留下反常印象的美，并不是女孩，而是男孩。他是什么时候发觉这一点的？是在非洲。踏上非洲大陆之前，他那清教徒式的教育、父系和母系亲戚严格的传统和保守的习惯已经把他那点激动的苗头在萌芽中压制了下去。在那种气氛中，只要对同性间的性吸引有一点点怀疑，就被认为是可憎的心理失常，要作为罪行和恶习受到法律和宗教的谴责，而且不容辩解、不容调和。在马格赫林登普勒老家，在安特莱姆，在叔祖父约翰家，在利物浦姨父母和姨表兄妹的家里，他只能在借口看照片时用眼睛和意念享受着男性那匀称美丽的身体，感受着他们的吸引力，自欺欺人地说那是美学上的吸引力。

非洲，那残酷却极端美丽的非洲，大苦大难的非洲，也是自由的非洲，那里的人遭受着不公平的虐待，同时却可以无拘无束地表达自己的热情、幻想、欲望、本能和梦想。不像在英国，偏见窒息了欢娱。罗杰想起在博马的一个下午，太阳灰蒙蒙的，闷热得令人窒息。那时的博马连村子都称不上，不过是个小小的定居点。那天他热得喘不过气来，觉得浑身都在冒火，于是到外面一条小溪里去洗澡。当时刚果河的水还没有满，只是在岩石间形成了一面小湖，溪水潺潺流过，周围都是高大的芒果树、可可树、猴面包树和巨大的蕨类植物。两个巴刚果族青年跟他一样脱得光光的，也在洗澡，他们不会讲英语，只是以微笑回答他的问候。二人好像在玩耍，但片刻之后，罗杰发现他们正在用赤裸的手抓鱼，滑溜溜的鱼总是从手间滑掉，很难抓牢，把得他们激动得哈哈大笑。其中一个小伙子很漂亮，高高的、黑得发蓝的身体很匀称，深深的眼睛闪着活泼的光芒，在水中犹如一条鱼，其动作时隐时现，双臂、脊背和大腿皮肤上的水珠闪闪发亮，黝黑的、文着几何图案的脸上闪着炯炯有神的目光，露着白白的牙齿，最后终于喧闹着抓到了一条鱼。另一个男孩从水中走了出来，上了岸，罗杰看到他好像在开始切鱼、洗鱼，并准备点燃一堆火。仍在水中的那个盯着罗杰，对他微笑。罗杰感到发热，便微笑着向他游去，但是到了他的身旁又不知怎样才好了。他感到不好意思，很不自在，同时感到一种无边的幸福。

"可惜你听不懂我的话，"他低声说道，"我真想给你照张相，跟你谈谈，交个朋友。"

这时他感到那小伙子划动起手脚，缩短与他的距离。此时二人离近了，身体几乎贴在了一起。罗杰感到他的手在探索自己的肚子，摆弄自己那早已挺起的生殖器。在黑暗的牢房里，他喘起气来，充满了欲望和苦恼。他闭上眼睛，竭力回想着多年前的那个场面：惊愕、无可名状、不能减轻疑惧的激动。他用身体贴着那男孩的身子，感到后者正用那玩意摩擦他的大腿和肚皮。

那是他第一次做爱，如果只是激动并在水中把精液射在男孩身上就是做爱的话。其实那男孩只是为他手淫，他也只是在男孩的身上射精而已，尽管他自己并未发觉。从水中出来，穿好衣服，那两个巴刚果人请他吃几口在小溪深水岸旁点起的火堆上烤好的鱼。

事后，他感到羞耻难堪。整整一天他都昏昏沉沉，深深陷入混杂着幸福火花的悔恨之中，同时意识到，他已冲出樊笼的限制，获得了梦寐以求但又不敢追求的自由。他很后悔。打算改正吗？是的，是的，有此打算。他答应自己，以自己的名誉起誓，以对母亲的怀念起誓，以自己的宗教信仰起誓，以后永远不会再犯。但他也清楚地知道那是骗人的，既然尝到了禁果，感到整个人都变成了不能自制的一团火，就很难不重蹈覆辙。那是他唯一的一次，或者是，不管怎么说，极少几次中的一次，不花钱的享乐。为他那些临时情人的几分钟、几小时的服务付钱这一事实就能把他从艳遇之后追悔莫及的良心谴责中解脱出来吗？也许这就像商业交易：你给我嘴唇、鸡巴，我给你舌头、屁股，再加上几块英镑。在公园，在黑暗的街角，在公共浴室，在车站，在肮脏的小客栈，甚至像狗一样地在大街上，遇到一个不懂英语、只能以手势和表情进行沟通、脱下道德外衣的男人，就进行那赤裸裸的交易，平常得像买一支冰棒、一包香烟。那是欢娱，不是爱情。他学到的是享乐，不是爱，也不是对爱的回应。在非洲，在巴西，在伊基托斯，在伦敦，在贝尔法斯特①，或者在都柏林，有时在一次火热的相会之后，除了风流，他又有了某种感觉，对自己说："我真的爱上了。"但那是假的，他从来没有爱过。那种感觉并没有持续下去，就连对艾文德·艾德勒尔·克里斯滕森也是如此。他对此人生出了感情，但并不是情人间的感情，也许是兄弟间的感情、父子间的感情。不幸的人啊，在这方面，他一败涂地。他有过许多临时情人（几十个，也许几百个），但没有一个是真正的爱人，纯粹是性关系，匆匆忙忙的、动物间的性关系。

因此，给自己的性生活和感情生活作总结的时候，罗杰总说它们是晚来的、禁欲式的。有，却零星，总是匆匆忙忙地风流一下，一闪即逝，也无后果，就像那次在刚果河下游一处叫博马——当时只是营地——的附近小溪水流深处发生的事。

偷偷摸摸的艳遇总是伴随着深深的忧伤，一般说来总像第一次那样，经常在露天发生，同成年人、年轻人，而且总是同外国人，不知其姓氏，问过即忘掉。那暂短的欢娱根本无法跟稳定的长期关系相比。稳定的长期关系在长年累月中除了欢娱，还有理解、共事、

---

① 北爱尔兰首府，简称贝法，是北爱尔兰政治、文化中心和最大的工业城市，泰坦尼克号据说就是在这里建造的。

友谊、交流和互助。他很羡慕赫伯特·沃德和萨莉塔·沃德之间的关系。这也是他在生活中感到的另一种极大空虚与思念。

似乎在牢房的门缝中，他注意到，出现了一缕光线。

12

"我要把这副骨头丢在这倒霉的旅行中了。"罗杰想道。当时的英国外交部长爱德华·格雷对他说，由于来自秘鲁的消息破绽百出，英国政府若想了解那里发生的事，唯一的办法就是由凯斯门特本人回到伊基托斯，去看看秘鲁政府有没有为结束普图马约的暴行而有所作为，还是因不愿或不能对付胡里奥·塞萨尔·阿拉纳而采取了拖延战术。

罗杰的健康状况越来越糟糕。从伊基托斯回来后，岁末在巴黎与沃德共度了几日，关节炎发作了，疟疾也来折磨他。痔疮虽没像以前那样出血，但仍然让他难以忍受。1911年年初，他一回到伦敦就去看医生。他去咨询的两位医生都说他的情况是在亚马孙地区过于劳累、精神过于紧张的结果，需要休息，需要一段安静的假期。

但是他还不能休假，他要写出英国政府急着要的报告，出席外交部的各种会议，报告在亚马孙地区的所见所闻，拜访反奴隶制协会……这一切都占用了他不少时间。此外，他还要会见秘鲁亚马孙公司的英国领导层和秘鲁领导层。这些高层在第一次会议上用将近两个小时听取他关于普图马约的印象，之后都像石头般呆住了，拉长着脸，半张着嘴，露出又惊又疑的目光，仿佛脚下的地板开裂，屋顶塌落，不知说什么好，一个问题也没提就告辞了。

第二次秘鲁亚马孙公司高层会议，胡里奥·塞萨尔·阿拉纳参加了。罗杰这是第一次也是最后一次见到他本人。以前他多次听说过他，各种人谈论他，有的像对待宗教圣人或政治领袖（从不是对企业家）那样神化他，有的则把残暴行径和可怕的（无所顾忌的虐待、贪婪、吝啬、不诚实、讹诈及无与伦比的欺诈）的罪行归于他。罗杰盯着他观察，像昆虫学家观察一个尚未被列入物种目录的神秘小虫子。

据说他懂英语，但由于胆怯或虚荣，从来不说。他身边有个翻译，在他耳边以极低的声音把听到的一切翻给他听。此人个头不高，皮肤黝黑，有着梅斯蒂索人的特征，斜视的眼睛有些亚洲人的味道，前额很宽，梳得服服帖帖的直发中分，胡子也是刚刚梳理过的，散发着花露水的香味。关于他有洁癖、穿着讲究的传说大概是真的，他的穿戴无可挑剔，细呢西装大概是在萨维尔街①的裁缝店手工定制的。其他高层讲话的时候，他没有开口。对，此时他们讲话了，他们向罗杰·凯斯门特提了许许多多问题，毫无疑问，都是阿拉纳的律师替他们准备的，想陷他于矛盾之中并暗示他搞错、夸大、多心及多疑——一个文明的欧洲市民到了原始世界都会这样不冷静。

回答他们的时候，罗杰引用的证词和精确的细节加重了第一次会议上发言的分量。他说话时一直用眼睛扫着胡里奥·塞萨尔·阿拉纳，后者像偶像那样安详，坐在位子上一动不动，连眼睛都不眨一下，一副让人摸不透的表情，但是从他那冷漠的神色中流露出僵硬的意味。这让罗杰想起普图马约橡胶公司收购站站长们那种灵魂空虚的神色，那种失去了（如果有时还有的话）辨别是与非、好与

---

① 伦敦西区的裁缝街（Savile Row），是一条有二百年历史的小街。自 19 世纪初逐渐聚集高级裁缝师，成为高级男装定制街。

坏、善与恶、人道与非人道能力的神色。

这样说来，这个衣冠楚楚、微微发胖的小个子是相当于一个欧洲体量的帝国的主人、几万人生命和财产的主人，被仇恨也被吹捧，在亚马孙地区穷苦人的世界里聚敛了可与欧洲列强相匹敌的大量财富。一开始，他是出生在秘鲁森林深处一个大概叫做里奥哈的村子里的穷孩子，挨户叫卖自家编的草帽，只上了几年小学，但是超人的工作能力、做生意的天资和绝对的寡廉少耻补偿了学历的不足，他慢慢地向社会金字塔的顶端爬去，从走街串巷在广袤的亚马孙地区叫卖草帽到在森林中独自冒着生命危险成为有能力向橡胶商们提供各种物品的人。他提供砍刀、卡宾枪、渔网、小刀、盛橡胶液的铁罐、食物罐头、木薯粉、家用器具，来换取橡胶商们得来的部分橡胶，然后在伊基托斯和马瑙斯卖给出口公司。他用赚来的钱，最终从物品提供者和中介人熬成了生产者和出口商。起初，他同哥伦比亚橡胶商合伙经营，但这些人不如他聪明、勤快，也不如他无耻，最后把自己的土地、库房、土著人小工都廉价卖给了他，还得为他工作。他任人唯亲，把自己的兄弟、内兄弟摆在企业的关键位置上，因此企业尽管规模很大，而且从 1908 年就在伦敦证券交易所注册，但实际上仍然是家族企业。他的财富到底有多少？传说无疑夸大了实际数字，不过他在伦敦市中心拥有一栋昂贵的秘鲁亚马孙公司大楼；在肯辛顿大街拥有一处宅邸，比起周围的王子和银行家的宫殿毫不逊色；在日内瓦的住宅和比亚里兹的避暑山庄是由时髦的设计师布置的，到处是名画和贵重的摆设。但是据说他本人的生活很节俭，不酗酒，不赌博，没有情人，把业余时间都花在自己老婆身上。他从小就爱上了她——她也是里奥哈人——但很多年以后，埃利奥诺拉·苏马埃塔才答应他的求婚，那时他已经有钱有势，而她则是出生的小村子里的学校老师。

第二次秘鲁亚马孙公司高层会议之后，胡里奥·塞萨尔·阿拉纳通过翻译作出保证，普图马约的各站点上的缺点、管理上的不足之处都要立即加以纠正，因为在大不列颠帝国的法律范围内与利他道德规范内活动一直是其企业的政策。阿拉纳向领事告别时只点了点头，没有伸手。

他花了一个半月写出《关于普图马约的报告》。在外事办的一个房间里开始写，有打字员帮助他。后来他宁愿在伯爵区爱滩公园附近的寓所里工作。寓所在美丽的圣库斯伯特和圣马提亚教堂旁边，他有时钻进去听美妙的管风琴演奏。整个伦敦流传着《关于普图马约的报告》就像他关于刚果的报告那样，颇具有毁灭性，给各种小报和八卦场合提供了种种推测、闲言碎语的口实，因此政治家、慈善机构、反奴隶制组织和人道主义组织的成员，还有一些报人都来打断他的工作。于是他要求外事办同意他去爱尔兰。他住在都柏林莫勒斯沃思大街的布思威尔斯旅馆里。这一年，他于三月初完成了工作。接着，上司和同事的祝贺立即像雪片般地飞来，爱德华·格雷爵士亲自在办公室里召见他，赞扬他的报告，并建议他作些小小的修改。报告文本马上送到了美国政府，以便伦敦和华盛顿一起向奥古斯托·贝纳迪诺·莱吉亚总统的秘鲁政府施压，要求他以文明社会的名义结束奴隶制度，废弃酷刑，禁止拐骗妇女儿童，禁止灭绝土著人社会，并把被告人送交法庭。

然而罗杰还不能按医嘱去休假，工作太需要他了。他还要跟政府、议会和反奴隶制协会的各个委员会开会，研究公众和私人机构如何更有实效地行动起来，改善亚马孙地区土著人的状况。在他的建议下，首先在普图马约资助成立一间传教所——这是阿拉纳的公司一直阻止的，现在他答应提供方便。

他终于去爱尔兰休假了。他一到达爱尔兰，就接到爱德华·格雷爵士的一封私人信件，外长通知他，由于外长本人的推荐，乔治五世陛下决定赐予他贵族称号，以表彰他在刚果和亚马孙地区为联合王国作出的贡献。

亲朋好友蜂拥而至，为他祝贺。他第一次听到人们称他罗杰爵士时，满腹犹豫地差点儿哈哈大笑起来。如何接受一个他从心底里认为是敌对的、把他的祖国变为殖民地的政权授予的爵位呢？话又说回来，他本人不是正作为外交人员在为这位国王和这个政权服务吗？他从来不曾像那几天那样感到自己几年来一直生活在隐蔽的双面做派之中：一方面遵守纪律，高效率地为大英帝国服务；另一方面投身于爱尔兰解放事业，但并不与约翰·雷蒙德领导的温和派一起去为爱尔兰争取自治，而是跟激进派如由汤姆·克拉克秘密领导的爱尔兰共和兄弟会联系上了，目标则是通过武装斗争取得独立。罗杰犹豫了很久，心神不宁，最后决定给爱德华·格雷爵士写信，对授予自己的荣誉恳切地表示感谢。消息在报刊传开了，他的威望也提高了。

英美两国政府要求秘鲁政府把报告中提到的主犯——菲德尔·贝拉尔德、阿尔弗雷德·蒙特、奥古斯特·希门尼斯、阿曼多·诺尔曼德、何塞·伊诺森特·丰塞卡、阿维拉多·阿圭罗、埃里亚斯·马丁内基和奥雷略·罗德里格斯——加以逮捕和审判。起初，这一交涉似乎有了成果。联合王国驻利马代办卢西恩·杰洛米先生电告外事办说秘鲁亚马孙公司的那些雇员已经被辞退。利马派来的卡洛斯·A.巴尔卡塞尔法官一到伊基托斯就成立了一个委员会，去普图马约的各个站点进行调查，但他没能与委员会同行，因为突然病倒了，必须立即去美国动手术。委员会由一位坚强有力、备受尊敬的人，《东方日报》社长罗慕洛·帕雷德斯带领，他带着由一位医生、两名翻译及九名士兵组成的卫队到了普图马约。委员会考察了秘鲁亚马孙公司所有的橡胶收购站，刚刚回到伊基托斯，卡洛斯·A. 巴尔卡塞尔法官就已经康复，回到了伊基托斯。秘鲁政府早先就答应了杰洛米先生，说一接到帕雷德斯和巴尔卡塞尔的报告就立即采取行动。

然而，不久，杰洛米又报告说，莱吉亚的政府不安地通知他说通缉犯中的大部分已逃到巴西，另外几个也许躲藏在森林里，要么潜入了哥伦比亚境内。美英两国曾要求巴西政府把逃犯引渡给秘鲁政府交付审判，但是巴西外长里奥·布兰科男爵回答说秘鲁和巴西之间没有引渡条约，因此那些犯人不能被引渡，否则会在国际上引起微妙的司法纠纷。

几天后，英国代办又报告说，在与秘鲁外长的一次私人会晤中，该外长以非官方的方式向他承认，莱吉亚总统的处境很尴尬。尽管哥伦比亚早已在边境增加了驻军，但胡里奥·塞萨尔·阿拉纳的公司及其安保队在普图马约的存在仍构成了对哥伦比亚唯一的屏障，阻止了它对该地区的侵略，因而英美两国的要求有些不着调：关闭并追查秘鲁亚马孙公司等于把哥伦比亚觊觎的一大片秘鲁领土拱手让出，不管是莱吉亚还是任何一位秘鲁省长都不会干这种事，否则就是自杀。秘鲁缺乏资源，不可能在普图马约这一边远地区装备一支足以保卫国家主权的驻军。卢西恩·杰洛米还说，因此，不要期待秘鲁政府会立即采取有效措施，它只能做一些毫无实质行动的声明与姿态。

为此，外事办决定，在陛下政府公开发表《关于普图马约的报告》并要求国际社会对秘鲁进行制裁之前，派罗杰·凯斯门特再次去亚马孙地区亲眼证实对方是否进行了某些改革、是否启动了司法程序、卡洛斯·A. 巴尔卡塞尔法官是否真的采取了法律行动。尽管罗杰在此后数月中多次说出了心中曾经暗自说的话："我要把这副骨头丢在这次倒霉的旅行中了。"爱德华·格雷爵士还是坚持己见，于是罗杰不得不接受了任务。

罗杰正准备出发的时候，奥马里诺和阿雷道米到达了伦敦。在巴巴多斯，他们在史密斯神父的保护下度过了五个月。其间，神父给他们上英语课，教他们读写，教会他们习惯穿西式服装。然而罗杰看到，尽管有吃有穿，不受虐待，但西方的文明使得这两个孩子愁容满面、郁郁寡欢。看样子他们总是害怕围观者上下打量他们，触摸他们，好像他们很脏，给他们擦擦皮肤，向他们提些听不懂、答不出的问题，没完没了地审视着他们，从而加害他们。罗杰带他们游动物园，去海德公园吃冰激凌，去看望自己的姐姐妮娜、姨妹格特鲁德，去爱丽丝·斯托弗德·格林家，与知识分子和艺术家一起参加晚会。大家对他们都很亲热，但总是好奇地盯着他们，尤其当他们脱下衬衣，把背部和臀部的疤痕给大家看的时候，大家都显得惊慌失措。有时，罗杰发现他们总是眼含泪水。罗杰打算送他们去爱尔兰受教育，他的熟人帕特里克·皮尔斯在都柏林郊外办了一所圣恩达双语学校，于是他为此写了一封信，并告知这两个孩子来自何处。罗杰曾在圣恩达做过一次关于非洲的演说，以资助的方式支持帕特里克·皮尔斯的盖尔同盟及其出版物，支持这所双语学校普及古老的爱尔兰语。皮尔斯是诗人、作家、天主教徒、教育家及激进的民族主义者，他表示接收这两个孩子，并减免注册费和住宿费。然而当接到答复时，罗杰却决定同意奥马里诺和阿雷道米的请求——他们每天都请求他把他们送回亚马孙地区。这两个孩子在英国感到很不幸，觉得自己变成了怪人，成了让人觉得惊奇、开心、感动及用来吓唬一些以正常人对待他们的人的展览品。总之，他们永远是异国情调的外来人。

在返回伊基托斯的旅途中，对现实给他的这个教训，罗杰·凯斯门特想得很多：人的灵魂深处是如此矛盾百出、不可捉摸。两个孩子曾想逃出虐待他们、逼他们像牲口一样干活而不让他们吃饱的地狱般的亚马孙地区；他也作出了努力，用自己那少得可怜的存款中的大部分为他们购买了去欧洲的船票，抚养了他们七个月，期待能让他们得救，过上一种体面的生活。然而，在这里，不管什么原因，他们远未能感到幸福，或者至少像在普图马约那样过上可以忍受的生活。尽管没人打他们，甚至对他们很亲热，但他们总感到孤独、格格不入，心里明白自己永远不会融入这个世界。

罗杰出发去亚马孙之前，外事办接受他的建议，重新任命了一位驻普图马约领事：乔治·米歇尔。这是一个很好的人选，罗杰在刚果时就认识了他，他在揭露利奥波尔多二世政权罪行的运动中极为热情地工作，在对待殖民主义的态度上与凯斯门特的立场一致，届时他会毫不犹豫地对付阿拉纳的公司。罗杰跟他有过两次长谈，计划着要紧密合作。

1911 年 8 月 16 日，罗杰、奥马里诺和阿雷道米乘马格达莱纳号从南安普顿港出发，目的地是巴巴多斯。十二天后到达该岛。自从轮船驶入加勒比海的银蓝色水域，罗杰感到最近几个月因病痛、担心和体力、脑力劳动而沉睡了的性欲苏醒了，脑子里全是幻想和欲望。在日记里，他把自己的情绪简要地用五个字写出："我又燃烧了。"

一下船，罗杰就去感谢史密斯神父对那两个小孩的照顾。看到在伦敦不善表达感情的奥马里诺和阿雷道米与神父又是拥抱又是拍打的亲热劲儿，罗杰甚为感动。史密斯神父带他们去访问乌尔苏拉会修道院，安静的走廊里种着角豆树和开着紫色花朵的叶子花，街上的噪声传不到这里，时间似乎停止。罗杰离开了其他人，在一张凳子上坐下来，观察着一队正在运送树叶的蚂蚁仿佛巴西宗教游行

中抬着圣母架的脚夫。此时他想起来：今天是他的生日。四十七岁
了！不能说老，许多男人和女人此时在体力和心理方面风华正茂、
精力充沛，充满着希望和理想。但他觉得自己老了，有一种走到生
命尽头的倒霉感。在非洲，他偶尔和赫伯特·沃德一道想象最后的
岁月。雕塑家想在晚年时在地中海的普罗旺斯或托斯卡纳找一处农
舍住下，有一间宽大的工作室，养养鸡鸭猫狗，星期天自己做几样
法式炖鱼之类香喷喷的菜肴请亲戚们来品尝。罗杰却跳起来以肯定
的语气说："我不会老，肯定不会老。"他有过这种预感。他清楚地
记得自己有过这种预感。此时他又感觉：我确实不会老。

史密斯神父同意他们在布里奇敦停留的八天里为奥马里诺和阿
雷道米提供住宿。第二天，罗杰去了以前路过该岛时常去的公共浴
室。正如预期的那样，他看到了年轻健壮的男人。跟巴西一样，这
里没有人会对自己的身体感到羞耻。这里的男男女女都很注重自己
的身材，并且毫不在乎地展示出来。一个十五六岁的年轻小伙子让
他感到心慌意乱。与一切黑白混血儿一样，那小伙子面色苍白，皮
肤平滑、发亮，大大的碧眼流露出大胆的眼神，贴身游泳裤下露出
富于弹性的无毛大腿，使得罗杰一看就觉得眩晕。如果一个小伙子
懂得他需要什么，而且打算满足他或者起码可以谈谈条件，那么经
验会给他有一种强烈的直觉，很快能看出别人不易察觉的苗头——
一丝微笑、一闪的眼神、招引人的手势或身体语言。怀着内心的痛
苦，他感到那漂亮年轻人用眼神传递给自己的瞬间信息完全不同。
尽管如此，他还是上前跟他谈了一会儿。那青年是巴巴多斯一位牧
师的儿子，希望成为一名会计师，正在一所商业学校学习，不久将
趁假期陪同父亲去牙买加。罗杰请他吃冰激凌，他拒绝了。

罗杰回到旅馆，激动异常，用写自己的隐私时才使用的粗俗、
电报式的笔调在日记里写道："公共浴室，牧师之子，漂亮，家伙粗

长，很柔软，在我手中勃起。我用嘴吸吮，两分钟的幸福。"接着又自慰了一次才去洗澡。他一面细心地擦着肥皂，一面力图驱除在这种情况下经常袭来的悲伤和孤独。

第二天中午，他在布里奇敦港口一家饭馆的露天茶座吃饭时，看到安德列斯·奥当纳尔从身旁走过。他叫了他一声。阿拉纳的前工头、恩特雷·里奥斯站站长立刻认出了他，接着用疑惧、害怕的目光看了他几秒钟，最后还是跟他握了握手，接受邀请坐下来。二人便谈了起来。喝了一口白兰地，要了一杯咖啡。他承认罗杰在普图马约的出现对橡胶商来说就像乌伊托托巫师的诅咒——他刚走，就流传警察和法官很快会带着逮捕令到来，所有橡胶收购站的站长、工头和管家都会吃官司；说由于阿拉纳的公司是英国公司，他们将被押解到英国受审。因此许多人像奥当纳尔一样，宁愿逃到巴西、哥伦比亚或厄瓜多尔。他之所以来巴西，是因为有人答应在甘蔗种植园给他一份工作，但直到今日他都没有得到，所以打算到美国去，在美国有机会在铁路上工作。奥当纳尔穿的不是长筒靴，没了手枪，没了皮鞭，套着旧工装裤，上身穿破衬衣，坐在茶座里，简直就是一个为前途发愁的倒霉鬼。

"您还不知道吧？但是我救了您一条命，凯斯门特先生。"告别时，他对罗杰说道，"当然，您是不会相信的。"

"不管怎样，您总得跟我讲讲。"

"阿曼多·诺尔曼德确信，如果您活着离开那里，收购站所有的站长都得进监狱，最好把您淹死在河里或被豹子、鳄鱼吃掉，您知道，就像那位法国探险家尤金·罗比雄，因为那个法国人提的问题叫人精神紧张，就让他失踪了。"

"为什么没把我干掉？你们在这方面很有经验，不是很容易吗？"

"是我让他们考虑可能招致的后果，"安德列斯·奥当纳尔有些自得地说道，"维克多·马塞多也支持我。您是英国人，堂胡里奥的公司是英国公司。根据英国法律，杀了您，我们将在英国受审，被处以绞刑。"

"我不是英国人，我是爱尔兰人，"罗杰纠正道，"事情也许不像您想的那样。不管怎样，我还是要谢谢您。对了，您还是尽快走掉，别告诉我您去哪儿。我必须把我见到您一事向上级报告。英国政府很快会下令逮捕您。"

当天午后，他又去了公共浴室。这回比上次运气好，一个他曾在健身房看到在练习举重的皮肤黝黑、面带笑容的年轻人朝他微微一笑，挽起他的胳膊，带他去了一家冰激凌店。二人喝着菠萝汁和香蕉汁，他告诉罗杰自己叫斯坦利·威克斯。他们靠得很近，他的腿蹭着罗杰的腿。随后，他意味深长地笑了一下，挽起罗杰走进了一间密室，并立即插上了门销，互相吻了起来，互相咬着耳朵和脖颈，同时脱下裤子。斯坦利那黑黑的东西红红的龟头已经湿润，在罗杰的盯视下粗大起来。罗杰透不过气来了。"两英镑，你先给我吸吮，"罗杰听见他说，"然后我从后面给你插进去。"罗杰同意并跪了下来。事后，罗杰回到旅馆房间里，在日记本上写道："公共浴室，斯坦利·威克斯，年轻力壮，二十七岁，又大又硬，至少九英寸长。接吻，啃咬，插入时还叫喊。两英镑。"

9月5日，罗杰、奥马里诺和阿雷道米乘博尼费斯号从巴巴多斯出发向帕拉驶去。这艘船很不舒适，又小又挤，但是在去帕拉的一路上，罗杰受益匪浅，因为和赫伯特·斯宾塞·迪克医生在一起。那是一位美国人，曾在阿拉纳公司的埃尔恩坎托收购站工作过，除了进一步证实罗杰所了解到的暴行，他还就自己在普图马约的经历讲了许多故事，有的很残忍，有的则很滑稽。看起来此人很具冒险精神，走遍了半个世界，易动感情，知识丰富。在甲板上，坐在他身旁吸着烟，无节制地喝着威士忌，一面欣赏夜幕降临，一面听他充满智慧的讲话，确实很惬意。迪克医生很赞成英美两国为解决亚马孙地区的残暴行为而进行的奔走交涉，但他又是宿命论者，对此抱怀疑态度：不管是现在，还是将来，事情都不会有所改变。

"人性本恶，我的朋友，"医生半开玩笑半严肃地说道，"不易摆脱，只不过在欧洲各国和我的国家掩饰得很好而已，只有在发生战争、革命、骚乱的时候，才露骨地表现出来。需要有个借口，它才能公开地以集体的名义表现出来。但是在亚马孙地区正相反，它无需以爱国主义或宗教的借口即施以最残酷的暴行，明目张胆地表现出来，只需贪婪和强力。毒害我们的恶，只要有人就无处不在，在我们的内心深处生根发芽。"

发完这番阴郁的议论，他又开了一个玩笑，讲了一个貌似否定上述议论的故事。

罗杰很喜欢跟迪克医生谈话，只是有时感到有些丧气。博尼费斯号于9月10日中午抵达帕拉。他在此地任领事期间曾一直感到失望与憋闷，但在到达这个港口前的那几天，回想起宫殿广场，他又渴望回到那里。那时他经常在晚上去那里撩拨一个寻找客人、在树下穿着紧身裤、只露出屁股和睾丸寻欢作乐的年轻人。

罗杰住的是商务旅馆，漫步宫殿广场时，他感到火热的感觉复苏（也许是他臆想出来的）了。他回想着艳遇中的几个名字，一般说来，最后会去附近的一家简陋的小旅店或在广场某个黑暗角落的草地上交欢。回想起那些匆忙而慌乱的交欢，他感到心快跳出来了。但是今晚运气不好，马科、奥林比斯、婴孩（他是这样叫的吗？）都没有出现，又差点儿遭两个衣衫褴褛、孩子样流氓的抢劫，其中一个向他打听地址，另一个企图把手伸进他的口袋去摸钱夹。他用手一推，把一个推倒在地，躲开了。二人见他态度强硬，就撒腿跑了。他怒气冲冲地回到旅馆，平静之后，在日记中写道："宫殿广场，又粗又硬，喘不过气来，短裤上有血迹，快感的疼痛。"

第二天早晨，他拜访了英国领事和他以前在帕拉认识的几个欧洲人及巴西人。调查很有成效，至少发现了普图马约的两个逃犯。英国领事和当地警察对他说，何塞·伊诺森特·丰塞卡和阿尔弗雷德·蒙特曾在雅瓦里河边的种植园度过一段时间，现在到了马瑙斯，阿拉纳公司在港口给他们找了份海关检查员的工作。罗杰马上发电报给外事办，让他们要求巴西当局下令逮捕那两个罪犯。三天后，巴西外长回复说，彼得罗波利斯同意该请求，马上派马瑙斯警察逮捕蒙特和丰塞卡，但不会引渡他们，而是在巴西审讯。

第二天和第三天晚上都比第一天有收获。第二天，天黑下来的时候，罗杰问一个卖花的光脚男孩手中的花多少钱一束，欲加试探，男孩暗示愿意。他们来到了一块空地上，在暗影中，罗杰听到了一对对的喘气声。这种街头艳遇总是充满了危险，让他产生一种矛盾感：激动又厌恶。卖花人有一股腋臭，但是他浓重的气息、身体的热度和有力的拥抱把他燃烧了，很快达到了高潮。回到旅馆时，裤子上都是泥土，接待员不解地看着他。"我被抢劫了。"他解释道。

下一个晚上，在宫殿广场又有一次艳遇，这次是一个年轻的乞丐。罗杰请他一起散步，在街角小店里喝了杯朗姆酒。约翰把他带进贫民区一间内铺地席、铁皮搭的房间。他们脱下衣服，摸着黑，一面听着犬吠声一面在地上的棕榈席上做爱。罗杰确信自己脑袋上随时可能挨一刀或一棒，所以他早有准备：在这种情况下从不带很多的钱，也不拿出手表和银质圆珠笔，只准备一点点钞票和硬币让强盗抢去了事。但这次并没有出事，约翰陪他走到旅馆附近，大笑一声，咬了他的嘴唇就告辞走掉了。第二天，罗杰发现约翰或卖花人把阴虱传染给了自己，于是他到药店去买甘汞。这也算是一件不愉快的事：药剂师——要是女性就更糟了——直盯着他看，搞得他很不好意思；有时朝他意味深长地一笑，搞得他不知所措，甚至很生气。

在帕拉逗留的十二天里，最惬意也最糟心的事，是去拜访达·马塔夫妇。

那是他在帕拉任职期间结交的最好朋友，胡里奥是道路工程师，他的太太伊雷内是水彩画家。夫妇俩都很年轻漂亮、直爽随和、性格快活，散发着对生活的热爱。他们有一个可爱的女孩，叫玛丽娅，生着一双总带着笑意的眼睛。罗杰是在社交场合，也许是在官方活动中认识他们的，因为胡里奥在当地政府的公共工程局工作。他与这对夫妇经常见面，一起在河边散步，去看电影、看戏。这次，夫妇俩张开双臂欢迎老朋友到来，请他去饭店吃辣味十足的巴伊亚式菜肴。五岁的小玛丽娅又唱又跳，对他做鬼脸。

那晚，躺在商务旅馆的床上，罗杰又陷入了沮丧的情绪，这种情绪纠缠了他一生，特别是有街头艳遇或某次尽欢之后。他很清楚自己永远不会拥有一个像达·马塔夫妇那样的家，自己的生活将随着日益衰老而愈发孤独。念及此，他不觉伤感起来。他为这种买来的片刻欢娱付出的代价太昂贵了：到死也品尝不到热烈的亲密无间，不会有一位妻子同他一起谈论日常生活并计划未来如旅行、度假、谈论梦想；更不会生儿育女延续他的姓氏并在他离开这个世界后想念他；到了老年，如果能活到老，他将成为丧家犬，穷困潦倒，因为自从当了外交官，尽管薪酬可观，却因大量捐助为反对奴隶制、争取人民生存权及拥有原始文化的权利而斗争的人道主义组织而未能有所积蓄，现在还要资助那些保卫盖尔语和爱尔兰传统的组织。

然而，更有甚者，他想到自己到死也不曾有过像胡尼奥与伊雷内之间那样真正的爱情。他们同甘共苦，相濡以沫，是那样地默契；温柔地手牵手，看着小玛丽娅调皮的样子相视而笑。这时他就备感痛苦。同往常遭遇心理危机时一样，他几个小时地睡不着觉，最后有了困意时，又预感在黑暗的房间里会出现出母亲那愁苦的身影。

9月22日，罗杰、奥马里诺和阿雷道米三个人乘布斯航运公司的希尔达号汽艇从帕拉出发朝着马瑙斯驶去。汽艇很破旧，简直糟糕透顶。船舱狭小，到处都很脏，饭食极坏，蚊子从下午到第二天早晨一直叮咬着。对罗杰而言，那七天的航程简直是酷刑。

在马瑙斯一登岸，罗杰就去捉拿普图马约的逃犯。他在英国领事的陪同下前去拜访省长多斯·雷耶斯，后者证实彼得罗波利斯当局确实下令逮捕蒙特和丰塞卡，但警察为什么还没有逮捕他们？省长说等他到了之后再说。他觉得这个解释很愚蠢，也许仅仅是借口。现在不可以立刻动手？否则两只鸟儿要飞掉了。今天就去办。

领事和凯斯门特手持彼得罗波利斯当局的逮捕令，不得不在省政府和警察局之间往返两次。最后，警察局长才派了两名警察去港口海关捉拿蒙特和丰塞卡。

第二天早上，英国领事愁眉苦脸地通知罗杰，试图逮捕的结果非常可笑，简直就是一场闹剧。这是警察局长刚刚告诉他的，并且连连道歉说要加以改正。派去捉拿蒙特和丰塞卡的两名警察认识这两个人，把他们押往警察局之前先一道去喝啤酒，结果喝得酩酊大醉，罪犯利用这当儿逃跑了。由于不能排除两名警察收受了贿赂，放跑了犯人，当事人已经被关起来。如他们的贪腐被证实，将会严惩。"我很抱歉，罗杰爵士，"领事对他说，"但是我没对您说，其实我早有预感。您在巴西当过外交官，很清楚发生这种事是正常的。"

罗杰感到很不舒服，恼怒又加剧了体力的消耗。等待有船去伊基托斯期间，他发烧、肌肉酸痛，很长时间卧床不起。一天午后，在挣扎于困扰着他的阳痿感觉中，他在日记中写下了幻想："一晚三个情人，其中两个水手，干了六次。回旅馆时得像临产的妇女那样两腿分开走。"在情绪极坏的情况下，他写下的那些荒唐文字把自己逗得放声大笑。他很有教养，在人们面前一向用词讲究，但是在私下里写日记时，总感到有一种使用脏字的欲求。不知为什么，使用秽亵的言辞时，他感到身体好些。

10月3日，希尔达号继续航行。一路上，事故层出不穷，又是瓢泼大雨，又是不断碰到水中漂浮着的木头，于10月6日清晨抵达伊基托斯。斯泰尔斯先生手拿草帽在港口等他，说继任者乔治·米歇尔及其妻子很快就到，领事正在为他们找房子。这次罗杰不住他的寓所，而是住在中心广场附近的亚马孙饭店。斯泰尔斯先生则暂时把奥马里诺和阿雷道米带去住。两个孩子决定不回普图马约，而是留在这个城市当用人，斯泰尔斯先生答应为他们找一个愿意雇用他们、待遇好的人家。

由于在巴西出了那件事，罗杰担心这里也不会有什么令人鼓舞的消息。罗慕洛·帕雷德斯考察普图马约之后写了一份报告，法官卡洛斯·A. 巴尔卡塞尔法官接到后，下令拘留了阿拉纳公司那份长长的头目名单中的二百三十七名嫌疑人。其中有多少已被逮捕，斯泰尔斯先生不知道，又不能调查，因为整个伊基托斯都笼罩在一种奇怪的沉默之中，卡洛斯·A. 巴尔卡塞尔法官也不知所踪，此人早在几个星期前就不见了。秘鲁亚马孙公司的总经理巴勃罗·苏马埃塔也在那份名单上，但表面上也躲藏了起来。斯泰尔斯先生敢说他的躲藏实为一场闹剧，因为阿拉纳的这位内弟和太太彼得罗妮拉大大方方地出现在当地的饭店和晚会上，没人敢去打扰他们。

后来，罗杰回忆，在伊基托斯的那八天就像一次海上遇险，不知不觉地慢慢沉没在阴谋、谣言、若明若暗的谎言、各种矛盾说法的汪洋大海之中。那是一个没有人说真话的世界，因为说真话就会树敌、会出问题、会麻烦不断，因为人们都生活在一种真与假不分、实在与骗局不分的制度里。在刚果的那几年，罗杰已经熟悉了这种深陷流沙与沼泽地时逐渐被吞没的绝望情绪，越用力就陷得越深，最终被吞噬。啊，应该尽早离开此地！

抵达的第二天，他去拜访伊基托斯的行政长官。又是一位新任命的，名叫阿道夫·加马拉，胡须硬直，大腹便便，极端自负，一双汗渍渍的手流露出神经质。他在自己的办公室里接待罗杰，又是拥抱又是祝贺："多亏您，"他像演戏一样张开臂膀拍打着罗杰，"才能在亚马孙的心脏地带发现一桩骇人听闻的社会不公事件。秘鲁政府和人民感谢您，凯斯门特先生。"

他紧接着说，为了满足英国政府的要求，秘鲁政府委托卡洛斯·A. 巴尔卡塞尔法官所写的调查报告是"出色的""具有摧毁性的"，将近三千页，证实了英国向奥古斯托·贝纳迪诺·莱吉亚总统转达的一切指控。

但是，当罗杰问他能否得到报告的副本时，行政长官回答说，这是国家文件，批准给外国人看不是他的管辖范围，领事先生可以通过外交部向利马向最高政府提出申请，无疑会得到允许。罗杰问他怎样才能与卡洛斯·A. 巴尔卡塞尔法官见一面，此时行政长官板起了面孔，背书般地答道："我也不知道巴尔卡塞尔法官的行程。他已完成使命，我想他已经出国了。"

罗杰困惑不解地离开行政长官府邸。到底出了什么事？那家伙怎么满嘴谎言？当天下午，他去了《东方日报》报社，去找社长罗慕洛·帕雷德斯谈话，在报社碰到了那个五十多岁的男人，皮肤黝黑，满头大汗，只穿着衬衫，已有几缕白发，犹犹豫豫，一副害怕的样子。罗杰刚开口，他就做了个断然的手势让他别说话，好像在告诉他"小心，隔墙有耳"。接着抓起他的胳膊，把他带进街角一家名叫"小鱿鱼"的小酒吧，让他在角落里一张桌子旁坐下。

"请您原谅，领事先生，"他带着疑惧的神色向四周观察了一阵才开口，"我不能也不该对您说什么。我现在的处境很危险，若被人看见我跟您在一起，我就更加危险了。"

他脸色发白，声音发抖，开始咬起自己的手指甲。他要了一小杯烧酒，一口喝了下去，静静地听罗杰叙述与行政长官谈话的经过。

"那是一个既霸道又善于伪装的人，"喝酒壮胆后，他说道，"加马拉手里就有我交的一份报告，报告证实了巴尔卡塞尔法官的所有指控。我是在七月份交给他的，三个多月过去了，他还没寄给利马。您知道他为什么拖了这么久吗？众所周知，因为行政长官阿道夫·加马拉跟半个伊基托斯一样，是阿拉纳的雇员。"

至于巴尔卡塞尔法官，加马拉说他出国了，但不知身在何处。当然，如果还在伊基托斯，可能早就变成了一具僵尸。说罢，他站起身来，突然说道：

"我也随时有可能变成一具尸体，领事先生。"他一边说一边擦汗。罗杰心想，他快要哭出声来了。"然而，不幸的是，我走不掉。我有老婆孩子。我唯一的活路就是这份报纸了。"

他没说声再见就走了。罗杰怒气冲天地又去找行政长官。阿道夫·加马拉先生向他承认，说帕雷德斯社长写的报告的确没能寄给利马，那是由于"后勤出了问题，幸好已经解决了"。无论如何，这个星期一定发出去。"而且为了安全起见，是我亲自寄出的，莱吉亚总统本人要得很急。"

事情就是这样。罗杰感到被旋涡卷来卷去，在同一个地方绕来绕去，令人昏昏欲睡，而这又都是由一只居心叵测但看不见的手操纵着。所有的交涉、承诺、资料都已变质、化为乌有、言不符实。所作所言都被搁置在一边，言词否认了事实，事实又揭穿了言词中的谎话。一切都在普遍存在的骗局中运转，所有人都在言行不一的状态下活动。

在这一个星期里，罗杰多方调查卡洛斯·A.巴尔卡塞尔法官的下落，就像当年调查那位令人尊敬、热爱、敬佩的好心肠萨尔达尼亚·罗卡。所有人都答应帮助他，向他提供情况，给他传信，去找人，支使他去这儿去那儿，但没有一个人正经地向他说明法官的情况。来到伊基托斯七天之后，多亏了英国人F.J.哈丁先生，他才终于走出了那令人发疯的蛛网。哈丁先生是约翰·莉莉公司常驻伊基托斯的经理，高大笔挺，单身，头发几乎脱光，是伊基托斯少数几个不随秘鲁亚马孙公司的节拍跳舞的商人之一。

"没有人会也永远不会有人告诉您发生在巴尔卡塞尔法官身上的事，因为人们都怕卷进这纠纷中去，罗杰爵士。"在位于防波堤附近哈丁先生那栋墙上挂有苏格兰城堡版画的不大的房子里，二人喝着可可汁谈了起来。

"阿拉纳运用其在利马的影响，达到了把巴尔卡塞尔免职的目的，理由是玩忽职守及其他欲加之罪。那可怜人如果还活着，应该会后悔自己犯了一生中最糟糕的错误，不该接受这个任务，代价就是把自己送进了狼口。看样子他在利马很受尊敬，现在却遭到肮脏的中伤。谁也不知道他在何处，但愿他已经走掉。在伊基托斯，谈论他是一种禁忌。"

果然，这位来到伊基托斯调查"普图马约惊人事件"、正直却鲁莽的卡洛斯·A.巴尔卡塞尔法官的故事是非常悲惨的。罗杰在几个星期就像玩七巧板一样重新拼凑起他的故事。当法官壮起胆子下令拘捕那二百三十七名犯罪嫌疑人时，几乎所有人都与秘鲁亚马孙公司有关联，于是整个亚马孙地区像发了寒热，颤抖起来；不仅在秘鲁，也在哥伦比亚和巴西的亚马孙地区。胡里奥·塞萨尔·阿拉纳帝国的机器立即察觉出这次打击，开始了反击。二百三十七名罪犯中，警察只找到了九个人，在这九个人中，只有普图马约的一个部门头头奥雷略·罗德里格斯才算是真正重要的人，此人有着一长串拐骗、强奸、肢解、劫持和谋杀的犯罪记录。但是这九个人，包括罗德里格斯，都在辩护时向伊基托斯最高法院提出了人身保护权。结果法院同意在研究此案期间先行予以假释。

"不幸得很，"行政长官作苦恼状，眼睛不眨一下地说道，"这些卑劣的公民利用假释期逃跑了。您不是不知道，等最高法院批准了逮捕令，在这广袤的亚马孙地区就很难找到他们了。"

可法院根本不着急。罗杰·凯斯门特去问法官们何时能看到案卷，他们解释说"要经过严格的程序"才能看到。"在您感兴趣的卷宗前面，有着厚厚一沓在排队等着呢。"法院的一名实习生以嘲讽的口吻接着说道，"在这儿，司法是有保证的，但很慢，办这些手续需要好几年，领事先生。"

巴勃罗·苏马埃塔从假模假式的躲藏之地组织了针对卡洛斯·A. 巴尔卡塞尔法官的司法反击：假借他人名义控告法官玩忽职守、挪用公款、造假等多种罪名。一天早晨，一名波拉妇女及其年纪不大的女儿在翻译的陪同下来到伊基托斯警察局，控告卡洛斯·A. 巴尔卡塞尔法官"强暴未成年女孩"。巴尔卡塞尔法官不得不花费大部分时间对其编造的诬蔑进行反驳、发表声明、四处奔波、书写公文，没有时间到森林地带去调查了。整个世界都倒塌了。他住宿的尤林马瓜斯小旅馆把他赶了出来，城里没有一家客栈敢留宿他。他不得不在郊外纳奈区租了一个小房间，那个区里到处是垃圾、臭水坑。到了晚上，吊床下的老鼠跑来跑去，一走路能踩到几个蟑螂。

所有这一切，罗杰·凯斯门特是一点一点地知悉的，有些细节是这里听到几句私语、那里听到几句嘀咕而获知的。与此同时，他越发敬仰那位法官，恨不得紧握他的手，祝贺他的正直和勇气。但他到底怎样了？他唯一能确切地（在伊基托斯这块土地上，"确切"二字根本没有结实的根基）知晓的就是，在利马把卡洛斯·A. 巴尔卡塞尔的解职令送到的时候，他早已消失了。从此，在伊基托斯没人知道他的去向。他是不是被杀害了？记者本哈尼·萨尔达尼亚·罗卡的故事重演了。他遭到的敌视如此巨大，以至于没有别的办法，只得逃跑。与斯泰尔斯先生第二次在其住所见面时，《东方日报》社社长罗慕洛·帕雷德斯对罗杰说：

　　"罗杰爵士，我本人曾劝过巴尔卡塞尔法官赶快走，否则会被害。有许多迹象，我曾提醒过他多次。"

　　什么样的迹象？

　　挑衅：当巴尔卡塞尔法官走进一家饭馆或酒吧吃东西、喝啤酒，突然，一个醉汉上前侮辱他，挥舞着刀子向他挑战干一架。如果法官向警察局或行政长官官邸告状，他们就会让他填写没完没了的表格，详细叙述事情的细节，之后才保证说会去"调查他的诉讼"。

　　罗杰立刻体会到，巴尔卡塞尔法官从伊基托斯逃跑或被阿拉纳雇的杀人犯干掉之前是什么样的感受：走到哪儿都会被骗，成了由秘鲁亚马孙公司提线操纵的傀儡社会中的一个笑料，而整个伊基托斯只能奴颜婢膝地听命于这家公司。

　　如果说在城里，阿拉纳的公司得以不受制裁也不实行其所宣布的改革，那么显然，在普图马约的橡胶种植点，一切也都原样未动。至于土著人的状况，可能比以前更糟。尽管如此，他还是打算再到普图马约走一趟。罗慕洛·帕雷德斯、斯泰尔斯先生，还有行政长官阿道夫·加马拉都劝他赶快放弃这次旅行。

"您不会活着出来。您将死得很不值得，"《东方日报》社社长肯定地对他说道，"凯斯门特先生，我很抱歉对您说这话，可您确实是普图马约最憎恨的人，连萨尔达尼亚·罗卡、美国佬哈登堡和巴尔卡塞尔都不像您这样遭人恨。我能活着离开普图马约是个奇迹，但如果您去那里让人钉上十字架，这个奇迹不会再次出现。此外，最荒唐的是，他们会用波拉人和乌伊托托人涂了毒药的箭头射杀您，而您是要保护这些人的。还是不要去吧，明智些，不要去自杀吧。"

行政长官阿道夫·加马拉得知他要去普图马约，惊恐万状地到亚马孙旅馆去找他，把他带到一家演奏巴西音乐的酒吧喝咖啡。这是罗杰唯一一次感到这位官员在跟他坦率地讲话。

"我恳求您放弃这发疯的行动，凯斯门特先生，"他盯着罗杰的眼睛说道，"我没法保护您的安全。我很抱歉跟您说这话，但这是实情。我不愿在我的工作记录上写有您的尸首，那我的官运就结束了。我是把心捧在手上跟您说这番话的。您到不了普图马约，在这里，我会尽力不让任何人碰您一下，我是能够做到的。并不容易啊，我发誓。我可以央求甚至威胁那些有权势的人，但我的权力一旦出了这个城市就没用了。不要去普图马约，为了您，也为了我。不管怎样，我求您不要毁掉我的前程。我是作为朋友跟您谈话的，真的。"

不过最后使他放弃这次旅行的，还是一次不期而至的深夜突然来访。他已经躺下，正要睡着，亚马孙旅馆的接待员来敲门，说一位先生有紧急的事情来找他。罗杰穿衣下楼，见到了胡安·蒂松。上次在普图马约见到他之后就没有了他的消息，那次，这位秘鲁亚马孙公司的高级雇员诚心诚意地同委员会合作过。罗杰印象里那个很有自信心的人的影子没有了。他老了，疲惫不堪，情绪低落。

二人想找一个安静的地方谈谈，但找不到，伊基托斯的夜晚充满了噪声，到处是醉汉、赌场和性交易。不得已去了一家兼做跳舞厅的酒吧，把缠着他们跳舞的两个巴西混血女郎赶走，坐下来，要了两杯啤酒。

罗杰记得胡安·蒂松有着绅士风度，举止优雅，跟他讲话时一直是绝对坦诚的。

"莱吉亚总统提出要求之后，公司一条承诺也没兑现，尽管我们在高层会议上提醒过。我也提出了报告。所有人，包括巴勃罗·苏马埃塔、阿拉纳的兄弟和内兄弟都跟我一致，都同意要在各个站点进行根本的改善，既出于道德和宗教上的理由，也可避免产生法律上的问题。都是空话，什么都没做，什么都不想做。"

他还说，公司指示普图马约的雇员采取慎重措施，抹掉以前所干暴行的痕迹——譬如毁掉尸体。此外，为伦敦提交给秘鲁政府的报告上所列的主犯提供方便，让他们逃掉。强迫土著人割取橡胶的制度仍和以前一样。

"我一回到伊基托斯就感觉什么都没变，"罗杰说道，"您说呢，堂胡安？"

"我下星期就回利马，我想不会再回来了。我在秘鲁亚马孙公司的处境是难以维持了，与其被他们辞退，不如我主动辞职，否则他们会以极低的价格买走我的股份。在利马，我可以干别的事。尽管我为阿拉纳公司工作浪费了人生的十年，但我并不感到遗憾。虽然要从零开始，但我感觉很好。看到普图马约发生的那一切之后还在公司里工作，我感到自己很肮脏，是罪人。我跟妻子商量好了，她支持我。"

谈了将近一个小时，胡安·蒂松坚持认为不管出于什么理由，罗杰都不该再回普图马约：除了被杀害，什么也不会得到。或许对方会以极端残酷的方式残忍地拿他泄愤，他上次巡视各个站点时已经看到了。

罗杰决定给外事办再写一份报告，说明这里并没有进行任何改革，也没有对秘鲁亚马孙公司的罪犯加以制裁，更不要期待在将来会做些什么。这一切固然应归罪于胡里奥·塞萨尔·阿拉纳的公司，但整个国家的公共管理也难辞其咎。在伊基托斯，秘鲁政府不过是胡里奥·塞萨尔·阿拉纳的代理人。阿拉纳权势之大，足以让该地的政权、警察和司法机构积极地为他工作，允许他不担风险地继续剥削土著人，因为所有官员都从他那里拿钱，都害怕他进行报复。

像是为了给他一个理由，在那几天里，伊基托斯最高法院重新考虑那九个被捕人的要求之后，突然作出了判决。那判决简直是典型的无耻之作：在巴尔卡塞尔法官开出的名单中的二百三十七人未能全部被捕以前中止一切司法行为；在这一小撮被捕人身上进行调查将是不完整、非法的。这就是法官们念的宣判词。如此说来，那九个人就永远获释了，而这个被中止的案件，只有当警察把那二百三十七个嫌疑人全部交付法院时才能重新开审，而这是永远办不到的。

不久，在伊基托斯又发生了一件更奇怪的事，罗杰·凯斯门特承受惊愕的能力又一次受到了考验。一天，他从旅馆去斯泰尔斯先生家的路上，看到许多人围着两处像是国家机构的地方，因为门面上都挂着秘鲁的国徽和国旗。出什么事了？

"城市在搞选举，"斯泰尔斯先生解释道，声音中流露出无精打采、毫不动容的意味，"这种选举很特别，因为根据秘鲁选举法，只有拥有财产、能读会写者才有选举权。这一规定就把选民人数限制在很少的几百人之内。而实际上，这种选举是在阿拉纳公司的办公室里内定的，当选者的名单和所得的选票数都是由他们决定的。"

事情就是这样。当天晚上，在中央广场举行了一场小型庆祝会，有乐队演奏，还分发了烧酒。这一切，罗杰都从远处看到了。巴勃罗·苏马埃塔当选为伊基托斯市的新市长！被英国与哥伦比亚合谋诬蔑的胡里奥·塞萨尔·阿拉纳的内弟，现在由伊基托斯人民给予补偿——这是他在感谢辞里说的话——从"躲藏之处"走出来，决心为了反对秘鲁的敌人，为了亚马孙的进步而继续不屈不挠地战斗下去。分发烈性饮料之后，还召开了群众集会，放了焰火，吉他声、鼓声不断，一直闹到第二天清晨。罗杰则躲在旅馆里，以防被处以私刑。

1911年10月30日，乔治·米歇尔及其妻子终于乘由马瑙斯开来的轮船到达了伊基托斯，而罗杰正整装出发。在这位新任领事到来之前，斯泰尔斯先生和凯斯门特本人拼命地多方奔走，为那对夫妇找房子。"英国在这里遇到了难题，这都要怪您，罗杰爵士，"卸任的领事对他说道，"尽管我出了最高的价钱，但没有人愿意租房子给米歇尔夫妇，大家都怕惹恼阿拉纳，都拒绝出租。"罗杰去找罗慕洛·帕雷德斯帮忙，这位《东方日报》社社长帮他解决了难题：由他本人租下一处房子，然后转租给领事。

那是一所又旧又脏的住宅，为了迎接新主人，必须快速重新装修，再随便摆几件家具。米歇尔太太是个很随意的娇小女人，总是笑眯眯的，罗杰只在他们到达的那天在港口的轮船舷梯上见过她一面。对新居的状况，甚至对第一次踏上的这个地方，她并未感到不快，看样子她难得感到沮丧。还没打开行李，她就马上快活地奋力打扫起来。

罗杰在斯泰尔斯先生的客厅里跟老朋友兼同事乔治·米歇尔进行了一次长谈，把情况详详细细地向他作了说明，对他在新的职位上即将面临的困难毫不隐瞒。米歇尔四十多岁，胖胖的，充满了活力，从手势和动作上看，跟他的太太一样精力充沛。他边听边在本子上记，有时停下来要求再讲清楚。之后，他并没有表现出灰心丧气的样子或对于在伊基托斯等着他的前景有所不满，只是大笑一声说道："我都明白了。我已经准备好了去战斗。"

在伊基托斯的最后几个星期里，罗杰不可抗拒地又被性这个魔鬼缠住了。上次来到伊基托斯时，他还很慎重，而现在，尽管知道许多与橡胶生意有关系的人对他充满了敌意，会给他设陷阱，但他还是毫不犹豫地在晚上到河边的堤岸上去，那里总会有寻找顾客的女人和男人。就这样，他认识了阿西维亚德斯·鲁伊斯，如果说这是个男人的话。他把此人带到了亚马孙旅馆，给夜间看门人递上了小费，后者才让那人进去。阿西维亚德斯同意为罗杰摆出他要求的与古典雕像同样的各种姿势，几经讨价还价，他才开始脱衣。阿西维亚德斯是个乔洛，即白人与印第安人的混血儿。罗杰在日记中写道，种族混血的男性有一种人体美，甚至比巴西移民还要美，这种男性具有一种异国情调，既有印第安人的温顺与甜美，也有西班牙后裔那种男性的粗野。他与阿西维亚德斯接吻、抚摸，但并未做爱。不光是那天，第二天他再到亚马孙旅馆来时，也未做爱，那是在早晨，所以罗杰得以给他拍了几张不同姿势的裸体照。他离开后，罗杰在日记中写道："阿西维亚德斯·鲁伊斯，乔洛，舞者的动作，小，但长，勃起时呈弯状，似弯弓。插进时好像戴手套的手。"在这几天里，《东方日报》社社长罗慕洛·帕雷德斯在街上遇袭。他从报社的印刷厂出来时，三个醉醺醺的凶相汉子攻击了他。事情发生后，他马上来到亚马孙旅馆看望罗杰，对罗杰说，要不是自己带着手枪，朝天开了一枪，吓跑了那三个侵犯者，他早就被揍死了。他还随身带着一只箱子。堂罗慕洛因此事而心情很不平静，所以没同意罗杰的建议：到街上去喝点儿什么。他对秘鲁亚马孙公司的怨恨与恼怒已达到极限。

"我曾经很尽心地跟阿拉纳的公司合作，满足他们的一切意愿。"

社长抱怨道。二人在床角边上坐下来，油灯几乎照不到房间的角落，只得在暗中谈话。"那时我还是个法官，办了那份《东方日报》。我从没拒绝过他们的请求，虽然那些请求令我良心不安，但我是个讲究现实的人，领事先生，我明白什么样的战斗是赢不了的。所以，这个任务，即巴尔卡塞尔法官委托我去普图马约的任务，我一直不愿接受。从一开始我就知道那会把我卷进一场纠纷。但是他们强迫我去，巴勃罗·苏马埃塔也亲自要求我去。我去，仅仅是为了执行他的命令。我的报告在交给行政长官前先给苏马埃塔看了，他未加评论即退给了我，也许那就是表示同意了？我这才交给了行政长官。结果他们反倒向我开战，想干掉我。这次的袭击实际上是一次警告，逼我离开伊基托斯。我能到哪儿去呢？我有老婆，有五个孩子、两个女仆，凯斯门特先生。您见过这么忘恩负义的人吗？我也劝您尽快离开这里，您有生命危险，罗杰爵士。到现在为止，您还没出事，那是因为杀害一个英国人，而且是一个外交官，会引起国际纠纷。不过，您也别大意，他们很可能大醉一场就不管不顾了。听我的，快走吧，我的朋友。"

"我不是英国人，我是爱尔兰人。"罗杰轻声地纠正道。

罗慕洛·帕雷德斯把带来的箱子交给他说道："这里是我在普图马约搜集的所有文件，也是我工作的基础。幸亏我当时没交给行政长官阿道夫·加马拉，否则会遭到跟我的报告同样的命运：放在行政长官官邸生虫子。您把它带走吧，会对您有用的。对不起，又给您加重了负担。"

四天后，向奥马里诺和阿雷道米告别后，罗杰出发了。斯泰尔斯先生把这两个孩子安排进了纳奈的一间木匠铺，除了为主人干家务活，也在铺里当学徒。在斯泰尔斯和米歇尔为他送行的港口，罗杰得知最近两个月的橡胶出口量超过了去年的纪录。这就是情况毫无改变且普图马约的乌伊托托人、波拉人、安道克人仍在遭受无情压榨的最好证明。

到达马瑙斯前的五天里，他几乎没走出自己的船舱。情绪低落，病痛难忍，对自己感到恶心，不吃不喝，只有在狭窄的船舱里酷热难忍的时候才到甲板上来。亚马孙河往下行，河面渐渐宽阔起来，看不见河岸了，此时他心想，再也不到这森林地带来了。但心情又很矛盾——在非洲刚果河航行时，他也多次这样想过——红嘴草鹭和尖叫着的鹦鹉时而从船的上方掠过，小鱼跳跃着，翻滚着尾随船体留下的涟漪，似乎在招引旅客的注意。这雄伟的景象又驱散了他在普图马约认识的那些贪婪嗜血者在森林深处给他造成的眩晕的、痛苦的经历。回想起在伦敦那次秘鲁亚马孙公司高层会议上阿拉纳那不动声色的脸，他又发誓要竭尽全力战斗到让那些精于打扮、衣冠楚楚的小人受到某种惩罚，因为他们的主要诉求就是使压榨人的机器不担风险地运转，以满足他们对财富的渴望。现在谁还敢说胡里奥·塞萨尔·阿拉纳对普图马约发生的一切一无所知？他导演了一出戏欺骗全世界，主要是欺骗秘鲁政府和英国政府，以期从森林里继续割取橡胶，这些森林同居住在其中的土著人一样受虐待。

十二月中旬，到达马瑙斯时，罗杰才感觉好一些。在等待开往帕拉和巴巴多斯的轮船期间，他一直把自己关在旅馆房间里工作，为报告补充评论和细节。一天午后，他同英国领事在一起，后者告诉他，尽管多次呼吁，但巴西当局并没采取任何有效措施对蒙特、阿圭罗及其他逃犯加以逮捕。到处都在流传胡里奥·塞萨尔·阿拉纳在普图马约的几个前站长正在马代拉—马莫雷的铁路工程上工作。

在马瑙斯逗留的那一周，罗杰过的是一种禁欲的生活，晚上并不出去寻乐，只是去河岸和街上散步。不工作的时候就读几个小时的书，那是爱丽丝·斯托弗德·格林推荐给他关于爱尔兰古代史的书。热衷于自己国家的事情，就会把普图马约的形象与他在伊基托斯看到的普遍存在的贪腐政治中的各种阴谋、谎言和暴行从脑子里赶走。但是集中考虑爱尔兰的事也不那么容易，因为每时每刻他都得记住自己还有未完成的任务，必须一到伦敦就了结。

12月17日，轮船起锚开往帕拉，他终于在帕拉看到了外事办的通知：外交部收到了他发自伊基托斯的电报，已得知秘鲁政府不顾所作诺言，并未采取任何实际措施纠正在普图马约发生的不法行为，而是允许被告们逃走。

圣诞节前夕，他登上丹尼斯号前往巴巴多斯。轮船很舒适，旅客很少，一路安静地到达了布里奇敦。外事办在那里给他订了SS特伦斯号开往纽约的船票。英国当局决定对普图马约事件中负有责任的英国公司采取有力措施，并希望美国予以配合，共同抗议秘鲁政府对国际社会的呼吁采取消极态度。

在巴巴多斯首都等待轮船期间，罗杰同在马瑙斯一样过着纯洁的生活，既没去公共浴室，也没夜出寻欢，又一次进入了禁欲期。这禁欲期有时会持续好几个月，其间，占据他脑海的都是宗教问题。在布里奇敦，他每天去拜访史密斯神父，和神父就《新约》做了几次长谈。他在各次旅行中都随身带着《新约》，不时地读一读，与爱尔兰诗歌尤其是威廉·巴特勒·叶芝的诗歌轮换着读——这位诗人的诗作，有几首他都能背下来。他还去乌尔苏拉会修道院做弥撒，像以前一样，他感到了想领受圣餐的愿望。他把这感受对史密斯神父说了，史密斯神父微笑着对他说，他并不是天主教徒，而是英国圣公会成员。如果罗杰想皈依天主教，他愿意帮他走出第一步。罗杰曾想过走这第一步，但一想到必须向史密斯神父这位好朋友忏悔自己的弱点和罪孽，就后悔了。

12月31日，开往纽约的SS特伦斯号出发了。到了纽约，他马上乘火车去了华盛顿，连去看看摩天大楼的时间都没有。英国大使詹姆斯·布莱斯通知他，美国总统威廉·霍华德·塔夫脱①要接见他，这让他感到很意外。总统及其顾问想从罗杰的口中直接了解橡胶种植情况以及在美国和英国各家教会、人道主义组织和报刊上所反对的剥削奴隶的活动是否确有其事，还是像各橡胶企业与秘鲁政府所说的那样只是一种夸大其词、蛊惑人心的宣传，因为罗杰亲身经历过在普图马约发生的事件，而且是英国政府信任的人。

罗杰在布莱斯大使的寓所里被殷勤地招待，到处都听见人们称他罗杰爵士。凯斯门特去理发馆理发、修面，还修了指甲，在华盛顿一家高级服装店里换了新行头。在这几天中，他多次想起了自己生活中的矛盾现象。两个星期前，他还是一个住简陋旅店、受死亡威胁的可怜虫，而现在的他，一个梦想爱尔兰独立的爱尔兰人却成为英国王室的特派官员，来说服美国总统与英国一致要求秘鲁政府采取措施，了结发生在亚马孙地区的不光彩事件。这种生活不是有点儿荒唐吗？一场演出突然变成一场闹剧。

在华盛顿度过的三天繁忙得令人眩晕，他每天都和美国国务院的官员们召开工作会议，还与美国国务卿有一次个人长谈。第三天，塔夫脱总统在几名顾问和国务卿的陪同下在白宫接见了他。就普图马约事件作阐述前，有那么一会儿工夫，他产生了一个幻觉：坐在那里的不是英国王室的外交代表，而是刚刚建国的爱尔兰共和国的特派代表，被自己国家的临时政府派到美国，为大多数爱尔兰人要求举行公投、与大不列颠断绝关系、宣布独立而进行辩护；新的爱尔兰共和国愿意与美国保持友好合作的关系，因为两国都拥护民主政治，美国又有着众多的爱尔兰裔移民。

---

① 美国第 27 任总统，1909—1913 年在任，曾任美国最高法院大法官。

罗杰·凯斯门特完美地尽到了自己的责任。接见大概进行了半个小时，之后又接见了三次。塔夫脱总统本人极为专注地听取了关于普图马约土著人境遇的报告，然后仔细地询问，并就如何更有效地迫使秘鲁政府了结橡胶公司的罪行征求了他的意见。罗杰建议美国在伊基托斯开设领事馆，同英国领事馆共同工作，揭发暴行。总统接受了这一建议。美国将于一个星期后派职业外交官斯图亚特·J. 富勒出任驻伊基托斯领事。

不光是语言上的承诺，塔夫脱总统及其同僚听取讲述时表现出来的惊愕与愤怒也让罗杰确信，美国从现在起将坚定地与英国合作，一同应对亚马孙地区土著人遭遇的困境。

回到伦敦，由于劳累，加上老毛病发作，他的健康状况日益恶化，但他仍决定全身心地完成呈交给外事办的新报告，说明秘鲁当局并未进行所承诺的改革，秘鲁亚马孙公司一直在抵制一切倡议，让卡洛斯·A. 巴尔卡塞尔法官无法待下去，还把堂罗慕洛·帕雷德斯的报告截留在行政长官官邸，并因他公正地写出了四个月（3月15日至7月15日）里在阿拉纳公司各站点的亲眼所见而差点加害他。接下来，罗杰又把《东方日报》社社长在伊基托斯交给他的各种证词、谈话记录与文件精选出一部分翻译成英文，这些材料大大地丰富了他的报告。

他都是在晚间做这些事，因为白天忙着参加外事办的各种会议，从外长到众多委员会都请他去作报告，就英国政府该如何行动而提出的各种想法听取他的意见和建议。一家英国公司在亚马孙地区干下了残暴行径，成了反奴隶制协会和《真理》周报发起的有力抗议活动的目标。此时，自由派报刊和许多宗教组织及人道主义组织也都起来表示支持。

罗杰主张立即发表《关于普图马约的报告》，对英国政府试图对莱吉亚总统保持沉默的外交方式已经不抱任何希望。尽管一些行政部门还是坚持，但爱德华·格雷爵士终于接受了他的建议，内阁也通过了，报告名为《蓝皮书》。罗杰花了一个个不眠之夜，不停地吸烟，不知喝了多少杯咖啡，逐字逐句地为这份报告作最后的修改。

最终的文本终于送去印刷的那天，他感到身体很不舒服，担心单独一个人会出事，便躲到了朋友爱丽丝·斯托弗德·格林的家里。"您简直变成了一副骷髅。"女历史学家抓住他的胳膊，带他走进客厅。罗杰拖着脚步，茫然地觉得自己随时会失去知觉。他感到腰酸背痛，于是爱丽丝加了几个枕头让他在沙发上躺下。他马上睡着了，或许是昏了过去。当他再次张开眼睛，看到姐姐妮娜和爱丽丝微笑着坐在他身边。

"我们还以为您醒不过来了呢。"他听见其中一人说道。

他睡了二十四个小时。爱丽丝唤来了家庭医生，医生的诊断是罗杰太疲乏了，要好好睡一觉。他记不起来是否做了梦。他试图站立起来，但双腿发软，又跌倒在沙发上。"刚果没害死我，亚马孙却要害死我了。"罗杰心想。

罗杰吃了些点心之后，能站起来了。一辆车把他送回了位于爱滩公园的寓所。他美美地洗了个澡，头脑清醒了些，但仍感到虚弱，便又躺了下来。

外事办给了他十天的假，强迫他休息，但他拒绝在《蓝皮书》出版前离开伦敦。不过最终他还是离开了。妮娜向教书的学校请了假，陪他到康沃尔郡休息了一个星期。他太疲乏了，连看书都集中不起精神，放荡时的形象总是分散他的注意力。由于生活平静、饮食健康，他的体力逐渐恢复，可以在田野里长时间地散步，享受温暖的气候。康沃尔温馨、文明的景色与亚马孙地区完全不一样。然而尽管在这里可以看着农夫们按部就班地放牧安详的牛群，听着马厩里那些不受野兽、毒蛇和蚊虫威胁的马匹的嘶叫声，但有一天，他思忖：居住着人类、受人类教化、经历了几个世纪惠及人类农事劳作的大自然，比起那动荡不安、难以驯服、未被驯化的亚马孙地带，已经失掉了自然世界的本色，也就是泛神论者所称的灵魂。在那片蛮荒的大地上，一切似乎仍在出生与死亡。那是一个不安定的世界，险象迭生，动荡不已。那里的人感到从现代被拽出来，扔进了遥远的过去，去和祖先打交道，回到人类诞生的曙光时代。他发觉自己竟然在怀念那个时代而不顾其中包藏着恐怖，不觉大吃一惊。

关于普图马约的《蓝皮书》于当年七月问世。发布首日就引发震撼，以伦敦为中心，以同心圆的涟漪形式扩展到整个欧洲、美国及世界许多其他地方，尤其是哥伦比亚、巴西和秘鲁。《泰晤士报》用数版的篇幅登载此事，还发表了社论，对罗杰·凯斯门特大加赞扬，说他再一次表现出"伟大的人道主义者"无与伦比的才干，同时呼吁对那家利用奴隶劳动、施用酷刑、靠灭绝土著居民而发家致富的英国公司及其股东立即采取措施。

然而最让罗杰感动的赞扬却是他的朋友、反对比利时皇帝利奥波尔多二世运动时的同盟者埃德蒙·D.莫列尔在《每日新闻》上发表的文章。他在对《蓝皮书》的评论中，谈到罗杰时说"他从未见过像罗杰那样具有强烈吸引力的人"。不习惯在公众面前展示自己的罗杰对这次新的声望的浪潮根本不感兴趣，反之，他感到很不自在，尽量躲避，然而很难避开。《蓝皮书》揭露的丑闻促使英国乃至欧洲和美国的几十家报刊都想来采访他。他接受学术机构、政治性俱乐部、宗教组织和慈善机构的邀请去做报告。在威斯敏斯特教堂就此题目举办了一次特别圣事，赫伯特·亨森牧师做了训诫演说，严厉抨击秘鲁亚马孙公司的股东们利用奴隶劳动，以杀害、肢解等手段攫取巨额财富。

英国驻秘鲁代办德斯·格雷斯报告说，《蓝皮书》在利马引发混乱。秘鲁政府担心西方国家对其进行经济禁运，便宣布立即实行改革，并向普图马约派去军队和警察。

但德斯·格雷斯又说，这一宣布也很有可能毫无成效，因为政府里有些部门提出，《蓝皮书》指出的事实是英帝国的一个阴谋，以利于哥伦比亚染指普图马约。

《蓝皮书》在公众舆论中引发的同情和支持亚马孙地区土著人的氛围使得在普图马约建立一间传教所的计划得到多方面的经济支持。英国圣公会起初有所保留：在一个天主教已经生根的国家里建立新教传教所会引起猜疑，秘鲁亚马孙公司会加以诋毁，把新教传教所诬蔑为英国王室殖民企图的一把尖刀。但罗杰在无数次的会谈、约见、通信、对话中用道理说服了他们。罗杰在爱尔兰和英国跟耶稣会和方济各会①都开过会，他对这两个教团一贯有好感。自从到了刚果，他通过阅读得知，耶稣会曾在巴拉圭和巴西组织土著人，向他们传授教义，把他们聚集在一起，保持集体劳动的传统，并练习基督教基本仪式，在上述各方面都作出了努力。就这样，土著人的生活水平提高了，也摆脱了被剥削、被灭绝的境遇。因此，葡萄牙捣毁了耶稣会所有的传教所，并阴谋策划让西班牙和梵蒂冈相信那些耶稣会已经变成了国中之国，对罗马教皇的权威和西班牙帝国的主权构成了危险。这一次，耶稣会于对在亚马孙地区建立传教所一事反应冷淡，相反，方济各会则热忱地接受了这个建议。

就这样，罗杰·凯斯门特了解到都柏林贫民区方济各会的神父是如何工作的：他们去工厂和车间劳动，与工人同甘共苦。罗杰同

---

① 天主教派，创始人为圣方济各，1209 年正式成立，又称小兄弟会，要求修士谦卑守贫。

他们谈话，看到他们在完成使命时是多么虔诚，看到他们怎样地同那些出卖劳动力者同甘苦、共命运。罗杰心想，没有人比这些宗教人士更适于去应对在乔雷拉与埃尔恩坎托建立传教所这项挑战。

罗杰兴带着兴奋的心情告诉爱丽丝·斯托弗德·格林，首批的四位爱尔兰方济各会的会员将去秘鲁的亚马孙地区。爱丽丝预言："您敢肯定您还是圣公会的成员吗，罗杰？也许您在不知不觉之中已经踏上皈依罗马天主教的不归路了。"

参加爱丽丝在格罗夫纳路的家中那间藏书丰富的图书室里举办的茶会的常客中有众多爱尔兰民族主义者，其中有圣公会教徒、长老会教徒，也有天主教徒。罗杰从未发现他们之间有过摩擦，也没有过争论。经爱丽丝提醒，那几天里他常问自己：接近天主教是精神和宗教上的需求还是政治上的安排？更确切地说，是一种对选择民族主义的承诺，因为大多数主张爱尔兰独立的人都是天主教徒。

为了逃避因写出《蓝皮书》而受到的纠缠，他向部里又请了几天假，去德国度假。柏林使他产生了一种非凡的印象，在他看来，德国皇帝治下的德国社会是一个现代化的、经济发展、秩序井然、高效率的典范。这次访问虽然短暂，却使得一段时间以来萦绕在他脑子里的模糊的想法具体化了，从此成为他政治活动的最高理想：为了争取自由，爱尔兰不能依靠英帝国的理解，更不能依靠英帝国的仁慈。就在这几天里，他的这一想法得到了证实：英国议会可能重新讨论给予爱尔兰自治的法案。尽管罗杰及其朋友都认为这其实只是一种很不彻底的、形式上的让步，却在英国遭到从保守党到自由派、进步人士乃至工会和手工业者同业公会激烈、狭隘爱国主义情绪的反对。而在爱尔兰，享有行政自治、拥有自己的议会的前景把厄尔斯特统一派动员起来，热情高涨，又是开大会，又是组织志愿军，又是募捐买武器。几万人签署了盟约的北爱尔兰宣布：如果

《爱尔兰自治法案》得以通过，他们将不予尊重，并用武器和生命捍卫爱尔兰留在帝国之内。在这种情况下，罗杰觉得爱尔兰独立派应该寻求德国的支持，敌人的敌人就是我们的朋友。德国明显是英国的对手，两国如果发生战争，大不列颠在军事上的失败就会成为爱尔兰获得解放的唯一机遇。一句民族主义的谚语说："英国的不幸就是爱尔兰的欢乐。"在那几天里，这句话被罗杰重复了好几遍。

然而，当他把得出的这个政治结论告诉在去爱尔兰的途中或在爱丽丝·斯托弗德·格林家中结识的民族主义者朋友时，英国却正为他所做的一切表达敬佩与亲切。一念及此，他就感到很不自在。

在此期间，秘鲁亚马孙公司仍在负隅顽抗，但很显然，胡里奥·塞萨尔·阿拉纳的这家企业已处于危险境地。《先导晨报》的记者贺拉斯·索罗古德去伦敦商业区的办公室采访公司董事时，其中一位叫阿维尔·拉尔科的先生，也是胡利奥·塞萨尔·阿拉纳的亲戚，递给他一只信封。记者问他这是什么意思，拉尔科回答说，公司对待朋友一贯慷慨。记者大怒，退还了这笔企图贿赂他的钱款并在报上揭发。秘鲁亚马孙公司不得不公开道歉，说什么这是误解，将把企图进行贿赂的责任人开除。这件丑闻之后，公司的名声一落千丈。

胡利奥·塞萨尔·阿拉纳企业的股票在伦敦证券市场开始下跌。一部分固然是由于英国的亚洲殖民地——新加坡、马来西亚、爪哇、苏门答腊和锡兰——新兴橡胶与亚马孙橡胶展开的竞争（英国科学家兼冒险家亨利·亚历山大·维克汉姆毫无顾忌地把亚马孙地区的橡胶树苗走私到上述地方种起来），但《蓝皮书》发表之后，秘鲁亚马孙公司在公众舆论及金融界的负面形象才是它垮台的关键。英国劳合社切断了对它的信贷，欧洲和美国的许多银行也跟从。反奴隶制协会和其他各种组织发起的抵制秘鲁亚马孙公司橡胶的运动夺去了公司的众多客户及合伙人。

给予胡里奥·塞萨尔·阿拉纳帝国致命一击的，是1912年3月12日由众议院成立了一个专门委员会，调查秘鲁亚马孙公司在普图马约残暴事件上的责任。委员会由十五名委员构成，主席是一位有威望的议员查理·罗伯茨。足足开了十五个月的会。在第三十六次的会议上，公开问询了二十七个证人，旁听席挤满了记者、政治家、宗教及非宗教协会的会员，其中就有反奴隶制协会主席约翰·哈里斯。报纸杂志详细报道了历次会议的情况，登载了众多文章、漫画、小道消息和笑话加以评论。

令人翘首以待、最吸引眼球的证人就是罗杰·凯斯门特爵士。他于11月13日和12月11日两次与会作证，把在各个站点的亲眼所见准确而简明地描述了出来：颈手枷、空地上的各种刑具、土著人背部的鞭痕、各收购站的工头和负责维持秩序并在"打猎"时负责攻打部落及维护奴役规章的"小伙子"或"理性人"随身携带的皮鞭、温切斯特步枪，还有土著人遭受的过度剥削和饥饿。接着，他总结说，巴巴多斯人证词的真实性是有保障的，因为他们本人都承认自己施行过酷刑并杀人。在委员们的要求下，罗杰还解释了那普遍实行的狡猾制度：各站长不领取薪水，而是根据收到的橡胶数量收取佣金，这就促使他们要求割胶工人割取更多的橡胶，以获得更大的好处。

他第二次与会时，上演了一幕戏：在出席者惊奇的目光下，罗杰从两个办事员带来的大袋子里一件件地掏出从秘鲁亚马孙公司开设在普图马约的商店里搞来的物件，用这些物件向大家证明印第安工人受着怎样的宰割。公司为了让这些印第安人永远负债，以高出伦敦数倍的价格赊给他们物品，如劳动用品、日常生活用品、装饰用的小玩意。他展示了一支单筒猎枪，在乔雷拉站的价格是四十五先令。为了能支付这个价钱，一个乌伊托托人或波拉人就得干两年的活，也就是说，让他们付出伊基托斯一名清洁工的全年收入。接着他又拿出了粗布衬衣、粗斜纹布长裤、彩色玻璃珠串、小火药盒、龙舌兰编的腰带、陀螺、油灯、粗制草帽、治虫咬的软膏，同时高声报出这些在伦敦都能买到的东西在普图马约商店里的价钱。议员们睁大了眼睛，既愤怒又吃惊。还有更坏的，那就是罗杰爵士把他在埃尔恩坎托站、乔雷拉站和普图马约其他收购站所拍摄的数十张照片也在查理·罗伯茨主席和委员会其他成员面前展示出来，其中有背部和臀部已结痂的"阿拉纳记"字样的烙印、草丛中被兽咬鹰啄腐烂了的尸体、骨瘦如柴的男男女女、头顶盛有固体橡胶篓子的瘦弱儿童、因感染寄生虫而肚皮鼓胀得奄奄一息的初生婴儿等。这些照片是无可辩驳的证据，证明了那些吃不饱、遭受贪心人虐待的土著人的生活状况，而那些贪心人唯一的目标就是攫取更多的橡胶，为此让整个种族灭亡也在所不惜。会上，一个感人的场面是秘鲁亚马孙公司的英国董事的质问，其中最惹人注目的是南多尼戈尔的资深议员、既好斗又精明的爱尔兰人斯威夫特·麦克尼尔。这位议员毫不含糊地证明，生意场中的杰出人物如亨利·M. 里德、约翰·罗素·久宾斯以及伦敦的明星人物、贵族及金融专家如约翰·李斯特尔·凯和索萨·迪罗男爵等对胡里奥·塞萨尔·阿拉纳公司里发生的事毫不知情，他们只是开开董事会、签签文件、领取巨额红利。当《真理》周报开始发表本哈尼·萨尔达尼亚·罗卡和沃尔特·哈登堡的揭发文章时，他们甚至对调查一下那些指控是否确有其事都不关心。他们仅仅满足于阿维尔·拉尔科与胡里奥·塞萨尔·阿拉纳本人的辩解——他们辩解说揭发者企图以威胁手段从公司得到一笔钱，因未得逞而进行讹诈。没有一个人愿意负责核查一下这家因他们的名字而获得声望的企业是不是犯下了那些罪行。更有甚者，没有一个人愿意负责检查一下文件、账目、报告和往来信件，而一家公司的卑劣行为肯定会在此类档案中留下蛛丝马迹。说来令人不可置信，胡里奥·塞萨尔·阿拉纳、阿维尔·拉尔科和其他高层直到丑闻爆发仍表现得很自信，说在各种文件账目中从未掩盖过暴行，如不给土著工人发工资，用巨额金钱购买皮鞭、手枪和步枪等。

戏剧性的一刻突然出现：胡里奥·塞萨尔·阿拉纳在委员会面前亮相了。他的第一次出席延过期，因为他的妻子埃利奥诺拉在日内瓦患了神经病，原因是已经登上社会顶峰地位的家庭现在却急转直下地垮下来，在这样的家庭里，她感到极为焦躁不安。阿拉纳走进众议院，穿戴依然讲究，面色苍白得仿佛患了亚马孙疟疾。他在众多助手和顾问的簇拥之下而来，但议会只允许他带律师。起初他还显得很镇静、潇洒，但随着查理·罗伯茨和斯威夫特·麦克尼尔等人的追问围剿，他陷入了矛盾的境地，讲起话来磕磕巴巴。他的翻译尽量为之掩饰，但无济于事。委员会主席问他："普图马约的各收购站为什么有那么多的温切斯特步枪？是不是为了'打猎'？也就是说，为了冲入部落把土著人劫持到橡胶种植地去？"他答道："不，先生，是为了防范该地区众多的老虎。"这一回答引起了听众的哈哈大笑。他什么都想否认，但是突然承认说，对，他确实听说过一位土著妇女被活活烧死，但那是很久以前的事了——如果说干过什么不法行为，那也是以前的事了。

阿拉纳还想诋毁沃尔特·哈登堡，指控这个美国人在马瑙斯伪造了一张汇票。斯威夫特·麦克尼尔插嘴问他是否敢于传唤伪造者本人哈登堡。他可能以为哈登堡当时住在加拿大，便回答："是的。""那就传他吧。"麦克尼尔说道。哈登堡一出现在席上就引起了极大震撼，也让这位橡胶商甚为惊慌失措。在律师的劝说下，阿拉纳收回了对哈登堡的指控，说他刚才讲的不是哈登堡，而是在马瑙斯银行汇票上改动了一个字母的"某个人"，其结果等于造假。哈登堡证明那一切都是阿拉纳的公司为了诋毁他而利用一个有前科、叫做胡里奥·穆列达斯的家伙所设的圈套，此人目前因涉嫌诈骗已在帕拉被捕。

从这一刻起，阿拉纳垮了下来，回答问题时犹豫不决、含含混混，流露出情绪上的不安，尤其暴露了他话里明显的虚假成分。

委员会正在议会中全力工作的时候，一场灾难落在了那位企业家的头上。最高法庭的法官斯温芬·艾迪在一群股东的要求下，下令立即停止秘鲁亚马孙公司的商业活动。法官宣布阿拉纳的公司为了获利"以超乎想象的最残暴的手段收取橡胶"，"如果阿拉纳先生确不知情，那么他的责任就更加严重，因为他比任何人都绝对有义务知晓在他管辖的范围内所发生的一切"。

议会委员会的最终报告跟一纸墓志铭差不了多少，结论如下："胡里奥·塞萨尔·阿拉纳先生同其合伙人一样，对于在普图马约的代理人和雇员所犯下的残暴行径完全知情，因此必须负主要责任。"

委员会公布这个结论之后，胡里奥·塞萨尔·阿拉纳的名声一落千丈，将里奥哈一名卑微的居民变成当代权贵的企业帝国也随之加速了破产。此时，罗杰·凯斯门特早已把亚马孙和普图马约抛在脑后了，爱尔兰再次成了他的主要心事。短暂的休假之后，外事办建议他重返巴西，去做驻里约热内卢的总领事。他原则上同意了，但总是推迟行期。借口是各式各样的，有应付部里的，也有给自己找的。实际上，他在内心已经决定不再作为外交官、不再担任任何职务去为英国王室服务。他要找回失去的时间，倾尽智慧与精力，从现在起，为自己生命中唯一的目标——爱尔兰的解放事业——而奋斗。

因此，他只是无动于衷地从远处观察秘鲁亚马孙公司及其拥有者的最终命运。据总经理亨利·莱克斯·吉尔古德本人的供词，胡里奥·塞萨尔·阿拉纳根本没有普图马约的土地开发证，他开发该地区仅仅凭借"占领权"。在委员会的历次会议上，这一情况也被摸清楚了。于是各家银行和债权人对阿拉纳的公司更加不信任，立即向公司施加压力，要求支付各种款项，履行悬而未决的承诺（光是亏欠伦敦商业界各机构的债务就高达二十五万英镑）。查封其财产、拍卖其产业的威胁如雪片般飞来。阿拉纳宣布，为了挽救自己的声誉，他将付出最后一分钱。为此，在伦敦，阿拉纳卖掉了位于肯辛顿大街的宅邸、比亚里兹的别墅与日内瓦的住宅。但是变卖房产所得根本不足以平息债权人的怒火，于是债权人请求法院冻结他在英国的存款和银行账户。随着个人财产的消失，他的生意也江河日下。在亚洲橡胶的竞争压力下，亚马孙橡胶的价格一落千丈。与此同时，欧洲和美国的许多进口商决定：在独立的国际委员会证实奴隶劳动确已停止、酷刑和打劫部落的行为确已被禁止、各收购站确已为收割橡胶的土著工人发放工资并遵守英国和美国的现行劳动法之前，不再购买秘鲁橡胶。

没等这些不可能完成的要求付诸实施，普图马约的各主要工头和收购站站长因害怕被监禁，早就逃之夭夭，结果整个地区陷入了无政府状态。许多土著人，甚至整个村社都趁此机会逃掉了，橡胶的割取量锐减，很快就完全停产。逃跑者临走时掠劫了仓库和办公室，抢走了值钱的东西，主要是武器与粮食。后来有消息说，是阿拉纳的公司为逃亡的杀人犯提供了大笔钱财，封住他们的嘴，让他们逃跑。然而当公司得知这些逃犯在未来可能的审讯中将变成指控公司的证人时，不禁大吃一惊。

罗杰·凯斯门特通过与老朋友、英国领事乔治·米歇尔的通信，注视着伊基托斯的衰落。后者向他讲述旅馆、饭店及过去出售从巴黎、纽约进口的物品的商店都关门了，过去毫不在乎地打开的香槟、威士忌、白兰地、波尔多葡萄酒像变戏法一样地消失了。酒馆、妓院里喝的都是辣嗓子的烧酒，有些饮料来源可疑，所谓的春药往往不仅不能增加性欲，不小心的人喝了还会引起胃部的剧烈疼痛。

和马瑙斯当年的情况一样，阿拉纳的公司及橡胶产业在伊基托斯的垮台触发了普遍危机，速度之快，跟三十年前迅速繁荣起来时一样。首批离开该城的都是些外国人——商人、开发商、各种商贩、酒馆老板、专业人员、技术人员、妓女、无赖和拉皮条的——他们要么回国，要么去寻找比这个已陷入毁灭与孤立的城市更适合自己发展的地方。

卖淫并没有消失，只是换了代理人。巴西妓女黯然失色，改称"法国女郎"；波兰籍、弗兰德籍、土耳其籍、意大利籍女人被乔洛女人与印第安女人取而代之。而乔洛女人和印第安女人大多还是少女，她们原本是做女佣的，后来主人去别处发财或因经济危机无法养活她们，就失掉了工作。英国领事在一封信中对那些如小丑般浓妆艳抹、在伊基托斯堤岸上漫步勾引客人、瘦弱的十五六岁印第安女孩有过令人伤心的描写。各种报刊停刊，甚至连预告船只进出时间的小报也不见了，因为原本繁忙的水上运输已经大大减少，以致停运。伊基托斯十五年前曾与广阔的世界繁荣地贸易，又因布斯航运公司逐渐减少货运和客运而与这个广阔世界断绝了来往，从而变成了与世隔绝的孤岛。航运完全停止，伊基托斯联系世界的脐带被割断。洛雷托的省城日复一日地衰落了。几年后，变成了被遗忘在亚马孙莽原深处的小村子。

一天，在都柏林，罗杰·凯斯门特因关节痛去看医生。穿过圣斯蒂芬公共绿地的湿润草坪时，看到一位方济各会的修道士在向他打招呼，原来是那四位前去普图马约建立传教所的工人神父中的一员。二人在靠近有鸭子和天鹅遨游的池塘边的一条长凳上坐下谈起来。那四位宗教人士的经历非常艰苦。由于有奥古斯丁会神父的帮助，听命于阿拉纳公司的伊基托斯当局的敌视态度并没吓倒他们；

刚到普图马约时，考验他们牺牲精神的疟疾病与蚊叮虫咬也没吓倒他们。他们不顾艰难险阻，终于在埃尔恩坎托站周围盖起类似乌伊托托人在空地上建的茅草屋，立住了脚。与当地土著人的关系从起初的不易接近、疑惧到后来变得和睦甚至热情起来。四位方济各会神父开始学习乌伊托托语和波拉语，建了一间简陋的露天教堂，只在讲经台上方用棕榈叶遮盖一下。后来，突然发生了大逃亡，各种人如站长、雇员、手工业者、看守、印第安用人和工人等，像遭到某种魔法或瘟疫的驱赶，惊恐万状地四处逃散，只剩下这四位方济各会的神父。他们的生活日益艰难，其中一位叫麦克·凯的还患了脚气病。经过长时间的讨论，他们决定离开那个仿佛遭天谴的地方。

这四位方济各会神父的返国行程颇具荷马史诗般的特点，是耶稣殉难般的路程。橡胶出口锐减，收购站已无一人，混乱无章，因此离开普图马约唯一的交通工具，即秘鲁亚马孙公司所属的船只，尤其是自由号，一夜之间停运了，事先也不通知一声。四位传教士等于被搁浅在荒无人烟之地，与世隔绝，还带着一名病情严重的病人。最后，麦克·凯神父去世了，同伴们把他葬在一座小山冈上，在其墓前立了一块碑，碑文用四种语言写成：盖尔语、英语、乌伊托托语和西班牙语。余下的三位只得听天由命。有几个土著人用独木舟帮助他们沿普图马约河下行，直到雅瓦里河。在那漫长的行程中，独木舟曾两次遇险，大家只得泅水上岸，随身带着的东西也都丧失殆尽。到了雅瓦里河，又等了很长一段时间，才有一艘船同意把他们带到马瑙斯，条件是不给他们舱位，只能睡在甲板上，下雨天也得如此。三位传教士中年纪最大的奥内蒂神父患了肺炎。两个星期后，终于在马瑙斯找到了一间方济各会的修道院。修道院接待了他们。但是，尽管有同伴们照顾，奥内蒂神父还是去世了。人们把他葬在修道院的墓地里。余下的两个幸存者在这灾难性的曲折历程之后休养了一阵子，被送回爱尔兰，现在重新在都柏林的产业工人中进行工作。

　　罗杰在圣斯蒂芬草坪的茂密大树下坐了很久，竭力想象当收购站消失，当地土著人和胡里奥·塞萨尔·阿拉纳公司的雇员、看守及杀人犯都跑掉之后，普图马约那广大的地区是什么样子。他闭上眼睛想象肥沃的大自然会长满了矮树、藤蔓、灌木丛和杂草，遮盖了所有场地和空地。森林复苏，各种动物又回来筑巢。整个地区又听到各类鸟儿的歌唱及鹦鹉、猴子、蟒蛇、水豚、鹑鸡、美洲豹的嘶鸣、尖叫和咕噜声。雨水接连不断，悬崖峭壁塌陷，没几年工夫，就把那见证了人类的贪婪与残暴，制造了无数苦难、肢解与死亡的空地掩盖得不留痕迹。建筑用的木料因雨水的冲蚀而逐渐腐烂，房屋因木料遭白蚁啃噬而倒塌。瓦砾之下，各式各样的小虫子挖洞筑巢。在不远的将来，人类活动的痕迹在这片森林地带将被完全抹去。

第三部　爱尔兰

13

　　他醒了，又惊又怕。他每夜都是在思绪混乱中度过的。这一夜，他在梦中竟然回忆起了朋友——现在说来，是前朋友——赫伯特·沃德，使得他大吃一惊，紧张起来。梦中回忆的，不是两个人在亨利·莫顿·斯坦利爵士探险队工作结识时的非洲，也不是后来他多次去拜访赫伯特和萨莉塔夫妇时的巴黎，而是在都柏林的大街上，正好在炮火连天、巷战激烈、集体殉难的圣周起义那一天。赫伯特·沃德竟然出现在爱尔兰起义者中间，在爱尔兰志愿军、在爱尔兰人民军之中，为爱尔兰的独立而战斗！人的脑子在梦中怎么会有如此荒诞的幻想？

　　他想起来了，就在几天前，英国内阁开了会，但关于从宽处理的请求未作出任何决议。这是他的律师乔治·卡万·达夫告诉他的。出什么事了？为什么又要推迟？卡万·达夫认为这是一个好兆头：部长之间有分歧，无法达成一致意见。也就是说，还是有希望的。但是，等待就等于每天、每小时、每分钟都在一点一点地死亡。

　　一想起赫伯特·沃德，他就很难过。他们再也不会是朋友了。他那年轻英俊、身体健康的儿子查理于1916年年初在新沙佩勒前线阵亡，在二人之间隔开了一道永远不能弥合的鸿沟。赫伯特是他在非洲结识的唯一真正的朋友。从一开始，他就认为赫伯特是自己的兄长，人品非常高尚，游遍了半个世界——新西兰、澳大利亚、旧金山、婆罗洲等地——文化修养极深，超过罗杰周围，包括斯坦利在内的所有欧洲人。跟他在一起会学到很多东西，可以跟他同呼吸、共命运。同许多受雇于斯坦利的欧洲人不同——那些欧洲人在为利奥波尔多二世探险的过程中，只会在非洲获取钱财和权力——赫伯特喜欢冒险，为冒险而冒险。他是一个喜欢行动的人，对艺术又有着极大的热情，是以尊重人的好奇心接近非洲人的。他调查他们的信仰、习惯、宗教及服装、饰品，是从美学与艺术的观点出发对这些事物感兴趣的，也不乏智力和精神上的考虑。于是，在空闲的时候，赫伯特就以非洲为题材画几张画，搞些小型的雕塑。在长途跋涉、工作一天之后，到了晚上，支起帐篷准备野宿时，二人总要畅谈一会。赫伯特对罗杰说，他早晚要放弃这个工作，专门从事雕塑工作，到"世界艺术之都"巴黎去过艺术家的生活。他对非洲的热爱一刻也没有减弱，相反，距离与岁月反倒增强了这种热爱。罗杰还记起沃德那位于伦敦切斯特广场 53 号的家，那里摆满了来自非洲的物件，尤其是他在巴黎的那间工作室，墙上挂满长矛、标枪、箭镞、盾牌、面具、划桨和各式各样大小不一的刀子，地上堆满了各种野兽头部的标本，皮椅上还铺了各种兽皮。就在这些物件中间，他们整夜整夜地回忆着在非洲的旅行。沃德夫妇的女儿弗朗西斯那时还很小，人们都叫她"小蟋蟀"，有时穿起长袍，戴上土著人的项圈及各种饰物跳起巴刚果族的舞蹈。她的父亲拍着手，哼着旋律单一的小曲为她伴奏。

罗杰很少对人坦承对斯坦利、对利奥波尔多二世、对促使自己来到非洲的念头（帝国主义和对外殖民可以为非洲人开辟通往现代化和进步的道路这一说法）的失望，却对赫伯特说了出来：欧洲人来到非洲的真实目的并不是帮助非洲人摆脱异教和野蛮习俗的束缚，而是以不法与残忍的手段贪得无厌地剥削他们。他俩看穿了这一点，看法完全一致。

然而当罗杰在谈话中渐渐地表露出民族主义的想法时，赫伯特·

沃德并没有当真，只是以他特有的亲切方式揶揄他、提醒他不要搞那种徒有其表的爱国主义——旌旗招展、歌声如潮、步调统一。他说，那种爱国主义早晚要倒退回地方主义，导致精神上目光短浅，乃至对普世价值的扭曲。尽管如此，这位以世界公民自诩的赫伯特在世界大战那样大规模暴力面前的反应与几百万欧洲人一样，也藏身于爱国主义的名义之下了。在他写给罗杰的断交信中，充满了他自己所讽刺的爱国主义感情，充满了他原先认为是原始的、微不足道的、对旗帜与故乡的热爱。但此时（在梦中），真难以想象，那位巴黎的英国人与亚瑟·格里菲斯的新芬党人——詹姆斯·康诺利的人民军、帕特里克·皮尔斯的志愿军搞在了一起，在都柏林的街道上为爱尔兰独立而战斗，真是荒唐！尽管如此，罗杰躺在牢房里那狭窄的木床上盼望天亮时想道：不管怎么说，在这不可理解的事物深处总是有其道理的，因为在梦中、在他的脑海里试图使他所热爱与梦寐以求的两样事物——朋友与国家——和解。

一大早，典狱长进来通知他有人来探视。罗杰走进探视室，看到室内唯一的矮凳上坐着爱丽丝·斯托弗德·格林，立刻感到心脏跳得快起来。看到罗杰，女历史学家站了起来，微笑着走上前拥抱了他。

"爱丽丝，亲爱的爱丽丝，"罗杰说道，"真高兴再次见到你！我以为起码在这个世界上，我们不会再见面了。"

"再次得到允许还真不容易，"爱丽丝说道，"不过，你瞧，我的顽强态度最终还是说服了他们。你不知道我走了多少门路。"

他的这位老朋友在穿戴上本来很讲究，高雅入时，但这次和上次探视时不一样：穿着退色的旧衣裳，头上随便蒙着一块头巾，露出一绺灰发；脚上的鞋子上沾满了泥泞。她不仅衣着可怜，神情也显得很疲乏，无精打采。她怎么变化这么大？出了什么事？伦敦警察局是不是找她麻烦了？她仿佛对发生的事并不在乎，只是耸了耸肩，说都不是。爱丽丝既没谈关于从宽申请的事，也没谈起此事推迟到下次部长会议时再议。罗杰猜想她对此事并不知情，也就没提，只是对她讲述了那荒唐的梦境，即他梦见赫伯特·沃德于圣周冲突和战斗中出现在都柏林市中心的爱尔兰起义者之中。

"关于此事件的消息，会渐渐透露出来。"爱丽丝说道。罗杰注意到她的声音是悲愤的。他也发现他们身边的典狱长和看守听到他们谈论爱尔兰起义时，表情僵硬地背过身去，却竖起了耳朵听。他担心典狱长会提醒他们不要谈论起义的事，但典狱长并没有禁止。

"你是不是知道点儿什么，爱丽丝？"罗杰问，声音低得像耳语。

历史学家点了点头，罗杰发现她的脸色有些发白。爱丽丝沉默了很长一段时间，好像在犹豫应不应该谈论这个令他痛苦的话题，从而扰乱他的情绪；更好像在这方面有许多话要对他说，但不知从何说起。最后，她还是回答了。关于起义的那个星期在都柏林和爱尔兰其他一些城市发生的事，她听说，而且不断地听到许多说法——互相矛盾的、掺杂着想象的、幻想的与真实的、夸张的与编造的，等等，当某些事件足以把人民动员起来时，都会发生这样的现象——但是她最相信的是她刚从伦敦来的侄子、嘉布遣会①修士奥斯丁的话，那才是第一手的新闻来源。他当时正好在烽火连天的都柏林作为护士和精神助手奔波于邮政局（那是帕特里克·皮尔斯与詹姆斯·康诺利指挥起义的大本营）、圣斯蒂芬公共绿地的各个战壕（康斯坦斯·马基维奇②手执一把海盗用的手枪，身穿一身无可

---

① 天主教方济各会的支会。

② 康斯坦斯·马基维奇（Constance Markievcz, 1868—1927），原名康斯坦斯·戈尔布兹，爱尔兰民族主义者，出生于爱尔兰西部一个上层新教地主家庭。丈夫为波兰贵族，在第一次世界大战中加入苏联军队，为波兰而战。

挑剔的志愿军制服在这里指挥作战）、雅各布饼干工厂附近的街垒及柏兰德磨坊（埃蒙·德·瓦莱拉在英军包围前占领了该地）之间。爱丽丝认为奥斯丁修士的讲述可能接近事实，那才是未来的历史学家梦寐以求而不可得的事实。

又是一阵沉默，罗杰却不敢打破。仅仅几天没有见到她，她就好像老了十岁：额头出现了皱纹，脖子和手上有了斑点，本来明亮的眼睛不再闪光。他注意到她很悲伤，他也知道她不会在他面前哭出来。是不是从宽处理的请求被否决而她不敢告诉他？

"我侄子记得最清楚的，"爱丽丝又道，"并不是枪声、炸弹、伤员、鲜血、火焰和使人窒息的烟雾，你知道是什么吗，罗杰？是混乱，一片混乱，整个星期笼罩在一群群革命者中间的极度混乱。"

"混乱？"罗杰重复道，声音很低。他闭上眼睛，仿佛在试图看看、听听并感受一下那片混乱。

"混乱，极度的混乱，"爱丽丝又强调一遍，"他们都准备牺牲了，度过了愉快而兴奋的时刻、难以置信的时刻、自豪的时刻、自由的时刻，尽管他们之中没有一个人——不管是领导还是一般成员——并不清楚他们正在干什么甚至想干什么。这些话都是奥斯丁说的。"

"但他们起码知道期待的武器为什么没有到达吧？"罗杰见爱丽丝又沉浸在长时间的沉默中，低声道。

"他们什么都不知道。什么奇谈怪论都有，没有人戳破谎言，因为没有人知道实际情况如何。谣言满天飞也真有人相信，因为他们需要相信自己的绝望处境总该有个说法，譬如德国军队正在包围都柏林；几个连、几个营已经在岸边若干地方登陆，正在向首都挺进；譬如在内地的科克、戈尔韦、韦克斯福德、米斯、特拉利各郡，包括厄尔斯特各地，成千上万的志愿军和人民军也都起来了，占领了营房和警察局，从四面八方向都柏林进军，去支援被围困的人。他们饥渴交迫，几乎没有弹药，只能把希望寄托于幻想。"

"我早知道会是这样。"罗杰说道，"我没能及时制止这种不理智的行动。现在距离爱尔兰的自由再一次比以前更加遥远了。"

"约恩·麦克尼尔知道后，曾想阻止他们，"爱丽丝说道，"爱尔兰共和兄弟会军事指挥部向他隐瞒了起义计划，因为如果没有德军的支持，他是反对武装行动的。志愿军、爱尔兰共和兄弟会与爱尔兰人民军把自己的人召集了起来，准备在复活节前的星期天进行军事行动。麦克尼尔得知此事，便下令禁止，说志愿军的各连队没有接到他签字的命令就不许上街。这引起了极大的混乱。成百上千的志愿军留在家里，许多人想与皮尔斯、康诺利、克拉克取得联系但都没有成功。后来那些服从麦克尼尔命令的人只得眼看着违反命令上街的人被杀害而无能为力，因此现在许多新芬党人和志愿军都恨麦克尼尔，认为他是叛徒。"

爱丽丝又沉默下来，罗杰则走了神。约恩·麦克尼尔是叛徒？真愚蠢！这位盖尔同盟的创始人、《盖尔日报》的编辑、爱尔兰志愿军的创始人之一、一生都在为保存爱尔兰语言和文化而斗争的人，居然因阻止那次注定要失败的浪漫起义而被指控背叛自己的弟兄？真令人难以想象。如果他被关入监狱，一定会成为讽刺的对象，也许会遭到爱尔兰爱国者用来惩罚温和派和胆小者的那种冷冰冰的鄙视目光。这位大学教授温和、有学问，热爱自己国家的语言、习俗和传统。他会感到被曲解，会自我折磨："我下那道命令难道错了？我不过是想拯救生命，难道这就成了在革命者中间散布混乱、制造分裂、导致起义失败吗？"罗杰觉得在约恩·麦克尼尔身上看到了自己的影子，历史和环境把二人置于同样矛盾的立场之中。如果他当时没有在特拉利被捕，而是得以跟皮尔斯、克拉克及其他军事领导人谈上了话，事情将会怎样？他能不能说服他们？很可能不能。于是，现在也许会有人把他也称作叛徒。

"我现在正在做一件也许不该做的事，亲爱的，"爱丽丝强笑道，"只告诉你坏消息、悲观的消息。"

"除了刚才讲的，难道还有坏消息？"

"是的，还有。"女历史学家脸红了一下，鼓足勇气说道，"在这种情况下，我也反对那次起义，不过……"

"不过什么，爱丽丝？"

"不过，尽管只是几小时、几天、一星期，但爱尔兰终归做了一回自由的国家，亲爱的，"她说道，罗杰觉得她在激动得发抖，"一个独立的共和国、一个主权国家，有着自己的总统、自己的临时政府。帕特里克·皮尔斯走出邮政局，在广场的台阶上宣读了由七人签署的《独立宣言》，宣布爱尔兰共和国宪法政府成立。那时奥斯丁还没有到达那里，好像人也不多，但凡是在场的人都听到了，也都有着特殊的感受。不是吗，亲爱的？我跟你说过，我是反对起义的，但当我读了宣言的文本，我哭了，哭出了声，这在以前是没有过的。'以上帝的名义，以从其手中继承了爱尔兰民族传统的先辈们的名义，爱尔兰，通过我们的声音，把她的儿女召集到她的旗帜下并宣布自己获得了自由……'你瞧，我都能背下来了。我很遗憾，非常遗憾，当时没能跟他们在一起。你懂吗？"

罗杰闭上了眼睛，眼前出现了那一场面，清清楚楚，极为生动。天上布满乌云，大雨就要落下，在邮政局那高高的台阶上，在一百名也许是二百名武装着步枪、左轮、大刀、长矛、木棍的人（其中大部分是男人，也有不少扎着头巾的妇女）面前，瘦高、略带病态的帕特里克·皮尔斯出现了。他三十六岁，目光坚毅，全身散发着尼采所谓的"权威的意志"，使得他自十七岁加入盖尔同盟以来很快

就成为该同盟无可争议的领袖，而且一直能战胜各种意外的不幸
——病痛、镇压、内讧——并把自己一生的梦想铸成现实：爱尔兰
应该为反抗压迫者而举行武装起义，而不是像圣徒那样为人民赎罪
而殉道。此时，他激动万分，以赞颂救世主般的声音宣读起来，遣
词造句极为讲究，从而结束了几个世纪以来的被占领与被奴役，宣
告了爱尔兰新世纪的到来。人们以神圣、虔诚的心情安静地听着，
皮尔斯的话应该传到了都柏林中心那些尚未听到枪声、尚未看到志
愿者面孔的、完整无缺的角落里。从起义者占领了的邮政局和萨克
维尔大街上建筑物的窗子里，人们都探出身来观赏那简单而隆重的
仪式，在喧闹声、掌声、万岁声和乌拉声中听着。由七人签署的宣
言读完，当皮尔斯本人与其他领袖宣布大会结束、解释说不要浪费
时间、应该回到各自的岗位上去执行任务、准备战斗的时候，大街
上、窗子里、房顶上的人群以简单热烈的情绪欢呼了皮尔斯的话。
罗杰感到自己的眼睛湿润了，他也颤抖起来。为了不哭声，他匆忙
地说道："当然，真是太感人了。"

"这是一种象征，历史是由象征写就的。"爱丽丝·斯托弗德·
格林同意，"皮尔斯、康诺利、克拉克、普伦凯特及其他签署了《独
立宣言》的人被枪杀并不重要，相反，对象征而言，这种枪杀是一
场血的洗礼，为这一象征戴上了英雄主义与烈士的光环。"

"这也正是皮尔斯和普伦凯特所要得到的。"罗杰说道，"你说得
对，爱丽丝，我也真想当时能在场，跟他们在一起。"

这句话感动了爱丽丝。在邮政局的台阶上，起义者的妇女组织、
妇女同盟中的许多妇女也都参加了起义，同样让她大受感动。那幅
场面倒是嘉布遣会修士亲眼所见：在起义者的各个群体中，领袖们
派给妇女的任务是为战士们做饭。但是后来随着战斗的展开，妇女
同盟的成员担负的责任也像扇面般地扩大了，枪声、炸弹声和火光

把她们从临时搭建的厨房里拽了出来，干起了护士的工作。她们为伤者包扎、帮助外科医生取出子弹、缝合伤口、为可能坏死的肢体截肢。不过，这些妇女——其中有青少年，也有老年人——最重要的任务，也许是通讯。当起义者占据的街垒和据点不断陷于孤立状态时，就不得不向厨娘和护士求助，派她们骑自行车去传递口头的或书面的信件与情报。没有自行车，就靠双腿。传递消息时还得到了指示。如果受伤或被捕，就把文件毁掉、烧掉或吞进肚子。奥斯丁修士对爱丽丝说，在起义的那六天里，在炸弹声和枪声中，房顶、墙壁、阳台轰然倒塌，把都柏林市中心变成了火海中被烧焦了的、染着鲜血的瓦砾堆成的群岛，但他始终能看见那些神色镇静、大无畏的、英勇的、穿着裙子的天使来来往往，像女骑手贴住自己的坐骑那样抓住自行车柄，带着信件和情报拼命地蹬啊蹬，去打破英国军队企图在镇压住起义者之前把他们孤立起来的隔离策略。

"后来，英国军队占领了各个街道，交通断了，她们的通讯任务已不可能进行，于是许多妇女拿起了丈夫、父亲和兄弟的手枪、步枪，也参加了战斗。"爱丽丝说道，"表现出妇女并不是弱者的，并不只有康斯坦斯·马基维奇一个人，许多妇女跟她一样手执武器地战斗、受伤或牺牲。"

"知道她们有多少人吗？"

爱丽丝摇了摇头。

"没有官方数字，有些数字完全是想象的。有一点可以肯定：她们都在战斗。英国军队很清楚，是他们逮捕了战斗的妇女，把她们拖进了里士满监狱和凯勒梅堡监狱，交付军事法庭审判，甚至还要枪毙她们。这消息的来源很可靠，来自一位部长。内阁的顾虑不无道理：如果枪毙妇女，整个爱尔兰都会起来暴动，那样事情就可怕了。于是首相阿斯奎斯本人发电报给都柏林的军事首脑约翰·马克斯韦尔，口气坚决地命令他，一名妇女也不许枪毙。因此康斯坦斯·马基维奇保住了性命——军事法庭本来判她死罪，后来在政府的压力下改判无期徒刑。"

尽管如此，在那一个星期的战斗里，都柏林的市民并不都是热情洋溢、团结一致、英勇奋斗的。那位嘉布遣会的修士就亲眼看见萨克维尔大街和市中心一些街道上的店铺和百货商店遭到流氓无赖和来自郊区的穷人的抢劫，这就使得爱尔兰共和兄弟会、爱尔兰志愿军和人民军的领袖的处境相当尴尬——没预见到起义会派生出犯罪行为。在有的地方，起义者力图阻止旅馆被劫，甚至朝天放枪以驱散洗劫格雷沙姆旅馆的人群；但是在另外一些地方，起义者放任不管，甚至以为那是在为那些卑贱饥民的利益而斗争，而且同他们混在一起，疯狂地与该市的豪华商店对抗，让抢劫者洗劫一空。

在都柏林的街道上，与起义者对抗的不光有抢劫者，还有在起义期间遭到武装起义者进攻而受伤或死亡的警察与士兵的母亲、妻子、姐妹和女儿，有时一群群为数众多的妇女因痛苦、绝望和愤怒而显得异常激动，更无所畏惧。在有的地方，这些妇女甚至扑向起义者的群体，朝战士们一面辱骂一面扔石子、吐唾沫，大骂战士们是杀人犯。对那些自认为拥有正义、善良和真理的人来说，这一切是很难自洽的。他们发现与之对抗的并不是帝国的走狗、占领军的士兵，而是那些卑微的爱尔兰人——苦难让他们看不清，并不把起义者看作祖国的解放者，而是杀害他们亲人的杀人者；而被杀者同他们一样，唯一的罪状就是卑微，是跟世上的穷人一样为了谋生而去当兵、当警察。

"黑白不分，亲爱的。"爱丽丝评论道，"即使在如此正义的事业中也是如此，一片灰暗，一塌糊涂。"

罗杰表示同感，朋友的话也可适用在他身上。一个人再慎重，把自己的行动计划得再精明，生活也要比一切的估计复杂得多，使人不知所措，计划会被动荡而矛盾的局势取而代之。他本人不就是这种含混不定最生动的例子吗？审问他的两个人——雷金纳德·霍尔和巴兹尔·汤姆森——以为他从德国回来是为了领导起义，起义的领导人却知道他因未获德军的支持而反对起义，直到最后时刻还在向他隐瞒起义计划。事情竟是如此前后矛盾，并不一致。

在民族主义者之中是不是弥漫着灰心丧气的情绪？他们最好的干部都牺牲了，不是被枪杀就是入狱。重启独立运动需要时日。许多爱尔兰人跟他一样信任德国人，德国人却抛弃了他们，几年来为爱尔兰所作的努力与牺牲付之东流。而他，却在这里、在英国的监狱里，等待着从宽处理的申请可能被拒绝的结果。还真不如当时同那些诗人、音乐家一起执枪战斗在都柏林的街道上，那样死去还有其积极的意义，而不是阴错阳差地像个普通罪犯那样被绞死。他们的确是诗人、音乐家，所以选择起义行动中心时不是在军营，不是在都柏林城堡，也不是在象征殖民权力的岗楼，而是在民用建筑物——刚刚改建好的邮政局大楼里——比起打败英国兵，他们更希望争取到民心。在柏林进行争论时，约瑟夫·普伦凯特不是说得很清楚吗？渴望殉道的诗人和音乐家希望以起义行动来唤醒沉睡的民众，因为这些民众跟约翰·雷蒙德一样相信和平的道路，相信帝国发发善心就能让爱尔兰获得自由。那是天真还是有远见呢？

罗杰叹了一口气，爱丽丝亲热地拍了拍他的胳膊："现在谈论此事，太令人伤心也太让人激动了，不是吗，亲爱的？"

"是的，爱丽丝，太令人伤心也太让人激动。有时，我对他们干的事很恼火；但有时，我从心底里羡慕他们，无限地敬佩他们。"

"说真的，我最近也在想这件事，在想我到底需要什么，罗杰。"爱丽丝抓住他的胳膊说道，"你的想法、你清醒的头脑帮助我在黑暗中看到了光明。有一件事，你知道吗？现在你还不知道。到时候，所有发生的事都会有好的结果，已经出现了这种迹象。"

罗杰点头称是，尽管不完全明白女历史学家想说的是什么。

"眼下，约翰·雷蒙德的拥护者的势力在爱尔兰日渐衰落，"女历史学家接着说道，"尽管我们以前是少数，但现在大多数爱尔兰人已经站在我们这一边了。你可能不相信，但我敢对你发誓，事情确实如此。枪杀、军事审判、流放对我们来说反倒变成了好事。"

罗杰发现背对着他们的典狱长动了一下，好像要转过身来命令他们住口，但是这一次他没这样做。看样子爱丽丝现在很乐观，据她说，皮尔斯、普伦凯特并没有灰心丧气，因为在爱尔兰的大街上、教堂里、各种民间协会和工团里，自发的游行示威日益增多，对烈士、被枪毙者、被判无期徒刑者表示同情，对警察和英国士兵露出了敌意——路上的行人谩骂他们，侮辱他们，以致军政府下令警察和士兵巡逻时要结队而行，不执行任务时要穿便衣，因为人民的敌视会使得保安人员士气低落。

据爱丽丝说，变化最明显的是天主教，其领导层和大部分教士本来一直亲近约翰·雷蒙德及其爱尔兰议会党追随者的渐进式的和平理论，主张爱尔兰自治，远离新芬党、盖尔同盟、爱尔兰共和兄弟会和爱尔兰志愿军的激进分裂主张。但是，自从起义以来，天主教改变了。也许是在那战斗的一周，起义者所表现出的宗教行为影响了他们。曾去过街垒、成为起义焦点的建筑物等处的神职人员（其中包括奥斯丁修士）所说的话，斩钉截铁地证明：起义者们做弥撒、做忏悔、领圣餐；许多战士在开枪前还请神父为他们祈福；所有群体中的起义者都严格遵守领袖关于严禁饮酒的命令；在炮火平息的片刻，起义者都会跪下来，手执念珠，高声祈祷；被执行死刑的人，没有一个人面对行刑队时不曾要求得到神职人员的精神帮助，包括宣称自己是社会主义者、无神论者的詹姆斯·康诺利。康诺利在战斗时中了枪，伤口流着血、坐在轮椅上被枪毙前还吻了凯勒梅堡监狱的教堂神父递给他的十字架。自五月以来，爱尔兰到处都在举行感恩祈祷，向在圣周中牺牲的烈士们表示敬意。在礼拜天的弥撒中，没有一位神父在布道时不要求其信徒为遭英军枪决、秘密埋掉的爱国者的灵魂进行祈祷。当局的军事首脑约翰·马克斯韦尔爵士曾向天主教高层人士提出正式抗议，但主教奥德夫耶尔未予理会，而是为神父们进行了辩解，说那位将军是"军事独裁者"，指责他枪决起义者并拒绝把尸首交还给死者家属是违背基督教教义的。军政府借口说军事法保障交还尸体这一条款已然失效，但秘密掩埋爱国者以避免让他们的坟墓成为共和国的朝圣地这一事实激发了包括曾对激进派缺乏好感的人士的愤慨。

"总而言之，天主教信徒们的影响日益扩大，我们这些圣公会的民族主义者却像巴尔扎克小说《驴皮记》中描写的那样缩小了。你和我就差皈依天主教了，罗杰。"爱丽丝开玩笑道。

"实际上，我已经皈依，"罗杰答道，"但不是出于政治原因。"

"我永远也不会皈依，别忘了，我的父亲曾是爱尔兰教会的牧师。"女历史学家说道，"你皈依天主教，我并不感到奇怪。我早就看出来那是早晚的事，还记得在我家茶会上我们跟你开的玩笑吗？"

"那些茶会是难忘的，"罗杰叹了一口气，说道，"我告诉你吧，现在我有时间进行思考了，好几天来我都是这样总结的：何时何地我才是幸福的？是每周的星期二在格罗夫纳路你家的茶会上，亲爱的爱丽丝。我从来没对你说过，但我知道，那些聚会是天恩在眷顾我；我兴奋，我幸福，我重新回到了生活里来。我经常想：'真遗憾我没有深造过，没有上过大学。'听着你和朋友们的谈话，我觉得自己就像非洲和亚马孙的土著人，离文明那么遥远。"

"我和朋友们也有相似的想法，罗杰。朋友们羡慕你，羡慕你的旅行、你的冒险，羡慕你在那些地方的生活是那么多彩。有一次，我听叶芝说：'罗杰是我认识的最具世界性的爱尔兰人、一个真正的世界公民。'我想我从来没跟你讲过吧？"

二人想起了几年前在巴黎同赫伯特·沃德关于什么是象征的一次争论。后者把他很满意的一件雕塑刚完成的铸件拿给他们看，是一位非洲巫师。确实是一件漂亮的作品，尽管很具有现实主义的特点，但在这位巫师身上好像有什么秘密，表现得很神秘，脸上布满了刀口，手里拿着一把扫帚和一副骷髅，仿佛意识到自己拥有森林之神、溪水之神及猛兽之神所赋予的力量。部落中的男男女女盲目地相信这位巫师能把他们从诅咒、疾病和恐惧中解救出来，能让他们与来世沟通。

"我们每个人都有返祖现象，"赫伯特指着铜铸巫师说道，那巫师眯缝着眼，仿佛陶醉于专心致志地研究草药的梦境中，"需要证明物吗？我们敬重地崇拜的象征物就是：盾牌、旗帜、十字等。"

罗杰和爱丽丝跟他争论说，象征物不应被看作人类非理性时代时的事物，相反，譬如一面旗帜就象征着这样一个团体：他们有着共同信仰和习惯、团结一致而又尊重那不仅不会破坏反而能加强共同特点的相互区别与个人分歧。他俩也承认，一看到爱尔兰共和国的旗帜就会激动万分。这句话引得赫伯特与萨莉塔大加嘲笑。

爱丽丝得知，当皮尔斯宣读《独立宣言》时，许多的爱尔兰共和国旗帜在邮政局自由大厅的房顶竖起来。又看到都柏林起义者占领了大都会酒店和帝国旅馆等建筑物、窗外和阳台栏杆上飘扬起共和国旗帜的那些照片时，感到喉咙在哽咽，凡是看到那些场面的人都有无限幸福之感。后来，她得知在起义前的几个星期里，志愿军战士们在准备土制炸弹、炸药包、手榴弹、长矛和刺刀的时候，女性助手、妇女同盟的成员也在忙着收集药物、绷带和消炎药并赶制那些三色旗帜，使之能于 4 月 24 日星期一早晨在都柏林市中心的各个房顶飘扬。普伦凯特一家位于金玛吉路上的寓所成了最忙碌的武器制造厂和起义地标。

"那真是一次历史性事件。"爱丽丝说道，"我们常常滥用字眼，特别是政治家，什么历史性的，到处乱用，连在蠢事上都用，但是共和国的旗帜飘扬在古老都柏林的上空确实是历史性的。一次历史性事件会被人们永远热诚地记在心上。世界震动了，亲爱的，美国的许多报纸都在头版登了出来。你难道不愿意身临其境吗？"

是的，他很愿意身临其境。据爱丽丝说，岛上越来越多的人不顾禁令，在自己的门前，甚至在亲英的贝尔法斯特和德里①，都挂起了共和国的旗帜。

另一方面，欧陆战争还在持续，传来的消息越来越令人不安：伤亡人数急剧上升，结局如何尚存变数。尽管如此，在英国本土，许多人都准备帮助那些被军事当局从爱尔兰放逐来的人。几百名男男女女被视为颠覆者而被流放到英国偏远地带，永远定居在那里，而其中大部分人连谋生的手段都没有。爱丽丝是给他们送去钱粮和衣服的几家人道主义协会的会员之一，她对罗杰说，在一般群众中募集基金和寻求帮助一点儿困难也没有。天主教会的参与也很重要。

在流放者中有几十位妇女，其中很多人——爱丽丝跟其中一些人进行过个人谈话——一致对起义的指挥者怀恨在心，因为他们净给妇女与起义者的合作制造困难，但几乎所有的指挥者，不管愿意不愿意，最后还是接受了她们到队伍中来并分配了工作。唯一拒绝

---

① 北爱尔兰西北部古城，有著名的德里古城墙，建于 1613—1618 年，全长 1.5 公里，是整个欧洲保存最完好的古城墙之一。

接受妇女进入柏兰德磨坊据点及其连队控制的附近地区的指挥者是埃蒙·德·瓦莱拉，他那保守主义的理由——妇女们的位子是在家里，不是在街垒；她们天然的武器是纺锤、厨具、鲜花和针线，而不是短枪和长枪；她们的出现会分散战士们的注意力，会为了保护她们而忽略了自己的职责——激怒了妇女同盟的成员。罗杰与这位又高又瘦的数学教授、爱尔兰志愿军的领导人进行过多次谈话，大量地通过信。他后来被快速建立起来、专门审讯起义领导人的秘密军事法庭判了死刑，但在最后一分钟得救了。在他做完忏悔、领了圣餐之后，手执念珠平静地等待着被带到专门枪决犯人的凯勒梅堡监狱去被执行枪决的时候，法庭决定把他的死刑减为无期徒刑。据传，埃蒙·德·瓦莱拉领导下的连队尽管没受过军事训练，但表现很出色，很有纪律，给敌人造成很大损失。这支连队是最后一支放下武器的队伍。也有人说，当时形势紧张，牺牲严重，以至于他所指挥的据点里的下属看到他指挥失措，有时都以为他快要疯了——这情况并不是绝无仅有，有些指挥者在枪林弹雨之中不吃不喝不睡，在街垒中不是发了疯就是遭遇了精神危机。

罗杰想象着埃蒙·德·瓦莱拉那瘦长的身影、严肃庄重的言谈，想着想着走了神，后来才注意到爱丽丝正谈到一匹马。她双眼含泪，讲得声情并茂。这位女历史学家喜爱动物不假，但为什么这匹马特别让她难过呢？听着听着，他懂得了，原来是因为她的侄子给她讲的一件事：那是英国长矛骑兵的一匹马，在起义的第一天，这些骑兵就向邮政局发起了进攻，但被打退了，伤亡三人。那匹马多处中弹，倒在了街垒前，伤势很重，痛得发出可怕的哀鸣。它有时奋力站了起来，但由于流血过多，走了几步又倒了下来。街垒后面的人起了争执，有的为了不让它受苦，说不如一枪打死它；有的则反对那样做，认为它可以治愈。最后还是朝它开了枪——用步枪放了两枪，它才在奄奄一息中结束了生命。

"那不是死在大街上的唯一的动物，"爱丽丝难过地说道，"死了很多的马匹、狗和猫，它们都是人类残暴行为的无辜牺牲品。许多个晚上，我都在噩梦中见到了它们。可怜啊！我们人类比动物坏，对吧，罗杰？"

"不能一概而论，亲爱的，有的动物比我们凶狠，譬如蛇。蛇毒能将你在可怕的喘息中一点一点地毒死。亚马孙河里的糠虫从肛门钻进你的体内，造成大量出血，以致最后……"

"我们还是谈点儿别的吧。"爱丽丝说道，"战争啊，战斗啊，受伤啊，死亡啊……够了，不要谈了。"

可是过了一会儿，她又告诉罗杰，在流放到英国、被关进英国监狱的爱尔兰人中，加入新芬党和爱尔兰共和兄弟会的人与日俱增，真是太感人了，就连温和派的独立人士以及著名的和平主义者也加入了这些激进组织。在爱尔兰出现了大量传单，要求赦免被判刑者。在美国所有的城市里，游行示威不断，抗议起义后的过度镇压。约翰·德沃伊做了一件好事，在要求赦免这件事上，他征得了美国社会精英的签名，从艺术家、企业家到政治家、教授与记者。众议院通过了一项动议，以严厉的词句谴责了不经起诉就把放下武器的对手判处死刑的做法。起义尽管失败，但事态并没有恶化，在国际支持方面，对民族主义者而言，局势从来没有这样好过。

"探视超时太多了，"典狱长打断爱丽丝，"你们快道别吧。"

"我会再争取得到许可来看你，只要……"爱丽丝说到此，站了起来，脸色极为苍白。

"当然，亲爱的，"罗杰拥抱了她，点头道，"希望你能争取到。我多么需要见到你啊。你能让我平静下来，内心宁静。"

但这次他并没有平静下来。回到牢房时，满脑子都是与圣周起义有关的纷杂形象，仿佛朋友回忆与见证的事把他拉出本顿维尔监狱，投入巷战之中。战斗的炮火声使他非常思念都柏林，思念那里的建筑物，红砖房子、用木栏围起来的小花园以及那喧闹的有轨电车，那人流涌动、现代化岛屿周围由赤脚穷人摇摇欲坠的房子组成的贫民区。在炮火纷飞、火光冲天、房屋倒塌之后，都柏林会是什么样子？他想起了艾比剧院、大城门、竞技场，也想起了那充满难闻的啤酒味、热乎乎、闹哄哄的酒吧。都柏林还是老样子吗？

在他并没有提出要求的情况下，典狱长打算带他去洗澡。他见典狱长情绪低落，一副漠不关心、心不在焉的样子，便不愿麻烦他了。看到典狱长痛苦的样子，他很难过，想到不能做点儿什么让他振奋起来，又感到很伤心。典狱长不顾规定，曾在晚上两次到牢房来跟他谈话，罗杰每次都因不能给予斯塔西先生所寻求的慰藉而感到不安。第二次跟第一次一样，谈的都是关于他儿子亚历克斯及其在对德作战的洛斯战役中阵亡的事。洛斯是法国一个不知名的地方，一提起它，他就说那是个该诅咒的地方。又一次，在长时间的沉默之后，他向罗杰承认，因为亚历克斯偷了街角面包房的一块小面包，他曾用鞭子打他。那回他很难过，亚历克斯还是个孩子呢。"他犯了错，应该受到惩罚，"斯塔西先生说道，"但那次也太严厉了，鞭打才几岁的小孩也太残酷了，简直不可饶恕。"罗杰安慰他说，自己和兄弟，包括姐姐，都挨过父亲凯斯门特上尉的打，但他们仍然爱着父亲。可斯塔西先生在听他说吗？他一直沉默不语，沉重地、深深叹着气，咀嚼着自己的痛苦。

典狱长关上门走了，罗杰在木床上躺了下来。他焦躁不安，一直在叹息，与爱丽丝的谈话并没让他好过些。他不曾身穿志愿军的制服、手握毛瑟枪、不在乎武装行动会不会变成一场大屠杀地去参加那次起义，为此他感到悲伤。也许帕特里克·皮尔斯、约瑟夫·

普伦凯特，还有其他人都是对的：事情不在于成败，而在于竭力进行抵制；如果需要作出牺牲，就会成为英雄时代的基督式殉道者，鲜血就会变为生根发芽的种子，把异教的偶像消灭掉，代之以救世主基督；志愿军洒下的鲜血会结出果实，使盲人睁开眼睛，为爱尔兰赢得自由。有多少新芬党、志愿军、人民军、爱尔兰共和兄弟会的同伴与朋友明明知道那是一种自杀行为，仍然义无反顾地走进了街垒路障？毫无疑问，有几百、几千。第一个就是帕特里克·皮尔斯，他一直认为殉道本身就是一场正义斗争的主要武器，这不正是爱尔兰人的性格、凯尔特人的遗产吗？基督徒淡定地面对苦难的天资就体现在库·丘林①身上，体现在爱尔兰神话中的英雄及其伟大业绩上，也体现在爱尔兰圣徒冷静的英雄主义上。他的朋友爱丽丝就曾以极大的智慧热情地研究过这种英雄主义：面临重大事件时表现出的无穷尽的才干。爱尔兰的这种精神也许是不切实际的，却因无限慷慨地拥抱了最大胆的梦想而得到了补偿。罗杰所梦想的就是正义、平等与幸福。由于皮尔斯、汤姆·克拉克、普伦凯特等人的计划十分荒唐，失败虽然尚不明朗，但在那力量悬殊的六天战斗中已露出端倪，从而赢得了世界对爱尔兰人民不顾被奴役几世纪而表现出的理想主义和为了正义事业不顾一切的大无畏精神的敬仰。而那些关在林堡军营中的被俘同胞却对他的呼吁视而不见、充耳不闻，这是多么不一样的态度啊。他们的这种态度也许是爱尔兰的另一张面孔：被奴役者的面孔。由于几世纪的殖民化，他们已经丧失了把男男女女推向都柏林街垒的那种不可征服的劲头。这是不是他一生中犯下的又一次错误？如果当时奥德号运来的武器能够在 4 月 20 日

---

① 库·丘林（Cuchulainn），爱尔兰史诗、盖尔语故事《夺牛长征记》中太阳神的儿子。

送达特拉利海湾并交到志愿军的手里，事情会是怎样？他想象那时会有几百名爱国者骑着自行车，开着汽车，赶着驴车，在星光下来来往往，向爱尔兰全境分发武器弹药。起义者手里有了那两万支步枪、十万挺机枪、五百万发弹药，事情难道会有所改变？不过战斗起码可以多坚持一段时间，那么起义者就可以防卫得更好一些，就可以给敌人造成更多的损失。带着幸福感，他发觉自己在打哈欠，困意渐渐地抹去了那些形象，减轻了心中不安，身体似乎在往下沉。

他做了一个好梦。母亲几次出现又消失。戴着宽边草帽，草帽的带子随风飘动。她微笑着，显得那么美丽、优雅，一把俏皮的小阳伞遮住了她那白皙的面颊。安妮·杰弗逊的眼睛盯着他，他也看着她，没有任何人也没有任何事能打断二人间那无声而温柔的交流。突然，在那风景宜人的地方出现了身穿耀眼龙骑兵制服的骑兵上尉罗杰·凯斯门特，他看着安妮·杰弗森，眼中露出淫邪的目光。这样的粗野伤害了也惊吓了罗杰。他不知如何是好，既无力阻止即将发生的事，也无力跑掉以摆脱那可怕的预感。他双眼含泪，既怕又怒，发着抖，眼看着上尉悬空抱起了他的母亲。他听到母亲惊叫了一声，接着又讨好般地吃吃笑起来。看到母亲在空中直蹬双脚，露出了纤细的脚踝，被父亲抱进了树丛中。他感到一阵恶心，也嫉妒得发抖。二人消失在了树丛中，吃吃的笑声也越来越轻，现在只能听到风声的呜咽和鸟儿的歌唱。他没有哭。世界是残忍的、不公的，与其这样受苦，还不如死了好。

梦境持续了很久，但等他醒来时，天仍然黑着。几分钟，也许是几小时之后，罗杰已经记不起梦的结局。不知道是什么时间让他感到不安；有时是他忘记了。一点点的焦躁、怀疑和忧虑都会让那不晓得是处于白天还是黑夜所产生的极端焦虑使他从内心感到冰冷，感到似乎被赶出时间之外，生活在没有过去、没有现在也没有将来的地狱边缘。

自被捕以来，已经过去了三个月。他觉得好像在铁窗里度过了好几年。在孤立的状态中，他感到每天、每小时都在失掉宽厚的胸怀。这一点，他没对爱丽丝讲。如果说他以前对英国政府同意从宽处理的请求、把死刑改判为监禁还抱有希望，现在早就不抱希望了。圣周起义使得英国王室特别是军方恼怒至极，极想进行报复。在这种气氛下，英国需要杀一儆百地惩戒那些来自帝国曾经与之在弗兰德斯战场上作战过的敌方——爱尔兰争取解放斗争的同盟者德国——的叛徒。可奇怪的是，内阁对作出决定一再延期，他们在等什么？他曾接受过英国的勋章、英国的封爵，而作为回报，他却与英国的敌人合谋，反对起英国来了。他们是不是想让他为自己忘恩负义的行为付出代价而要故意延长他临死前的痛苦？不会，在政治上不需要感情用事，重要的是利益和利害关系。政府大概在冷静地权衡对他执行死刑会带来什么后果：是得还是失？会不会起到惩戒的作用？会不会恶化政府与爱尔兰人民的关系？诋毁他声誉的运动是企图让人们不同情无耻之徒、蜕化变质分子，认可只有绞刑架才能使正派的社会摆脱他们。他去美国的时候，让日记随便落在别人手里，真是太愚蠢了。这种粗心大意被英帝国充分地加以利用，在很长时间里使他的生活真相、他的政治作为，至死都染上了污点。

他又睡着了。这一次做的不是好梦，而是噩梦，第二天早晨几乎记不起来了。他梦见了一只小鸟，那是一只歌声清脆的金丝雀，却被关在牢笼中备受折磨。可以看出它绝望地、不停地扇动着金色的翅膀，仿佛用这样的动作就可以加宽栅栏的间隙，得以飞出。它的眼睛在眼眶中不倦地转来转去，好像在乞求怜悯。而罗杰，那时还是个穿短裤的孩子，对母亲说，不应该有鸟笼，也不应该有动物园，动物们应该永远自由自在地生活。与此同时，一些事正在秘密地发生。危险、看不见的危险正在接近他。他敏感地察觉到了一个圈套、一种背信弃义正在他的身边准备行动。他颤抖了起来，像纸片般簌簌地发抖。

他惊醒了，激动异常，几乎喘不过气来，感到窒息，心脏在胸中怦怦直跳，也许是心肌梗塞的前兆。要不要唤来值勤的看守？不，他立刻放弃这想法，死在此处、死在这木床上不是更好吗？一种自然的死亡，使他免赴刑场。几分钟后，心跳平稳了，呼吸也正常了。

卡雷神父今天会来吗？他很想见到他，跟他进行一次长谈，多谈关于灵魂、宗教、上帝的事，少谈政治。他开始平静下来，并忘掉那刚才的噩梦，但立即就想起了与监狱神父的最近一次谈话，那次他突然紧张起来，心中充满焦虑。那次谈的是他皈依天主教的事。卡雷神父又一次对他说，不应该用"皈依"二字，因为他从小就受过洗礼，从来没离开过天主教，应该说是恢复其天主教徒的身份，所以不需要办什么正式手续。不管怎么说——那会儿，罗杰发觉卡雷神父犹豫了一会儿，在小心地挑选不致冒犯他的字眼——红衣主教布尔内大人认为，如果罗杰觉得时机合适，他可以在一份文件上签字，那是他与教会之间的私人文本，表明他回归的意愿，重申他天主教徒的身份，还可以证明他改正了过去的错误，并对其失足表示悔悟。

卡雷神父掩饰不住自己不自在的感觉。

沉默片刻，罗杰轻轻地说道：

"我不会签任何文件，卡雷神父。我想回归天主教是私事。您只是见证人。"

"是这样。"

又是一阵沉默，紧张的沉默。

"红衣主教布尔内提到关于我的事了？"罗杰问道，"我是说关于诽谤我的那个活动、对我私生活的指控。为了让天主教会重新接受我，我必须在一份文件上签字以示忏悔？"

卡雷神父的呼吸加快了，在回答之前，他又得搜寻字眼。

"红衣主教布尔内是好人，很大度，很富于同情心，"他终于说道，"但是，请您不要忘记，罗杰，他肩负着在天主教徒还是少数且有人在煽动对我们的恶意的国家里维护天主教会名声的责任。"

"请您坦率地告诉我，卡雷神父，布尔内红衣主教同意接受我回归天主教会的条件是否就是让我在那份文件上签字、对报纸上指控的那些可耻恶习表示忏悔？"

"不是条件，只是建议。"神父说道，"您可以接受，也可以不接受，事情不会有所改变。您是受过洗礼的，已经是天主教徒了，今后仍然是天主教徒。好了，不要再谈这件事了。"

的确，以后再也没有谈论此事。但是罗杰总是常常回忆起那次的谈话。他扪心自问，回归母亲的教会的愿望是纯洁的还是被处境染上了投机色彩？会不会是出于政治上的需要而采取的行动？是不是为了表示对拥护独立的爱尔兰天主教徒的支持且对主张继续留在帝国内、成为帝国的一部分的少数派的敌意？不是出于精神上的需要，而是试图得到一个集体的庇护、成为一个大家族的成员。这样的皈依在上帝的眼里，说到底，能值几文钱？上帝只能把这样的皈依看作溺水者的挥臂击水。

"现在重要的不是红衣主教布尔内，不是我，不是英国的天主教徒，也不是爱尔兰的天主教徒，罗杰，"卡雷神父说道，"重要的您自己，您重新与上帝在一起了。上帝会给您力量，给您真理，在经历了动荡不安的生活、应对了这么多的考验之后，您配得上他所赋予您的宁静心境。"

"是的，是的，卡雷神父，"罗杰焦急地同意，"这我知道。不过，正因为如此，我要努力。我发誓，我要努力让他听见我，到他的身边去。有的时候，尽管很少，但我好像做到了，于是我终于有了一点儿宁静的心境、不可思议的安宁。就像有几个夜晚，在非洲，圆月皎洁，天空布满了星辰，没有一丁点的风来吹动树木，只有昆虫的喃喃低语。一切是那么美好，那么安静。我脑子里想的永远是：'上帝是存在的，照我之所见，怎么能想象他不存在呢？'但是，也有的时候，卡雷神父，我看不见他，他不回答我，不愿听我倾诉。我感到很孤独。在我的一生中，大部分时间都感到很孤独。现在，就在这几天，我经常有这种感觉。但上帝给予的孤独最让人难受。于是，我说：'上帝不愿听我，以后也永远不想听我，我将像活着的时候一样孤独地死去。'这就是日日夜夜折磨着我的思绪，神父。"

"他就在那里，罗杰，他在听着您，他懂得您的感受，他知道您需要他，他不会抛弃您。如果我还能对您保证点儿什么，那就是我绝对敢说，上帝不会抛弃您。"

在黑暗中，仰躺在木床上，罗杰心想，卡雷神父凭空自担了一项跟街垒中的起义者一样，或者说更加艰巨的任务，那就是为那些将在监牢里度过多年或准备上绞刑架、疲惫不堪、绝望的人送去安慰与安宁。这一可怕而又不近人情的任务从开始做到绝望，大概占用了卡雷神父不少时间。但他善于掩饰，永远保持着平静的态度，在任何时候都会露出理解与同情的情绪，这样他会感觉好些。有时，他还跟神父谈论起义的事：

"在起义的那几天，您如果在都柏林，会做些什么？"

"同许多神职人员一样，会向需要的人提供精神帮助。"

神父又说，向起义者提供精神支柱，并不一定要与他们关于"只有使用武力才能获得爱尔兰的自由"的看法一致。

卡雷神父当然并不相信那种看法，他一直从内心反对暴力行动。

但是凡有人要求，他还是要去为他们做忏悔、领圣餐、做祈祷，给护士和医生当助手。就这样，他吸引了许多信教的男男女女。所以教会的领导层支持他——牧师本来就应该与羔羊们在一起，不是吗？

这一切都是真实的，但关于上帝的想法装不进那有限的理性范畴；要想把它装进去，必须使用鞋拔子，因为从来没有合适过。这件事，他和赫伯特·沃德讨论了好几次。

"关于上帝，只能信仰，不能论证。"赫伯特说道，"要是论证，上帝一下子就会烟消云散。"

罗杰这一生总是半信半疑，即使临近死亡的门口，也没有像死心塌地地信仰自己的母亲或兄弟那样信仰上帝——那样的人是幸运的，对他们而言，上帝的存在从来不成为问题，而是一个确凿的事实；有了这个事实，世界才会井然有序，一切就能得到解释，有存在的基本理由。毫无疑问，凡是有着那样的信仰的人，都能在死亡面前做到随遇而安。而像他这样曾跟上帝玩过捉迷藏的人是做不到的。罗杰想起来，他有一次写了一首诗，题目就叫做《与上帝捉迷藏》。赫伯特·沃德说写得太糟了，就把诗扔进了垃圾桶。太可惜了，现在他真想再读几遍，修改修改。

天开始亮了，一缕细细的光线透过高高的窗栏射了进来。很快就会有人来拿走屎尿盆，送来早饭。

他觉得白日的凉爽来得比往常晚。太阳已经高高挂在高空，一缕冰冷的金色光线照亮了他的牢房。很长时间以来，他都在阅读托马斯·肯比斯的格言，那格言说，不相信知识，将会导致人类目空一切；苦苦思考神秘而费解的事物就是浪费时间；对此无知的人，即使在最后审判的那天也不会受到指责。此时，门锁的转动声响了，牢房的门打开了。

"早安，"看守把一块黑面包和一杯咖啡放在地上说道。今天不是茶吗？不知道为什么，早饭不是咖啡就是茶，经常来回变。

"早安。"罗杰站起来去拿脸盆，"今天您比往常来得晚了，还是我搞错了？"

遵守不与犯人说话的规定，看守没有回答。他感到看守在避免直视自己的眼睛。他闪开门口，让罗杰过去。罗杰拿着脸盆来到了满是烟垢、长长的走廊上，看守离他两步远地跟着。夏日的阳光反射在厚厚的墙壁和地砖上，产生某种类似火花的亮点。看到这一切，他的心情好了一些。他想起了蛇类展览馆和海德公园里高大的香蕉树、杨树和栗子树。如果这时能在那里走上一会儿，混在骑马或骑自行车的运动员中间，混在趁天气好带着孩子来到户外休闲的家庭中间走上一会儿，该有多好啊。在空无一人的浴室里——大概有指示，给他规定一个与其他犯人不一样的固定时间去洗浴——他把脸盆倒空，洗了洗，然后坐在马桶上，但拉不出来。便秘是困扰他一生的难题。

最后还是脱掉蓝色囚衣去洗澡。他使劲地搓着身子和面孔，然后用挂在插销上的半湿毛巾擦干。他拿着干净的脸盆往回朝自己的牢房走，走得很慢，充分享受着从高墙上镶有铁栏的窗子射进来的阳光和从外面传进来的噪声——辨别不出的人声、喇叭声、脚步声、摩托车声、吱吱呀呀的轮车声——这给他一种又进入了时间之流的印象。但当看守把牢房的门锁上，这印象就消失了。

饮料是茶，或是咖啡，都淡而无味，但他并不在乎。液体沿胸腔往下流，直达胃部，对他来说是好事，可以把每天早晨困扰他的胃酸中和掉。他把小面包留起来，以备晚些时候饿了再吃。

他躺在床上，又读起了《仿效耶稣基督》。有时他觉得很幼稚，但有时一翻页就读到某种令他不安的思想，促使他合上书本，思考起来。这位修士作者说，人经常遭受些苦难、不顺遂，是有好处的，因为这可以提醒他他是什么身份：是"被流放到这个世界上来的"，不应该对这个世界上的事抱有任何希望，只能把希望寄托于来世。的确如此，这位帝国的修士早在五百年前，在位于阿格内登堡的修道院里，就说到点子上了，说出了罗杰亲身体验到的一个真理。更确切地说，从小，由于母亲的故去，他就陷入了再也无法摆脱的孤儿的境地，这是描写他的感受的最恰当字眼。在爱尔兰、在英国、在非洲、在巴西、在伊基托斯、在普图马约，都是如此，他都是一个流放者。在他一生的大部分时间里，他有着足以自夸的世界公民身份。据爱丽丝说，叶芝很敬佩他，说：他不是某国人，他是各国人。很久以来，他都对自己说，这个特权赋予他种种那些死死地生活在一个地方的人所没有的自由。然而，还是托马斯·肯比斯说得对，他并不觉得自己是哪国人，因为这才是人类的本性：被流放到受苦受难的世界——这个过渡性地点——直到男男女女带着死亡、带着来世回到羊圈，回到养活他们的源泉并永远生活在那里。

然而，托马斯·肯比斯为抵抗诱惑所开的药方也太单纯了。这位虔诚的修士在孤独的修道院里也会遇到诱惑吗？如果遇到过，对他来讲，抵抗并战胜那"从不睡觉、一直在搜寻着要吞噬人的魔鬼"不是易事。托马斯·肯比斯说，没有人是十全十美的，以致没遇到过诱惑。人不可能摆脱一切诱惑之源的色欲。

他很脆弱，曾多次陷入色欲，但是不像日记本和笔记里写得那么严重，虽说写下并不曾经历过的事、写下想经历的事，无疑也是一种经历的方式——胆小而怯弱的方式——因此也是向诱惑投降的方式。不曾真的享受过，而是以模糊、抓不住的方式在幻想中享受过，难道就要付出代价吗？要为仅仅只是想过、写过而不曾干过的事付出代价吗？上帝会加以区别的。比起实际犯下的错误，对以文字表达出的错误会从轻惩罚的。

不管怎么说，写下不曾经历的事，以幻想为真事，不言自喻，他日记中那些虚假的游戏总是以失败、失望而告终的感觉（当然，真实的经历也会有这种感觉）本身就是一种惩罚。可是现在，那些毫无责任的游戏却把一件杀伤力极强的武器交到了敌人的手里，用来贬低他的名誉和他的报告。

　　另外，若想知道托马斯·肯比斯所说的诱惑是什么，也不那么容易。诱惑可以带着假面具，掩饰得很好，以审美的热情混进善良的事物中。罗杰还记得，在遥远的少年时代看到青少年们线条优美的身体、有力的肌肉、苗条的身材时，第一次感到了激动，但他认为那不是邪恶、色欲的感情，而是一种敏感的表现、审美热情的表现。他这样相信了很长时间。正是这一艺术爱好促使他学习摄影，好把优美的身体捕捉在相纸上。到了非洲，他却发觉这种欣赏爱好有时并不完全健康，而是健康与病态兼而有之，因为那些肌肉发达、没有一丝肥肉赘肉、汗淋淋的匀称身体像猫一样给人以切实的感官享受。除了令人心醉神迷、赞赏不已，还产生一种贪婪欲望以及要去抚摸的疯狂意念。就这样，诱惑成了他生活的一部分，扰乱了他，使他满怀秘密、不安与恐惧，但也有欢娱的激动时刻。当然也有内疚、痛苦的时刻。在最终时刻，上帝会不会也做些加加减减的算法？是原谅他还是惩罚他？他并不害怕，而是好奇，仿佛与他无关，而是一项智力游戏或谜语。

　　正想着，粗大的钥匙在锁孔中又响起来，牢房的门开了。一缕火苗般的光线射进来，火辣辣的太阳好像立即点燃了伦敦八月的早晨，照得他眼前发花，只感觉到牢房里进来了三个人，但看不清他们的脸庞。他站起来，牢房的门关上了，他这才看清离他最近、几乎挨着他的是本顿维尔监狱的总监。他只见过此人两次，是一个上了年纪、满脸皱纹的瘦弱老人，穿着黑色衣服，神态庄重。他的身后跟着典狱长，脸色像纸一样白。还有一名看守，低垂着头。罗杰觉得这沉默好像持续了几个世纪。

总监看着他的眼睛，终于开口。起初，声音还有些犹豫，后来越讲越坚定起来：

"本人奉命通知您，国王陛下政府部长会议于今日1916年8月2日早晨召开会议，研究了您的律师提出的关于从宽处理的申请。出席会议的部长一致投票通过，拒绝该项申请。为此，审讯您的法院关于您犯有叛国罪的判决将于1916年8月3日上午九时在本顿维尔监狱的庭院中执行。根据规定，执行时，犯人不得身穿囚衣，可以穿上入狱时被没收的便装。同时，本人奉命通知您，本监狱的教堂神职人员，天主教的卡雷神父和麦克卡罗尔神父将准备为您提供精神帮助，如果您有此愿望。他们将是您仅能见面的两个人。如果您有什么嘱咐，想写信给家人，本监狱会向您提供笔墨。还有什么要求，现在就可以提出。"

"我什么时候能见到那两位神父？"罗杰问道，觉得自己冰冷的声音有些嘶哑。

总监转向典狱长轻声交谈几句，典狱长回答：

"他们午后能到。"

"谢谢。"

三个人又犹豫了一会儿，离开牢房。罗杰听到了看守的锁门声。

14

罗杰陷入爱尔兰问题的人生阶段是从1913年年初去加那利群岛

旅行时开始的。随着轮船驶入大西洋，他慢慢地放下了肩上的重担，也慢慢地摆脱了伊基托斯、普图马约、橡胶种植园、马瑙斯、巴巴多斯人、胡里奥·塞萨尔·阿拉纳、外事办公室的阴谋等形象。他想，现在可以完全投入到自己国家的事情中来了。为了亚马孙地区的土著人，他尽力了。阿拉纳，最残忍的刽子手之一，再也抬不起头了，已经是个信誉扫地、破了产的人，在牢狱里终其一生不是没有可能。现在，他应该关注另一些土著人了，那就是爱尔兰的土著人，他们也需要摆脱剥削他们的"阿拉纳"，尽管比起秘鲁、哥伦比亚和巴西的橡胶商，这些"阿拉纳"的武器更精良，表现得更虚伪。

随着远离伦敦，在旅行中，包括在拉斯帕尔马斯的那一个月里，他都有着一种解脱感。尽管如此，病情的加重却一直使他感到扫兴。白天、晚上，随时都感到关节炎引起的头疼和背疼，止痛药也不像以前那样管用，他只能出着冷汗，几小时地躺在旅馆的床上或阳台的大椅子上，要么拄着拐杖艰难地走走——因担心在路上瘫倒，不能像以前那样在田野或山脚长时间地散步了。他对 1913 年初那几个星期最美好的回忆就是因阅读爱丽丝·斯托弗德·格林的作品《爱尔兰的古老世界》而沉浸于爱尔兰的过去之中。在那本书里，爱尔兰的历史、神话、传说和传统交织成一幅富于冒险与幻想、冲突与创造力的社会图景；在那本书里，一个英勇而高尚的民族在严峻的大自然面前逐渐成长，以自己的歌曲、舞蹈、冒险游戏、宗教仪式和风俗习惯炫示着大无畏精神与创造精神。这些都是英国占领者企图斩断、消灭而未能得逞的祖先遗产。

在拉斯帕尔马斯待了三天之后，吃完晚饭，他出门到港口附近去散步。那是一个满是酒馆、酒吧、卖淫旅店的港口区。在拉斯坎特拉斯海滩旁的圣卡塔利娜公园，他观察了一下周围的环境，便走向两个水手模样的年轻人，向他们借火，同他们谈了一会儿。他那夹杂着葡萄牙语的西班牙语讲得很好，但还是引得两个小伙子直发笑。他建议去喝一杯，但其中一人有约会，于是他同另外一个叫米格尔的去了。此人更年轻，刚刚走出少年时期，拳曲的头发，黝黑的皮肤。两个人走进一家叫做"海军上将哥伦布"的狭小酒吧，酒吧内烟雾缭绕，一个上了年纪的女歌手正在吉他伴奏下演唱。酒过二巡，罗杰在半明半暗的角落里把手放在了米格尔的大腿上，后者微微一笑，表示同意。罗杰鼓起勇气，迅速把手伸进年轻人的前裆，一股欲望从脚到头涌透了他的全身。几个月来——"几个？"他想，"三个还是六个？"——他成了无性人，既无性欲也无性幻想。兴奋之余，他觉得青春与对生活的热爱又回到了他的血管里。"我们去找家旅店，好吗？"他问。米格尔笑了笑，既没同意，也没拒绝。他没有站起来的意思，而是又要了一杯刚才那种很辣的烈酒。女歌手唱完，罗杰要来账单，付了账，二人走出了酒吧。"去找家旅店，好吗？"走在街上，罗杰急切地再次问道。小伙子好像在犹豫不决，或许是故意拿糖，迟迟不回答，好抬高他服务的价码。正在这时，罗杰感到胯部一阵刀刺般的疼痛，疼弯了腰，不得不扶住橱窗的栏杆。这次疼痛不是一点一点地来，而是一下子就来了，比以前更剧烈，是的，刀刺般的疼痛。他只得弯腰坐在地上。米格尔吓坏了，也不问一声怎么了就不辞而别地快步离去。罗杰弓着身子，闭着眼睛，在那儿待了很长时间，等待着吞噬他背部的火烫疼痛有所减轻；后来能够站立起来了，便拖着脚步慢慢地走过几个街区，直到遇见一辆出租车，把他送回了旅馆。直到天亮，疼痛轻了些，他才睡着。在睡梦中，他焦躁不安，噩梦不断，在差点儿滚下去的悬崖边时而感到痛苦，时而感到欢欣。

第二天早晨，他一面吃早点，一面打开日记本，用小字慢慢地写下与米格尔做爱，做了好几次：第一次是在圣卡塔利娜公园的暗处，听着大海的低语声；随后又在简陋旅店气味难闻的房间里，听着轮船汽笛的吱吱声，那黝黑的小伙子骑在他身上，嘲笑他："你是个老头，老头就是你，老掉牙的老头。"还一面拍打他的屁股。他呻吟着，也许是由于疼痛，也许是由于欢欣。

在加纳利群岛度过的那个月的余下几天里、在去南非的旅行中、在开普敦和德班①以及在与哥哥汤姆和嫂子凯茜度过的那几个星期里，他都没去猎艳，因为担心再次出现在拉斯帕尔马斯圣卡塔利娜公园里那般可笑的局面而导致与那个加纳利水手的艳遇类似的失败。就像多次在非洲和在巴西干的那样，他不时地以在日记本上乱写的方式进行自慰。字迹潦草，显得很神经质；句式简短，有时还很粗野、淫秽，就像最后等着拿钱的那些几分钟或几小时的情人经常说的那样。这种模拟做爱搞得他十分虚弱，总是昏昏欲睡，于是尽量做到每隔一段时间才进行这种模拟，因为他很清楚自己是处于孤独的、偷偷摸摸的状态之中。他也清楚，这一状态将陪伴他到死。

爱丽丝·斯托弗德·格林关于古爱尔兰的书引发了他的热情，他便要求她提供更多的关于这个话题的阅读材料。1913年2月6日，他正乘格兰特利堡号去南非的时候，爱丽丝给他寄的书和小册子到了。在行程中，他日以继夜地读着，到了南非还在读。因此，尽管相距遥远，但是那几个星期，他又觉得自己离爱尔兰更近了——现在的爱尔兰、昨天的爱尔兰和遥远的爱尔兰——爱丽丝为他挑选的这些文本让他觉得爱尔兰的过去是属于自己的。在这次旅行的过程中，他觉得背部和胯部的疼痛有所减轻。

与哥哥汤姆多年之后的重逢是令人痛心的。在他决定去看望哥哥的时候，他本以为这次旅行会把他与哥哥的距离拉近，建立起从

———————————

① 南非东部港口城市。

来未曾真正有过的感情纽带，却证明了二人实为陌路人，除了血缘关系，毫无共同之处。这几年，通常还有信件来往，那时汤姆与其澳大利亚籍的首任妻子布兰奇·巴哈利在经济上有困难，希望罗杰能帮助他们。他也一直在帮助他们，除非兄嫂借得太多，超出了他的预算。后来汤姆娶了南非籍的第二任妻子凯西·阿克曼，夫妇俩在德班做起了旅游生意，但也不是很顺利。哥哥看样子比实际年龄老了很多，而且变成了一个典型的南非人，一副乡下人的样子：露天生活，晒得出油，举止随便，甚至有些粗野，以致连讲英语的样子也像南非人而不是爱尔兰人。他对发生在爱尔兰、大不列颠和欧洲的事并不关心。他热衷的话题是他与凯茜在德班开的那家小旅馆所面临的财务问题。他们本以为那个地方很美，会吸引很多旅游者和打猎者，结果却并不像他们想象的那么多，维持旅馆的费用也比预计的多。他们本来有一个美好的计划，但现在这个行情，卖掉小旅馆又怕卖不出好价钱。嫂子比哥哥的情绪好，也很有趣，爱好艺术，有幽默感。但如此长途跋涉来看兄嫂，罗杰真的感到后悔了。

四月中旬，他回到伦敦，那时他觉得有了精神。南非的气候宜人，他的关节痛大为减轻，就把注意力集中在工作上。他不能再迟迟不作决定了，再休假就没有薪水了。要么按上司的要求到里约热内卢去做领事，要么放弃外交生涯。他从未喜欢过里约这个城市，尽管它周围的风景很美，他却总感到那里对他有些敌意，因此，回到里约对他来说是不可忍受的。不仅如此，主要是他不愿再去过那种双重生活：为自己在感情上和原则上都进行谴责的帝国去做外交工作。在返回英国的行程中，他估计了一下：存款不多，但俭朴的生活还是能对付的；再加上这几年作为公务员积累的补助金，生活还是能安排好的。到了伦敦，他的决心已定。他的第一件事就是到外交部递交辞呈，并解释说请辞是出于健康的原因。

他在伦敦逗留的日子不多，主要是办理离开外事办的手续和去爱尔兰的准备事项。做这些事时，他很愉快，但也预感到有些怀念，好像此去就不会重返英国了。他去看望了爱丽丝两次，也去看望了姐姐妮娜，为了不让她担心，就把汤姆在南非经济拮据的情况隐瞒了。他还想去看望埃德蒙·D. 莫列尔，但奇怪的是，三个月里他写了数封信，莫列尔一封也没有回。后来这位外号叫斗牛犬的老朋友说不能见他是因为在外旅行，有别的事。显然，这都是借口。他所崇敬、热爱的战友怎么了？为什么对他这么冷淡？听到了什么闲话或污蔑而与他有了隔阂？不久，赫伯特·沃德在巴黎告诉他，莫列尔知道了罗杰在爱尔兰问题上严厉地批评了英国，所以避免同他见面，以免让他知道自己对此持反对态度。

"问题是，"赫伯特半开玩笑半严肃地对他说，"你自己还没发觉你已经变成极端主义者了。"

在都柏林，罗杰在劳威·巴格特大街 55 号租了一所陈旧的小房子，房子带有一座种着天竺葵和绣球花的小花园，他每天一大早就出来剪枝、浇水。那是一个住着店主、手工业者和小商贩的街区，每到星期天，各家都去做弥撒，太太们精心打扮得像是去参加晚会，男人们西装革履，戴上帽子。在一位女店主开的、角落里布满蜘蛛网的小酒馆里，罗杰经常跟街区里的菜贩、裁缝和鞋匠一起喝黑啤酒，讨论局势，唱古老的歌谣。由于在英国发起了反对发生在刚果和亚马孙的罪行的运动，他的名声已经传遍爱尔兰。尽管他希望过一种不为人知的俭朴生活，但是自从到了都柏林，他就收到了各色人等——政治家、知识分子、记者、各种俱乐部和文化团体——的请求，去做报告、写文章并参加各种社会活动，甚至还为一位著名的女画家萨拉·普赛尔摆姿势。在她创作的画里，罗杰显得很年轻，一副胜利者的自信派头，连他自己都认不出来了。

他重新学习起了古爱尔兰语。他的老师坦普尔太太拄着拐杖，戴着眼镜，头上顶着带面纱的小帽，每周上三次课，教他盖尔语；还给他留作业，用红笔批改，打的分数一般很低。他想，自己是凯尔特人中的一员，但为什么学习凯尔特人的语言这么困难呢？他学习语言还是有天赋的，学过法语、葡萄牙语和起码三种非洲语言，说起西班牙语和意大利语，人家也能听懂，但为什么总是抓不住与自己休戚相关的本国语言？每次他费了九牛二虎之力学到了一点儿东西，几天之后，有时几个小时之后，就忘掉了。于是他开始问自己，像大学教授约恩·麦克尼尔、诗人兼教育家帕特里克·皮尔斯这些人的梦想是现实的吗？会不会是空想？他们总以为能够把因殖民者迫害而转入地下、成为小众而日渐消失的语言恢复，重新成为爱尔兰人的母语。但是这一疑问，他没对任何人讲；在政治性争论中、在原则性问题上持反对意见时，他更不会讲出来。在未来的爱尔兰，英语有可能退出吗？在学校里、在牧师们讲道时、在政治家们的演说中会不会被凯尔特人的语言取而代之？在公开场合，罗杰说会的，不仅有可能，而且有必要，这样爱尔兰才能恢复自己真正的特性。那将是一个长期的过程，需要几代人的努力；也是不可避免的过程，只有当盖尔语重新成为国语，爱尔兰才能成为真正的自由爱尔兰。然而，当他独自坐在劳威·巴格特大街住所里的书桌前，面对坦普尔太太留下的、用盖尔语写作文的作业时，他又说这是一种无益的努力。现实走得太远了，不可能再改变方向。英语已经成为大多数爱尔兰人交流、谈话的工具和生活、感知的方式。想要抛弃它，是政治上的奇思妙想，只能导致语言上的混乱，是把亲爱的爱尔兰变成与世隔绝的、考古意义上的文化古玩，那值得吗？

　　1913年年中，他平静的学习、生活由于与《爱尔兰独立报》记者的一次谈话而突然中断了。那位记者向他谈起了康内玛拉渔民贫困与原始的生活。他一时冲动，便决定到戈尔韦郡以西的那个地方去一趟。据说在那里，最传统的爱尔兰原封未动地保留着，居民仍然是古爱尔兰人的样子。在康内玛拉，他并没看到多少历史遗风，而是看到一种强烈的对比：一面是仿佛雕刻出来的美丽群山、沐浴在云端的山坡、岸边转悠着的当地特有的矮脚马和尚未开垦的沼泽地，另一面则是生活在极端贫穷之中的人，没有学校，没有医院，完全处于孤立无助的境地。更有甚者，刚刚还出现了斑疹伤寒病例，这种传染病很可能蔓延成一场浩劫。勇于行动的人可以偃旗息鼓，但绝不会死心，这就是罗杰·凯斯门特。他立刻行动起来，在《爱尔兰独立报》发表了题为《爱尔兰的普图马约》的文章，并成立了救助基金会。他第一个签字支持并捐了钱。他还坚持让圣公会、长老会和天主教会及各种慈善机构也参与到公众行动中来，鼓励医生、护士作为志愿者到康内玛拉各个村庄去支援那少得可怜的官方医疗机构。他发起的这场运动获得了成功，许多捐赠来自爱尔兰和英国。罗杰也去当地进行了三次旅行，把医药、衣服和食品给受灾的家庭送去。此外，他又成立了一个委员会，为康内玛拉配备医疗所、建小学。为了发起这场运动，两个月里，他同牧师、政治家、当局人士、知识分子和记者多次开会，搞得筋疲力竭。人们都对他很尊敬，包括反对他的民族主义立场的人。他为此感到惊奇。

　　七月，他回到了伦敦，为了请医生证明他是真的因健康问题而请辞外交工作。虽然为康内玛拉传染病的事奔波劳累，但他的身体还不错，所以他以为身体检查算是白做了。然而医生的报告却出乎他意料地写得很严重：脊柱、髂骨和膝盖关节都有炎症，而且已经很严重了，要经过严格的治疗，才能有所减轻，但无法治愈；如果再加重，不排除瘫痪的可能。外交部接受了他的辞呈，鉴于他的情况，还给了他一份高昂的补贴金。

回爱尔兰之前，他接受了赫伯特·沃德和萨莉塔·沃德的邀请，决定先去巴黎一趟。他很高兴再次见到他们，与他们一起享受他们巴黎住所里那非洲一角的亲切气氛。整个住所满溢着工作室的氛围，赫伯特把自己积累的非洲男女雕像和一些动物雕像拿出来给他看。这些是他最近三年的得意之作，有青铜的，也有木头的，准备参加巴黎秋季展览。赫伯特一面指给他看，一面就作品草图和微型样品讲一些轶事给他听。此时，罗杰记起了他与赫伯特一起在亨利·莫顿·斯坦利探险队和亨利·谢尔登·桑福德公司工作时的种种印象，那时听赫伯特讲述走遍半个世界的冒险、在澳大利亚游荡时认识的各色有趣人物及阅读的大量书籍，令他学到了不少东西。赫伯特的头脑既聪明又敏锐，永远朝气蓬勃，一副乐天派。他的妻子萨莉塔是美国人，富有家庭的继承人。他们的性情相近，同样爱好冒险，爱好四处游荡，相互理解，配合默契，曾相伴着在法国和意大利徒步旅游。他们以世界主义精神、进取心和求知欲教育他们的子女。现在，两个男孩在英国寄宿学校学习，女孩小蟋蟀跟他们生活在一起。

　　沃德夫妇请他到埃菲尔铁塔上的一家餐厅去吃饭，在餐厅里可以看到塞纳河上的桥梁和巴黎街区；还请他去法国大剧院观看莫里哀的《无病呻吟》。

　　过去同这对夫妇在一起的日子里，有友谊、理解和亲切，虽然在许多事情上有分歧，但并未使友谊冷淡下来，相反，分歧反而加深了友谊。但这次不一样了，某天晚上，二人争论得很激烈，以致萨莉塔不得不加以干涉，强迫他们改变话题。

　　赫伯特对待罗杰的民族主义一贯采取宽容的态度，一笑置之。但是那天晚上，他指责他的朋友在民族主义上持有的激烈态度不太理性，近乎狂热。

"如果大多数爱尔兰人都愿意从大不列颠分裂出去，那才要谢天谢地呢！"赫伯特对他说，"我并不认为爱尔兰如果拥有自己的国旗、国徽和一位共和国总统会好多少，更不会因此而解决其经济、社会问题。我觉得爱尔兰最好采取约翰·雷蒙德及其追随者所主张的那种自治体制，他们不也是爱尔兰人吗？在你们这些主张分裂的人面前，他们才是大多数。说来说去，我对这一切都不担心，真的。但看到你这副容不得他人的样子，我倒是很担心。以前，你还能讲讲道理，罗杰，可现在只是怀着对一个国家、也是你自己的国家、你父母兄弟的国家的仇恨大喊大叫。这几年你不是还卓有成效地为这个国家服务过吗？这个国家不是很感谢你吗？封你为贵族，把最重要的勋章赐给你。你一点都不在乎吗？"

"为了表示感谢，我难道应该成为一个殖民主义者吗？"凯斯门特打断他，"他们在刚果的所作所为，你我都反对过，而在爱尔兰就应该同意吗？"

"我认为刚果与爱尔兰不可一概而论。在康内玛拉半岛，英国人难道也用割手、鞭笞等手段对付当地人吗？"

"欧洲殖民主义的手段更狡猾，也更残忍，赫伯特。"

在巴黎的最后几天，罗杰避免谈论有关爱尔兰的话题，不愿伤害与赫伯特的友谊。他很痛苦。他想，将来，他卷入政治斗争越来越深，和赫伯特的距离就会越来越远，甚至损及二人间的友谊，这可是他一生中最亲密的友人啊。"我真的变成狂热分子了吗？"从那时起，他经常警惕地问自己。

夏末，他回到了都柏林，但已经不能再学习盖尔语了。政局动荡不安，他从一开始就卷了进去。由约翰·雷蒙德的爱尔兰议会党支持的、规定在爱尔兰成立议会、给予爱尔兰广泛的行政和经济自由的《爱尔兰自治法案》于1912年年底在下议院通过，但两个月后被上议院否决了。1913 年年初，在厄尔斯特，由当地拥护统一的亲英派和新教徒控制的要塞，也就是以爱德华·亨利·卡森为首的自治派的敌人，发动了恶毒攻势，建立了一支由四万人参加的厄尔斯特志愿军。那是一个政治组织，也是一支军事力量，如果法案得以通过，他们就准备武装进攻爱尔兰自治派。这时，约翰·雷蒙德的爱尔兰议会党仍在为争取自治而斗争着。《爱尔兰自治法案》在下议院再次通过，而在上议院再次被否决。1913 年 9 月 23 日，统一派的委员会自立为厄尔斯特临时政府。也就是说，如果自治法案获得通过，他们就从爱尔兰分裂出去。

这时，罗杰开始用自己的真名实姓在民族主义报纸上写文章批评厄尔斯特统一派。他揭露厄尔斯特占多数的新教徒对少数天主教徒横行霸道，工人中的天主教徒常被工厂辞退，信仰天主教的区政府在预算和赋税上被歧视。"看到发生在厄尔斯特的这一切，"他在文章中写道，"我就觉得自己不是新教徒。"在各个方面，极端分子的态度都是要把爱尔兰分裂成敌对的两派，他对此感到痛心，这将导致悲剧性的后果。在另外一些文章中，他斥责了英国圣公会的神父，因为他们在针对天主教团体的不公行为方面保持沉默。

在政治性的谈话中，他对爱尔兰自治是否有助于爱尔兰的解放表示怀疑。尽管如此，在文章里，他还是流露出了一线希望：如果法案不作实质性修改而得以通过，爱尔兰有自己的议会，能够选举自己的权力机构，管理自己的财政收入，也就等于跨入了拥有主权的门槛。如果这样做能够带来和平，那么即使爱尔兰的国防和外交仍掌握在英国王室手中，又有什么关系呢？

在那些日子里，他与两位爱尔兰人加深了友谊，那就是毕生致力于保护、研究和普及凯尔特人语言的约恩·麦克尼尔教授和帕特里克·皮尔斯。罗杰对皮尔斯这位捍卫盖尔语和爱尔兰独立的激进、不妥协的保卫者产生了极大的好感。皮尔斯在少年时代就参加了盖尔同盟，后来又致力于文学、报业和教育，还创办并领导了两所双语学校：圣恩达男子学校和圣伊塔女子学校。这两所学校都优先把盖尔语列入国语教学。他写诗，写剧本，也写文章和小册子，宣传自己的理论：如果不把凯尔特语恢复为国语，独立就没有用处，在文化上仍然是殖民地。在这方面，他是绝对偏执的。他在年轻时，甚至因威廉·巴特勒·叶芝用英文写作而称之为"叛徒"，当然后来又毫无保留地成为他的崇拜者。皮尔斯是个腼腆的单身汉，高大强壮，工作起来不知疲倦，眼睛有些小毛病，演说起来情绪激昂，很有魅力。在不涉及盖尔语和爱尔兰解放事业的时候，在知己朋友之间，帕特里克·皮尔斯是个充满幽默感、和蔼可亲的人，性格外向，讲起话来滔滔不绝；有时还假扮乞丐老太婆在都柏林市中心乞讨，要么打扮成泼辣的妓女，厚颜无耻地在小酒馆门前游逛——这都让朋友们大为吃惊。同时，他的生活像僧侣般俭朴，同母亲、兄弟们住在一起，烟酒不沾，也不谈情说爱。他最好的朋友是他的兄弟，圣恩达学校的老师、雕塑家威利。学校周围都是绿意葱葱的拉斯法恩汉小山丘。在入口的门楣上，皮尔斯刻上了据爱尔兰传说是传奇英雄库丘林的一句话："只要我的业绩永垂不朽，何惧只活一日一夜？"据说英雄的生活很纯朴，像军人遵守纪律那样信仰着天主教，以致经常斋戒，身穿苦行者的粗布衣裳。当时处于奔波忙碌、激烈争论、对付阴谋诡计的政治生活中的罗杰曾多次对自己说，他对帕特里克·皮尔斯坚定不移地崇敬，是由于皮尔斯是他所认识的极少数几位未被政治夺去幽默感的政治家之一，是由于皮尔斯在日常行动中是无私的、原则性极强的，看重思想而鄙视权力。不过皮尔斯热衷于把爱尔兰的爱国者培育成原始殉道者的现代翻版，这使得罗杰很不安。"殉道者的血是基督教的种子。同样，爱国者的血也应该成为我们自由的种子。"皮尔斯在一篇散文中这样写道。罗杰想,这是一句很美的话,但会不会包含着不祥的预兆?

政治引起了罗杰的矛盾感受,一方面使他的生活极度紧张,他可以全身心地投入爱尔兰的事业之中,但他感到恼火的是把时间浪费在无穷无尽的事前争论上,有时意见无法达成一致,行动无法协同。阴谋诡计、虚荣浮夸、鼠肚鸡肠与理想混在一起,而理想又同日常杂事混在一起。他曾经听说过,也阅读过,说政治有时能展现人类光明的一面,如理想主义、英雄主义、牺牲精神、慷慨豪爽;也会展现其阴暗的一面,如残忍、嫉妒、怨恨、专横。他见证了确实如此。他在政治上并没有野心,也不受权力的诱惑,也许正因为如此,作为反对在非洲和亚马孙地区对土著居民暴行的国际战士,他获得了极大的威望,在民族主义运动中也没有任何敌人。他是这样认为的,至少有些人对他是表示尊敬的。1913年秋,他初次登上了政治演说家的讲台。

八月底,他来到了童年与青年时期待过的厄尔斯特,意图把爱尔兰反对极端亲英派的新教徒聚集起来。爱德华·卡森及其追随者等极端亲英派在反对爱尔兰自治的同时,在当局的明显支持下,正在训练军事力量。在罗杰的帮助下组织起来、名为巴利马尼的委员会在贝尔法斯特市政厅召集了一次大会,有人记得他在会上发表了演说。此外还有爱丽丝·斯托弗德·格林、杰克·怀特上尉、亚历克斯·威尔逊及一名姓丁斯莫尔的青年积极分子。他生平第一次的政治性演说于1913年10月24日一个雨天的下午在贝尔法斯特市政厅对着五百名听众发表。当时他很紧张。前一天晚上,他把演说内容写下来,而且背了下来。登上讲台时,他感到已经无法回头了;从现在起,在已经踏上的征途上就不能后退了。他将把余生献给一个任务。鉴于当前的形势,这个任务也许与他在非洲和南美曾面临的任务同样危险。

他整个的演说论述的是：爱尔兰人不应在宗教和政治上（自治派的天主教徒与统一派的新教徒）分裂，号召一切爱尔兰人不分信仰、不分理想地团结起来。这次演说受到了极大欢迎。会后，爱丽丝·斯托弗德·格林一面拥抱他一面在他耳边低声道："让我预言：你将来肯定是一个伟大的政治家。"

在罗杰的印象中，接下来的八个月里，他只是在跟讲台打交道，上上下下地发表演说，起初还照本宣科，后来只有简单的提纲就即兴发挥了。他走遍了爱尔兰的各个角落参加会议，与人会见，进行讨论，举行圆桌会议；有时是公开的，有时是秘密的。持续几小时地争论、说理、提建议、驳斥，为此还经常放弃吃饭和睡觉。他完全投身到政治活动中去，有时热情高涨，有时却深深地感到心灰意冷。每到颓唐的时候，胯部和背部的疼痛就来打扰他。

在 1913 年年底到 1914 年年初的几个月里，爱尔兰政治局势的紧张程度与日俱增。厄尔斯特统一派与自治派同独立派的分裂日益加剧，简直到了即将爆发内战的程度。1913 年年底，为了与爱德华·卡森成立的厄尔斯特志愿军对抗，爱尔兰人民军成立了，主要发起者是工会领导人、工人领袖詹姆斯·康诺利。那是一个军事组织，成立的公开动机是保卫工人不受老板和当局的侵犯。第一任司令杰克·怀特上尉成为爱尔兰民族主义者之前，曾在英国陆军卓有成效地服役过。在成立仪式上宣读了罗杰加入该组织的声明。那几天，他政治上的朋友正好派他到伦敦去为民族主义运动募捐。

几乎就在爱尔兰人民军成立的同时，出现了爱尔兰志愿军，那是在罗杰·凯斯门特所拥护的约恩·麦克尼尔教授的倡议下成立的。这个组织从一开始就受到秘密状态的爱尔兰共和兄弟会的支持，这个兄弟会是主张爱尔兰独立的，由民族主义者中的传奇人物汤姆·

克拉克以一家小小的烟草专卖店作为掩护而领导着。汤姆·克拉克曾被指控以爆破手段进行恐怖活动，在英国监狱里蹲了十五年，后来流亡到美国，从美国被盖尔集团（爱尔兰共和兄弟会的美国分支）派到都柏林，运用其组织才能去建立地下工作网。他已径五十二岁，但身体健康，工作起来不知疲倦、严于律己，真正的身份也未被英国间谍发觉。尽管不太容易，但两个组织合作得还是很密切，许多拥护者同时参加了两个组织。盖尔同盟的成员、在亚瑟·格里菲斯领导下走出了第一步的新芬党人、爱尔兰古老教团的成员及成千上万的独立派人士都参加了爱尔兰志愿军。

罗杰·凯斯门特同麦克尼尔教授和帕特里克·皮尔斯共同起草了志愿军成立宣言。1913 年 11 月 20 日，在都柏林圆形大厅举行的该组织第一次公开集会上，罗杰在与会群众中激动得浑身发抖。一开始，根据麦克尼尔和罗杰的建议，志愿军是个军事活动组织，成员在爱尔兰全境以班、连、团组织武装行动。鉴于当时严峻的政治局势，武装行动看起来已迫在眉睫。

罗杰全身心地投入志愿军的工作之中。就这样，他接触到了志愿军的主要领导人并同他们建立了亲密的友谊，其中很多是诗人和作家，如托马斯·麦克唐纳，既写剧本又在大学里任教；又如青年约瑟夫·普伦凯特，有肺病，有残疾，尽管有着身体上的缺陷，但精力过人，和皮尔斯一样是天主教徒、虔诚的读经师，也是大教堂剧院的创建者之一。罗杰为了志愿军而日日夜夜地工作，每天都在诸如都柏林、贝尔法斯特、科克、伦敦、德里、戈尔韦和利默里克等大城市或小镇、村庄的集会上讲话，听众有时几百人，有时几个人。他在演说中，一开始还很平静（如"我是来自厄尔斯特郡为捍卫爱尔兰主权、为爱尔兰摆脱英国殖民桎梏而奋斗的一名新教徒……"），但是后来越讲越激动，到最后竟如醉如痴地像英雄一般激烈起来，几乎总能赢得听众暴风雨般的掌声。

与此同时，他还参与了志愿军战略计划的制订。他是领导人中最坚定地坚持独立运动要以武力作为后盾的，他确信这样才能把争取主权的斗争从政治计划最终有效地转变为军事行动。武装起来需要钱，这就必须说服热爱自由的爱尔兰人慷慨地资助志愿军。

于是就有了派罗杰·凯斯门特去美国的想法。美国的爱尔兰社团具有经济能力，可以通过公众舆论增加援助资金，还有谁能比这位世界闻名的爱尔兰人更能推动一场公众舆论运动呢？志愿军决定先把这一想法同盖尔集团在美国的领袖约翰·德沃伊商量一下。盖尔集团在北美团结了众多民族主义的爱尔兰人社团。德沃伊生于基尔代尔郡的基尔乡，年轻时就是地下工作积极分子，曾被指控为恐怖分子而被判十五年徒刑，不过只坐了五年的牢；到了阿尔及利亚又参加了外国军团；1903年在美国创办了报纸《美国的盖尔人》，与各种机构中的美国人建立了紧密联系，因此很有政治影响力。

在约翰·德沃伊研究那项建议的同时，罗杰继续推进爱尔兰志愿军武装化。他成了志愿军的总督察莫里斯·摩尔上校的好朋友，曾陪上校巡视全岛，检查训练成果、武器藏得是否安全。应摩尔上校的请求，他参加了志愿军参谋部的工作。

他多次被派往伦敦，那里有由爱丽丝·斯托弗德·格林主持的一个地下委员会，该委员会除了募集资金，还在英国和欧洲若干国家秘密购买步枪、手枪、手榴弹、机关枪和弹药并秘密运入爱尔兰。在伦敦同爱丽丝及其朋友们开会时，罗杰发觉，一场欧洲战争已经不仅仅是一种可能，而是即将成为事实：所有参加爱丽丝在格罗夫纳路家中茶会的政治家和知识分子都认为，德国已经下定决心，不要问战争是否会发生，只要问何时会发生。

罗杰已经搬到都柏林北岸的马拉黑德镇去住了，由于政治性的来来往往，他很少在住所过夜。搬过去不久，志愿军就通知他，爱尔兰皇家警察局已经为他立案，并秘密跟踪他。此外还有一个理由让他到美国去：在美国总比留在爱尔兰等着坐牢对民族主义运动更有用吧？约翰·德沃伊已经通知说盖尔集团欢迎他的到来。大家都认为他去美国会加速资金的募集。

他同意了去美国，但迟迟不肯出发。他希望能制订一个计划，在 1914 年 4 月 23 日庆祝克朗塔夫战役①九百周年，在那场战役中，爱尔兰人在布莱恩·博鲁的指挥下打败了英国人。麦克尼尔和皮尔斯支持他，但其他领导人认为这个计划浪费时间，为什么要把精力浪费在考古上？目前最重要的是实际行动，没有时间分散精力。罗杰的计划没有实现。他还有一个倡议没有实现，即派一队运动员去参加奥林匹克运动会。

罗杰一面为去美国作准备，一面几乎总是同麦克尼尔与皮尔斯一起在群众集会上讲话，有时同托马斯·麦克唐纳一起去。他去演说的地方有科克、戈尔韦、基尔肯尼等地。在圣帕特里西奥日②那天，他还登上了利默里克的讲台，那是他一生中见到的最伟大的集会。局势日益严峻，武装到牙齿的厄尔斯特统一派肆无忌惮地举行游行示威，进行军事演习，以致英国政府不得不摆摆样子，向北爱尔兰派去更多的士兵。那时在卡勒发生了兵变，这一事件深深地影响了罗杰的政治思想。当英国政府充分动员英国士兵去制止厄尔斯特极端派可能发动的武装行动时，驻爱尔兰总司令亚瑟·佩吉特爵士告知英国政府，说驻卡勒的军队里为数众多的英国军官对他说，如果他下令攻打爱德华·卡森领导的厄尔斯特志愿军，他们就要求

---

① 1014 年发生在都柏林附近的战役，爱尔兰人击败了北欧人，但爱尔兰国王布莱恩·博鲁（Brian Boru，941—1014）本人遇害。

② 圣帕特里西奥是爱尔兰的守护神，以他为名的节日在 3 月 17 日。

他辞职。英国政府在此讹诈面前做了让步，那些军官没有一位受到惩处。

这一事件支持了罗杰的信念：爱尔兰自治永远无法实现，因为英国政府的保守党主政也好，自由党主政也好，不管做了多少承诺，是永远也不会同意的。约翰·雷蒙德和相信自治的爱尔兰人肯定会一次又一次地失望。对于爱尔兰，自治并不是解决问题的办法。很简单，只有独立才能解决问题，而独立又不是能够轻易取得的，应该像皮尔斯和普伦凯特所说的那样，通过政治与军事行动，付出重大的牺牲与英雄主义的代价去夺取。全世界自由的人民都是这样争取到解放的。

1914年，德国记者奥斯卡·施威林想写一篇关于康内玛拉穷人的新闻报道而来到了爱尔兰。罗杰在斑疹伤寒流行时曾积极地帮助过当地居民，那位德国记者便找到了他。他们一起去了当地，走访了渔村和刚开始运转的学校和诊疗所。后来罗杰把施威林的文章翻译过来，刊登在《爱尔兰独立报》上。这位德国记者是赞成民族主义理论的，在与他的谈话中，罗杰坚定了去德国旅行时产生的想法：在德国与大不列颠发生军事冲突的情况下，把爱尔兰的解放斗争同德国联系在一起，同这个强大的国家结盟，爱尔兰更有可能从英国手中获得以自身劣势——矮子与巨人对抗——永远得不到的东西。志愿军欣然接受了他的这个想法。其实这个想法并不是新的，而是被一场迫在眉睫的战争重新唤醒。

在这种情况下，据说爱德华·卡森的志愿军已经把二百一十六吨武器通过拉尔尼港秘密地运进了厄尔斯特，加上原有的，统一派的军事力量大大地超过了民族主义志愿军。这样一来，罗杰就得赶快到美国去。

但是去美国之前，他还得陪约恩·麦克尼尔到伦敦去与爱尔兰议会党领袖约翰·雷蒙德会谈。尽管历经挫折，约翰·雷蒙德仍然相信爱尔兰的自治法案最终会得以通过。他还在罗杰与麦克尼尔的面前为英国自由党政府的善意进行辩解。那是一个粗壮、好动的人，讲起话来跟机关枪一样快，那种绝对自信的样子增加了罗杰·凯斯门特对他的反感。但他在爱尔兰为什么那么受欢迎？他那关于爱尔兰自治必须在英国的合作与支持下才能获得的理论得到了大多数爱尔兰人的拥护。不过，罗杰确信，群众对爱尔兰议会党领袖的这种信任将随着公众舆论日益看清爱尔兰自治不过是海市蜃楼——英国政府用来欺骗、分裂和离间爱尔兰人的手段——而渐渐消失。

会谈中，最让罗杰感到恼火的是雷蒙德坚持说，如果与德国爆发了战争，爱尔兰人应该与英国共同作战，这既是原则问题，也是战略问题：如此便可以赢得英国政府和公众舆论的信任，爱尔兰未来的自治也从而有了保证。雷蒙德还要求，在志愿军执行委员会中，他的党派要占二十五名代表。为了维持团结，爱尔兰志愿军不得不表示同意。即便做了这样的让步，也没能改变雷蒙德对罗杰·凯斯门特的看法，不时地斥责罗杰是"激进的革命者"。尽管如此，在爱尔兰逗留的最后几个星期里，罗杰还是给雷蒙德写了两封信，客客气气地要求他舍弃偶尔的分歧，多做有利于爱尔兰人团结的事，并向他保证，如果爱尔兰自治成为事实，他将是第一个支持自治的人；但是如果英国政府迫于厄尔斯特极端派的压力而未能通过《爱尔兰自治法案》，民族主义者就应该有另外一种战略选择。

1914年6月28日，罗杰正在卡申登的志愿军集会上讲话，传来了在萨拉热窝的一名塞尔维亚恐怖分子暗杀了奥地利弗朗茨·斐迪南大公的消息。当时谁也没当回事，但不到几个星期，成了爆发第一次世界大战的借口。罗杰在爱尔兰的最后一次演说是6月30日在卡恩角，嗓子都说哑了。

七天后，罗杰乘卡珊德拉号——这个名字是将来发生在他身上的事件的象征①——秘密地从格拉斯哥港向蒙特利尔出发。他用假名乘二等舱，并改变了装束。一般说来他还是衣冠楚楚的，现在却很时髦。从面孔上看，他改变了发式，剃去了胡须。很长时间以来，这次航行算是让他过上了几天平静的日子。在行程中，他惊奇地发现，最近几个月动荡不安的日子使他的关节炎忽然不痛了，而且几乎没有再犯过；即使有时再犯，也不像前几年那样无法忍受。在从蒙特利尔开往纽约的火车上，他准备了给约翰·德沃伊及盖尔集团其他领导人的一份关于爱尔兰当前局势的报告，其中论述道，由于政局的发展，战争随时有可能发生，因此爱尔兰志愿军急需经济援助，以购买武器。当然，战争也很可能为爱尔兰独立带来前所未有的机遇。

　　到了纽约，他在中等档次的、爱尔兰人常去的贝尔蒙旅馆住下来。当天，在炎热夏日的纽约曼哈顿大街上散步时，他遇到了挪威人艾文德·艾德勒尔·克里斯滕森。

　　那是一次偶然的相遇吗？当时他是这样认为的。他的脑子里一刻也没有怀疑过那是英国间谍部门策划的、几个月来一直在跟踪他的行动。他确信自己秘密地从格拉斯哥出走时所采取的预防措施是足够安全的。他也没有怀疑过自己一生中遭遇的一连串灾难是那个二十四岁的年轻人造成的。那年轻人的外表根本不像是一个无依无靠、快要饿死的流浪汉，尽管穿得破破烂烂，罗杰却觉得他是自己一生中遇到的最漂亮、最具魅力的男子汉。他请客，看着那年轻人吃三明治、小口小口地喝饮料的样子，他感到茫然、羞愧、心跳加

---

　　①　卡珊德拉，特洛伊国王之女。阿波罗向她求婚，赋予她预言能力；后因所求不遂，乃下令不准众人相信其预言。

快、热血沸腾，是一段时间以来没有过的。他举止庄重，很注意自己的行为，但是那天下午和晚上，他差一点儿失态，经不住诱惑地去抚摸艾文德那长满金色汗毛的有力臂膀，抱起他的细腰。

当他知道那年轻人无处睡觉，便把他请到了自己的旅馆里，在同一个楼层为他开了一个小房间。尽管旅途劳顿，他还是一夜没合眼。他想象着这位新朋友困得一动不动的健壮身体、乱蓬蓬的金发和生着一对明亮碧眼、线条柔和的面孔，想象着他张着嘴、露出整齐的皓齿偎依在自己臂弯中沉睡的样子，感到既是一种享受，又是一种折磨。

认识艾文德·艾德勒尔·克里斯滕森，对他产生强烈印象，以致第二天同约翰·德沃伊第一次见面讨论重要事项的时候，那人的面孔、身影仍不时地出现在罗杰的脑海里，使他不得不离开办公室一会——他们就是在那间小小的办公室里顶着酷暑谈话的。

约翰·德沃伊是经验丰富的革命老人，他的一生可以说是一部冒险小说，如今已是七十二岁的高龄，仍然精力充沛，表情、动作和说话的样子极富感染力。他一边倾听罗杰关于爱尔兰志愿军情况的报告，一边用铅笔在小本子上做笔记，还不时地舔着铅笔，不打断。罗杰讲完，他才开始没完没了地提问题，要求他再讲得精确些。令罗杰敬佩的是，他对发生在爱尔兰的事了如指掌，包括据说最为秘密的事。

约翰·德沃伊并不是一个热情洋溢的人，坐牢、地下工作和斗争岁月使他变得冷酷，但给人一种坦率、诚实、有着坚定信仰的感觉，是可以信任的人。在那次谈话以及在美国期间跟他的其他谈话中，罗杰注意到自己和德沃伊在爱尔兰问题上的意见完全一致。约翰也认为，给予爱尔兰自治已经太迟了，爱尔兰爱国者目前唯一的目标是解放。一切谈判，必须以武装行动为后盾。只有当军事行动给英国政府造成的困难局面让它觉得只有让爱尔兰独立才是最小的损失时，英国才会同意进行谈判。在即将到来的战争中，与德国联手是至关重要的：其后勤支援和政治支持能够提高独立派的效率。约翰·德沃伊向他透露，在美爱尔兰社团在这方面并不一致，约翰·雷蒙德的理论在这里还是有追随者的。不过，盖尔集团的领导层与德沃伊和凯斯门特的意见一致。

接下来的几天里，约翰·德沃伊把他介绍给盖尔集团纽约组织的领导，约翰·奎因、威廉·博埃尔克·柯克兰等人以及两位帮助爱尔兰事业的、很有影响力的美国律师，这二人在美国政府和议会中都有关系。

在约翰·德沃伊的要求下，罗杰开始在群众集会和各种会议上发表演说，以募集基金。他注意到，这样做在各个爱尔兰社团中起到了很好的效果。他因在非洲和亚马孙地区发动为当地土著人伸张正义的运动而闻名，他那充满理性与激情的演说打动了所有听众。在纽约、费城及东海岸其他城市，在他讲过话的群众大会之后，募捐得来的款项大增。盖尔集团的领导们跟他开玩笑地说，照此下去，他快变成资本家了。爱尔兰长老会也邀请他在群众大会上做主要演说，那是罗杰在美国参加的人数最多的群众大会。

在费城，他认识了另外一位流亡的民族主义领导人、约翰·德沃伊在盖尔集团的亲密合作者约瑟夫·麦克加里蒂。正当罗杰住在他家里的时候，传来了支援爱尔兰志愿军的一千五百支步枪和一万发弹药已经秘密地在豪斯成功登陆的消息，引起了爆炸式的欢乐，大家用白兰地庆贺起来。不久，罗杰得知，在那次登陆之后，在学士小道上，爱尔兰人和隶属王室的苏格兰边民团队的士兵发生了一次严重的冲突，死十三人，伤四十多人。战争就是这样开始的吗？

在美国来来往往期间，在盖尔集团开会时，在公众集会上，罗杰总是把艾文德·艾德勒尔·克里斯滕森带在身边，向人介绍说是他的助手、亲信。他为克里斯滕森买了一身穿得出去的衣服，还向他介绍了有关爱尔兰的问题。对此，那挪威青年表示一无所知。此人没什么文化，但并不傻，学得很快。罗杰与约翰·德沃伊及该组织的成员开会时，他表现得很谨慎，从不多嘴。约翰·德沃伊等人即使对挪威青年的在场心存疑虑，但都放在心里，不因这个陪同人向罗杰提出不适宜的问题。

　　1914 年，爆发了世界大战。8 月 4 日，英国向德国宣战。就在这时，德沃伊、约瑟夫·麦克加里蒂、约翰·基丁等代表的盖尔集团领导层决定让罗杰到德国去，让他代表独立派去建立战略同盟。同盟的一方，德国皇帝政府，将向爱尔兰志愿军提供政治和军事帮助，而爱尔兰志愿军将发动一次运动，反对把爱尔兰人拉进厄尔斯特统一派和约翰·雷蒙德的追随者所拥护的英国军队。这一计划曾与志愿军的少数领导如帕特里克·皮尔斯、约恩·麦克尼尔等人商量过，他们毫无保留地表示赞成。同盖尔集团保持联系的德国驻华盛顿大使也促成了此计划。德国武官弗朗茨·冯·帕本上尉来到了纽约，与罗杰会谈了两次，对盖尔集团、爱尔兰共和兄弟会与德国政府之间的合作表现出极大热情，他同柏林商量后，表示欢迎罗杰·凯斯门特到德国去。

　　罗杰和所有人一样，一直等待着战争爆发。战争威胁一旦变成现实，他就立即把全副精力投入到行动中去。他的这种倾向德意志帝国的立场包含着反英的毒招，使得盖尔集团的同伴大为震惊，尽管其中许多人也把赌注下在德国赢。他曾应邀去约翰·奎因的豪宅里住了几天，同他有过一次激烈的争论。他肯定地说，这场战争是一个像英国这样衰落的国家面对一个工业和经济正蓬勃发展、人口激增、冲劲十足的强国，为挽救自身的衰败，出于嫉妒而制定的谋略。德国代表未来，因为它没有殖民前科。而英国代表着一个衰落的帝国，注定会被消灭。

1914年，战争爆发后的三个月里，罗杰像在他最好的时期里那样夜以继日地工作着——写文章、写信、参加座谈会、发表演说，固执而狂热地指控英国是导致欧洲灾难的罪魁祸首，劝说爱尔兰人不要听信约翰·雷蒙德意图把他们卷进灾难的花言巧语。英国自由党政府让议会通过了《爱尔兰自治法案》，却限定等战争结束后才能生效。志愿军的分裂不可避免，组织扩大得非常快。雷蒙德和爱尔兰议会党长期处于多数派地位，拥有十五万追随者，而约恩·麦克尼尔和帕特里克·皮尔斯的拥护者仅有一万一千人。但这一情况丝毫没有降低罗杰·凯斯门特的亲德热情，他在美国的所有集会上继续把德国说成这场战争的受害者、西方文明的保卫者。"你这样说，不是出于对德国的热爱，而是出于对英国的憎恨。"争论时，约翰·奎因对他说。

九月，罗杰·凯斯门特的小册子《爱尔兰、德国与海洋的自由：1914年战争可能的结果》于费城出版。小册子里收录了他赞同德国的散文和论文，后来改名为《针对欧洲的罪行》于柏林再版。

罗杰倾向于德国的声明，给在美国工作的帝国外交家留下了深刻的印象。德国驻华盛顿大使约翰·冯·伯恩斯托尔夫伯爵来到纽约，与盖尔集团的三位领导人——约翰·德沃伊、约瑟夫·麦克加里蒂和约翰·基丁——及罗杰·凯斯门特进行了私下会谈，在场的还有弗朗茨·冯·帕本上尉。据同伴们回忆，要求德国外交家向爱尔兰民族主义者提供五万支步枪及弹药的是罗杰。在志愿者的帮助下，从爱尔兰的不同港口把武器秘密运进去是可能的，这些武器能够阻止英军的行动，从而有助于反殖民主义的军事起义；德国海军还可以趁此机会进攻英国海岸的守军。为了加深爱尔兰公众舆论对德国的好感，德国政府应发表一项声明，保证在战胜后必定支持爱尔兰摆脱殖民桎梏的热望。此外，德国政府还应承诺给予爱尔兰被俘士兵以特殊待遇，把他们与英国战俘区分，让他们有机会参加一支纵队，与德国军队并肩（而不是加入其中）战斗，反对共同的敌人。罗杰将负责组建那支纵队。

冯·伯恩斯托尔夫伯爵体魄强健，戴着单目眼镜，浆得笔挺的胸衣上挂满勋章。他专注地听罗杰讲话，冯·帕本上尉做记录。大使当然需要与柏林方面商量一下，不过他可以预先说一句：这些建议是合理的。果然，不久，第二次会面时，大使告知，德国政府拟与爱尔兰民族主义者代表凯斯门特就这件事在柏林举行会谈。大使还交给罗杰一封信，信中要求各机关为罗杰爵士前往德国期间提供一切便利。

罗杰立即开始作旅行准备。令德沃伊、麦克加里蒂和基丁感到惊奇的是，他说这次去德国要带上助手艾文德·艾德勒尔·克里斯滕森。正如计划的那样，出于安全考虑，他应在纽约先乘船去克里斯蒂安尼亚，那挪威青年在自己的国家里作为翻译对他会有所帮助；在柏林也是如此，因为艾文德也会德语。罗杰没有为助手要求额外补贴，盖尔集团给他的差旅费高达三千美元，足够两个人的开销。

他坚持要带上那名在各次会议上一直沉默不语的北欧青年去柏林这一点，使得他在纽约的朋友已经看出有点儿异样，不过他们什么都没说，未加评论地同意了。要是没有艾文德，罗杰不可能做那次旅行。跟他在一起，他感到有一种生命的青春、幻想的青春在涌动，还有——说出来让他脸红——爱情在涌动。这在以前是没有过的。在以前偶然的街头艳遇中，那些人的名字（如果是真名而不是绰号的话）他几乎立刻忘掉了，要么只是以想象力、欲望和孤独制造的幻影留在日记中的纸页上。然而，和那"漂亮的北欧人"（他私下里就是这样叫他的)在一起的几个星期、几个月里,他有这样一种感觉:他们之间的关系远胜欢娱,是天长地久的感情,能使他摆脱因性倾向而注定的孤独感。这件事他没有对艾文德谈起,他并不是傻瓜。他多次对自己讲,挪威人跟他在一起,很可能,他甚至确信,是出于利益的考虑,因为同罗杰在一起,每日有两餐、有衣穿、有床睡,不用露宿。艾文德自己也承认,很久没感到这么安全。但他与那青年日常交往时还是排除了一切戒心。该青年对罗杰既殷勤又亲切,仿佛天生就是来照料罗杰的,连穿的衣服都给他递过来。他举止稳重,办事稳妥,随叫随到,在私下里也总保持着距离,从不放肆地胡说八道。

他们买了从纽约到克里斯蒂安尼亚的奥斯卡二世号二等舱船票,出发日期是十月中旬。罗杰在各种文件上使用詹姆斯·兰迪的假名,剃了光头,把古铜色的脸用雪花膏涂白。轮船在公海被英国海军拦截下来,押到了赫布里底群岛的斯托诺韦港。在那里,英国人对他进行了严格的搜查,但并没有发现他的真实身份,于是两个人于1914年10月28日晚平安无恙地抵达了克里斯蒂安尼亚。罗杰从来没感到身体像现在这样好过。如果有人问他,他会回答说,他是个幸福的人,虽然有很多问题。

尽管如此,在那几个小时、几分钟,他觉得鬼火——他自以为是幸福感——缠身的时候,他一生中最痛苦的时期也开始了。他后来觉得,那样的失败使得他以前所做的一切高尚的好事都被抵消了。在抵达挪威首都的当天,艾文德告诉他,自己被几个陌生人劫持到英国领事馆,在那里被审了几个小时,对方询问他那神秘的旅伴是什么人。罗杰太天真了,相信了他,还认为这件事是一次天赐良机,使他有机会揭露英国外交部的笨拙手段(企图暗杀他)。实际上,后来经过调查,是艾文德自己出现在英国领事馆,主动出卖了他。这件事一直困扰着罗杰。他到处奔波，进行无益的交涉和准备，结果浪费了几个星期、几个月的时间，不但没为爱尔兰的事业带来任何好处，反倒成为英国外事办公室和情报机关的笑料——把他看作一个学习谋反的可悲学徒。

也许是出于对英国的否定，罗杰对德国敬佩起来，把德国看作效率高、守纪律、有文化、现代化的典范。但他什么时候又开始对德国感到失望了呢？不是在到达柏林的头几个星期。在负责他与德国外交部联系的理查德·迈耶的陪同下从克里斯蒂安尼亚到德国首都的旅途中，他还满怀幻想，确信德国会赢得战争，而德国的胜利又对爱尔兰的解放有着决定性意义。秋天的柏林，雾雨交加，阴冷异常，但他对这个城市的印象很好。负责对外关系的副国务秘书亚瑟·齐墨尔曼与外交部英国司司长乔治·冯·韦代尔都亲切地接待了他，对他关于把爱尔兰战俘组建成纵队的计划表现出极大的热情。双方都主张由德国政府发表宣言，支持爱尔兰独立。果然，1914 年11 月 20 日，德意志帝国发表了这样的宣言，宣言的内容也许不像罗杰所期望的那样明确，但是对于证明主张爱尔兰民族主义者与德国联盟的人的合理性立场还是足够清楚的。不过，尽管那天的宣言让他热情高涨，那无疑是他的一个成就；尽管负责对外关系的国务秘书通知他，最高军事当局已经命令把爱尔兰战俘集中在同一个营地里，他可以去看他们；但是罗杰开始预感，现实不会如他所愿。相反，他很可能会失败。

事情逆转的第一个兆头是罗杰收到唯一一封来自爱丽丝·斯托弗德·格林的信（这封信绕了一个弯子，越过大西洋，先到了纽约，在纽约换了信封、姓名和地址，才到了他的手里），得知英国报纸已经报道了他出现在柏林的消息。这一消息在赞成支持德国的决定和反对这一决定的两派民族主义者之间引发了一场激烈的争论。爱丽丝是持反对意见的,而且断然地讲了出来。她说许多坚定拥护独立的人都跟她的意见一致。她还说,对于欧洲战争,最多只能接受中立的立场,而绝不能与德国一起搞什么共同事业。成千上万的爱尔兰人正在为大不列颠而战斗着,如果这些爱国者知道爱尔兰民族主义阵营的杰出人物正同炮击他们、向守在比利时战壕里的他们喷射瓦斯的敌人站在一起,会有什么感觉?

爱丽丝的来信对他来说无疑是一个晴天霹雳。他最敬仰的人、在政治上跟他比跟任何其他人都更为一致的人却谴责起了他正在做的事,并用这样的语气对他说出来,这让他不知所措。从伦敦的角度看事情会不一样,缺乏长远的眼光。但是,不管他多么有理由,思想里总是有一种困惑着他的东西:他政治上的良师益友竟然表示不赞成。他认为她这样做对爱尔兰的事业有害无益。从此,一个疑问一直在他的脑海里不祥地回响:"如果爱丽丝是正确的,难道是我错了?"

就在十一月,德国当局让他到查尔维尔前线去,同那里的军事领导商谈建立纵队事宜。罗杰心想,如果取得成功,建成了一支军事力量并为了爱尔兰独立而与德国军队共同作战,也许就能够打消许多像爱丽丝那样的朋友的疑虑,就会使他们承认政治上的感情用事会成为一种障碍,从而同意爱尔兰的敌人是英国,而敌人的敌人就是爱尔兰的朋友。那次短暂的旅行给他留下了很好的印象,在比利时作战的德国高级军官都对胜利抱有信心并欢迎建立爱尔兰纵队的想法。关于战争本身,他并没有看到什么,只有正在行军的部队、小镇上的医院、武装士兵押送的战俘以及远方的炮声。回到柏林时,等着他的是一个好消息:梵蒂冈同意了他的请求,决定给爱尔兰俘虏集中的营地派来两位神父:一位是奥古斯丁派的奥格尔曼修士,一位是多明我会的托马斯·克罗蒂修士。奥格尔曼只能待两个月,而克罗蒂只要被需要就会待下去。

如果罗杰没认识托马斯·克罗蒂神父，他会怎样？1914—1915年那个可怕的冬天，他很可能熬不过去。那年，整个德国，尤其是柏林，遭到了暴风雪的袭击。大街堵塞，道路不通，狂风把树木连根拔起，吹跑遮雨棚，吹碎大玻璃窗，气温达到了零下 20 至零下 15℃。再加上战争，他好几次都得忍受无照明、无暖气的苦楚。身体的不适更加剧烈起来，胯骨和髂骨的疼痛使得他站不起来，只能蜷缩在座位上。多日来，他以为自己会永远瘫痪在德国。痔疮也来折磨他，上厕所好像去受刑。他感到身体日渐虚弱、疲乏，仿佛一下子老了二十岁。

　　在此期间，他唯一的救生圈是托马斯·克罗蒂神父。"圣人是存在的，并不是神话。"他对自己说道。克罗蒂神父如果不是圣人，那他又是什么？他从不抱怨，总是微笑着去适应不尽如人意的环境。这说明他脾气好，说明他生来乐观，说明他从心底相信生活中有着相当多的好事物，值得为此而活。

　　神父个头不高，头发灰白、稀疏，圆圆的脸庞，面色红润，一双眼睛明亮地闪闪发光。他出生于戈尔韦贫穷的农民家庭，在高兴的时候，他会用盖尔语唱小时候听母亲唱过的摇篮曲。当他得知罗杰曾在非洲度过了二十年，在亚马孙地区也度过了将近一年，就对罗杰说，他在神学院的时候就梦想到遥远的国度去传教，但多明我会替他决定了另一种命运。在军营里，他成了所有战俘的朋友，因为他不分思想、不分信仰地同等尊重所有人。一开始，只有极少数人信服罗杰的理念，但神父严格地保持不偏不倚的立场，从不表示支持或反对爱尔兰纵队。"这里所有的人都在经受着苦难，都是上帝的子民，因而都是我们的兄弟，不是吗？"他对罗杰这样说道。罗杰在与克罗蒂神父的多次长谈中很少涉及政治，关于爱尔兰却谈得很多。是的，他谈爱尔兰的过去、爱尔兰的英雄、爱尔兰的圣徒和爱尔兰的殉教者。但是在克罗蒂神父口中出现最多的爱尔兰人是那些为了赚得几块硬面包而一天到晚地劳作、受苦受难的无名农夫和那些为了不致饿死而移民到美洲、南非和澳大利亚的爱尔兰人。

反倒是罗杰引着克罗蒂神父谈论宗教问题。这位多明我会的神父在这方面很谨慎，无疑是因为他想到罗杰是英国圣公会成员，所以宁愿避免冲突。但是后来罗杰对他说出了精神上的困惑，并承认一段时间以来，越来越受到母亲所信仰的天主教的吸引，克罗蒂神父才高兴地同意涉及这个话题，耐心地对他的好奇、疑虑和问题进行解惑。有一次，罗杰斗胆地脱口而出："您认为我现在的所作所为是对还是错，克罗蒂神父？"神父严肃起来："我不知道。我不喜欢说谎。很简单，我不知道。"

1914年年底，罗杰在两位德国将军——德·格拉夫与埃克斯内尔——的陪同下到林堡营地转了一圈以后，向数百名爱尔兰战俘发表讲话。到此时，罗杰还不知道实际情况并不像他所预期的那样。当他以对爱尔兰火一般的热情向战俘们解释为什么要成立爱尔兰纵队、爱尔兰纵队要执行什么样的使命、祖国会感激爱尔兰纵队为此而作的牺牲等等时，他看到他们突然扭曲的大嘴和困惑、疑惧、敌视的表情。想到这里，他对自己说："我太天真、太傻了。"他也想起了那些偶尔发出的、对约翰·雷蒙德的欢呼声，那些喊喊喳喳的谴责声，甚至是威胁声，以及他讲话之后的沉默。最让他感到屈辱的是，他刚讲完，德国看守就把他围了起来，护送着走出了营地。虽然德国人没听懂他们说些什么，但从大多数俘虏的态度上可以看出，那股情绪会演变成对演说者的一场殴打。

1915年1月5日，他再次回到林堡，第二次跟他们讲话时，发生了完全相同的情况。这一次，战俘们已不限于给他眼色看、用表情和动作表示不满，而且朝他吹口哨、谩骂："德国人给你多少钱？"

这是听到最多的喊声。喊声震天，他不得不停了下来。接着，石子、唾沫、杂物等雨点般地落在了他身上。德国兵赶快把他拖了出来。

他一直没能从那件事中平静下来，回忆就像癌细胞，不停地啃噬他的内心。

"鉴于出现这样普遍的对抗，我是不是应该放弃这件事，克罗蒂神父？"

"您应该去做自己认为对爱尔兰有利的一切事情。您的理想是纯洁的，不被接受并不永远意味着一项事业的正确与否。"

从此，他将过着令人心碎的两面生活：在德国当局面前要谎称爱尔兰纵队正在组建，加入纵队者确实还很少，但是当俘虏们克服了初期的不信任感并理解了同德国友好合作将对爱尔兰有利之后，情况就会不一样；但从内心来讲，他很清楚自己的话并不确实，永远不会有大批人加入纵队，纵队最多不过是象征性的一小群人。

既然这样，为什么还要继续？为什么不向后转？因为这样一来，无疑等于自杀，而罗杰·凯斯门特不愿自杀，不，决不，不管怎样决不自杀。为此，1915 年年初，怀着一颗冰冷的心，在为"芬德雷①那件事"而浪费时间的同时，他仍然同德意志帝国当局谈判签订关于爱尔兰纵队的协议。他提出了某些条件，对方的亚瑟·齐墨尔曼、乔治·冯·韦代尔伯爵和鲁道夫·纳多尔尼伯爵三个人很严肃地听着，在本子上记着。下次会谈时，他们通知说，德国政府同意他的要求：纵队可以穿自己的制服，有爱尔兰籍军官，自主选择进入的战场；纵队的费用将由将来成立的爱尔兰共和国政府偿还给德国政府。罗杰同对方一样，都很清楚所有这一切只是做做样子而

---

① 原文 Findlay，源自盖尔语，指金发的小士兵，也有"独立、公平、伟大"之意。此处可能指艾文德，也可能指民族主义者的内部分歧。

已，因为到了 1915 年，爱尔兰纵队连一个连的志愿者都没招到，当时只招募到了四十多个人，还不能保证他们都遵守诺言。他曾多次问自己："这场闹剧能持续到何时？"他在写给约恩·麦克尼尔和约翰·德沃伊的信里还不得不向他们保证，虽然慢了些，但成立爱尔兰纵队是可以实现的。志愿者的人数正在慢慢地增加，因此必须给他们派来爱尔兰籍军官进行训练，带领未来的班、排和连。他们答应了，但未能完全兑现，唯一到达的只是那位罗伯特·蒙泰特上尉。说真的，坚强的蒙泰特一个人能值一个营。

严冬过去了，菩提树大街上的树木开始露出新芽。对即将发生的事，罗杰也看出了端倪。一天，负责对外事务的国务秘书在一次例会上突然告知罗杰，德国军事最高司令部并不信任他的助手艾文德·艾德勒尔·克里斯滕森，有迹象表明，他可能正在为英国情报部门通风报信，所以罗杰应该马上让他离开。这个警告让他大吃一惊。他立即排除这个可能，要求对方出示证据。他们回答说，德国情报部门如果没有强有力的支持，是不会作出这样的结论的。那几天，艾文德正好想去挪威待几天，看望亲戚。罗杰鼓励他去，给了他一些钱，还到车站为他送行。这样一来，真是雪上加霜，这个北欧美男子难道真是间谍？他思索着，想从二人在一起的最近几个月里找出能够暴露他的某件事、某个态度、某种矛盾或某句话。没有，什么都没找出来。他竭力让自己平静下来，认为这种谎言是那些有偏见的条顿贵族和怀疑他与挪威人关系不正常、想把他们分开的清教徒利用包括污蔑在内的各种手段而策划的阴谋。然而，他仍疑心不退，夜不成寐。当他得知艾文德·艾德勒尔·克里斯滕森决定不回德国而是从挪威直接回美国的时候，才高兴起来。

1915 年 4 月 20 日，年轻的约瑟夫·普伦凯特作为爱尔兰志愿军和爱尔兰共和兄弟会的代表，为了躲避英国情报部门的间谍网，像跳摇滚舞般地周游半个欧洲之后，来到了柏林。以他那样的身体状况，怎么能作出这样的努力呢？他大概还不到二十七岁，骨瘦如柴，因患小儿麻痹症而处于半瘫痪状态，肺结核也在啃噬着他，使他的面庞有时看起来就像个骷髅。他出身望族，父亲乔治·诺布尔·普伦凯特伯爵是都柏林国家博物馆馆长。约瑟夫说起英语带有贵族腔。他的衣着很随便：长裤像个大口袋，礼服也大得很，大礼帽压到眉毛处。然而一听他讲话，跟他谈上一会儿，在他那副小丑外表、垮掉了的身体状况和滑稽可笑的服装后面有一种超级的智慧、少见的洞察力、深厚的文学修养和为了爱尔兰的事业而勇于斗争、勇于牺牲的强大精神力量。在都柏林，每次同他谈话或在志愿军的会议上，这一切都给罗杰·凯斯门特留下了深刻印象。他也写诗，写神秘主义的诗。跟帕特里克·皮尔斯一样，他是虔诚的信徒，很熟悉西班牙神秘主义作家，尤其是圣特雷莎·德·赫苏斯①和圣胡安·德拉·克鲁斯②，后者的诗句，他能用西班牙语背出来。和帕特里克·皮尔斯一样，在志愿军里，他总是和激进派人士站在一边，因此也就跟罗杰接近起来。听着他们的谈话，罗杰多次对自己说，看样子，皮尔斯和普伦凯特所寻求的是殉道，他们确信只有像彪炳史册的巨人英雄如库丘林、芬恩③、欧文·罗伊④及至近代的沃勒

---

① 圣特雷莎·德·赫苏斯（Santa Teresa de Jesús，1515—1582），西班牙修女，神秘主义作家，作品有《生平》《完美之路》等。
② 圣胡安·德拉·克鲁斯（San Juan de la Cruz，1542—1591），西班牙修士，抒情诗歌重要作家，作品有《心灵之歌》等。
③ 芬恩（Fionn），凯尔特神话中的传奇英雄之一，盖尔语史诗《芬尼亚传奇》中的重要人物。
④ 欧文·罗伊（Owen Roe），爱尔兰17世纪传奇英雄、将军，他制作的爱尔兰竖琴旗一度成为爱尔兰的象征。

福·托恩①、罗伯特·埃米特②那样大力弘扬英雄主义而藐视死亡，像史前时代的殉道者基督那样勇于自我牺牲，才能把"争取自由的唯一办法就是拿起武器去战斗"这一思想传播给大众。只有靠爱尔兰儿女的牺牲，才能开创一个没有殖民者、没有剥削者、奉行法制、信奉基督教义和正义、自由的爱尔兰国家。在爱尔兰，约瑟夫·普伦凯特和帕特里克·皮尔斯这种疯狂的浪漫主义曾让罗杰感到吃惊。而在柏林的这几个星期，春天为花园带来了花团锦簇，为公园的树木带来了绿意葱葱，在这令人愉悦的日子里听年轻的诗人兼革命者普伦凯特讲话，罗杰很受感动，对这位刚刚到来的朋友的话坚信不疑。

普伦凯特从爱尔兰带来了令人振奋的消息。由于欧战爆发，爱尔兰各个志愿军出现了分化，据他说，这大大有助于事态的明朗化。的确，多数派仍支持约翰·雷蒙德关于与帝国合作、加入英国军队的主张，但是那些忠于志愿军的少数派则拥有决心战斗到底的数万人支持，那才是一支紧密团结、目标明确、决心为爱尔兰战死疆场、真正意义上的军队。现在可以说，爱尔兰志愿军、爱尔兰共和兄弟会与爱尔兰人民军紧密团结起来了。人民军的组成有马克思主义者如詹姆斯·拉金、工团主义者如詹姆斯·康诺利等及新芬党人亚瑟·格里菲斯，甚至连激烈抨击过志愿军是"资产阶级爹妈的孩子"的肖恩·奥凯西都表示了对这种合作的支持。由汤姆·克拉克、帕特里克·皮尔斯和托马斯·麦克唐纳等人领导的临时委员会正夜以继日地准备起义事宜。事不宜迟，欧战提供了唯一的机会。所以，德国必须提供五万

---

① 沃勒福·托恩（Wolfe Tone，1763—1798），爱尔兰最早的民族主义者之一，主张用"爱尔兰人"一词取代"天主教徒"和"新教徒"，以促成爱尔兰的独立与统一。
② 罗伯特·埃米特（Robert Emmet，1778—1803），爱尔兰民族主义者，曾领导了1803年反抗英国统治的都柏林暴动。

支步枪，爱尔兰军队必须进攻由皇家海军装备起来的爱尔兰港口，这样的联合行动或许将决定德国能否取胜。而最后，爱尔兰将获得独立与自由。

罗杰表示完全同意，这也是他一直以来主张的，他正是为此才来到了德国。他坚持主张，临时委员会要确认，德国海军和陆军的进攻行动是起义必不可少的前提。没有德军的入侵，起义肯定会失败，因为后勤力量悬殊太大。

"但是，罗杰爵士，"普伦凯特打断他，"您忽略了一个超越武器和士兵人数的因素，那就是神秘主义。我们有，而英国人没有。"

他们是在一家顾客不多的酒馆里谈话的。二人吸着烟，罗杰喝的是啤酒，普伦凯特则要了冷饮。普伦凯特告诉他，他在都柏林金麦吉区拉科菲尔德大街上的家变成了锻造车间和弹药库，能制造手榴弹、炸弹、刺刀、长枪，还能缝制旗帜。他讲这些事的时候情绪激动，像神鬼附体。他还说临时委员会决定向约恩·麦克尼尔隐瞒关于起义所达成的一致。罗杰听了，大吃一惊，如此重要的决定，怎么能向爱尔兰志愿军的创始人、现任的领导人加以隐瞒？

"我们都很尊敬他，没人怀疑麦克尼尔教授的爱国主义和忠诚，"普伦凯特解释道，"但是他太软弱了，只相信以理服人，相信和平方式。等他即使想阻止起义也为时已晚的时候再告诉他。到时候，相信他一定会同我们一起站在战壕里。"

罗杰同普伦凯特夜以继日地草写了一份长达三十二页、关于起义的详细计划书，并向德国外交部和海军司令部作了介绍。计划书说明，驻爱尔兰的英国军队只是分散在少数几个据点里，很容易使之屈服。德国的外交家、官员和军方听了，很受感动。这个衣着像小丑的半瘫痪年轻人讲起话来简直判若两人，以数学般的精准，条分缕析地解释了一次配合德国入侵的民族主义革命将会取得很大的优势。懂英语的人听着他讲话，尤其被他那流利、澎湃、鼓舞人心的口才吸引，就连不懂英语的人在等待把他的话翻译过来的时候也惊奇地盯着这位爱尔兰民族主义密使充满激情、近乎疯狂的表情。

他们一面听，一面把约瑟夫和罗杰提出的要求记下来。但他们什么也没有承诺，既没承诺入侵，也没承诺提供五万支步枪及相应的弹药，只说一切都纳入战争的全局战略中加以研究；德意志帝国对爱尔兰人民的愿望表示赞许，秉持支持爱尔兰人民合法意愿的原则。仅此而已。

约瑟夫·普伦凯特在德国待了差不多两个月，过着和罗杰一样俭朴的生活，直到 1915 年 6 月 20 日才离开德国，到达瑞士边境，再经意大利和西班牙回爱尔兰。这位年轻的诗人对爱尔兰纵队的士兵如此之少并未注意，也未对纵队表示出好感，这是什么原因？

"为了加入纵队，战俘们将违背忠于英国军队的誓言，"他对罗杰说道，"我一贯反对我们的人加入占领者的队伍里去。一旦这样做了，就违背了在上帝面前的誓言，就是犯罪，就是丧失信誉。"

克罗蒂神父听到了他们的谈话，但是他保持沉默。整个下午，三个人在一起时，他都像斯芬克斯那样一言不发，只是听着诗人讲话。后来，这位多明我会的神父对罗杰评论道：

"毫无疑问，这个青年不一般，我是从他的智力和他对事业的献身精神中看出来的。有些基督徒为了信仰，可以到罗马竞技场去把自己投喂野兽，他就是这样的人。但他也有可能以同样的虔诚、同样的对流血和战争的赞美，像征服耶路撒冷的十字军那样去杀掉遇到的所有不信教的犹太人和穆斯林，包括女人和小孩。罗杰啊，这样的人虽说能彪炳史册，但我对他们感到的是恐惧而不是敬佩。"

那几天，罗杰与约瑟夫谈论最多的是在德国军队没有同时入侵英国或炮轰爱尔兰领土上皇家海军据点的情况下有无可能举行起义。

普伦凯特主张即使在这种情况下也要执行起义计划，既然欧战为我们创造了机会，就不要浪费。罗杰则认为那是一种自杀行为，那样一来，革命者不管多么英勇、无畏，还是会被英帝国的机器碾碎；英帝国正好利用这次机会进行一场无情的清洗，爱尔兰的解放将会再推迟五十年。

"我是不是可以这样理解，如果在没有德国配合的情况下发动起义，您是不会跟我们站在一起的，罗杰爵士？"

"我当然要跟你们站在一起，尽管明知道那是无谓的牺牲。"

年轻的普伦凯特盯着罗杰的眼睛，看了很长时间。罗杰好像从他的眼光中看出了一丝惋惜的表情。

"请允许我坦率地跟您讲，罗杰爵士，"最后，他终于以一种绝对真理的拥有者的严肃语气低声说道，"我觉得有些东西，您还没有弄懂。问题不在于是否胜利。很清楚，我们将会失败。问题在于要坚持，经受住失败，日日夜夜、年年月月地坚持，让我们的死亡、我们的流血百倍地激发爱尔兰人的爱国主义，直到获得一种不可抗拒的力量。问题在于要让我们每死一个人就会诞生一百个革命者。基督教不就是这样传承的吗？"

罗杰不知该如何回答。普伦凯特走后的几个星期对罗杰来讲是紧张的日子：鉴于健康状况、年龄、文化程度、职业等级和表现情况，他不断地要求德国释放爱尔兰战俘。这一行动在爱尔兰产生了很好的反响。德国当局本来坚决不同意，但后来作了让步。大家拟了一份名单，对名单进行了讨论。最后，德国最高司令部同意释放了一百名职员、教师、大学生和有信誉的商人。讨论几小时、几天地持续进行，时而激烈，时而松动，搞得罗杰筋疲力竭。另一方面，令他不安的是，爱尔兰志愿军追随着皮尔斯和普伦凯特的理论，在德国尚未决定是否进攻英国的情况下就要发动起义。于是他向德国外交部和海军司令部施压，要他们回复是否提供五万支步枪，但得到的回答还是模棱两可。直到有一天，他正在与外交部开会时，布里希尔伯爵说了一些令他沮丧的话：

"罗杰爵士，您对轻重缓急没有正确的概念。您客观地看一看地图吧，就会看到爱尔兰在地缘政治上是多么没有价值。不管帝国多么同情爱尔兰的事业，但以德国的利益而言，还有更重要的国家和地区呢。"

"也就是说，我们不会得到武器吗，伯爵先生？德国断然排除了入侵英国的可能？"

"这两件事正在研究。换作是我，会把入侵排除。不过这要由专家们决定。您早晚会接到最终的答复。"

罗杰给约翰·德沃伊与约瑟夫·麦克加里蒂写了一封长信，向他们解释自己为什么反对在没有德国军事行动的配合下举行起义。他请求二位利用其在爱尔兰志愿军和爱尔兰共和兄弟会中的影响，劝说大家不要鲁莽行动。同时，他保证继续竭尽一切努力，争取获得武器。他的结论却是戏剧性的："我失败了，在这里已毫无用处。请允许我回美国去。"

那几天，他的病痛加重了，任何办法对他的关节痛都没有用。不断地感冒、高烧迫使他不得不经常卧床不起。人消瘦了，还患了失眠症。雪上加霜的是，在这种情况下，他得知《纽约世界报》登出了一则消息，那无疑是英国反间谍机构透露出来的，声称罗杰·凯斯门特爵士正在柏林接受德意志帝国的一大笔钱，让他在爱尔兰鼓动一次暴动。他发出了一封抗议信，题为《我为爱尔兰工作，不是为德国工作》，但是没被刊出。他在纽约的朋友让他放弃起诉，他会败诉的。再说，盖尔同盟不准备把钱浪费在打官司上。

这一年，德国当局同意了罗杰坚持要求的一件事：把参加爱尔兰纵队的志愿者从林堡的战俘中区分开来。1915 年 5 月 20 日，五十多名纵队队员因受同伴敌视，被转移到柏林附近措森的较小营地去了。大家庆祝了这次转移，由克罗蒂神父做了一次弥撒，在同志般的气氛中喝了酒，还唱了爱尔兰歌曲。这种气氛鼓舞了罗杰，他向纵队队员宣布，几天后，他们就会拿到由他亲自设计的制服，很快就会有几位爱尔兰军官到来，领导纵队的训练工作。他们将是爱尔兰纵队第一连的成员，将作为英雄事业的先驱而载入史册。

这次会议之后，他立即又给约瑟夫·麦克加里蒂写了一封信，向他讲了措森营地的情况，并对上一封信中流露出的极端悲观情绪表示道歉——那封信是他在意志消沉时写的，但现在他不那么悲观了。约瑟夫·普伦凯特的到来和措森营地的建立对他都是鼓舞。他将继续为爱尔兰纵队工作。纵队虽小，但在欧战的战略框架内具有重要的象征意义。

1915 年夏初，罗杰到达慕尼黑，住在巴斯莱尔·霍夫旅店。那是一家俭朴但令人愉快的旅店。巴伐利亚州的首府不像柏林那么令人沮丧，虽然生活上要比在首都更加孤独。他的健康状况也继续恶化，关节痛和感冒迫使他不得不一直关在自己的房间里，但这种深居简出的生活使得他的脑筋动得更加紧张起来。他大量地喝咖啡，不停地吸烟，黑色烟草把房间里弄得烟雾腾腾。他不断地给在德国外交部和海军司令部的联络员写信，每天都同克罗蒂神父保持着精神和宗教上的联系。神父的来信他读了又读，并把它们像宝贝一样地珍藏起来。一天，他想起来要祈祷。很久没祈祷了，起码没有聚精会神地试图向上帝敞开心扉，诉说自己的疑虑、不安、担心犯错误，请求上帝怜悯、指引他将来如何行动。同时，他也写短文，指出独立后的爱尔兰应该吸取其他国家的经验教训，以避免犯错误，防止产生贪腐、剥削、贫富分化、弱肉强食等现象。他有时也感到沮丧，写下这些短文派什么用呢？爱尔兰的朋友们正在全力应对困难局势之际，用关于未来的短文使他们分心是没有意义的。

夏天过去了，他感到好了些，便去了措森营地。纵队队员穿上了他设计的制服，所有人的帽檐上都闪烁着爱尔兰徽记。营地运转得井井有条，但是没有行动、总是关在营地里，不免使得这五十多个人士气不高，尽管克罗蒂神父努力地为他们打气，组织体育活动和各种比赛，给他们上课，进行各种问题的辩论。罗杰认为这正是在队员们面前展示行动前景的时刻。

他让队员们围成一圈，向他们解释采取什么样的战略能够使他们走出措森，还给他们自由。在这种时候，如果无法在爱尔兰参加战斗，那么为什么不在别的地方、在建立纵队的地方开展同样的战斗？世界大战已经蔓延到了中东，德国和土耳其正在为把英国从其埃及殖民地赶出去而战斗，他们为什么不去参加埃及的反对殖民主义、争取独立的斗争呢？由于纵队还太弱小，所以必须加入到别的军队中去，但这种加入一定要保持爱尔兰纵队的独立身份。

罗杰把这个建议拿去同德国当局进行讨论。德国接受了，约翰·德沃伊和麦克加里蒂也同意了。土耳其将同意按照罗杰的条件让纵队加入到他们的军队里去，于是展开了长时间的讨论。最后，有三十七名纵队队员宣布准备去埃及参加战斗，其他队员还需要考虑。此时让所有纵队队员担心的一件紧迫事却是，仍关在林堡的俘虏曾经威胁说要向英国当局告发他们，从而导致他们在爱尔兰的家人无法再收到英国军方发放的士兵抚恤金。这样一来，他们的父母、妻子和儿女就会饿死。在这方面，罗杰有什么办法呢？

很明显，英国政府会进行这样的报复，而罗杰却没有想到这一点。看到队员们愁眉苦脸的样子，他只能向他们保证，他们的家人不会没人管，如果抚恤金不发了，那么各个爱国组织会帮助他们。

当天，他就给盖尔同盟写了一封信，要求成立一个基金会，以补偿遭报复的纵队队员的家属。但罗杰对此并不抱幻想，事情是这样的：款项一旦汇给了爱尔兰志愿军、爱尔兰共和兄弟会和盖尔集团的金库，就只能用来购买武器，这才是头等大事。他很不安，五十个穷困的爱尔兰家庭将会因他的过错而挨饿，也许到了下一个冬天会因患上肺结核而消亡。克罗蒂神父想安慰他，但这次，他的道理未能让他平静下来。雪上加霜的是，他的健康状况再次恶化，不仅是身体上的，还有思想上的——就跟在刚果和亚马孙地区遭遇的最困难时刻一样，他觉得思想上好像失去了平衡，有时像一座正在爆发的火山。他会不会丧失理智？

他回到了慕尼黑，继续往美国和爱尔兰写信，要求在经济上帮助纵队队员的家庭。为了转移英国情报部门的注意，信件要辗转经过几个国家，中间要换几次信封和地址，所以回信需要一两个月才能到。他的苦恼达到了顶点。这时，罗伯特·蒙泰特到了，他将肩负起纵队的军事工作。这位军官不仅带来了强烈的乐观主义、得体的举止和冒险精神，还带来了关于纵队队员的家庭一旦遭报复就会立即得到爱尔兰革命者帮助的正式承诺。

蒙泰特上尉一到德国就来到慕尼黑与罗杰见面。看到罗杰那病歪歪的样子，他简直不知所措了。他很敬仰罗杰，对他极为尊敬。他说在爱尔兰革命运动中，无人知悉他的身体竟如此虚弱。凯斯门特不许他把自己的健康情况报告上去。他们一起回到了柏林。

他把蒙泰特介绍给了德国外交部和海军司令部。年轻的军官急切地要马上工作，他对纵队的未来表现出罗杰早就流失了的、钢铁般的乐观精神。罗伯特·蒙泰特在德国逗留的六个月，跟克罗蒂神父一样，对罗杰来说是一个福音，阻止了他的消沉意志将他推向发疯的深渊。神父与军人是不同的，但罗杰多次对自己说，他们代表了爱尔兰人的两个典型：圣徒与斗士。在不同的时间跟两个人谈话时，罗杰记起了跟帕特里克·皮尔斯的几次谈话。皮尔斯谈到祭坛与武器的时候说，殉道者、神秘主义者、英雄与斗士的结合，会产生足以打碎束缚爱尔兰枷锁的、精神与物质的双重力量。

二者的确不同，但是都有着天然的、纯洁慷慨的、献身理想的精神。许多次，罗杰看到克罗蒂神父和蒙泰特上尉并不像他那样谈论什么心情变化、沮丧之类的来浪费时间。他对自己的犹豫和摇摆感到无地自容。那两个人给自己设计了一条道路，然后不惧任何障碍、不偏离方向地走下去，因为他们确信，最后等待他们的将是胜利：上帝一定会战胜恶魔，爱尔兰一定会战胜压迫者。"向他们学习吧，罗杰，像他们那样做人吧。"他像念祷词般地重复着。

罗伯特·蒙泰特是一个非常亲近汤姆·克拉克的人，对他简直有一种宗教式的崇拜，提起汤姆·克拉克开在大不列颠路和萨克维尔大街转角处的烟草店——实际上是他的地下大本营——就像提到一个"神圣之地"。据上尉讲，这位老人蹲过英国的多所监狱，像狐狸一样活了下来，正是他在地下制定了革命的一切战略，这还不配受到敬佩吗？这位年迈、体弱、一生多难、生活俭朴的瘦小老人把一生都献给了为爱尔兰独立而进行的斗争，为此在监狱里度过了十五年，后来在都柏林市中心一条贫穷街道上开的烟草店里得以建立秘密的军事政治组织：爱尔兰共和兄弟会。这个组织扩展到全国的各个角落而未被英国警察捕获。罗杰问他，那个组织真的像他说的那么成功吗？上尉热情洋溢地答道：

"我们有连、排、小队，有自己的军官、自己的武器库、自己的通信员、自己的暗号和自己的口号，"他一边做手势一边兴奋地说，"我怀疑在欧洲哪里还有比我们这支队伍更有效率的军队，罗杰爵士，我一点儿也不夸张。"

据上尉讲，准备工作已经很充分，举行起义只缺德国武器。

蒙泰特上尉马上工作了起来，组织训练措森营地的那五十多个应征者，还常常到林堡营地去说服其他的战俘不要抵制纵队。有一两个人被说服了，但大多数仍然表现出敌视的态度。但上尉从不气馁，他在给罗杰（此时已回慕尼黑）的信里仍然是那么热情洋溢，关于那支小小的纵队，他报告的消息也总是令人鼓舞。

几个星期后，他们在柏林见面了，最近一次是在夏洛登堡大街挤满罗马尼亚难民的小饭馆里。上尉为了不让他生气，字斟句酌地鼓起勇气，突然对他说：

"罗杰爵士，请不要认为我是多管闲事、不知好歹，但事情不能这样继续下去了。您对爱尔兰、对我们的事业太重要了。您已经为理想做了很多，我以理想的名义央求您，去看医生吧。您的神经有问题了，这并不奇怪，都是责任心和过于操心造成的，也是不可避免的。您需要帮助。"

罗杰含含糊糊说了几句话，不得要领，改变了话题。不过上尉的建议让他大吃一惊：难道他精神上的不平衡那么明显，以致这位恭敬有礼、为人谨慎的军官敢于对他提这种事？他听从了蒙泰特上尉的建议，经过几番咨询，去拜访了奥本海姆医生。医生住在市郊有树木、有溪水的格鲁内瓦尔德镇，是一位让人信任的老人，看样子很有经验，也很有把握。罗杰去了两次，跟他谈了自己的病史、问题、失眠情况及所担心的事。他必须做记忆试验，接受详细的询问。最后，奥本海姆医生说，他需要住进疗养院接受治疗，如果不去，他的脑子就会继续混乱下去。医生亲自往慕尼黑打了一个电话，为他约了自己的学生和同事鲁道夫·冯·霍埃斯林医生。

罗杰并没有住进冯·霍埃斯林医生的诊疗所，只是每星期看两次门诊，治了几个月。治疗很有效。

"您在刚果和亚马孙地区看到的事情，还有您正在做的事情，使得您出了这样的问题，我一点儿也不感到奇怪，"心理学家对他说道，"幸好您还没有发狂，也没有自杀。"

医生很年轻，爱好音乐，是素食主义者，也是和平主义者，反对这次战争，也反对所有的战争，梦想有一天会实现世界大同，即"康德式的和平"。他说，没有国界，四海之内皆兄弟。每次从鲁道夫·冯·霍埃斯林医生的门诊回来，罗杰都感到心情平静许多，情绪也好多了，但他不敢肯定病是不是好了。每次遇到一个健康的、理想主义的好人，他都有这种心情舒畅的感觉。

他去了措森几次。正如他所预计的那样，罗伯特·蒙泰特赢得了纵队所有队员的好感。由于他巨大的努力，纵队又增加了十名志愿者。行军及其他训练也进行得很顺利，然而德国士兵和军官仍然像对待俘虏那样对待纵队队员，有时还侮辱他们。蒙泰特上尉去与海军司令部交涉，要他们兑现对罗杰的承诺，给纵队队员一些自由空间，让他们可以不时地到镇上酒馆去喝杯啤酒。他们不是同盟者吗？为什么还像对待敌人那样对待他们？但交涉至今没见任何效果。

罗杰提出了一项抗议，同措森守备司令施耐德将军有过一次激烈的争论。对方说不能再让不守纪律的人更自由了，他们总想打架斗殴，甚至在营地里行窃、搞诈骗。据蒙泰特讲，这些指责都是虚构的。只出过一次事件，那是由德国卫兵辱骂纵队队员引起的。

罗杰·凯斯门特在德国逗留的最后几个月里不断地跟当局争论。离开柏林前，受骗的感觉与日俱增。德意志帝国对爱尔兰的解放并不感兴趣，从来没想过要与爱尔兰的革命者搞什么联合行动，外交部和海军司令部利用了他的天真和善良，让他相信了他们并不想做的事。爱尔兰纵队与土耳其军队联合起来在埃及与英国作战的计划，细节都研究好了，似乎就要实施了，却没有任何解释地搁浅了。齐墨尔曼、乔治·冯·韦代尔伯爵、纳多尔尼上尉及所有制订计划的军官都耍起滑头，说话躲躲闪闪，用不重要的借口拒绝接见他；即使谈上了话，他们也说很忙，只能给他几分钟，说什么埃及的事不在他们的职责范围之内。罗杰对此无可奈何，他把纵队训练成爱尔兰反对殖民主义的一支小小的、象征性的力量的期望已经化为乌有。

于是，他一改过去对德国的强烈敬佩，开始对这个国家感到不满，并逐渐变成了与对英国一样甚至更大的仇恨。他在给纽约的约翰·奎因律师的一封信中这样写道："我的朋友，就这样，我恨死了德国人。与其死在这里，我宁可死在英国的绞刑架下。"

愤恨的心情加上身体的不适，迫使他回到了慕尼黑。鲁道夫·冯·霍埃斯林医生劝他住进巴伐利亚的一家疗养院，理由是无可辩驳的："您的病情已经到了危急的边缘，如果不去休息、不忘掉别的一切，是永远也痊愈不了的；还有一个可能，那就是会失去理智，心理崩溃，您余生就成了废人。"

罗杰听从了他的劝告。几天之内，他的生活进入了宁静，感到自己变成了一个摆脱世俗的人。催眠术让他能睡上十到十二个小时，然后在附近山上的枫树林和白蜡树林中长时间地散步。冬天不肯离去，山上仍然冷飕飕的。医生要他禁烟禁酒、节制饮食并吃素。他既不想看书，也没心思写东西，大脑数小时地处于空白状态中，觉得自己像一个幽灵。

1916年，一个阳光明媚的三月的早晨，蒙泰特突然把他从懒散的状态里拽了出来。

由于事态严重，上尉取得德国政府的同意，特地来看他。这时上尉仍然惊意未退，心急火燎地说：

"一支卫队把我从措森营地带到了柏林海军司令部。一群军官，其中有两个将军，在等着我。他们通知我：'爱尔兰临时委员会已经决定于 4 月 23 日举行起义。'也就是说，只剩一个半月了！"

罗杰从床上跳起来，倦意一下子消失了，心脏像打鼓一样怦怦地猛烈跳动起来，话都说不出来了。

"他们要求赶快把步枪、枪手、炮手、机关枪和弹药运去，"蒙泰特激动异常、昏头昏脑地说道，"他们还要求运武器的船必须由潜艇护航，武器必须运到凯里郡特拉利海湾的菲尼特，要在复活节星期天的半夜。"

"也就是说，他们不想等德国的武装行动了。"罗杰终于说出话来，想到了一场浩劫，满脑子都是利菲河被血染红了的河水。

"消息还带来了给您的指示，罗杰爵士，您应该作为新成立的爱尔兰共和国大使继续留在德国。"

罗杰一下子跌倒在床上，茫然不知所措。他的同伴在通知德国政府之前并没有把计划事先告知他，还命令他留在德国，而他们却在帕特里克·皮尔斯和约瑟夫·普伦凯特喜欢的疯狂行动中去自杀。难道他们不信任他？没有别的解释。他们很清楚，罗杰反对在没有德国入侵的配合下举行起义，如果他在爱尔兰，会成为一个障碍，所以宁可让他留在这里，作为这次起义、这次浴血奋战之后只能推迟成立甚至不可能成立的共和国的荒唐大使，留在德国袖手旁观。

蒙泰特等在那里，一言不发。

"我们马上去柏林，上尉，"罗杰坐起来说道，"我去穿衣服，整理箱子。我们乘第一趟火车走。"

二人就这样出发了，罗杰只来得及匆匆地给鲁道夫·冯·霍埃斯林医生留下表示感谢的便条。在长途旅行中，他的脑子不停地活动着，只有时与蒙泰特交换一下意见。到了柏林，要如何行动，他已做到胸有成竹了。个人意见已退居次要地位，现在的首要任务是用智慧倾全力去争取到同伴们所要求的一切：步枪、弹药以及能够有效地组织军事行动的军官。其次，他要亲自押送载有武器的货船去爱尔兰，到了爱尔兰，他就可以说服朋友们再等一等，一段时间之后，欧战就会出现有利于起义的局面。第三，他要阻止那五十三名纵队应征者去爱尔兰，如果被皇家海军捉到，英国政府会毫不犹豫地把他们当作"叛徒"处死。至于蒙泰特愿意怎么做，完全由他本人自由地自行决定。他很了解蒙泰特，会为了自己所献身的事业与同伴们死在一起。

在柏林，跟往常一样，他下榻在亚当旅馆。第二天，与当局的谈判开始了，开会地点就在海军司令部那又大又旧的建筑物里。纳多尔尼上尉在门口接待了他们，并把他们带进了一间大厅。在那里，总是有那么几个外交部的人与若干军人，其中有熟人，也有新面孔。谈判一开始，他们就通知说，德国政府断然拒绝派军官去爱尔兰为革命者做顾问。

不过，他们同意提供武器和弹药。他们用了几个小时甚至几天的工夫进行评估、研究，以期能够在指定的时间把武器和弹药安全地运送到指定的地点，最后决定，货物由被扣押的英国轮船奥德号改装后涂上挪威印记来运送。但罗杰、蒙泰特、纵队队员，一个也不能同行。这就引起了争论，但德国政府绝不让步：如果有爱尔兰人在船上，就会被发现那不是一艘挪威船，谎言一旦被揭穿，德意志帝国在国际舆论面前就会陷入尴尬的境地。于是罗杰和蒙泰特要求他们提供人与武器同时到达但分开走的途径。这样一来，又反反复复地提出了各种建议。其间，罗杰向他们解释说，如果他去爱尔兰，就能说服朋友们等到战争对德国有利之际再行动，因为到那时再起义就可以得到德国海军陆战队的配合。最后，海军司令部同意让凯斯门特和蒙泰特也去爱尔兰，但要乘潜艇去，还可以带上一名纵队代表。

可是罗杰拒绝让爱尔兰纵队掺合到起义里来，这一决定又激发了与德国人的冲突。他不想让纵队队员不经审判地被处死。他不想负这样的责任。

4月7日，最高司令部通知罗杰，他们乘的潜艇已经准备好了。蒙泰特挑选了丹尼尔·朱利安·拜莱军士作为纵队代表，并给他提供了假证件，上面写的名字是朱利安·贝韦利。最高司令部又说，尽管革命者要求五万支步枪，但只能给他们两万支来复枪，另加十挺机关枪和五百万发弹药。货物将于指定日期的晚上十点到达特拉利海湾的因尼斯图斯科特岛，应有一名引水员乘小船或舢板等在那里，以两下绿光为暗号。

从4月7日到出发的那天，罗杰一直没合眼。他写了一份简短的遗嘱，要求如果他死了，就把他的信件和其他文件交给埃德蒙·D. 莫列尔，那是"一位不可多得、富于正义感、高尚的人"，请他用这些文件编成一本"在我升天之后能够挽救我名誉的回忆录"。蒙泰特跟罗杰一样，虽然直觉起义会被英国军队镇压，但仍然急切地盼望早日出发。博埃赫姆上尉把他们索要的以备万一被捕时所需的毒药交给他们时解释说，那是印第安人浸制毒箭用的马钱子，立竿见影。"马钱子是我的老相识了，"罗杰微笑着说道，"在普图马约河，我就看到过印第安人用浸过这种毒药的弩箭使飞鸟在空中中了毒。"那天，罗杰和蒙泰特上尉去附近的小酒馆喝啤酒，在那里倾谈了两个小时。

"我想，您跟我一样，对没能跟纵队队员们告别而感到难过。"罗杰说道。

"我会一直记在心里，"蒙泰特同意，"不过，那是一个正确的决定。起义的事太重要了，我们必须冒这个险，偷偷地进去。"

"您认为我有可能阻止起义吗?"

上尉摇了摇头。

"我不这样认为，罗杰爵士，但您在那边是受尊重的，也许您的主张会占上风。不管怎么说，您必须了解一下在爱尔兰到底发生了什么事。我们为此准备了好几年——岂止好几年？更确切地说，是好几个世纪。我们这个被俘的民族还要被束缚到何时？整个二十世纪吗？另外，毫无疑问，由于战争，此时正是英国势力在爱尔兰衰弱的时刻。"

"您不怕死？"

蒙泰特耸了耸肩。

"我好几次离死亡不远。在南非对布尔人①战争中，我离死亡就很近。我想，每个人都害怕死亡，罗杰爵士，但为祖国而战死与为家人而战死、为信仰而战死是同样崇高的。"

"是的，是崇高的，"凯斯门特同意道，"我希望到时候我们是战死而不是服毒而死。这种亚马孙毒药可不好消化呢。"

出发前，罗杰花了几个小时到措森去看望克罗蒂神父。他没有进入营地，而是托人把神父叫了出来。二人在树林里散步了很长时间，树林中的枞树和白桦树已经抽芽发绿。克罗蒂神父听了罗杰的私密话，变了脸色，但一次也没打断他。等罗杰讲完，神父在胸前画了一个十字，但仍然不发一言，就这样沉默了好久。

"认为起义注定会失败，是自杀行为，于是您要去爱尔兰。"神父说道，仿佛在用高声思索。

"我是去阻止他们的，神父。我要去同汤姆·克拉克、约瑟夫·普伦凯特、帕特里克·皮尔斯，去同所有的领导人谈谈。我要让他们明白，作无谓的牺牲是没道理的，不仅不能促成独立，反而会推

---

① 南非荷兰移民的后裔。

迟独立。而且……"

他感到自己在哽咽，便停了下来。

"您怎么了，罗杰？我们是朋友，我会帮助您，您可以信任我。"

"我有一种幻觉，怎么都无法从脑海里驱散，克罗蒂神父。那些理想主义者、爱国者不但自己将粉身碎骨，还将使家庭破裂、陷入贫困并遭到可怕的报复，而他们明明知道这样的结果。可是您知道我一直在想念谁吗？"

他向神父讲了一件事：1910 年，他到都柏林郊区拉什法恩汉的修道院里帕特里克·皮尔斯办的圣恩达双语学校去做讲座。讲完，他赠给学生们一件礼物，从亚马孙地区带回来的乌伊托托人的吹箭筒，作为最后一学年盖尔语作文比赛第一名的奖品。那几十个青年关于爱尔兰的想法和他们回忆起爱尔兰历史及其英雄、圣徒、文化时那战斗般的热爱，还有他们唱古老的凯尔特歌曲时那宗教般陶醉的样子，都给他留下极其深刻的印象。此外，还有那同火热的爱国热情一起笼罩在学校里的、深切的天主教精神：皮尔斯做到了使二者融合在一起并在年轻人身上体现出来。他和弟弟威利及妹妹玛格丽特，乃至圣恩达学校的老师，就是这样体现出来的。

"这些青年会拿起他们还不会使用的步枪和手枪去送死，去当炮灰，克罗蒂神父。像他们那样成千上万的无辜者要去对付世界上最强大军队的大炮、机枪、军官和士兵却什么也得不到，这不是太可怕了吗？"

"当然可怕，罗杰，"神父同意道，"但不一定什么也得不到。"

又是一阵沉默。接着，神父慢慢地、痛苦而激动地讲了起来：

"爱尔兰是一个深信基督教教义的国家，这您是知道的。也许正由于是被占领国家这一特殊情况，爱尔兰比其他国家更容易接受基督传递的信息；或是由于我们有许多传教士和圣帕特里克这样极具说服力的使徒，所以对基督的信仰比其他地方要深切得多。我们信仰的首先是造福受苦受难者的宗教，是造福卑贱者、食不果腹者、被打败者的宗教，正是这一信仰使得我们面对压迫我们的势力时，国家没有四分五裂。殉道、牺牲、献身是我们这个宗教的中心思想，基督不正是这样做的吗？他降世为人，受到最残酷的对待：背叛、刑罚、十字架上的死亡。难道他什么也没得到吗，罗杰？"

罗杰想起了皮尔斯，想起了普伦凯特，也想起了那些年轻人，他们确信为自由而斗争不仅是为了信仰，也是公民应尽的责任。

"我懂得您想说什么，克罗蒂神父，我明白皮尔斯、普伦凯特，包括汤姆·克拉克这样的人，虽然都是出了名的现实主义者、实用主义者，但他们知道起义其实就是一场牺牲，他们确信牺牲会成为一个象征，用来动员爱尔兰人的一切力量。我了解他们的献身精神，但是他们有权把那些同他们有着不同经历且没有同样清醒头脑的人、那些并不知道去屠宰场只是为了当楷模的年轻人都卷进去吗？"

"我跟您说过了，罗杰，我并不钦佩他们的所作所为。"克罗蒂神父低声说道，"殉道是基督徒不得已而为之的事，并不是他们寻求的目标。然而，历史不正是用这样的行为和牺牲使人类得以进步的吗？不管怎么说，我现在担心的是您。您要是被捕了，就没机会再战斗了。您会被判以最高级别的叛国罪。"

"我已经卷进去了，克罗蒂神父。我的责任就是一以贯之，走到底。我欠您的太多，真不知如何感谢您。我能请您为我祝福吗？"

罗杰跪下来，克罗蒂神父为他祝福。二人拥抱了一下就分手了。

15

　　卡雷神父和麦克卡罗尔神父走进牢房的时候，罗杰已经收到了他所要求的纸、笔和墨水。他以坚定的笔法毫不犹豫地一口气写了两封短信，一封给姨妹格特鲁德，另一封给朋友们。两封信的内容差不多。在给格的信里，他充满感情地说他多么爱她，对她怀着美好的记忆。他说："明天，圣斯蒂芬日①，我将死去。这是我自找的。我希望上帝能原谅我的错误，接受我的请求。"在给朋友们的信里，他以同样悲剧般的嘲讽口吻写道："我给诸位的祝词是弥撒里的一句话：'让思想高尚起来吧。'我为夺去我生命的人，也为竭力拯救我的人，表示最良好的祝愿。他们现在都是我的兄弟。"

　　总是穿黑色衣服的刽子手约翰·埃利斯先生在助手的陪同下走了进来。助手是一个自称罗伯特·巴克斯特的年轻人，显得既紧张又害怕。刽子手给罗杰量了身高、体重和脖子的尺寸，很自然地解释说是为了确定绞架的高度和绳子的结实程度。他一面用尺子量、在本子上记，一面跟他讲话，说除了刽子手这份职业，他还在罗奇代尔街为人理发，他的顾客总是试图探听他另一份工作的秘密，而他对凡是涉及这个话题的，一概守口如瓶。等刽子手走后，罗杰才感到愉快些。

　　不久，一名看守给他送来经审查机关检查过的最后一批信件和电报，都是他不认识的人寄来的，有的祝他好运，有的骂他是叛徒。

---

　　①　爱尔兰法定假日，圣诞节的第二天，纪念圣斯蒂芬（St. Stephen）。

他几乎不愿拆阅，但是一封长长的电报引起了他的注意，原来是橡胶商胡里奥·塞萨尔·阿拉纳从马瑙斯寄来的，信中的西班牙文连罗杰都能看出有大量的错误。阿拉纳要求罗杰"公正地为自己在普图马约的所作所为在人间法庭承认罪责，因为了解他的罪责的只有上天的法律"。他指责罗杰"伪造事实，对巴巴多斯人施加影响，让他们证明明知并不曾发生过的事情"，唯一的目的是"获得头衔和财富"。他最后这样写道："我可以原谅您，但您必须讲公道。现在就彻底而诚实地宣布只有您才真正了解的事实真相。"罗杰想："这封电文不是由他的律师代写，而是他自己写的。"

他感到平静了许多。几天、几个星期前因恐惧而突然导致的寒热、背冷，此时完全消失了。他确信自己能够像帕特里克·皮尔斯、汤姆·克拉克、约瑟夫·普伦凯特、詹姆斯·康诺利及所有在四月圣周为了爱尔兰的自由而在都柏林献身的勇士一样平静地走向死亡。他觉得自己摆脱了各种问题和苦恼，准备去和上帝一起安排事情了。

卡雷神父和麦克卡罗尔神父神情严肃地到了，跟他亲切地握了握手。麦克卡罗尔神父来看过他三四次，但没谈多少。神父是苏格兰人，鼻子总是微微地抽搐一下，使板着的面孔带有一丝滑稽的意味。他对卡雷神父更信任，把那本托马斯·德·肯比斯的《仿效耶稣基督》还给了卡雷神父。

"我不知拿它怎么办，您把它送人吧。那是本顿维尔监狱允许我看的唯一的一本书。我并不埋怨监狱，这本书成了我的好伙伴。如果有一天您和克罗蒂神父谈起来，请告诉他，他是有道理的。正如他所言，托马斯·德·肯比斯是一位圣徒，是一个平易而有智慧的人。"

麦克卡罗尔神父告诉他，典狱长正在整理他平时穿的衣服，很快就会拿来。衣服放在监狱的仓库里，弄得又皱又脏，斯塔西先生亲自负责洗干净、熨平整。

"典狱长是好人啊，"罗杰说道，"他在战争中失去了唯一的儿子，痛苦得快要死了。他也想死去。"

停了一会儿，罗杰请求两位神父为自己举行皈依仪式。

"是重归，不是皈依。"卡雷神父再次提醒他，"您一直是天主教徒，罗杰，这是您热爱着的、马上就要见到的母亲的决定。"

狭小的牢房里待了三个人，显得更加狭窄了，连跪下的空间都没有。三个人祷告了二三十分钟，一开始是默祷，后来声音大起来，念主祷文、万福玛利亚。二位神父起头，罗杰念结尾。

后来，麦克卡罗尔神父走了出去，让卡雷神父聆听罗杰·凯斯门特的忏悔。神父坐在床沿，罗杰跪着，开始一件一件地历数自己确实犯过和推测犯下的罪过。尽管他竭力想控制自己，但还是哭出了声。神父让他坐在自己的身旁继续完成这最后的仪式。罗杰讲着、解释着、回忆着、询问着，果然觉得自己离母亲越来越近了。有时他甚至有一种一闪即逝的印象：安妮·杰弗逊那苗条的身影在牢房的红色砖墙上时而出现，时而消失。

在记忆中，他从来没哭过，但现在他哭了好几次。他已经不想忍住泪水了，因为泪水能够使他摆脱紧张和痛苦，感到宽慰，不仅在情绪上，甚至连体力上都觉得轻松多了。卡雷神父一语不发、一动不动地让他尽量讲，有时向他提问，指点一下，做简短的、安慰性的评论。卡雷神父肯定了他的忏悔，宣告他无罪，之后拥抱了他："再次欢迎您回到本来就是您自己的家，罗杰。"

过了一会儿，牢房的门又打开了，麦克卡罗尔神父回来了，后面跟着典狱长。斯塔西先生臂上搭着罗杰的黑色衣服、硬领白衬衣、领带和背心，麦克卡罗尔神父则拿着他的靴子和袜子。这身行头是罗杰在老城法庭被判处绞刑那天穿的，每一件都洗得干干净净，熨得平平整整，鞋子刚刚上过油，擦得乌亮油光。

"您太客气了，典狱长，多谢了。"

斯塔西先生点点头，那张胖胖的面孔和往常一样，一副苦相。此时他总是避免和罗杰对视。

"穿这身衣服之前，我可以洗一个澡吗，典狱长？我现在这令人恶心的身子把衣服弄脏就太可惜了。"

斯塔西先生同意了，还露出了一丝坏笑，接着走出了牢房。

三个人挤了挤，在木床上坐了下来。就这样，他们一会儿沉默不语，一会儿祷告，一会儿交谈。罗杰向神父们讲述了自己的童年和在都柏林和泽西岛度过的那几年，讲述与兄姐在苏格兰的姨夫家度过的假期。麦克卡罗尔神父听他说起在苏格兰度假对童年的他来说简直就是在天堂过的日子，也就是说，是纯洁而幸福的日子时，显得很高兴。他还用半低音为两位神父唱了母亲和叔伯教他的童谣，回忆了他也曾梦想干出龙骑兵在印度实现的那些业绩，那些业绩都是父亲罗杰·凯斯门特上尉在脾气好的时候对罗杰及其兄姐讲述的。

过了一会儿，他要他们也谈谈，请他们讲讲他们是怎样成为神职人员的。他们进入神学院是出于志向还是环境所迫，如饥饿、贫穷或像许多爱尔兰宗教人士那样想受教育？麦克卡罗尔神父自没记事起就成了孤儿，几个年长的亲戚收养了他，为他在一所教区学校注了册。教区神父很喜欢他，让他相信自己的天赋在于宗教方面。

"不相信又能怎样？"麦克卡罗尔神父想了想，说道，"说真的，进入神学院并不是出于信仰，受到上帝感召是后来上了高年级之后的事，那时我才对神学感兴趣。我本来想从事研究和教学，不过我们大家都明白：谋事在人，成事在天。"

卡雷神父的情况则不一样，他出生于利默里克郡一个富裕商人家庭，全家都是天主教徒，是口头上的，不是行动上的，所以他并不是在宗教气氛中长大的。尽管如此，他年轻时就受到上帝的感召，有一件事或许成了决定性标志：他十三四岁的时候，在一次感恩大会上听了传教士阿罗伊苏斯神父的讲话，讲述虔诚的男女教徒在墨西哥和危地马拉森林里工作的情形，这位神父跟他们一起生活了二十年。

"那是一位杰出的演说家，听得我都着迷了，"卡雷神父说道，"后来我再也没看到过他，也不知他的去向。但我一直记得他的声音、他的激情、他的口才和他那长长的胡须，还有他的名字：阿罗伊苏斯神父。"

牢房的门打开了，给他送来了和往常一样简单的晚饭：肉汤、沙拉和面包。罗杰这才发觉三个人已经交谈了几个小时，而他将在黎明时分、在夜晚过去之后、在小窗栏杆出现一缕光的时候死去。他把晚饭退了回去，只留下那一小瓶水。

这时他想起了第一次去非洲探险，也就是到黑色大陆的第一年，他在一个小村落里过夜（村落的名字忘记了，是不是叫班吉？）。在翻译的帮助下，他同几个当地人谈话，发现当地村社的老人感到快要死了的时候，就把少得可怜的家什捆在一起，不跟任何人告别，不让任何人知道，悄悄地钻进森林，找一个安静的地方，在一面湖泊或一条河流的滩涂上、一棵大树的树荫下或一座布满岩石的小山丘上躺下来，等待死亡，从不麻烦任何人。这种离开人世的方式是多么英明而高雅啊。

卡雷神父和麦克卡罗尔神父想同罗杰度过这一夜，但他不同意。他保证说自己感觉很好，三个月以来，他感到此时最平静。他宁愿一个人单独待一会，休息休息。这倒是真的，二位神父看到他镇静的样子，便同意，离开了。

神父们出去了，罗杰盯着典狱长拿来的几件衣服看了很久。出于一个奇怪的理由，他确信监狱一定会把他被捕时穿的衣服还给他。他是在1916年4月21日那个凄凉的清晨在被称作麦肯纳要塞的凯尔特人圆形碉堡里被捕的。筑成要塞的岩石已经被腐蚀，上面湿漉漉的，盖满枯枝烂叶和羊齿草，周围的树上有鸟儿在歌唱。从那时到现在还不到三个月，但他觉得好像过去了几个世纪。这几件衣服会是什么下场？会不会和他的案卷一起存档？几个小时后，他就要穿着斯塔西先生熨好的这身衣服死去，这还是卡万·达夫律师为了让他出现在审判他的法庭上时像点样子而给他买来的呢。为了不把衣服弄皱，他把衣服抻平放在床垫下，便躺了下去。他想，等待他的将是一个漫长的不眠之夜。

令他惊奇的是，不久他却睡着了。他大概睡了好几个小时，因为当他睁开眼睛时小小地吃了一惊，牢房虽然仍在黑暗之中，但他发现窗栏杆外的天已经亮了。他想起在梦中见到了母亲，她面容愁苦，还是孩子的他劝慰她："别伤心，我们不久还会见面的。"他的心情很平静，没有恐惧，只希望一下子结束这一切。

过了不久——对，不久，他已经不知过去了多长时间——牢房的门开了。典狱长——面容疲惫，眼泡发肿，仿佛一夜没合眼——在门框里对他说：

"您要是想洗澡，现在就去吧。"

罗杰点了点头。在砌着发黑砖墙的长长走廊里朝浴室走去的时候，斯塔西先生问他是否休息了一会儿，罗杰回答说睡了好几个小时。典狱长低声道："我真为您高兴。"当罗杰想象着往身上淋冷水那种愉快的感觉时，斯塔西先生对他说，许多人，其中还有几位神父和牧师，举着十字架和反对死刑的标语牌拥在监狱门口，整夜都在祈祷。罗杰有一种异常的感觉，仿佛他已不是自己，而是另外一个人替代了他。他在冷水下洗了很长时间，细心地擦了肥皂，冲去肥皂沫，用双手在身上搓了又搓。当他回到牢房时，卡雷神父和麦克卡罗尔神父已经到了，对他说，拥在本顿维尔监狱门口挥舞标语牌进行祈祷的人自前一天晚上起又增加了，许多人都是爱尔兰家庭常去的圣三位一体教堂的爱德华·墨尔瑙神父带来的教区教民。但是也有一群人支持处死"叛国贼"。罗杰听了这些消息，无动于衷。两位神父在门口等着他换衣服。他看到自己瘦成这个样子，感到惊讶——衣服和鞋子穿在身上仿佛在跳舞。

在两位神父的护送下，后面跟着典狱长和一名持枪卫兵，罗杰来到了本顿维尔监狱的小教堂。他从没来过，里面又小又暗，但是椭圆形屋顶下的这一小块地方有着宁静怡人的气氛。卡雷神父主持了弥撒，麦克卡罗尔神父充当了侍童。不知是由于当时的环境还是由于这次领圣餐是第一次也是最后一次，他随着仪式的进行，表现得很动情。"这将是我第一次领圣餐，也是我的临终仪式。"他想道。领完圣餐，他想对卡雷神父和麦克卡罗尔神父说些什么，但又不知道说什么好，于是一直沉默着，只想祷告一番。

回到牢房时，早餐已经放在他的床边了，但是他什么都不想吃。他问几点了，这次倒是有人回答：早晨八点四十分。"我还有二十分钟。"他想。几乎就在同时，监狱总监和典狱长带着三个穿便衣的人走进来，其中一人无疑是医生，也是王室官员，来见证他的死亡。另外两位是刽子手埃利斯先生及其助手。埃利斯先生个子不高，体形粗壮，跟别人一样，也穿一身黑衣服；为了工作起来方便，外衣袖子卷起了，手臂上卷着一条绳子，用嘶哑的嗓音礼貌地请罗杰把双手背过去，让他绑起来。埃利斯先生一面绑一面问他："您疼吗？"他觉得这个问题挺可笑，只摇了摇头。

卡雷神父和麦克卡罗尔神父开始高声念起祈祷文，各居他身体一侧，一面祷告着一面陪着他在监狱中一段一段地走着他不认识的道路：有楼梯，有过道，有一座空无一人的小庭院。罗杰几乎看不见自己走过的地方。他祷告着回应神父们的祈祷文。他对自己很满意：步履坚定，没有抽泣，也没有流泪。他不时闭上眼睛，请求上帝宽恕，但出现在他脑海里的是安妮·杰弗逊的面孔。

最后，几个人来到了一块洒满阳光的空地上。一队持枪卫兵在等着他们。卫兵们站在一个带有八级或十级小梯子的方形木架周围。总监念了几句话，无疑是宣判书，罗杰根本没注意。接着，总监问他有没有什么要说的。罗杰摇了摇头，但咬着牙低声道："爱尔兰。"随后向两位神父转过身去。两位神父拥抱了他，卡雷神父向他道了祝福。

这时，埃利斯先生走上前，让他低下头，好把他的眼睛蒙上，因为对他来说，罗杰太高大了。罗杰低下了头。刽子手蒙上布条使他陷入黑暗的时候，他感到埃利斯先生的手指不像绑他的双手时那样有力而自信了。刽子手架起他的胳膊，扶他登上台阶，走到了平台上。为免绊倒，他们走得很慢。

罗杰听到了一些动作声和神父的祈祷声。最后，埃利斯先生再次弯了弯腰，低声要求他低下头："请低下头，爵士。"罗杰低下了头，感到刽子手把一条绳索放在了他的脖子上，此时，他仍能听到埃利斯先生最后的低语："您如果憋住气，就会结束得更快，爵士。"他照办了。

尾声

嗯，罗杰·凯斯门特
做了他必须去做之事。
为此，他死在绞刑架下，
但这不算什么新鲜事。

　　　　——威廉·巴特勒·叶芝

　　罗杰死后，他的一生像焰火般在夜间腾空而起，轰的一声爆裂成星雨，后来一点一点、无声无息地熄灭；过了一会儿又复燃，形成一声号角，响彻燃烧着的天空。他的一生就是这样，起初光芒四射，后来化为乌有，死后凤凰涅槃。

　　观察行刑的医生珀西·曼德证实，行刑没遇到任何阻碍，囚犯当场死亡。获准埋葬尸体之前，英国当局想取得关于死囚道德上腐化堕落的科学实证，由医生着手执行命令，带上塑胶手套伸进死者的肛门探查直肠，最后证实："只要一摸"，就知道肛门明显扩张，"直肠下端直到手指能够摸到的地方"也有扩张表现。医生的结论是：检查结果证实"死者显然有过他所喜爱的行为"。

　　完成这种操作之后，便把罗杰·凯斯门特的尸体埋葬了。没有立碑，没有竖十字架，更没名没姓。墓旁的无名坟里埋着克里彭医生，臭名昭著的杀人犯，多年前被处死的。罗杰那不成形的坟头位于罗马小道旁，二十世纪第一个千年开始时①，罗马军团正是沿着这条小道开进来，对欧洲这个偏远的角落施行教化——后来这个角落叫做英吉利。

接着，罗杰·凯斯门特的生平事迹似乎黯淡下来。乔治·卡万·达夫律师代表罗杰兄姐向英国当局交涉，要求将罗杰的尸体交还给家属，以便在爱尔兰举行基督教葬礼。这一要求遭到了拒绝，甚至在之后的半个世纪里，家属每次提出这一要求都遭到了拒绝。在很长时间里，除了很少几个人，没有人再谈起他。这很少几个人之中就有刽子手约翰·埃利斯先生，此人在自杀前不久写了一部回忆录，书中写道："在我行刑的所有人里，最勇敢地面对死亡的只有罗杰·凯斯门特。"就这样，在公众的视线里、在英国、在爱尔兰，他消失了。

很久以后，罗杰才被列位于爱尔兰独立英雄祠。英国知识界利用他的秘密日记发动的诋毁他名声的不光彩运动确实得逞了，直到现在也没有澄清。在整个二十世纪，一项同性恋加恋童癖的黑帽子一直戴在他的头上。这一形象使得他的祖国感到不舒服，因为在爱尔兰，直到许多年以后，这仍被视为一个严重的道德问题：只要被怀疑有"性反常"行为，就会被看作堕落分子，不再受众人的尊重。在二十世纪的大部分时间里，罗杰·凯斯门特的名字及其业绩与苦难都被排除在政论、报刊文章和历史传记之外。当然，其中大多是英国出版物。

在爱尔兰，随着习俗革命的展开，尤其是性方面的进展，尽管

---

① 本书讲述的是罗杰的一生，"本世纪"应为罗杰所处的19—20世纪，"第一个千年开始时"可能指自公元前55年凯撒入侵到公元前44年罗马皇帝征服不列颠群岛及之后罗马军团几次大规模用兵时期，此后，罗马文化逐渐渗入凯尔特人部落文化。

有人有所保留，有人勉强，但罗杰的名字还是渐渐地为人所知，被接受并还原其本来的面目：伟大的反殖民主义斗士、人权捍卫者、当代土著文化保护者及为爱尔兰解放事业而牺牲的战士。但遗憾的是，他的同伴不得不接受这样一个事实：一位无法成为完美而抽象的典型和楷模的英雄、烈士，只是作为一个人、一个充满矛盾和参差且有着弱点与强项的人。正如何塞·恩里克·罗多所说，是"许多人"。也就是说，成为难以理解地混合了天使与魔鬼双重性格的人。

对所谓黑日记的争论一直没有停止，可能将来也不会停止。它真的存在、罗杰真的以令人恶心的淫秽笔调亲笔写下来还是英国情报部门为了在道德上和政治上将其前外交官置于死地、为了杀一儆百地警戒潜在的叛徒而伪造的？几十年来，英国政府一直拒绝同意独立历史学家和笔迹学家翻阅那些日记，宣称那是国家机密，这就强化了关于伪造的推测及其动机。几年前，机密解封了，研究人员能够翻阅日记并对文本进行了科学鉴定，但争论仍没有停止，看样子还要延续很长时间。这样也不坏。所谓不坏，是因为在罗杰·凯斯门特的周围总是围绕着一种似是而非的气氛，这就说明根本不可能对一个人一锤子下定论，说到底，他总是能从试图捕捉他的各种理论与理性的罗网中滑脱。我的印象（当然是作为作家的印象）是，罗杰·凯斯门特的确写下了那些著名的日记，但他并没有亲身经历过，起码并没有完全经历过。日记里有许多夸张、幻想的成分，他写下的某些事是他想干而又不能干的。

1965年，哈罗德·威尔逊的英国政府终于允许把凯斯门特的尸骨运去爱尔兰，乘的是军用飞机。当年的2月23日，举行了迎接仪式。作为英雄，罗杰的尸骨在卫戍区"拯救心灵"加里森教堂的灵堂摆放了四天。据估计，有数十万群众排着队去瞻仰。送葬的军人队伍一直延伸到大教堂附近，在有着历史意义的邮政局大楼，即1916年起义的大本营前行军礼，然后把棺材抬到格拉斯奈文墓地，在一个灰蒙蒙的雨天的清晨下葬。为了在葬礼上发表演说，爱尔兰第一任总统、1916年起义中的杰出战士、罗杰·凯斯门特的朋友、奄奄一息的堂埃蒙·德·瓦莱拉特地从病床上起来，发表了向伟大人物告别时的激动人心的讲话。

不管是在刚果还是在亚马孙地区，对橡胶时代所犯下的滔天殖民罪行进行了揭露的那个人都没有留下任何痕迹，在爱尔兰岛的各地却留下了关于他的某些记忆。在格兰塞斯峡谷旁的高地上，在伸进小小莫罗湾的安特莱姆，离他马格赫林登普勒老家不远处，新芬党人为他竖立了纪念碑，后来被北爱尔兰激进统一派捣毁，现在只在地上散布着瓦砾；在凯里郡的巴利亥吉海峡一座面朝大海的小广场上，竖立着罗杰·凯斯门特的塑像，那是爱尔兰人奥辛·凯利①的作品；在特拉利的凯里郡博物馆陈列着罗杰1911年去亚马孙地区时所带的照相机，参观者如果提出要求，还可以看到他搭乘德国U-19潜艇去爱尔兰时穿的那件粗呢大衣；一位叫做肖恩·昆兰的私人收藏家在他离香农河大西洋入海口不远处的贝利迪尤夫乡的家中收藏着一艘小船，他强调说，那就是罗杰、蒙泰特上尉和拜莱军士在巴纳·斯特兰德海滩登陆时的那艘小船；在特拉利海湾，以罗杰·凯斯门特命名的盖尔语学校的校长办公室里陈列着罗杰·凯斯门特吃饭用的陶瓷盘，在决定他命运的案子于伦敦上诉法庭审理的那几天，他在七星酒吧用这个盘子吃饭；在麦肯纳要塞有一座不大的黑石柱体纪念碑，上面用盖尔语、英语和德语记下他于1916年4月21日被爱尔兰皇家保安队逮捕；在他到达的巴纳·斯特兰德海滩上

---

① 奥辛·凯利（Oisin Kelly，1915—1981），爱尔兰雕塑家。

也竖有一座方尖碑，上面雕刻着罗杰和罗伯特·蒙泰特上尉的面孔
——我去参观的那天早晨，看到方尖碑上满覆盘旋在周围吱吱叫的
海鸥拉的白色粪便，到处可见曾使罗杰激动不已的野生紫罗兰。回
到爱尔兰的那天清晨，他被逮捕、被审讯，终被处死。

略萨

2010 年 4 月 19 日完成于马德里

致谢

　　如果没有以下众多人士自觉或不自觉的合作，我是写不出这部小说的。我在去刚果、亚马孙地区、爱尔兰、美国、比利时、秘鲁、德国和西班牙的旅行中都得到了他们的帮助。他们寄给我书籍、文章，帮我查阅档案，进入图书馆，给我提供证据，提出忠告，尤其当我的写作计划遇到困难，感到无能为力的时候，他们友善地鼓励了我。其中，我愿意特别提出贝罗妮卡·拉米雷斯·穆罗，我在爱尔兰旅行中准备手稿时，她为我提供了无可估量的帮助。这部书如有不足之处，是我一个人的责任；但如果没有这些人，它即使有所成绩，也是不可能成就的。我还要感谢：

　　在刚果的加斯帕·巴拉宾纳上校、易卜拉希马·科利、菲利克斯·科斯塔莱斯大使、米格尔·费尔南德斯·帕拉西奥大使、拉菲埃拉·根蒂利尼、今井明日香、普拉西德-克莱门特·马南加、巴勃罗·马克、巴鲁姆·米纳维神父、哈维尔·桑乔·玛斯、卡尔·斯泰恩奈克、塔尔西塞·辛加·贡杜医生、胡安·卡洛斯·托马西、西斯科·维拉隆加、艾米丽·左拉和维姆巴的"复兴派的诗人们"。

　　在比利时的大卫·冯·雷布鲁克。

　　在亚马孙地区的阿尔贝托·什利夫、胡奎因·加西亚·桑切斯神父和罗杰·鲁姆里尔。

　　在爱尔兰的克里斯托弗·布鲁克、安妮与帕特里克·凯斯门特、汤姆·德斯蒙、杰夫·达吉恩、肖恩·塞萨姆、西亚拉·克里根、吉特·米恩、恩古斯·米切尔、格里芬·穆雷、海伦·奥沙利文、肖恩·昆兰、奥拉·斯维尼及爱尔兰国家图书馆与国家摄影档案馆的工作人员。

在秘鲁的罗沙里奥·德·贝多亚、南西·埃雷拉、加布里埃·米塞斯、鲁西亚·米诺兹-纳贾尔、雨果·奈拉、胡安·奥修、费尔南多·卡瓦罗及国家图书馆的工作人员。

在伦敦的约翰·黑明、休·托马斯、乔治·奥兰多、米罗及英国图书馆的工作人员。

在西班牙的菲奥雷拉·巴蒂斯蒂尼、贾维尔·雷韦特、纳丁·查姆里索、佩佩·维德斯、安东·耶雷吉和姆斯基达·桑卡达。

以及赫克托·阿巴德·法西奥林塞、奥维迪奥·拉各斯和艾蒙多·穆雷。

译后记

　　马里奥·巴尔加斯·略萨早已为我国读者和文学界所熟知，他的作品从内容到写作手法都对我国的文学创作产生了很大的影响。2010年10月7日，他获得了"迟到"的诺贝尔文学奖。不到一个月后，其近作《凯尔特人之梦》便问世了。

　　译完他的这部小说，我感觉更像是一部纪实文学，因为故事写的是为爱尔兰争取独立的民族英雄的生平业绩，但作为文学作品又有作者的许多虚构和想象。

　　故事的主人公罗杰·凯斯门特（1864—1916）生于爱尔兰首都都柏林。1883年刚满十九岁时，就独自去非洲参加当时著名探险家亨利·莫顿·斯坦利的探险队，结识了描写欧洲人残害非洲土著人作品的作者约瑟夫·康拉德。1892年被任命为英国驻洛伦索·马奎斯（现莫桑比克首都马普托旧称）领事。1903年受命去刚果考察"黑金"的贸易情况，后因揭露比利时国王利奥波尔多二世的殖民主义政策在刚果犯下惨无人道的暴行而闻名于世，被认为是第一个醒悟到欧洲列强在其殖民地进行压迫、剥削的西方人。

　　1909年，罗杰接受英国外交部外事办公室的派遣，率领一个调查委员会到秘鲁去调查报刊所揭发的事件：在英国注册、拥有英国资本的橡胶公司在秘鲁遥远的森林地带、与哥伦比亚接壤的普图马约地区犯下数不尽的残酷暴行，该地区的七个印第安部族必须定期如数上交由该公司规定的橡胶定额，否则就会遭受各种残酷的体罚如鞭打、割手、割脚，直至被折磨致死。

在刚果和秘鲁的经历激发了他的爱国意识，成为激进的民族主义者。尽管他因这两次出色的调查工作获得了封爵授勋的殊荣，但他还是辞去英国外交部的工作，专心从事爱尔兰独立运动事业。他四处奔波，发表演说，在人民中间宣传爱国思想；为了谋划武装起义，他去美国争取美国总统的支持，在旅美的爱尔兰社团中进行募捐，去德国争取该国在武器上的支援，等等。适逢第一次世界大战爆发，英德两国互为敌国。1916年起义失败，他则因"叛国罪"而被捕，并被判绞刑。三个月后，被绞死于狱中。

巴尔加斯·略萨阅读了英国小说家约瑟夫·康拉德的传记，发现了一个传奇式的人物：罗杰·凯斯门特。他产生了了解这个人物的好奇心，于是旅行了许多地方，接触了许多有关的人员，收集了许多的材料，在此基础上写出了《凯尔特人之梦》，所以说是一部纪实文学。

但是它同时又是一部文学作品。作为文学，作者加进了自己的想象、虚构和看法，如对主人公的恋童癖及其"黑日记"的描写以及对当时舆论的看法。另外，一贯讲究作品结构的巴尔加斯·略萨在这部文学作品中又有了尝试。

作品共十五章及尾声。

单数章叙述的是主人公被捕后在监狱里三个月的生活，其中有罗杰·凯斯门特对自己一生经历的片段回忆，有与探监者谈话时关于起义情况片段的讲述。这些都像项链散落下来的珠子，要由读者一个一个地拣起来，按原来的样子串起来，再与双数章的叙述对照印证，得出一个完整的故事——也就是胡利奥·科塔萨尔所说，读者成为"合谋者"。

双数章分别描述了小说的三个部分：一、刚果（第2，4，6章），关于比利时政府及其商业公司对刚果的野蛮剥削；二、亚马孙

（第 8，10，12 章），关于胡里奥·塞萨尔·阿拉纳经营的英国橡胶公司对亚马孙森林地区土著印第安人更为残酷的剥削与压迫；三、爱尔兰（第 14 章），关于主人公为爱尔兰解放事业所进行的活动。

单、双数章最后会合为第 15 章：罗杰·凯斯门特被处以绞刑，牺牲在英国的监狱中。

2010 年 10 月 7 日，瑞典皇家学院宣布将诺贝尔文学奖授予马里奥·巴尔加斯·略萨，以表彰他"对权力结构制图般的描绘和对个人反抗的精致描写"。我觉得摆在我们面前的这部《凯尔特人之梦》再次印证了这句评语。

孙家孟

2012 年 5 月于南京